한국
고전번역자료
편역집

1

이 책은 2007년 정부(교육과학기술부)의 재원으로 한국연구재단의 지원을 받아 수행된 연구임(NRF-2007-361-AM0059)

고전번역학총서-번역편 4

한국 고전번역자료 편역집

1

조선시대

이태희 · 신상필 · 임상석 · 손성준

점필재

서문

점필재연구소 고전번역센터는 지금까지 한국의 고전번역 문제를 동아시아적 지평에서 탐구한 연구총서와 근대 초기 번역자료 편역서 및 현대 중국의 고전번역 담론을 소개한 번역서 등을 출간하면서 한국 고전번역의 통사와 이론을 구성하려 노력해왔다. 지금 발간하는 "한국 고전번역 자료 편역집" 2권은 지금까지의 작업을 더 폭넓게 뒷받침하는 자료를 다각적으로 모색한 성과이다. 조선시대부터 일제강점기까지 이르는 기간에 생산된 고전번역 자료 가운데 유·불·선의 경전, 실용서, 서구 분과학문과 근대문학 자료까지 조사하고 대표성을 가진 것들을 선별해 일정한 경계를 제시했다고 자부한다.

그러나 한국의 고전번역 관계 자료는 문사철로 통칭되는 인문학 분야뿐 아니라 사회과학과 자연과학 그리고 금석학, 문자학, 서지학 등의 다양한 학문과의 긴밀한 협력을 통해서만 그 전모를 파악할 수 있다. 삼국시대에서 현대에 이르는 여러 차례의 문명적 전환을 거치며, 금석·목간·죽간 등에서 필사본·간행본을 거쳐 근대의 출판물까지 매체의 성격도 다양하고 이두·향찰·구결·한문·국한문·순한글 등 그 표기 체계 역시 시대와 용도에 따라 제각각이다. 이 자료집은 천년을 넘는 역사의 퇴적에 따라 형성된 다종다기한 매체와 언어 현상을 가늠해 본 것이다.

한문고전과 주자학에 근거한 조선의 질서 아래에서 간행된 언해서와 중화와 사문(斯文)의 보편 가치를 대체한 국가라는 절대 가치 아래 생산된 다양한 대중매체는 문화적 전환을 대변하는 지표라 할 수 있다. 경서, 예서, 불전(佛典), 선서(善書), 병서, 실용서, 사전 등 언해의 기능은 정치·경제·사회의 각 부분에 미쳤는데 그 편찬과 간행은 넓은 범위의 통치행위에 포함되는 성격이었다. 편찬·번역·교정·판각·간행 등의 공론화 과정을 거친 언해서는 문화적 통치행위 내지 정치행위에 해당하겠다. 이 자료집에 포함된 서발·범례·지(識)·전(箋) 등의 관계 자료는 주자학과 한문고전에서 근거한 문화적 통치행위의 정당성을 제시하여 조선이라는 국가의 정체성을 보여준다.

언해서의 편찬, 간행과 반포가 본질적으로 위에서 아래로 진행되는 일방적인 통치의 차원으로 독자는 가르침의 대상인 신민(臣民)으로 설정된다면, 주자학과 한문고전의 질서가 무너지고 국가가 새로운 절대가치로 떠오른 시대에 태동한 대중매체는 상호적인 성격의 차원이었다. 이 시점에서야 신민의 위치를 벗어난 독자가 비로소 형성되기 시작했다 해도 과언은 아닐 것이다. 단행본, 잡지, 신문 등 불특정 다수를 상대로 한 다양한 대중매체를 통해 대안적 고전에 대한 모색 그리고 번역이 왕성하게 진행되었다.

대중매체 시대의 고전번역 양상은 대한제국기와 일제강점기로 양분될 수 있다. 명목상의 주권이라도 남았던 대한제국기에 한국의 대중매체는 국가학, 정치학 등의 각종 분과학문과 새로운 이념과 정보를 번역을 통해 폭넓게 추구할 수 있었으나 주권이 사라진 일제강점기의 번역은 다른 분야보다 문학의 비중이 커진다. 문학은 식민지라는 절대적 모순 그리고 검열이라는 실제적 장애물에 대한 하나의 대안이었다.

따라서 이 자료집은 "조선시대-언해서"와 "대한제국기/일제강점기-대중매체"라는 두 가지 지표로 분리되며 "대중매체"는 주로 대한제국기를 대상으로 한 "번역과 근대국가의 모색"과 일제강점기를 대상으로 한 "번역과 세계문학의 수용"의 2부로 나누어진다. 명칭은 1권 "조선시대", 2권 "대한제국기/일제강점기"로 정한다. 병서, 의서, 시사정보, 분과학문교과서 등 고전의 통상적 범주와는 다른 성격의 문헌들이 망라되었다. 조선시대의 실용서 언해는 고전한문과 주자학이라는 고전적 질서 속에 그 지위를 부여받았으며, 대한제국기의 자료들은 한문고전을 대체할 고전의 전범으로 모색된 결과이다. 이런 취지에서 고전번역의 범위에 포함했다.

　이로써 여럿의 노력을 하나로 모아 세상에 물음을 구하게 되었다. 이 책에 제시된 자료의 수집과 범주화, 번역에는 여전히 문제점이 적지 않을 줄 안다. 이에 대한 독자들의 질정을 바라며 우리 역시 앞으로도 힘을 다하기로 한다.

부산대 점필재연구소 고전번역학센터

차례

유교

1. 경학

2. 예학

3. 수신

종교

1. 불교

2. 도교

3. 기독교

어문학

1. 시가

2. 사전

3. 소설

실용

1. 법률

2. 의학

3. 병학

4. 수의학

기타

1. 한국사

일러두기

1. 조선시대 언해서에 실린 서문, 발문, 범례, 지문(識文), 전문(箋文)을 역주하되, 언해의 의의 및 동기, 배경, 언해 과정, 참여자 등 제반 사실에 대한 언급이 있는 것을 선별하였다.

2. 자료의 범주는 유교, 종교, 어문학, 실용, 기타로 대별하고, 다시 몇 가지 소분류를 두었다.

3. 판을 여러 번 바꾸어 간행된 서적은 대표 서명 아래 모으되, 순서는 간행 시기에 따랐다. 대표 서명의 배열도 초간본의 간행 순서에 따랐다.

4. 확인 가능한 자료의 찬자와 찬술 시기, 수록 서적의 간행 시기는 찾아서 밝혀두었다.

5. 조선시대 언해서의 범주에 포함된 자료는 조선이 국권을 잃은 1910년 이후에 한글로 번역, 출판되었더라도 조선시대편에 수록하였다.

6. 원문에서 한글과 한자가 병기된 부분은 가능한 한 그대로 구현하되, 가독성을 돕기 위해 위아래로 병기하였다.

7. 원문을 판독하기 힘든 경우는 글자 수만큼 □로 표기하였다.

8. 작은 글씨로 된 주석은 【 】로 표시하였다.

유교

1

경학

율곡선생사서언해(栗谷先生四書諺解)

1) 박세채(朴世采)[1] 편집본 미간행 『율곡선생사서언해』

〈율곡선생사서언해수정범례(栗谷先生四書諺解修正凡例)〉
 ―박세채, 시기 미상, 『남계집』권65

1. 이 책의 순서는 마땅히 사자서(四子書: 四書)의 순서를 사용해야 하는데, 그 가운데 『맹자(孟子)』의 구결(口訣)은 「만장 하편(萬章下篇)」부터 빠져서 아직도 완전한 책이 되지 못하였다. 이에 『대학(大學)』·『논어(論語)』·『중용(中庸)』·『맹자』로서 순서를 삼았다.

1. 이 언해는 한결같이 간략하게 덜어냄을 위주로 하였으므로 한글로 번역한 말뜻에 대해서는 대체로 모두 바로잡지는 못했다. 예컨대 "子曰" 두 글자 사이와 "也" 아래에는 모두 훈(訓)이 없고, "然後" 아래와 그 앞 문장의 구(句)가 끊어지는 곳에 각기 구결(口訣)이 있는 경우인데, 지금은 함부로 고치지 못하니 우선 원본을 그대로 따라서 대체(大體)를 보존하였다.

1. 원본이 비록 사계(沙溪)[2] 선생 집안에서 나왔다고는 하지만 실제로 사본(寫本)인 관계로 와오(訛誤)가 많고, 오직 『중용언해(中庸諺

---

1 박세채(朴世采, 1631~1695) : 본관은 반남, 시호는 문순(文純). 문묘에 배향되었다.
2 사계(沙溪) : 김장생(金長生, 1548~1631)의 호. 본관은 광산, 시호는 문원(文元). 문묘에 배향되었다.

解)』만 선생의 친필로서 석담(石潭)[3]의 본댁에 보관되어 선생의 손때가 여전히 새롭다. 이에 다른 세 언해의 원본과 서로 비교하여 고증하고 일일이 그 의례(義例: 책의 체례)를 따라 정돈하였다.

1. 원본 중에 더러는 한두 군데 탈락된 곳이 있어, 지금 앞뒤의 의례로써 추측하여 대략 더하여 수정하였다. 예컨대 『대학』 '보망장(補亡章)'의 전문(全文)과 『맹자』 「만장 하편」 이하의 구결은 또한 모두 이것을 본떴다.

1. 이 언해는 만약 관찬본 언해의 방식으로 따진다면 본문을 모두 쓰고 언문(諺文)을 이어서 써야 할 터이나, 한결같이 그 방법을 본떠서는 일이 매우 고될 뿐 아니라 현행 관찬본과 나란히 견줄 수 없을 듯하니, 우선 지금의 방법을 써서 보충하였다.

1. 이 언해가 관찬본과 같지 않은 곳은, 하나는 문의(文義)가 아주 다른 것이요, 하나는 혹은 본문을 쓰고 혹은 언석(諺釋)을 써서 각각 다르게 한 것이다. 이에 권(圈)과 점(點)으로 구별하되, '문의가 아주 다른 것'은 ○을 쓰고 '혹은 본문을 쓰고 혹은 언석을 써서 각각 다르게 한 것'은 ·을 써서 독자들이 이해하기 쉽게 하였다.

[원문] 栗谷先生四書諺解修正凡例

一. 此書之序當用四子本序, 而其中『孟子』口訣, 自「萬章下篇」缺, 猶未成完書. 兹以『大學』·『論語』·『中庸』·『孟子』序之.

一. 此解一以簡省爲主, 故其於諺釋語意, 多未盡正, 如"子曰"兩字之間及"也"字下, 皆無訓, 如"然後"字下及其上文句絶處, 各有口訣之類, 今不

---

3 석담(石潭): 율곡 이이가 은병정사(隱屛精舍)를 짓고 은거하였던 황해도 해주(현재 황해남도 벽성군)의 지명. 이곳에서 지은 〈고산구곡가(高山九曲歌)〉가 유명하다.

敢有改, 姑仍元本, 以存其大體焉.

一. 元本雖曰出於沙溪先生家, 實係寫本, 且多訛誤, 唯『中庸諺解』爲先生親筆, 藏於石潭本第, 手澤尙新. 玆與三解元本參互考證, 一一隨其義例而整頓之.

一. 元本中或有一二脫落處, 今以其上下義例推之, 略爲添修, 至如『大學』〈補亡章〉全文, 『孟子』「萬章下篇」以下口訣, 亦皆倣此.

一. 此解若揆以官本諺解, 只宜具書本文, 繼以諺書, 一倣其法, 而不但事役甚艱, 且似不敢與見行官本並例, 姑用今法以衷之.

一. 此解與官本不同處, 一則文義頓殊, 一則或用本文, 或用諺釋, 以致各異. 玆以圈點別之, 其文義頓殊者○之, 或用本文, 或用諺解, 以致各異者·⁴之, 使讀者易曉.

〈발율곡사서언해(跋栗谷四書諺解)〉 –박세채, 시기 미상, 『남계집』 권69

이상 율곡 선생의 『사서언해』 몇 권을 이제 교정(校正)하고 선사(繕寫)하였으니, 선생의 『속집(續集)』·『외집(外集)』·『별집(別集)』과 함께 세상에 통행되기를 기대한다. 처음에 내가 『우계속집(牛溪續集)』⁵을 읽다가 이른바 『율곡맹자음해(栗谷孟子音解)』를 보았는데, 대단히 뛰어난 학설이어서 그다지 더하거나 덜 것이 없었다. 하루는 우연히 구시경(具時經)⁶ 상사(上舍) 덕분에 선생이 지으신 바 『사서언해』 2책이 연산

---

4 · : 원본에는 아무런 문자나 부호가 없으나, 문맥상 점(·)이 있어야 할 것으로 판단하여 보충하였다.

5 『우계속집(牛溪續集)』: 성혼(成渾, 1535~1598)의 문집 속집. 1621년에 간행된 원집의 뒤를 이어 1682년에 간행되었다. 박세채는 속집의 편찬에 참여하였다.

(連山)의 사계(沙溪) 선생 댁에 보관되어 있다는 것을 들었다. 곧 빨리 편지를 보내어 빌려 읽었더니 모두 선생이 손수 정리하신 데서 나왔기에 인행본(印行本)과는 같지 않은 것이었다. 마침내 곧바로 두세 동지들에게 먼저 간청하여 교수(校讎)를 상세히 하고 내 스스로 심정(審定)하여 지금의 이본을 만들었으니, 요컨대 그다지 잘못된 점이 없게 하려는 것이었다.

우리나라의 경서(經書)의 구결(口訣)은 본디 중국에는 없는 바로서, 만약 이것을 지으려고 하는 자는 또한 각기 그 본문의 구두를 좇아 상세히 고증하고 한결같이 정해야만 그제야 경서의 의미에 합치될 것이다. 지금은 그렇지 않아서 종종 한 구(句) 사이에 구결 몇 개를 나누어 지으니 언서(諺書)로 음석(音釋)한 것과 거의 다름이 없고 구두를 뗀 것이 짧아서 대체로 읽을 수가 없다. 내가 일찍이 이것을 흠으로 여겼으나 개정(改正)할 수가 없었다. 우리 율곡선생이 언해하신 바는 인행본과 같지 않은 부분이 대개 여기에 많이 있고, 그 나머지 의의는 대부분 명백하고 간략하며 다른 사람의 뜻 밖에서 나왔으니, 진실로 '경학(經學)의 나침반'이라고 하겠다. 그 아래는 또 이른바 「사서표지(四書標識)」를 번번이 첨부했는데, 이것은 아마도 완성된 책의 체제가 아니지만 그럼에도 함부로 버리지 못하는 것이니, 또한 선생의 유훈(遺訓)을 중시하기 때문이다. 책의 내용 중에서 취하고 버린 곡절은 모두 범례 중에 있으니, 이 점은 다시 드러내지 않는다.

[원문] 跋栗谷四書諺解
右栗谷先生『四書諺解』幾卷, 今已校正繕寫, 庶冀與先生續外別諸集並行

---

6 구시경(具時經, 1637~1699) : 본관은 능성. 송시열(宋時烈)의 문인이다.

于世焉. 始余讀『牛溪續集』, 見所謂『栗谷孟子音解』, 極是超邁之說, 而不甚加省. 一日偶因具上舍時經得聞先生所爲『四書諺解』二冊, 藏在連山沙溪先生家, 乃亟以書轉借而讀之, 儘是出於先生手定, 而與印行本不同者也. 遂卽先懇數三同志, 詳加校讎, 而親自審定, 以成今本, 要之無甚乖舛者.

蓋我國經書口訣, 固是中朝之所無, 而苟欲爲此者, 亦當各從其本文句讀詳證而一定之, 方是合義矣. 今則不然, 往往於一句之間, 分作數訣, 殆與諺書音釋無別, 而分離局促, 類不可讀. 愚嘗病之, 未有以改正者, 乃我先生所爲則其與印行本不同處, 大槩多在於是, 其他意義, 擧皆明白簡約, 出人意表, 誠所謂經學之指南也. 其下又輒附以所謂「四書標識」, 此則似非成書之體, 而然猶不敢棄者, 亦所以重先生之遺訓焉耳. 其所取舍曲折, 具在凡例中, 此不復著.

2) 1749년 활자본 『율곡선생사서언해』

〈사서율곡선생언해발(四書栗谷先生諺解跋)〉 –홍계희(洪啓禧)[7], 1749년

이상 『사서언해』는 율곡 선생이 상정(詳定)하신 바이다. 경서에 언해가 있은 지는 오래되었으나 여러 해석이 서로 차이가 있었는데, 퇴계(退溪: 李滉) 이 선생이 합하여 『사서석의(四書釋義)』[8]를 만드시어 확정되었음

---

7 홍계희(洪啓禧, 1703~1771) : 본관은 남양. 도암(陶庵) 이재(李縡)의 문인. 충청도 관찰사, 병조 판서, 이조 판서 등을 역임했다.

8 『사서석의(四書釋義)』: 이황(李滉)이 사서(四書) 중 난해한 대목에 해석을 한 책. 저자의 친필 필사본이 미간행 상태로 임진왜란에 소실된 터에, 1609년에 경상 감사

에도 아직 완전히 갖추어지지는 못하였다. 만력(萬曆) 병자년(1576, 선조 9)에 선조께서 미암(眉巖) 유희춘(柳希春)[9] 공의 말을 말미암아 율곡 선생에게 사서오경(四書五經)의 언해를 상정하라고 명하셨다. 이보다 앞서 선생은 『대학(大學)』의 토석(吐釋)을 정하신 바가 있었는데, 어명을 받들게 되자 『중용(中庸)』, 『논어(論語)』, 『맹자(孟子)』의 토석을 차례로 이어서 만드셨다. 하지만 오경을 만드는 데는 미치지 않아 결국 임금께 올리지 못하였기에 사림(士林)이 그것을 한스럽게 여겼다.

지금 통행되는 관찬본(官撰本) 언해는 아마도 그 뒤에 나와서 개찬(改竄)을 여러 번 겪었을 터인데, 선생이 상정하신 바를 간혹 채록하여 넣은 것도 있으나 원본은 통행되지 않았다. 오직 한두 종의 등본만이 선생의 후손과 문생의 집안에 남아 있고, 『중용』의 경우는 수필본(手筆本)이 아직 남아 있는데, 지금 여러 책의 범례를 살펴보매 서로 어긋나는 점이 없지 않고 더러는 언석(諺釋)은 있으나 현토(懸吐)는 없기도 하니 아마도 당시에 미처 정돈하지 못하여 그러한 점이 있을 터이다. 그러나 현토하나 언석 하나의 사이에 지의(旨義)가 정확하여 후학을 개발해줌은 대개 관찬본이 미칠 수 있는 바가 아니다. 사계(沙溪) 김 선생은 평소에 가르쳐 깨우치실 때 항상 이 언해에 준거하셨고, 기옹(畸翁)[10] 정 공은

최관래(崔瓘來)가 여러 전사본들을 구하여 편찬, 간행하였다. 「대학석의」 99항목, 「중용석의」 188항목, 「논어석의」 294항목, 「맹자석의」 161항목 등 총 742항목으로 구성되어 있다.

9 유희춘(柳希春, 1513~1577) : 본관은 선산(善山), 자는 인중(仁仲), 시호는 문절(文節), 미암은 호이다. 1547년 양재역(良才驛) 벽서 사건으로 제주도에 유배되었다가 함경도 종성으로 옮겨 그 19년 동안 독서와 저술에 매진하였다. 왕명으로 경서의 구결과 언해에 참여하여 『대학』을 완성하고, 『논어』는 완성을 보지 못하였다. 저서에 『미암일기』, 『주자어류전해(朱子語類箋解)』 등이 있다.

10 기옹(畸翁) : 정홍명(鄭弘溟, 1582~1650)의 호. 본관은 연일, 시호는 문정(文貞)이다.

번번이 정밀(精密)함을 칭찬하시며 널리 알릴 수 없음을 한탄하였고, 남계(南溪) 박 문순공(文純公: 박세채)은 대략 수정(修整)하여 간행하고자 하였으나 못하였는데, 몇 년 전에 도암(陶菴)[11] 이 선생이 율곡 선생의 후손 진오(鎭五)를 시켜 관찬본을 본떠 한 질을 정사(淨寫)하게 하였고 나 계희(啓禧)도 일찍이 수교(讎校)하는 일에 참여하였다.

무진년(1748, 영조 24) 겨울에 진오가 석담(石潭)으로부터 와 이 선생을 천상(泉上)[12]에서 곡하고, 이어서 나를 방문하여 말하기를 "이 책은 전해야 마땅한 지가 오래되었지만 아직까지도 이루지 못한 터라 이 선생이 항상 이 일에 간절하셨는데, 이제는 끝났습니다. 끝내 전하지 못하게 되었습니다."라고 하였다. 내가 그 때문에 감동하고 탄식하여 사적인 힘으로 도모하여 운관(芸館: 校書館) 활자를 얻어 약간의 책을 인쇄하였다. 공역(工役)이 끝난 뒤에 책 아래쪽에 일의 전말을 대략 적는다.

숭정 세 번째 기사년(1749, 영조 25) 봄에 후학 남양(南陽) 홍계희(洪啓禧)는 삼가 적는다.

[원문] 右『四書諺解』, 栗谷先生之所詳定也. 經書之有諺解, 厥惟久矣, 而諸家互有同異, 至退溪李先生合成『釋義』而乃定, 猶未大備. 萬曆丙子, 宣廟因眉巖柳公希春言, 命先生詳定四書五經諺解. 先是, 先生有所定『大學』吐釋, 及承命, 『中庸』·『語』·『孟』, 以次續成, 而未及於經, 不果進御, 士林恨之.

卽今見行官本諺解, 蓋出於其後, 而又婁經竄易, 先生所定, 或有採入, 而元本則不行焉. 惟一二謄本在先生後孫及門生家, 『中庸』則手筆猶存, 今攷諸編凡例, 不無抵捂, 或有有釋而無吐, 恐當時有未及整頓而然也. 然一吐一釋之間, 旨義精確, 其於開發後學, 類非官本之所可及. 沙溪金先生平日訓誨, 常據此解, 畸翁鄭公輒稱精密, 歎不得廣布, 南溪朴文純公略有修整, 欲刊行而未能, 頃年陶菴李先生使先生後孫鎭五倣官本淨寫一裹, 啓禧亦嘗與聞於讎校之事.

戊辰冬, 鎭五自石潭哭李先生於泉上, 仍訪余, 曰: "此書之宜傳, 久矣, 迄今未就, 李先生嘗惓惓於斯, 而今焉已矣. 其卒不傳乎." 余爲之感歎, 謀以私力, 得芸館活字, 印若干本. 役旣訖, 略書顚末于下方云.

崇禎三己巳春, 後學南陽洪啓禧謹識.

예기대문언두(禮記大文諺讀)

1) 1707년경 활자본 『예기대문언두』

〈간기(刊記)〉 -찬자 미상, 1707년

삼가 살피건대, 우리 세종 장헌대왕 시절에 『예기』 경문에 언두(諺讀)[13]
가 없었기에 학사 신 성삼문(成三問), 신숙주(申叔舟) 등에게 함께 토론
하여 언두를 달아 올리도록 명하셨으니, 지금 『대전(大全)』을 간행함에
책장의 윗머리에 덧붙여 새긴 것이 그것이다.[14] 홍문관(弘文館)의 계품
(啓稟)대로 강연(講筵)에 참고하기 위해 교서관(校書館)에서 활자를 주
조하여 인출(印出)하게 하였다. 때는 정해년(1707, 숙종 33) 여름 6월
아무 날이다.

[원문] 謹按我世宗莊憲大王朝, 以『禮記』經文無諺讀, 命學士臣成三問・
申叔舟等相與討論, 懸讀以進, 卽今刊行『大全』, 冊張上頭附刊, 是也. 以
弘文館啓稟, 爲講筵參考, 令校書館鑄字印出. 時丁亥夏六月日.

---

13 언두(諺讀) : 한문 원전에 한글로 구결을 단 것을 이른다.
14 지금……그것이다 : 한문본 『예기집설대전(禮記集說大全)』의 난외(欄外)에 대문(大
   文)의 구결을 한글로 달아서 간행한 조선시대 간본이 서울대학교 규장각 등에 존재하는
   데, 이를 가리키는 것으로 보인다.

효경언해(孝經諺解)

1) 1590년 목활자본 『효경대의(孝經大義)』

〈효경대의발(孝經大義跋)〉 -유성룡(柳成龍)[15], 1589년

성인(聖人)이 육경(六經)을 지어서 천하 후세를 가르치셨으니, 도덕(道德)과 성명(性命)에 관한 학설이 갖추어진 것입니다. 그러나 효에 대해서만 특별히 상세한 말을 더하여 별도로 하나의 경서로 만들게 된 것은 어째서입니까? 온갖 행위는 효가 아니면 성립되지 아니하고 모든 선(善)은 효가 아니면 실행되지 아니하니, 효는 이른바 '하늘의 경(經)'이요, '땅의 의(義)'요, '백성의 이륜(彝倫)'으로서 천자로부터 백성까지 진실로 하루라도 강론하여 익히지 않아서는 아니 될 것이기 때문입니다. 『수서(隋書)』「경적지(經籍志)」에 "공자(孔子)께서 육경을 서술하시고는 제목도 같지 않고 가리키는 뜻도 차이가 있어 이 도(道)가 흩어질까 염려하셨습니다. 그러므로 『효경(孝經)』을 지어 육경을 모두 모으셔서, 그 지류(枝流)가 아무리 분산되어도 본원(本源)은 효에서 싹튼 것임을 밝히셨다."고 하였으니, 그 학설이 옳습니다. 그러니 이 『효경』에 마음을 다하면 육경의 도가 모두 여기에 있을 것입니다.

　진(秦)나라가 옛 전적(典籍)을 불살랐던 화염이 꺼지자 타지 않고 남

15　유성룡(柳成龍, 1542~1607) : 본관은 풍산, 시호는 문충(文忠)이다. 영의정 등을 역임했다.

은 경서들이 간간이 나와 벽서(壁書)가 금문(今文)과 뒤섞여 통행되었지만, 아무리 여러 유학자(儒學者)의 변론(辨論)과 보철(補綴)을 거쳤어도 번번이 다시 사라져 못쓰게 되었습니다. 그러다가 송(宋)나라 주자(朱子)에 이르러서야 비로소 간오(刊誤)를 만들고 또 그 경전(經傳)을 차례지어서 공씨(孔氏)의 옛 글로 회복시켰고, 이어서 심양(鄱陽)의 동씨(董氏)가 거기에 주석(註釋)을 하여 주자의 귀취(歸趣)를 극도로 자세히 해설하였습니다.[16] 그런 뒤에야 한 경서의 조리가 환하게 밝아졌으니 성문(聖門)에 세운 공이 매우 크며, 경서가 세상에 드러남은 실로 우연한 일이 아닌 것입니다.

우리 주상전하께서는 총명하고 식견 높은 성스러움으로서 군사(君師)의 큰 책임을 맡으시어, 백성을 교화하여 풍속을 이루심에 이륜(彝倫)을 급선무로 삼지 않은 적이 없으셨습니다. 하루는 경연(經筵)에 납시어 유신(儒臣)과 치도(治道)를 논하시다가 『효경』의 가르침이 오랫동안 세상에서 버려진 것을 탄식하시고, 또 그 주소(註疏)가 있는지 없는지를 물으셨습니다. 좌우에서 이 책을 아뢰자 즉시 찾아오게 하여 보시고서 훌륭하다고 칭찬하시고는 판목(板木)에 새겨 널리 전파하려고

---

16 송(宋)나라……해설하였습니다 : 남송(南宋)의 주희(朱熹)가 1186년에 『효경간오(孝經刊誤)』를 찬술하고, 원(元)의 동정(董鼎)이 『효경대의(孝經大義)』를 찬술한 일을 이른다. 『효경』은 공자(孔子)와 제자 증삼(曾參)과의 문답 중에서 효에 관한 대목을 간추린 것으로, 『고문효경(古文孝經)』과 『금문효경(今文孝經)』이 있다. 『고문효경』은 22장으로 구성되었는데, 전한(前漢) 노공왕(魯恭王)에 의해 공자의 옛 집 벽에서 발견되었다. 『금문효경』은 18장으로 되어 있고 안지(顏芝)가 보관하던 것을 아들 안정(顏貞)이 조정에 바쳤다. 『효경간오』는 주희가 『고문효경』 22장(章)을 경(經) 1장, 전(傳) 14장으로 나누고, 223자를 산삭하여 만들었다. 당시까지 통용되던 『효경』은 원래의 경문에 후대 사람들의 부연이 더해진 것으로 보았기 때문이었다. 그러나 『효경간오』에는 훈석(訓釋)이 되어 있지 않았으므로 동정이 여기에 주석(註釋)을 가하여 『효경대의』를 지었다. 『효경간오』와 『효경대의』는 조선시대에 널리 통용되었다.

하셨는데, 그러면서도 궁벽한 마을의 어리석은 백성들이 그 의미를 깨닫지 못할까 걱정하셨습니다. 그래서 홍문관(弘文館)에 내리시어 모두 언문(諺文)으로 해석하여 사람들이 쉽게 깨달을 수 있게 하고서, 신에게 명하여 그 사실을 책의 후미(後尾)에 대략 서술하게 하셨습니다.

신이 생각하건대 요순(堯舜)의 도는 효제(孝悌)일 따름이니, 구족(九族)을 친애하고 백성을 평안하게 하고 만방(萬邦)을 화합시켜 날짐승 길짐승과 물고기 자라 등까지도 모두 순종하는 것은 모두 효를 미루어서 된 것입니다. 삼대(三代)의 성왕(聖王)은 모두 이 도를 말미암았기에 정치와 교화의 융성함은 후세에 미칠 사람이 없더니 그 도가 쇠하게 되자 공자가 빈말[17]로 제자들과 서로 주고받으셨을 뿐입니다. 그 경문 가운데 실린 바로는 옛 일을 언급할 때 반드시 선왕을 일컬었으니, 그 상심이 깊었기 때문일 것입니다. 이로부터 뒤로는 미언(微言)이 끊어지고 대도(大道)가 무너져서 인심(人心)이 어리석어진 지가 이미 1천5백여 년이 되었습니다. 역대 이래로 비록 현명하고 정의로운 임금이 없지는 않았으나, 그들이 세도(世道)를 가지어 지키고 교화(敎化)의 방편을 담당하는 방법은 '공리(功利)'와 '술수(術數)'에 지나지 않았을 따름이니, 누가 이 도를 생각하려 하였겠습니까! 그러니 좋은 정치가 회복되지 않고 화란(禍亂)이 이어진 것이 괴이할 것이 없습니다.

지금 성상께서는 홀로 골똘히 깊은 생각을 하시어 교화의 근원을 추측하고 탐구하시고서는 성인의 경전을 높여 믿으시고 드러내어 밝히셨으

---

17 빈말 : 공자가 지위를 얻지 못해 그 학설이 당시에 실행되지 못하였으므로 이른 말이다. 『사기(史記)』〈태사공자서(太史公自序)〉에 "공자가 말씀하시기를, '내가 빈말[空言]로 기재하고자 하지만, 실제의 일에 나타내는 것이 깊고 절실하여 분명하게 드러나는 것만 못하다.' 하셨다.〔子曰: 我欲載之空言, 不如見之於行事之深切著明也.〕"라고 하였다.

며, 이 경전으로 위에서 몸소 행하시어 다스림의 표준을 세우시고는 다시 이 경전으로 아래에서 백성을 이끌어 지혜를 깨우치셨으니, 요순과 삼대의 다스림을 회복하는 데 무슨 어려움이 있겠습니까? 하지만 신은 또 느끼는 것이 있습니다. 성인은 시대가 멀고 그 말씀은 사라졌으며 경전은 손상되었고 가르침은 버려졌으니 옛 도가 행해짐을 비록 하루아침 만에 기대할 수는 없으나, 하늘이 내려준 변함없는 도리〔秉彝〕는 만고에서 뻗쳐 와서 아직까지 존재하며 성인의 경전에 기록된 것은 인심이 갖춘 바의 이치이니, 자신에게 돌이켜서 찾는다면 어찌 얻지 못할 사람이 있겠습니까!

아아! 누구인들 부모가 없으며, 누구인들 자식이 아니겠습니까? 선창을 하는데 누가 화답하지 않을 것이며, 감동을 주는데 누가 반응하지 않겠습니까? 그러므로 "윗사람이 좋아하는 것이 있으면 아랫사람은 반드시 그보다 더 좋아하는 법입니다."[18]라고 하였습니다. 이 책이 통행되면 반드시 효가 구름처럼 뭉게뭉게 일어나서 펄쩍 뛰어 달려 나가고 장맛비처럼 좍좍 쏟아져 막을 수가 없게 되어 집집마다 봉작(封爵)하게 되는 아름다운 일들이 참으로 저절로 이루어지게 될 것입니다. 그러니 그것을 일러 "지극한 덕이자 긴요한 도〔至德要道〕"[19]라고 한 것이 아니겠습니까? 전하께서 이에 대해 간절하심이 마땅합니다.

---

18 윗사람이……법입니다 : 윗사람의 솔선수범을 강조한 말로, 『맹자(孟子)』「등문공 상(滕文公上)」에 보인다. 등(滕)나라 정공(定公)이 죽어서 그 상기(喪期)로 조정에서 논란이 일자 세자가 사부(師傅)인 연우(然友)를 시켜 맹자에게 물었더니, 맹자는 삼년상을 제시하며 그것을 신하들이 받아들이지 않고자 해도 윗사람이 솔선하면 되는 것이니 일이 세자에게 달려 있다고 강조하였다.
19 지극한 덕이자 긴요한 도〔至德要道〕 : 효(孝)를 정의한 말로, 『효경』「경 1장」 '개종명의장(開宗明義章)'에 보인다.

만력(萬曆) 17년(1589, 선조 22) 6월 하순, 자헌대부(資憲大夫) 지중추부사(知中樞府事) 겸 홍문관 대제학(弘文館大提學) 예문관 대제학(藝文館大提學) 지성균관사(知成均館事) 동지경연춘추관사(同知經筵春秋館事) 신 유성룡(柳成龍)은 하교를 받들어 삼가 발문을 씁니다.

[원문] 孝經大義跋

聖人作六經, 以詔天下後世, 其於道德性命之說備矣. 然而於孝特加詳焉, 至別爲一經者何耶? 盖百行非孝不立, 萬善非孝不行, 所謂天之經也, 地之義也, 民之彝也, 自天子以至庶人, 誠不可一日而不講也. 『隋·志』曰: "孔子旣敍六經, 題目不同, 指意差別, 恐斯道離散, 故作『孝經』以總會之, 明其枝流雖分, 本萌於孝." 其說是已. 於此盡心焉, 則六經之道, 擧在是矣. 秦火旣熄, 遺經間出, 壁書與今文雜行, 雖經群儒辨論補綴, 而輒復湮廢, 至宋朱子, 始爲刊誤, 又次其經傳, 以復孔氏之舊, 繼以鄱陽董氏爲之註釋, 極其歸趣, 然後一經之條貫煥然, 其有功於聖門甚大, 而經之顯晦, 實有非偶然者矣.

惟我主上殿下, 以聰明睿智之聖, 握君師之丕責, 化民成俗, 未嘗不以彝倫爲急, 一日御經筵, 與儒臣論治道, 因歎孝經之敎久廢於世, 又問其註疏之有無, 左右以是編聞, 卽蒙宣索, 覽之嘉賞, 將鋟梓以廣其傳, 猶慮窮閻愚下之民未喩其義也. 下弘文館, 悉解以諺語, 使人易曉, 且命臣略敍其後.

臣竊惟堯舜之道, 孝悌而已, 其親九族平百姓協萬邦, 以至鳥獸魚鼈咸若, 皆孝之推也. 三代聖王, 率由斯道, 治化之隆, 後世莫及, 及其衰也, 孔子只以空言, 與弟子相授受, 卽其經中所載, 言及古昔, 必稱先王, 盖其傷之也深矣. 自是厥後, 微言絶, 大道壞, 人心貿貿已千有五百餘年矣. 歷代以來, 雖不無英君誼辟, 其所以把持世道, 主張化權者, 不過曰功利而已,術數而已, 孰肯以是爲念哉! 則善治之不復而禍亂之相尋也無怪.

今聖上獨穆然深思, 推究化源, 乃於聖人之經, 尊信表章, 旣以是躬行建極於上, 又以是導迪牖民於下, 其於復堯舜三代之治也, 何有? 抑臣又有感焉, 聖遠言湮, 經殘敎弛, 古道之行雖不可一日而冀, 然降衷秉彝之天, 亘萬古而猶在, 聖經所書, 卽人心所具之理, 反而求之, 寧有不得者哉! 嗚呼! 誰無父母, 誰非人子, 孰倡而不和, 孰感而不應, 故曰: "上有好者, 下必有甚焉者." 臣知是書之行也, 必有油然而起, 躍然而趨, 沛然而不可禦, 比屋可封之美, 端可馴致矣. 其謂之至德要道者非耶? 宜殿下之惓惓於是也.

萬曆十七年六月下澣, 資憲大夫知中樞府事兼弘文館大提學・藝文館大提學・知成均館事・同知經筵春秋館事臣柳成龍奉敎謹跋.

기타

〈전배저술(前輩著述)〉 조목 -안정복(安鼎福)²⁰, 시기 미상, 『순암집』 권13「상
헌수필 하」

우리나라 사람의 재질은 거칠고 성글어 비록 글을 읽었다고는 하나 선배
들이 저술에 들인 공력의 깊이는 모른 채 대부분 잊어버리고 말아 후배
들이 쫓아 알 수 있는 방법이 없다.

경서(經書)를 언해(諺解)한 경우는 참의(參議) 유숭조(柳崇祖)²¹에
게서 비롯되었음을 미암(眉菴) 유희춘(柳希春)이 일기(日記)에서 말하
고 있다. 대개 우리나라 습속의 언어가 중국과 달라 그 문장의 의미와
그에 대한 해석과 풀이를 반드시 우리말로 번역한 다음에야 가르치고
익힐 수 있다. 퇴계 선생의 『경서석의(經書釋義)』²²는 여러 주석가(註釋
家)들의 훈의(訓義)를 잡박하게 인용하여 절충하였다. 김계조(金繼趙),
이극인(李克仁), 손경(孫暻), 이득전(李得全)²³, 이충작(李忠綽)²⁴, 낙

으로『순암선생문집』, 『동사강목(東史綱目)』 등의 저술이 있다.

21 유숭조(柳崇祖, 1452~1512) : 본관은 전주, 자는 종효(宗孝), 호는 진일재(眞一齋) ·
석헌(石軒)이다. 역학(易學)에 뛰어났고, 사서삼경에 구결(口訣)과 토(吐)를 붙인『칠
서언해(七書諺解)』가 있으며, 문집으로『진일재집』이 있다.

22 『경서석의(經書釋義)』 : 퇴계 이황(李滉)이『시경』・『서경』・『주역』・『대학』・『중
용』・『논어』・『맹자』 등 경서의 의미를 풀이한 것을 1609년 문인 금응훈(琴應壎) 등이
8권 2책으로 수정, 보완하여 목판 간행한 책이다.

23 이득전(李得全, 생몰년 미상) : 조선 중기의 문신으로 본관은 천안이다. 연산군 대에

봉(駱峯) 신광한(申光漢)[25], 복고(復古) 이언적(李彦迪)[26]의 여러 설이 그것이다. 선조(宣祖) 을유년(1585, 선조 18) 이후로는 교정청(校正廳)을 설치하고 경학에 해박한 선비를 모아 언문 현토를 논의해 정하도록 하여 몇 해 만에 완성하니 이후로 제가(諸家)의 훈의와 해석이 모두 그치게 되었다.

지금 성균관의 사서삼경(四書三經) 판본을 선본(善本)이라고들 일컫는다. 정랑(正郎) 홍기(洪覬)[27]는 자가 언명(彦明)으로 남파 상서(南坡尙書)[28]의 종질이다. 홍기가 당시 어느 재상과 가까이 지냈는데, 그 재상은 홍기의 명성이 자신보다 뛰어남을 시기해 임금께 이렇게 상주하였다.

"지금 경서의 인본(印本)에는 잘못된 점이 많습니다. 문신 가운데 경서에 통달하면서도 문장을 잘하기로는 홍 아무개보다 나은 사람이 없으니 그가 교정하기를 청하옵니다."

이에 임금이 윤허하였다. 홍기가 명을 받아 몇 해 동안 교정에 힘써

문과에 급제하고 정언, 안악군수 등을 역임했다. 사유(師儒)와 직강(直講)에 훌륭하다는 평을 들어 경학에 뛰어났던 것으로 보인다.

24 이충작(李忠綽, 1521~1577) : 본관은 전주, 세종의 후손이다. 사헌부장령, 충청도관찰사 등을 역임했다.

25 신광한(申光漢, 1484~1555) : 본관은 고령, 낙봉은 그의 호, 신숙주의 손자로 시호는 문간(文簡)이다. 조광조의 일파라 하여 기묘사화에 연루되어 파직되었다. 그 후 대사성, 대제학, 이조 판서, 좌찬성 등을 역임했다.

26 이언적(李彦迪, 1491~1553) : 본관은 여주, 복고는 그의 자, 시호는 문원(文元)이다. 이조 판서, 좌찬성 등을 역임했고 문묘에 배향되었다.

27 홍기(洪覬) : 본관은 남양, 1625년생으로 1646년(인조 24)에 문과에 급제하고 병조좌랑 등을 역임했다.

28 남파 상서(南坡尙書) : 숙종 때 대사성과 예조 판서를 지낸 홍우원(洪宇遠, 1605~1687)을 말한다. 본관은 남양(南陽), 자는 군징(君徵), 남파는 그의 호이다. 저서에 『남파집(南坡集)』 13권이 있으며, 시호는 문간(文簡)이다.

비슷한 글자 간의 착오를 모두 바로잡을 수 있었고, 글자 획의 좌우조차도 조금의 차이나 잘못이 없었다. 내가 전에 누군가에게 보낸 홍기의 편지를 보았는데 "경서의 교정보는 일로 머리가 세어 버렸다."라고 하였으니, 그가 교정에 들인 공력이 또한 깊었던 것이다. 이 때문에 건강을 지키지 못해 승진도 하지 못하고 세상을 떠나자 사람들이 모두 안타깝게 여겼다. 사람들이 지금도 이 책을 읽고 있지만 모두들 홍기의 손에서 나온 줄은 모르니 애석함을 견딜 수 없다.

그리고 우리나라에 『소미통감(少微通鑑)』[29]이 성행한 것은 임진란 이후에 시작되었다. 전란 뒤에 서적이 남지 않아 모당(慕堂) 홍이상(洪履祥)[30]이 안동 부사가 되어 이 책을 간행하였다. 권(卷)마다 별도로 서너 장의 주해(註解)를 만들어 부록하였다. 이는 모당이 한 것인데 이 역시 지금 사람들이 모르기에 드러내 밝혀둔다.

[원문] 前輩著述

東人鹵莽, 雖云讀書, 而不知前輩著述用工之深而率多湮沒, 後人無從而知之.

---

29 『소미통감(少微通鑑)』 : 송나라 휘종(徽宗) 때 강지(江贄)가 방대한 사마광(司馬光)의 『자치통감(自治通鑑)』을 50권 15책으로 간추려 엮은 『통감절요』를 말한다. 휘종 때 처사(處士)를 상징하는 소미성(小微星)의 출현을 상주하자 유일(遺逸)을 천거토록 하였지만 강지가 끝내 출사하지 않자 휘종이 그에게 '소미선생'으로 호를 하사하였기에 『통감절요』를 흔히 『소미통감』이라 칭한다.

30 홍이상(洪履祥, 1549~1615) : 본관은 풍산(豊山). 자는 군서(君瑞)·원례(元禮), 모당은 호이다. 1579년 식년문과에 갑과로 장원급제한 뒤 사가독서(賜暇讀書)에 뽑혔고, 호당(湖堂)에 있으며 왕이 유신(儒臣)들을 선발해 경서를 교정할 때는 꼭 참여하였다. 1596년 형조 참판을 거쳐 대사성이 되었으나 영남 유생 문경호(文景虎) 등이 성혼(成渾)을 배척하는 상소에 성혼을 두둔하다가 안동부사로 좌천되었다. 저서로 『모당유고』가 있으며, 시호는 문경(文敬)이다.

如經書諺解, 始于柳參議崇祖, 柳眉菴『日記』言之矣. 盖東俗言語與中國異, 故其文義訓解, 必以方言釋之, 然後可以教習矣. 退溪先生『經書釋義』, 雜引諸家訓義而折衷之. 若金繼趙・李克仁・孫暻・李得全・李忠綽・申駱峯・李復古諸說是也. 宣祖乙酉以後, 設校正廳, 集經術之士, 論定諺吐, 累歲而成, 自此以後, 諸家訓解皆廢矣.

今成均舘四書三經板本, 號稱善本. 洪正郞稿字彦明, 南坡尙書之從姪也. 與一時宰友善, 其人忌其名出己右, 白上曰: "今經書印本多訛謬, 文臣中通經能文者, 無出洪某右, 請令校正." 上允之. 洪承命積年考校, 豕亥魚魯, 悉得歸正, 至於字畫之偏傍, 無少差謬. 余嘗見洪與人書, 有曰: "天祿之役, 令人頭白." 其用工, 盖亦深矣. 因此不調, 未及陞遷而卒, 人皆惜之. 此書人至今讀之, 而皆不知其出於洪, 可勝惜哉!

且『少微通鑑』之盛行于吾東, 自壬辰亂後始. 亂後書籍蕩然, 洪慕堂履祥爲安東府使, 刊行于世. 而每卷外, 別有註解數板以附錄焉, 此則慕堂所爲也, 今人亦皆不知, 故表而出之.

2

예학

가례언해(家禮諺解)

1) 1632년 원주 목판본 『가례언해』

〈가례언해범례(家禮諺解凡例)〉 -찬자 미상, 1632년

1. 큰 글자의 정문(正文)은 가장 윗줄에 붙여 쓰고 한글 자음을 병기하였으며, 풀이는 권(圈)을 그리고 썼다.
1. 작은 글자의 주석은 줄을 낮추어 쓰되, 다만 언석(諺釋)만을 써서 번다한 수식을 생략하였다.
1. 연호, 선유(先儒), 역대 인물, 서·편명, 사물의 이름 및 주석어(註釋語) 중에 별도의 해석이 필요한 부분 등은 책장 윗부분에 표제로 붙였다.
1. 만약 글자마다 해석을 넣으려고 하면 말이 되지 않고 글의 뜻만 도리어 흐려질 터이므로, 단지 말의 의미가 통하도록 한다.
1. 문자어(文字語)[1]는 또한 바로 문자로 쓴 것이 많다.
1. 고사(告辭), 축문(祝文), 서식(書式)은 모두 한글 자음을 병기하기만 하였고, 풀이를 하지는 않았다.

[원문] 凡例

一. 大字正文則書於極行而竝配諺字, 釋解則圈而書之.

---

1 문자어(文字語) : 성어(成語)나 숙어(熟語)를 이르는 것으로 보인다.

一. 小字註則低行書之, 而只用諺釋以省繁文.

一. 年號・先儒氏・歷代人物・書籍篇名・物名及註語之必待別釋處, 則
標題於紙頭.

一. 若要字字入釋, 則不成說話, 辭旨反晦, 故但取話意之通暢.

一. 文字語則亦多直以文字書之.

一. 告辭・祝文・書式則并只配諺字, 而不加釋解.

〈가례언해발(家禮諺解跋)〉 -신득연(申得淵)², 1632년

『가례언해』는 바로 선친(先親)께서 만년에 찬술하신 책으로 유고(遺稿)
의 여러 책들과 함께 보관한 지 오래였다. 결국 사라져 후세에 전하지
못할까 걱정이었는데 이제 목판에 새겨 불후(不朽)하기를 도모하였다.
대략 3개월이 지나 일이 완성되어 바로 글을 올려 임금께 진상하자³ 홍
문관(弘文館)・시강원(侍講院)・교서관(校書館)・성균관(成均館)에
모두 아울러 나눠 보내고, 다시 여러 고을에 문서를 돌려 저마다 인쇄해
배포하도록 시키셨으니 대개 감히 한 집안에서만 소유하지 않도록 하신
것이다. 세상의 호례군자(好禮君子)가 혹시라도 이 책을 취한다면 비단
불초자(不肖子)만이 다행이라 여길 일은 아닐 것이다. 아! 문장이 분명
하여 선친의 손길을 접하는 듯하고 구두가 간절하여 얼굴을 마주보며

---

2 신득연(申得淵, 1585~1647) : 자는 정오(靜吾), 호는 현포(玄圃)이다. 1632년 강원도
관찰사가 되어 부친 신식의 『가례언해』를 간행하였다.

3 대략……진상하자 : 이와 관계된 사실로『승정원일기(承政院日記)』인조 10년(1632)
8월 5일조에 "강원 감사 신득연의 서목은, '선신(先臣)이 지은 『가례언해』간인(刊印)에
관한 일로 상달(上達)하는 상소를 올려 보냅니다.'라는 일이었는데, 입계(入啓)하였
다."는 내용이 보인다.

가르침을 받는듯하니 죽기 전의 여생에 이처럼 감격스런 마음 외에 또 어찌 다른 생각이 있겠는가!

숭정(崇禎) 기원후 5년(1632, 인조 10) 임신년 6월 하순 아들 통정대부(通政大夫) 수(守)[4] 강원도 관찰사(江原道觀察使) 겸 병마수군 절도사(兵馬水軍節度使) 순찰사(巡察使) 관향사(管餉使) 득연(得淵)은 눈물을 닦고 재배하며 삼가 발문을 쓴다.

[원문] 『家禮諺解』, 乃先君晩年所撰也, 藏於遺稿中亂帙久矣. 恐遂致泯沒而未傳, 爰鋟于梓, 以圖不朽. 凡三閱月而功告成, 乃陳疏而上進之, 玉堂・春坊・芸閣・泮宮幷皆分送, 而又爲之行文列邑, 俾各印布, 盖不敢自私於一家也. 世之好禮君子, 或有取焉, 則不但爲不肖之幸而已. 嗚呼! 篇章宛然, 如接手澤; 句讀丁寧, 若承面誨, 未死餘生, 感念興衰, 亦復何以爲心哉!

時崇禎紀元之五年, 歲在壬申季夏下澣, 男通政大夫守江原道觀察使兼兵馬水軍節度使巡察使 管餉使得淵, 扱淚再拜謹跋.

2) 판본 미상 『가례언해』

〈가례언해발(諺解家禮跋)〉 −이식(李植), 시기 미상, 『택당집』 권9

예법(禮法)을 조정에서 시행하기란 어렵지 않지만 세간에서 시행하기에는 어려움이 있다. 시행하기 어려운 점은 감정을 다하기가 어려운 것

---

4 수(守) : 관직이 품계보다 높은 경우에 관명 앞에 붙이는 용어이다.

이 아니라 예문(禮文)대로 다하기에 어렵다는 것이다. 국가에서는 이미 오례의(五禮儀)를 정했는데 지금 선현들의 정론(定論)을 참고하고 인용하여 줄이거나 더해 공제(公除)⁵와 같은 잘못된 제도까지도 모두 바로잡았으니, 인효(仁孝)의 도가 위로부터 아래까지 큰 근본이 서게 되었다.

지금 영동(嶺東) 지역 백성의 풍속을 보건대 지극히 편벽되고 비루하다지만, 외딴 마을의 가난한 백성조차도 모두들 상례와 제례를 삼가고 중히 여겨야 한다는 점을 알고 있다. 단지 가르칠 방도가 부족하고 이에 관한 서적이 널리 배포되지 않아 그 절차를 그대로 시행할 수 없음이 근심스러울 따름이다.

고(故) 대사간(大司諫) 용졸재(用拙齋) 신공(申公)⁶이 일찍이 강원도 관찰사로 나가 교학(敎學)을 흥기시켜 권장하니 사민(士民)들이 지금까지도 칭송한다. 지금 그 장남 현포공(玄圃公: 신득연)이 부친에 이어 강원도 관찰사가 되어 공의 『가례언해(家禮諺解)』 한 질을 인쇄해 배포하여 도내(道內)의 사람들과 함께 나누고자 하였다. 영동의 외진 곳 백성과 어린 학생들 가운데 진심은 있으면서도 규범을 모르는 자들이 이를 얻는다면 더욱 다행일 것이다.

나는 이미 인쇄하여 학교에 보관하고, 각 방(坊)마다 한 권씩 갖춰두

---

5 공제(公除) : 임금에게는 국가의 안위(安危)와 관계된 중대한 책무가 관계되어 있기에 공적인 권도(權道)로써 예법을 절충해 임금의 상복(喪服)을 감해야 한다는 주장을 말한다.

6 신공(申公) : 신식(申湜, 1551~1623)을 말한다. 본관은 고령(高靈), 자는 숙지(叔止), 용졸재(用拙齋)는 그의 호이다. 신숙주(申叔舟)의 5대손이며, 이황(李滉)의 문인이다. 1576년(선조 9) 별시문과에 병과로 급제하였고, 사헌부집의(司憲府執義)로 있을 때 정여립(鄭汝立)의 일파로 탄핵되어 유배당하였다가 1592년 다시 집의가 되었다. 대사헌을 지냈으며, 청주의 쌍천서원(雙泉書院)에 제향되었다. 저서에 『의례고증(疑禮攷證)』·『가례언해』 등이 있다.

고 이를 근거로 삼아 따르도록 권면할 것이다. 이에 책 뒤에 기록하여
배우는 이들이 풍속 교화의 소종래를 알도록 한다.

[원문] 諺解家禮跋

禮不難行於朝, 而難行於野. 其行之難, 非盡情之難, 難於盡其文而已. 國
家旣定五禮儀, 乃今參引先正定論, 以損益之, 以至公除諺制, 悉從釐革,
仁孝之道, 自上達下, 大本立矣. 今觀嶺東氓俗至僻陋, 然窮村細民, 率知
謹重喪祭. 獨患其師道闕而載籍未徧, 無以盡其節文焉耳. 故大諫用拙申
公, 曾按是道, 興勸敎學, 士民至今稱之. 今其大胤玄圃公, 繼美旬宣, 以
公所撰『家禮諺解』一帙, 入梓行布, 將與域內共之. 而於嶺之僻氓蒙學, 有
情質而無節文者, 得之爲尤幸. 余旣印藏于校, 且勸各坊置一本, 擧而從
事. 仍識卷末, 俾學者知風化所自.

상례언해(喪禮諺解)

1) 1935년 한성도서주식회사 연활자본 『상례언해』

〈상례언해범례(喪禮諺解凡例)〉 -찬자 미상, 시기 미상

1. 이 책이 비록 『상례비요(喪禮備要)』를 조술(祖述)하였으나 간혹 부득이하게 중복된 것은 깎아내고 빠진 것은 보충하여 문장을 앞뒤로 옮겼으니 보는 사람들은 살펴보라.
1. 인용한 고금의 선유(先儒)들의 성명과 서적의 편명(篇名)은 모두 빼놓았다.
1. 염습(斂襲), 의금(衣衾), 상복, 관질(冠絰)은 별도로 도설(圖說)을 만들어 책 끝에 붙여 두었다.
1. 망건도(網巾圖), 삼최상(衫衰裳), 대수(大袖), 장군(長裙)은 삼가 제가(諸家)의 설을 채록하여 그림으로 만들었다.

[원문] 凡例

一, 此書ㅣ 雖祖述備要而間有不得已刪複補闕하고 移文上下者하니 覽者詳之니라
一, 所引用古今先儒氏與書籍篇名은 一倂闕之하노라
一, 襲斂衣衾과 及喪服冠絰은 別作圖說하야 以附卷末하노라
一, 網巾圖衫衰裳大袖長裙은 謹採諸家之說하야 創爲之圖하노라

〈상례언해서(喪禮諺解序)〉 -김장생(金長生), 1623년, 『사계전서』 권5

대개 예절이 번거롭기로는 상례(喪禮)처럼 심한 것이 없고, 또한 초상(初喪)보다 급한 경우가 없다. 비록 예법을 안다는 사람도 이해하지 못하여 실수하는 경우가 많거늘, 하물며 궁벽한 시골에서 평소 예법에 어두운 사람들이 어떻게 그 자세한 절차에 맞출 수 있겠는가?

우리 고을 사람 덕신정(德信正) 문수(文叟)[7]는 한양 새문〔新門〕의 교관(敎官) 박형(朴泂)[8]에게 배워 젊어서부터 경서를 읽었고, 또 예학(禮學)에 미쳐서는 세속 사람들이 예법을 그르치는 것을 근심하여 한글로 상례의 초종(初終: 초상과 탈상) 예절을 풀이하여 비록 부녀자라도 살펴 시행할 수 있도록 하니 그 뜻이 근실하다.

새문에서 후학을 가르쳐 후배들 가운데 그를 좇아 배운 사람이 거의 수십 명에 이르지만 학문을 성취하여 학통을 계승한 이가 한 사람도 없으니, 아! 인재를 얻기 어렵다는 말이 이런 것이 아니겠는가! 오직 문수만이 학문에 뜻을 두어 나이 들도록 게으르지 않았으니, 가상할 따름이다. 문수의 아들 이홍오(李弘吾)가 이 책을 가져와 내게 서문을 부탁하기에 감히 사양치 않고 적는다.

천계(天啓) 3년 계해(1623, 인조 1) 10월일에 사계노부(沙溪老夫)는

---

7 문수(文叟) : 이난수(李鸞壽)의 자(字)이다. 세조의 아들인 덕원군(德源君) 이서(李曙)의 증손으로 호는 서곡(西谷)이다.

8 박형(朴泂, ?~1604) : 선조 때의 학자로 본관은 반남(潘南), 자는 형지(泂之), 호는 정산(鼎山), 평도공(平度公) 박은(朴訔)의 6세손이다. 화담(花潭) 서경덕(徐敬德)의 문인이며, 이중호(李仲虎)에게 배웠다. 서얼 신분이었기에 벼슬을 단념하고 『소학』과 경서 중심으로 교육에 힘써 명종과 선조 시대의 조신(朝臣)들이 어려서부터 가르침을 받았다. 동인(東人)과 서인(西人)으로 당론이 나뉘자 원주(原州) 정산(鼎山)으로 은거하였다. 다른 이름이 박주(朴洲)여서 안정복(安鼎福)의 『상헌수필(橡軒隨筆)』에는 박주에게 배운 것으로 되어 있다.

쓴다.[9]

[원문] 喪禮諺解序

夫禮之繁縟莫甚於喪이요 亦莫急於初喪이라 雖知禮者라도 不能無略하야 多所遺失이온 況窮鄕僻巷에 素昧於禮者ㅣ 何能中其禮之節目哉리요

吾洞人德信正文叟ㅣ 學於新門朴敎官洞之丈할새 自少로 讀經書하고 又及於禮學하얀 患俗人之失於禮하야 以諺으로 解初終之禮하야 使婦人으로 亦考而行之하니 其意勤矣로다

新門倡導에 後生從之者ㅣ 幾至數十而無一人成就繼業者하니 噫라 人才之難이 不其然乎아 惟文叟ㅣ 有志於學하야 至老不懈하니 亦可尙也已라 文叟之子李君弘吾ㅣ 袖此書하야 囑余誌其首일새 不敢辭而記之하노라

天啓三年癸亥十月日에 沙溪老夫는 書하노라

참고자료: 1716년 김장생 후손 소지(小識)

『상례언해』는 종실(宗室) 덕신정이 집록(輯錄)하였고, 나의 선조 문원공(文元公)[10]이 서문을 쓰신 것이다. 그 규모와 조례(條例)는 대체로 『문

---

9 「사계연보」 〈계해년(1623) 인조대왕 원년 ○ 선생 76세〉에 "『상례언해(喪禮諺解)』의 서문을 지었다. 종실(宗室)인 덕신정(德信正)이 『가례』의 상례편(喪禮篇)을 언해한 것에 대해 선생이 서문을 지은 것이다."라는 내용이 보인다.

10 문원공(文元公) : 김장생(金長生, 1548~1631)을 말한다. 본관은 광산(光山), 자는 희원(希元), 사계는 그의 호이고, 시호는 문원(文元)이다. 송익필(宋翼弼)로부터 사서(四書)와 『근사록(近思錄)』을 배우고, 20세에 이이의 문하에 들어갔으며 후에 아들 집(集)을 비롯하여 송시열(宋時烈)·송준길(宋浚吉) 등의 많은 문인들을 두었다. 그

공가례(文公家禮)』[11]를 본받았으나 간혹 소략하거나 잘못된 부분이 많아 집안 어른이신 돈촌옹(遯村翁)[12]께서는 늘 이를 흠으로 여겨 내게 교정하고 윤색하도록 하였다. 나는 재주가 고루함도 잊고 초본(草本)을 가져다가 반복하여 자세히 고증하고 다시 빼거나 더하였는데, 고치고 보충한 것이 이전 책에서 거의 열의 대여섯이나 되었으며 모두『비요(備要)』[13]의 주지(主旨)를 따랐다.

숭정(崇禎) 기원후 89년 병신년(1716, 숙종 42) 맹추(孟秋)에 광산후인(光山後人)이 삼가 쓰다.

[원문] 右宗室德信正所輯錄, 而吾先祖文元公弁之卷者也. 其規模條例, 盖倣文公家禮, 而間有闕略且多訛舛, 門丈遯村翁常以是病之, 命余較整修潤. 忘其固陋, 乃取草本反覆詳證, 更加損益, 其所追補視舊殆十五六, 而悉遵備要之旨云.

문인들이 김장생을 '노선생'으로 아들은 '선생'으로 불렀다고 한다.

11 『문공가례(文公家禮)』: 중국 송(宋)의 주희(朱熹, 1130~1200)가 저술한『주자가례(朱子家禮)』를 말하며,『주문공가례(朱文公家禮)』라고도 한다. 이는 사대부의 관혼상제에 따르는 예법을 정리한 책인데 고려 말 주자학과 함께 전래되어 조선시대에는 기본 예법서로 보편화되었다. 시대와 풍습의 차이로 조선의 현실과 맞지 않는 점이 있어 예송(禮訟)을 야기하는 원인이 되기도 하였다.

12 돈촌옹(遯村翁): 김만증(金萬增, 1635~1720)을 말한다. 본관은 광산(光山), 자는 경능(景能), 돈촌은 그의 호이다. 충청도 연산(連山) 출신으로 김장생(金長生)의 증손이며, 송시열(宋時烈)에게 수학하였다. 1663년(현종 4)에 사마시(司馬試)에 합격하여 이듬해에 음보(蔭補)로 지중추부사(知中樞府事)에 올랐다. 1683년(숙종 9) 임피 현령(臨陂縣令)을 지낼 적에 어사의 탄핵을 받아 임천(林川)으로 귀양을 갔다가 이듬해에 풀려난 후로 학문연구에 몰두하였다. 저서로는『돈촌집』3권이 있다. 시호는 문정(文貞)이다.

13 『비요(備要)』:『상례비요(喪禮備要)』를 말한다. 이는 신의경(申義慶)이『주자가례』를 기본으로 초상(初喪)으로부터 장례(葬禮)의 절차를 1권 1책으로 기술한 책이다.

崇禎紀元後八十九年丙申孟秋, 光山後人謹識.

〈상례언해발(喪禮諺解跋)〉 -송시열(宋時烈), 1665년, 『송자대전』 권146

덕신정(德信正) 이난수(李鸞壽)의 『가례언해』를 지금 선산 부사(善山府使)로 있는 안공(安公)[14] 아무개를 통해 비로소 이런 책이 있었음을 알고 이를 일찍 보지 못한 것이 유감이었다. 그런데 나는 사계(沙溪) 노선생(老先生: 김장생)의 발문을 보고서야 그것이 세상에 도움이 됨을 의심할 수 없다는 것을 알게 되었다. 안공은 그 풀이가 초종(初終)의 절차에 그쳤다는 이유로 장례(葬禮)와 제례(祭禮)도 함께 번역해 그 뒤에 붙이고자 하였으니, 이는 바로 덕신정이 원하던 일이다. 나는 이렇게 말한다.

"예전에 용졸재(用拙齋) 신식(申湜) 공이 『가례』를 깊이 연구하여 언해서 두 권을 지었다. 그때 실로 노선생과 글을 주고받으며 증명하여 비록 선생의 설(說)을 모두 따르지는 않았지만 따른 것도 많으니, 이를 가져다 상호 비교해 참고한다면 거의 실수가 적을 것이다."

숭정(崇禎) 기원후 38년 을사(1665) 6월일에 은진 송시열은 쓰다.

---

14 안공(安公) : "안공은 이름이 응창이니 곧 순양군의 장자이다.〔安公, 名應昌, 卽順陽君長子云.〕"라는 원주가 있다. 안응창(1603~1680)은 본관 순흥(順興), 자 흥숙(興叔), 호 백암(柏巖)으로 안향(安珦)의 14세손이며, 장현광(張顯光)의 문인이다. 1636년 병자호란 때 대군사부(大君師傅)에 제수되어 중국 심양(瀋陽)에서 1640년부터 1643년까지 3년간 봉림대군(鳳林大君)을 모시다가 환국하였다. 저서로는 『백암문집』 5권이 있다. 아버지 순양군은 숭정대부(崇政大夫) 증 우의정(贈右議政) 몽윤(夢尹)이다.

[원문] 家禮諺解跋

德信正『家禮諺解』을 今因善山府伯安公某하야 始知有此書하고 尙恨其未
之見也라. 然이나 伏見沙溪老先生跋語則知其有補於世也ㅣ 無疑矣로다.
安公이 以其所解ㅣ 止於初終으로 欲取葬祭二禮하야 並譯而附其後하니
斯ㅣ 德信之所欲聞者라. 余諗之曰: "昔에 拙齋申公湜이 深用功於『家禮』
하야 有俚釋二卷하니 其時에 實與老先生으로 往復相證하야 雖不盡用先
生之說이나 而其所用者亦多矣니 幸取而參互之則庶乎寡過矣라."

  崇禎紀元後三十八年乙巳六月日에 恩津宋時烈은 跋하노라.

〈독상례언해소지(讀喪禮諺解小識)〉 -박노중(朴魯重), 1932년

『상례언해』는 예전 종실(宗室) 덕신정(德信正)이 『가례(家禮)』 가운데
상례의 여러 조목을 한글 언문(諺文)으로 번역해 풀이한 것이니 유숭조
(柳崇祖)의 경서언해와 같은 종류로 음과 뜻이 자세하고 분명하여 고찰
해 살피기에 간편하니 일가를 이룬 책이다. 이 때문에 사계(沙溪) 김
문원공(金文元公)이 서문을 지어 "부녀자라도 살펴 시행한다."라고 하였
고, 우암(尤菴) 송 문정공(宋文正公: 송시열)은 발문을 지어 "세상에 도
움이 됨을 의심할 수 없다."라고 하였다. 두 선생이 가르쳐 보인 글이
이처럼 분명하니 비록 국가의 예문(禮文)이 갖춰진 시대라도 의당 이것
을 집집마다 가르치고 사람마다 마땅히 알아 실천토록 해야 할 것이거늘
하물며 지금의 상제(喪制)의 무너짐이 지극한 시절임에랴. 혹여 한문에
능하지 못하더라도 훈민정음을 조금이나마 이해하는 사람이라면 모두
분명하게 통독하여 초상과 탈상의 혼란스럽고 갑작스런 때에 이를 따라
편안하게 행한다면 율곡(栗谷)의 이른바 "예법을 아는 선생과 어른에게

물어보라."[15]는 가르침을 기다리지 않더라도 예법과 법식이 거의 어긋나지 않을 것이니 어찌 크게 행해지지 않겠는가. 시절에 느꺼운 바가 있어 쓴다.

임신년(1932) 11월 상순에 평양(平陽) 박노중(朴魯重)[16]은 적는다.

[원문] 讀喪禮諺解小識

『喪禮諺解』는 古昔宗室德信正이 就『家禮』中治喪諸條하야 以反切諺文으로 譯而釋之하니 如柳氏崇祖經書諺解之例而音義詳明하고 考閱簡便하야 儘一家之成書也라 故로 沙溪金文元公이 有序曰: "婦人도 亦攷而行之"라하고 尤菴宋文正公이 爲跋曰: "有補於世也ㅣ 無疑矣"라하니 兩先生昭垂之筆이 若是章章然則雖使國朝禮文粲備之日이라도 此惟家家所當講이요 人人所當知而踐行者여날 況今喪制壞極之時乎아 苟或不能於文而粗解訓民正音者라도 皆可瞭然通讀而坦然由行於初終總總然急遽之際則不待栗翁所謂"質問于先生長者識禮處"之訓而節文儀則이 庶乎不差矣리니 豈非大行歟아 玆庸有感于時而書하노라

玄默沼灘復之上澣에 平陽朴魯重識하노라

---

15 예법을……물어보라 : 『격몽요결(擊蒙要訣)』 「상제장(喪制章)」의 첫 구절에 나오는 말이다.

16 박노중(朴魯重, 1863~1945) : 청주 지역에서 활동한 인물로 조선후기 문인 이홍제(李弘濟)의 『백봉집(柏峯集)』 발문과 김민환(金旻煥)의 『용암집(勇菴集)』 서문, 『호서산인실기(湖西散人實紀)』를 편찬한 기록이 확인된다. 평양은 전라남도 순천(順天)의 옛 이름으로 박노중의 본관이다.

〈상례언해간행서(喪禮諺解刊行序)〉 -송의섭(宋毅燮), 1933년

연(燕)나라 사람이 장보관(章甫冠)을 가지고 월(越)나라에 장사하러 가자 사람들이 그가 분명 곤궁해질 것을 아는 이유는 그것이 쓸모가 없기 때문이다.[17] 현재 불가(佛家)의 설이 천지에 가득하여 예법을 담론하는 사람 보기를 마치 악질(惡疾)처럼 미워하여 반드시 없애고야 말려고 하니 지금 예법을 실천하는 것이 또한 위태롭지 않겠는가?

고성(固城) 김영복(金泳福) 윤덕(潤德) 씨가 『상례언해(喪禮諺解)』를 가져와 보여주며 "내가 이 책을 간행하여 세상에 공개하고자 합니다."라고 말하여, 나는 그것을 받아 출간 작업을 마쳤다.

대개 종실(宗室) 덕신정(德信正)이 『주자가례(朱子家禮)』의 상례편(喪禮篇)을 국문(國文)으로 해석하니 비록 부녀자라도 익히고 이해하기에 쉬워 갑작스럽게 상례를 당하더라도 군자들이 미치지 못한 부분을 도울 수 있으니 그 가르침이 지극하다. 그래서 사계(沙溪: 김장생) 문원공(文元公)과 우암(尤菴: 송시열) 문정공(文正公)이 모두 서문과 발문을 지으셨고, 문원공의 후손 아무개가 다시 다듬어 윤색하니 전보다 더욱 자세하게 되었다. 당시에 예교(禮敎)를 숭상하던 모습을 여기서 상상해 볼 수 있다.

이 책은 상자에 보관되어 거의 반딧불과 좀벌레의 먹잇감이 되었었다. 지금 윤덕 씨를 만나 장차 인쇄하여 널리 배포하려 하니 이 어찌 다행이 아니겠는가? 비록 그러하나 그 일은 월나라에 간 장보관이나 다름이 없

---

17 연(燕)나라……때문이다 : 장보관은 은(殷)나라의 예관(禮冠)으로 흔히 유자(儒者)들의 관을 의미한다. 『장자(莊子)』에 "송(宋)나라 사람이 장보관을 가지고 월(越)나라에 가니, 월나라는 단발(斷髮)하고 문신(文身)하는 사람들이라 쓸 데가 없었다."라는 내용이 보인다.

고, 시대는 예법을 미워하기를 악질을 싫어하듯 하여 말살하려는 때이니 우리는 힘쓸지어다. 철륜(鐵輪)을 머리 위에다 굴리더라도 선정(禪定)과 지혜가 원만하고 밝아 끝내 잃지 않는다[18]는 말을 오늘날 마땅히 수용해야 할 것이다.

계유년(1933) 양월(陽月 : 음력 10월)에 호산(壺山) 송의섭(宋毅燮)[19]은 쓰노라.

[원문] 喪禮諺解刊行序

燕人이 資章甫而適越하니 人[20]人知其必窮은 以其無用也라 見今竺回之說이 彌滿穹壤하야 其視談禮者를 惡之如惡疾而必欲去之乃已하니 今之爲禮者ㅣ 不亦殆乎아 固城金泳福潤德甫ㅣ 袖『喪禮諺解』하야 示之하고 而曰吾欲刊此而公諸世하노라 余ㅣ 受而卒業焉하니 盖宗室德信正이 就『家禮』喪禮篇하야 以國文으로 解之하니 雖婦女라도 易於習曉하야 倉卒之際에 可以助君子之不及하니 其爲敎ㅣ 至矣라 故로 沙溪文元公·尤菴文正公이 皆有序跋하시고 而文元後孫某ㅣ 更加修潤하니 視舊益詳이라 當時ㅣ 禮敎之崇尙을 於是可想이로다 是書也ㅣ 藏在巾衍中하야 幾爲螢乾蠹朽之資러니 今得潤德而將繡梓普頒하니 玆豈非幸也乎아 雖然이나

---

18 철륜(鐵輪)을⋯⋯않는다 : 불교서인『증도가(證道歌)』에 나오는 말로 마음을 변치 않겠다는 의미이며, 철륜은 죄인의 목을 베는 형구이다. 주자의『주자대전(朱子大全)』권53「답유계장(答劉季章)」에도 "철륜을 머리 위에다 굴리더라도, 또한 어떻게 그의 뜻을 움직이겠는가.〔便有鐵輪頂上轉旋, 亦如何動得?〕"라는 말이 보인다.

19 송의섭(宋毅燮, 1865~?) : 일제강점기에 청주지역에서 활동한 유학자로 본관은 여산(礪山), 호산은 호이다. 간재(艮齋) 전우(田愚)의 문인이며, 문집으로『춘계집(春溪集)』12권 5책과『동국강감(東國綱鑑)』등이 있다.

20 人 : 원본에는 이 글자가 앞 절에 붙어 "越人"으로 되어있으나 의미상 잘못이고, 뒷절에 붙어 "人人"으로 되어야 옳다. 이에 바로잡는다.

其事ㅣ 無異乎適越之章甫하고 而時則乃惡禮를 如惡疾而欲抹殺之日也
니 吾子는 其勉乎哉어다 假使鐵輪頂上旋이라도 定慧圓明終不失이 宜今
日受用者也니라

癸酉陽月日에 壺山宋毅燮書하노라

〈상례언해발(喪禮諺解跋)〉 –이학근(李學根), 1934년

고금의 상례(喪禮)에 관한 책은 어디에나 갖추어져 있으며 한결같이 천
리(天理)의 절차와 인사(人事)의 규범에서 나온 내용으로 진실로 사람
들이 마땅히 강구하여 실천할 것이니 지금 덕신정(德信正)의 『상례언해
(喪禮諺解)』 또한 그 한 가지이다. 상례를 치르는 의식과 절차에 대해
가장 알기 쉽고 실천하기 쉬웠기에 나는 항상 애독하며 진서(眞書: 한
문)로 적혔든 언문(諺文: 한글)으로 적혔든 차이를 두지 않았다. 널리
배포하고자 하였지만 시간만 늦어지고 방법이 없었는데 김영복(金泳福)
군이 또한 먼저 뜻을 품어 곧바로 전병수(全炳壽) 군과 함께 합의하여
이 책을 발간하였다. 이 책이 『가례(家禮)』와 『가례비요(家禮備要)』를
번역하고 선현들의 서문과 발문을 이미 갖추어 공경스럽고 믿음직함이
지극하였고, 더구나 근래 상례를 강구하지 않는 때에 불행하게도 죽음을
맞은 집안이 급히 장례를 치를 적에 이 해석서를 자세히 살펴 시행한다면
절차와 규범이 간편하면서도 어긋나지 않는데다 필시 정성스럽고 공경
해야 하는 마음에 거의 유감이 없을 것이다. 끝으로 임방(林放)이 예의
근본에 대해 묻자 성인이 차라리 슬퍼하느니만 못하다는 가르침[21]이 이

---

21 임방(林放)……가르침 : 『논어』「팔일(八佾)」에 임방의 물음에 대해 공자가 "예는 사치

책에 갖추어져 있으니 온 나라의 효자들은 함께 보고 살피기를 바란다.

　갑술년(1934) 한겨울 날 완산후인(完山後人) 이학근(李學根)은 삼가 발문을 쓴다.

[원문] 喪禮諺解跋이라

古今喪禮之書ㅣ 在在備矣而一出於天理之節文과 人事之儀則也則固人
之所當講行者而此德信正喪禮諺解ㅣ 亦其一書也라 最於治喪之儀節에
易知易行者故로 余常愛讀하야 不以眞諺而有間也라 擬欲廣布호대 緩晚無
由러니 金君泳福이 亦先有志에 乃與全君炳壽로 合謀發刊하니 是書也ㅣ 譯
出家禮與備要而先賢之序跋文이 已備하야 其所以敬之信之者ㅣ 至矣盡
矣은 況挽近喪禮不講之日에 不幸遭艱之家ㅣ 急遽送終之際에 詳考此解
而行之면 節文儀則이 簡便無差而必誠必敬之心이 庶乎無憾이요 終乃林放
問禮之本에 聖人寧戚之訓이 在此矣니 願一邦之孝子는 共覽而詳之하라
甲戌仲冬日에 完山後人李學根은 謹跋하노라

〈금간행범례(今刊行凡例)〉 −찬자 미상, 시기 미상

1. 위의 조목들은 예전 김 문원공(金文元公: 김장생)의 후손 아무개[22]가 수정, 윤색할 때 정한 것이라 지금 그대로 남겨두어 독자들이 사유의 소종래를 알도록 하였다.

1. 편차한 본이 초상례(初喪禮)에 그쳐 매우 간단한 듯한 까닭에 이제

───
　하기보다 검소해야 하며, 상례는 형식을 갖추기보다 슬퍼해야 한다"고 답한 내용이 보인다.
22 아무개 : 『상례언해』의 발행자인 김영복이다.

장례 때의 계빈축사(啓殯祝辭)에서 3년 후의 기제(忌祭)와 선묘세일제축문(先墓歲一祭祝文)을 아울러 더해 기록해 넣어 책 뒤에 붙여두어 거의 살펴보는 사람들이 일마다 편히 시행하도록 하였다.

1. 이 책이 세상에 간행됨이 이미 늦었으나 지금 상례의 무너짐이 지극한 시절을 만나 더욱 연구해 밝히지 않을 수 없기에 급급하게 간행해 배포한다.

[원문] 今刊行凡例

一. 右諸條는 昔金文元公後孫某修潤時所定也라 今依仍存하야 使讀者로 知其事由之有自來矣라

一. 篇本이 止爲初喪之禮하야 似甚簡單故로 今以營葬時에 自啓殯祝辭로 以至三年後忌祭와 及先墓歲一祭祝文를 并增記入하야 附于編後하니 庶使考覽者로 以便行事事라

一. 此書之行于世固已晩矣而今當喪禮壞極之日하야 尤不可不講明者故로 汲汲刊布하노라

2) 1936년 덕흥서림 연활자본 『언문상례(諺文喪禮)』

〈언문상례서언(諺文喪禮緒言)〉 -내산거사(萊山居士) 규원(奎垣), 시기 미상

무릇 사람이 태어나면 죽고 죽으면 장례지내며, 장례지내면 제사하는 일은 바로 집안과 사람마다 모두가 실제로 마주하는 것이니 피할 수도 없고 또 그만두지도 못할 것이다. 옛 성인이 예법으로 절차를 만들고 글로 밝혀 대대로 사람들이 신종추원(愼終追遠)[23]하는 지극한 의미를 극

진하게 하도록 하셨다. 하지만 글에는 한문과 언문 두 가지의 다름이 있고, 사람은 사농공상(士農工商)의 사민(四民)이 달라 오직 한문은 선비가 본래 종사하는 것이니 경서(經書)와 예법에 대해서는 장황하게 더 할 말이 없고, 농민·공인·상인도 또한 저마다 뜻이 있어 예법을 좋아하니 아름답고 성대하도다. 그리고 언문은 사민에서 부녀자와 어린이, 시종과 천민에 이르기까지 이해하지 못하는 사람이 없고, 한문에는 모두 능통한 것은 아니니 이는 우리 동방(東方)의 잘못된 풍속이다. 선조를 받드는 정성은 귀천(貴賤)이 한결같은 까닭에 매양 상례·장례·제례를 만나면 비록 마음에는 사랑하고 좋게 여기지만 한문에 구애되어 문득 마음만 있고 그 예법을 극진히 못하는 사람이 많으니 어찌 탄식치 않겠는가. 이제 상례·장례·제례의 세 가지 예경(禮經)을 가지고 언문으로 번역하여 열람하기 자세하도록 하니 뜻은 있지만 예법을 극진히 못하는 사람에게 도움이 있을 것이다.

내산거사(萊山居士) 규원(奎垣)[24]은 서문을 적는다.

[원문] 서언^{緒言}

므릇 인이 생^生하면 상^喪하고 상^喪하면 장^葬하고 장^葬하면 졔^祭함은 곳 가^家가^家인^人인^人이 실^實로 당^當하난 바이니 가히 피^{可避}치 못하고 쏘 가히 폐^{可廢}치도 못할 것이라 녯 셩인^{聖人}이 례^禮로써 졀차^{以節}하고 글^文로써 발키사^以 셰^世셰^世인^人죡^族으로 하야곰 그 신종^{其愼終}

---

23 신종추원(愼終追遠) : 『논어』 「학이(學而)」에 "어버이의 상에 신중하고, 조상들을 정성껏 제사 지내면 백성들의 덕성이 돈후해질 것이다.〔愼終追遠 民德歸厚矣〕"라는 증자(曾子)의 말로, 상례와 제례에 정성을 극진히 다한다는 의미이다.

24 내산거사(萊山居士) 규원(奎垣) : 『언문상례』의 저작 겸 발행자인 김동진(金東縉)으로 내산거사는 호, 규원은 자이다.

츄원하난 지극한 뜻을 극진하게 하셧시난 글은 한문과 언문 량건의
달음이 잇고 사람은 사농공상 사민의 달음이 유하야 오직 한문은 이
션배의 본대 종사하난 바인즉 어경어례에 장황히 더할 말이 업고 농공
상도 쏘 각각 뜻에 잇셔 례를 죠화하니 아름답고 셩하도다 쏘 언문은
사민으로부터 부녀동치와 여대하천에 일으히 관통치 아닌 이 업고 한
문에는 다 능치 못하니 이난 우리 동방의 습류한 풍속이라 그 봉션한
졍셩은 귀쳔이 일반인 고로 매양 상쟝제례를 당하면 비록 마음엔 사랑
하고 죠히녀기나 한문에 구애하야 문득 뜻만잇고 어더 그 례를 극진히
못하난 재 만하니 엇지 겸탄치 아니리오 이졔 상쟝제 셋 례경을 가져
언문으로써 번역하야써 상고하야 열람하기 쟈상케하니 그 유지하고
그 례를 극진이 못하난 이에게 유조할까

래산거사규원셔

기타

〈가례상장제삼례언해발(家禮喪葬祭三禮諺解跋)〉 −김응조(金應祖),
　1664년, 『학사집』 권5

증자(曾子)가 "상사(喪事)를 신중히 하고 조상을 추모하면 백성의 덕성
이 도타워질 것이다." 하였는데, 후현(後賢)이 이어서 서술하여 "상사는
사람들이 소홀히 하기 쉬운데도 삼갈 수 있고, 조상은 사람들이 잊기 쉬
운데도 추모할 수 있다면, 이는 백성의 덕성이 도타워지는 방법이다."[25]
라고 하였다. 대체로 상사를 소홀히 하고 조상을 잊으면서도 그 덕성이
도타운 사람은 없다. 주부자(朱夫子: 주자)의 『가례(家禮)』 한 부는 만
고 예법가(禮法家)의 규범이 되지만 구두와 문장의 의미에 간혹 난해한
곳이 있어 갑작스럽게 상사를 당해 이러저러하는 사이에 간혹 그냥 지나
침을 면치 못해 상사를 소홀히 하거나 조상을 잊음에 이르지 않는 사람
이 드물다.

　무릇 상례와 장례는 죽음을 신중히 하고 제사는 조상을 추모하는 방법
이다. 이에 덕신정(德信正)과 선주(善州: 경북 선산)의 여러 공들이 더
욱 이 점에 유의하여 한글로 번역해 사람들이 깨달아 이해하고 배워 익
히도록 하였으니 그 뜻이 지극하다. 심지어 봉급을 할애하여 각수(刻手)
들에게 주어 세상에 널리 배포할 수 있도록 하여 사람들이 예문(禮文)의

---

25 증자(曾子)가……방법이다 : 증자의 말은 『논어』 「학이(學而)」에 보이며, 후현의 서술
　이란 증자의 언급에 대한 주자(朱子)의 주(註)를 말한다.

절목에 대해 환히 알아 소홀히 하거나 잊는 지경에 이르지 않도록 하였다. 그렇다면 상사에 삼가지 않을 사람이 있겠으며, 조상에 대해 추모하지 않을 사람이 있겠는가! 그리고 자신의 덕성과 백성의 덕성이 도타워지지 않겠는가?

나는 선산의 수령이 우리 유가(儒家)의 사업을 정중히 함에 거듭 감동하여 마침내 참람함도 잊고 즐거이 이를 위해 말한다. 세차(歲次) 단오일에 풍산(豊山) 김응조(金應祖)²⁶는 삼가 발문을 쓴다.

[원문] 家禮喪葬祭三禮諺解跋

曾子曰: "愼終追遠, 民德歸厚矣." 後賢繼之曰: "終者, 人之所易忽也, 而能謹之; 遠者, 人之所易忘也, 而能追之, 厚之道也." 蓋忽於終 · 忘於遠而其德厚者, 未之有也. 朱夫子『家禮』一部, 爲萬古禮家三尺, 而句讀文義, 往往有難解處, 倉卒之際, 因仍之間, 或未免放過, 其不至於終而忽 · 遠而忘者鮮矣.

夫喪葬所以愼終, 祭所以追遠. 此德信正 · 善州伯諸公所以尤留意於此, 譯以方言, 使人曉解而習熟焉, 其意至矣. 至於割淸俸付諸剞劂氏, 有以廣布於世, 俾人得以瞭然於禮文節目之間而不至於忽忘焉. 則於終, 其有不謹者乎; 於遠, 其有不追者乎! 己之德 · 民之德, 其有不厚者乎? 余重有感於善州伯鄭重於斯文事, 遂忘其僭而樂爲之言. 蒼龍端陽日, 豊山金應祖謹跋.

---

26 김응조(金應祖, 1587~1667): 자는 효징(孝徵), 호는 학사(鶴沙) · 아헌(啞軒), 풍산은 본관이다. 어려서 유성룡(柳成龍)을 사사했으나 광해군의 정치를 보고 문과 응시를 포기한 채 장현광(張顯光)의 문하에서 학문에 힘썼다. 인조반정 이후 문과에 올라 인조 · 효종 · 현종 삼대에 걸쳐 공조참의 · 대사간 · 한성부우윤 등을 역임하였다. 저서에 『학사집』 · 『사례문답(四禮問答)』 · 『산중록(山中錄)』 · 『변무록(辨誣錄)』 등이 있다.

〈가례언해(家禮諺解)〉 조목 −안정복(安鼎福), 『순암집』 권13 「상헌수필 하」

종실(宗室) 덕신정(德信正)이 예법(禮法)을 좋아하여 『주자가례(朱子家禮)』 가운데 '초종(初終)'에서 '성복(成服)'에 이르는 네 가지 조목을 취해 언문으로 풀이하여 몽매한 선비나 우매한 부인네들이 이를 의지해 상례를 치를 수 있도록 하였다. 사계(沙溪) 김장생(金長生)이 이를 보고 매우 칭송하였고, 사부(師傅) 안응창(安應昌)이 이를 넓혀 상례(喪禮)와 제례(祭禮)를 함께 번역하여 간행하였다. 지금 세상에 간행되는 판본은 바로 용졸재(用拙齋) 신식(申湜)이 편찬한 것이다.

덕신정은 세조(世祖)의 왕자 덕원군(德源君) 서(曙)의 증손으로, 이름은 난수(鸞壽), 자는 문수(文叟), 호는 서곡(西谷)이다. 성품이 지극히 효성스럽고 문장과 학문을 좋아하였으며, 박주(朴洲)를 좇아 학문을 하니 박주가 매우 기특해 하였다. 그 자손들은 지금 목천(木川 : 천안시 목천읍)에 산다.

[원문] 家禮諺解

宗室德信正好禮, 取『朱子家禮』, 初終至成服四條, 解以國諺, 使蒙士愚婦依而從事. 金沙溪見而亟稱之, 安師傅應昌因以廣之, 并喪祭禮而譯之刊行. 今世行本, 卽用拙齋申湜所撰也.

德信正, 世祖王子德源君曙之曾孫, 名鸞壽, 字文叟, 號西谷. 性至孝, 好文學, 從朴洲學, 洲大奇之. 其子孫今居木川.

3

수신

속삼강행실도(續三綱行實圖)

1) 1514년 목판본 『속삼강행실도』

〈속삼강행실도서(續三綱行實圖序)〉 -남곤(南袞), 1514년

사람이 금수와 다른 것은 그 강상(綱常)이 있기 때문입니다. 그리고 천
리(天理)가 인심(人心)에 내재함은 고금과 귀천의 차이가 없습니다. 실
로 총명하고 지혜로운 이가 출현하고 임금이 그를 스승으로 모신다면
교화(敎化)에 방도가 생겨 백성이 그 처음의 선한 성품을 회복할 줄 알
아 이 당연한 이치를 다하게 되리니, '아! 변화하였다'고 할 교화[1]와 집집
마다 봉작할만한 아름다운 풍속[2]이 이 방법을 거쳐서 점차 이루어질 것
입니다.

　선덕(宣德) 연간에 세종 장헌대왕이 유신(儒臣) 설순(偰循)[3]에게 명
하여 고금의 효자·충신·열녀의 행실에서 모범 삼을 만한 것들을 모아
서 그림으로 형상하고 사실을 기록하며 시찬(詩贊)을 잇게 하여 『삼강

1　'아! 변화하였다'고 할 교화 : 군왕의 덕이 천하를 감화하여 왕족으로부터 백성까지
　변화하고 만방이 화평해졌음을 이른다. 『서경(書經)』 「우서(虞書)·요전(堯典)」에 보
　인다.
2　집집마다 봉작할만한 아름다운 풍속 : 임금의 교화가 성공하여 어진 백성이 매우 많아
　졌음을 뜻한다.
3　설순(偰循, 미상~1435) : 본관은 경주. 태종·세종 때의 문신·학자. 박학하되 특히
　역사에 뛰어났고, 문장으로도 이름이 높았다.

행실』이라고 이름을 내리시고서 인쇄하여 중앙과 지방에 반포하게 하셨습니다. 성종 강정대왕에 이르러 서국(書局)에 다시 명을 내려 설순이 편찬한 것에 훈해(訓解)를 더하고 언문으로 번역하여 아동과 부녀가 모두 훤하게 이해하도록 하셨으니, 법도를 두텁게 하고 백성을 깨우치는 도리에 유감(遺憾)이 없었다 하겠습니다. 그러나 근래 국운이 좋지 못하고 세상이 혼탁하여 사람들이 방향을 잃고서 오직 이로움만 좇더니 삼가 주상전하를 만나매, 혼란을 척결하시고 법도를 정리하셨으며 무릇 교화를 일으켜 세속을 권면하신 바가 모두 조종(祖宗)의 옛 모습을 회복하셨음에도 여전히 미치지 못한 듯이 생각하십니다. 그리하여 예조의 관리를 불러서 말씀하셨습니다. "근래 강상이 땅에 떨어져 내가 깊이 마음 아팠소! 그러니 『삼강행실도』를 본떠서 국조(國朝) 이래의 충효와 절의를 보인 사람들을 더 캐어 이어서 한 편을 만들어 백성들이 관감(觀感)하게 하려고 하오."

드디어 담당 부서를 열고 인원을 배치하되 대제학 신 신용개(申用漑)[4]가 그 일을 주관하도록 명하시고, 이어서 판중추부사 신 강혼(姜渾)[5], 이조 판서 신 김전(金詮)[6], 예조 판서 신 박열(朴說)[7], 지중추부사 신

---

4 신용개(申用漑, 1463~1519) : 본관은 고령으로, 신숙주(申叔舟)의 손자이다. 시호는 문경(文景)이다.
5 강혼(姜渾, 1464~1519) : 본관은 진주. 시호는 문간(文簡)이다. 김종직의 문인으로서 연산군에게 아부하여 도승지까지 올랐고, 중종반정에 가담하여 공신이 되고 진천부원군(晉川府院君)에 봉해졌다.
6 김전(金詮, 1458~1523) : 본관은 연안. 시호는 충정(忠貞)이다. 무오사화와 갑자사화에 연루되어 파직, 좌천되었으나 남곤, 심정과 기묘사화를 일으켜 공신이 되고 영의정까지 올랐다.
7 박열(朴說, 1464~1517) : 본관은 밀양. 시호는 이정(夷靖)이다. 대사헌, 예조 판서, 이조 판서, 우찬성 등을 역임했다.

이계맹(李繼孟)[8], 하산군(夏山君) 신 성몽정(成夢井)[9], 이조 참판 신 이장곤(李長坤)[10], 병조 참지 신 최숙생(崔淑生)[11] 및 신 남곤(南袞)[12]이 함께 편찬에 참여하도록 하셨습니다.

하루는 전하께서 사마광의 사론(史論)의 초본(抄本) 한 통을 내리시고 신 등을 불러 보이시면서 말씀하셨습니다. "내가 역사서를 읽다가 우연히 이 논설을 보고서는 그 말을 대단히 훌륭하게 여겼으니, 이륜(彝倫)에 관련이 있소. '여자가 되어 행실이 바르지 못하면 아무리 또한 꽃다운 용모가 아름답고 길쌈 솜씨가 빼어나더라도 훌륭하게 여길 것이 못되며, 신하 되어 불충하다면 아무리 재주와 지혜가 많고 정치 업적이 뛰어나더라도 귀하게 여길 것이 못된다. 어째서인가? 대절(大節)이 이미 훼손되었으니 작은 미덕은 일컬을 것 없기 때문이다.'[13] 그대들은 지

---

8 이계맹(李繼孟, 1458~1523) : 본관은 전의. 시호는 문평(文平)이다. 좌승지, 대사헌을 거쳐 동지중추부사, 예조 판서, 좌찬성 등을 역임했다. 1519년 기묘사화 때 선비들에 대한 처리가 지나친 것을 보고 은퇴하였다.

9 성몽정(成夢井, 1471~1517) : 본관은 창녕. 시호는 양경(襄景)이다. 연산군 때 벼슬을 하지 않다가 중종반정에 가담하여 공신이 되었고 하산군(夏山君)에 봉해졌다. 대사간, 동부승지, 대사헌, 예조 참판 등을 역임하였고 예조 판서에 추증되었다. 조광조(趙光祖) 등 신진사류와 가까웠다.

10 이장곤(李長坤, 1474~?) : 본관은 벽진. 시호는 정도(貞度)이다. 김굉필(金宏弼)의 문인으로, 갑자사화에 연루되어 유배되었다가 달아나 숨어 살았다. 학문과 무예를 겸비해 중종의 신임을 받았다. 홍문관 교리, 평안도 병마절도사, 이조 판서, 우찬성 등을 역임했다.

11 최숙생(崔淑生, 1457~1520) : 본관은 경주. 시호는 문정(文貞)이다. 1504년 연산군이 생모의 상복을 다시 입으려 할 때 반대하였다가 파직되었다. 중종반정 이후 다시 벼슬을 하여 대사간, 대사헌, 우찬성 등을 역임하였고 영의정에 추증되었다.

12 남곤(南袞, 1471~1527) : 본관은 의령. 김종직의 문인으로 갑자사화 때 유배되기도 하였으나 심정과 함께 기묘사화를 일으켰다. 대제학, 이조 판서, 영의정 등을 역임했다. 시호로 문경(文景)이 내려졌으나 사화의 원흉으로 지목되어 삭탈되었다.

13 여자가……때문이다 : 이 대목은 『통감절요(通鑑節要)』 권15 「오대기(五代紀)·후주

금 책을 편찬하며 반드시 이 뜻을 책머리에 서술하시오." 신 등은 명을 듣고 더욱 서둘렀습니다.

이리하여 상국(上國)의 일은 『대명일통지(大明一統志)』[14]에 기록된 바 봉증(封贈)되고 정표(旌表)된 인물을 근거하되 매우 특이한 이들을 가려내었고, 우리나라도 역대 사서를 조사하고 지리지를 참조하였으며 민가의 장첩(狀牒)과 관청의 등권(謄券)에 이르기까지 찾아서 보지 않은 것이 없었습니다. 또한 여러 지방의 감사(監司)에게 각기 관할지의 탁월한 행실을 올리게 하여 모두 효자 36명, 열녀 28명을 얻었는데, 충의(忠義)의 선비는 예부터 위란(危亂)의 시기에 많이 드러나므로 수는 유독 적었습니다. 사업은 임신년(1512, 중종 7) 10월에 시작하였으나 그 사이에 흉년 때문에 담당 부서를 폐지하였다가 갑술년(1514, 중종 9) 6월에 이르러서야 책을 탈고하였습니다.

신이 일찍이 들으니, 삼대에 백성을 가르치는 법은 주(周)나라가 가장 상세하다고 합니다. 사도(司徒)[15]가 칠교(七敎)와 육행(六行)[16]을 담

기(後周紀)」 태조(太祖) 현덕(顯德) 원년 2월의 태사 풍도(馮道) 별세 기사에 붙인 사마광의 사평(史評)에 보인다. 『중종실록』 20권 중종 9년 4월 2일 기사에 같은 내용의 전교가 실려 있다.

14 『대명일통지(大明一統志)』 : 명나라의 인문지리서로서, 황명으로 1461년에 90권으로 완성되었다. 명나라의 전 영토를 비롯하여 조선 등의 조공국(朝貢國)까지 지리를 풍속, 산천 등 20항목으로 나누어 기술하였다. 조선 조정은 이 책이 수입되자 그 체제를 본받아 1481년(성종 12)에 『동국여지승람(東國輿地勝覽)』 50권을 편찬하였다.

15 사도(司徒) : 대사도(大司徒). 주나라 육경(六卿)의 하나로서 교육을 담당하였다. 이것을 본받아 중국과 조선에서는 역대로 교육을 담당하는 관직을 사도라고 일컬었다.

16 칠교(七敎)와 육행(六行) : 주나라 때 대사도가 백성을 교육한 과목. 칠교는 『예기(禮記)』 「왕제(王制)」에 이른바 대사도가 백성의 덕을 흥기시키는데 썼던 일곱 가지 가르침으로, 부자·형제·부부·군신·장유·붕우·빈객에 관한 일을 이른다. 육행은 『주례(周禮)』 「지관(地官)·대사도(大司徒)」에 이른바 대사도가 만민을 가르친 세 가지

당하여 백성을 가르쳤음에도 오히려 더러는 따르지 않을까 걱정되어, 관리가 덕행을 써서 권면하도록 하였습니다. 가르쳐주고서는 다시 이에 따라서 권면하니 백성 중에 교화되지 않은 자가 있었겠습니까? 주나라의 정치 교화가 선함과 역사가 장구함은 오로지 여기에 달려 있었습니다. 우리 조정이 나라를 세운 규범은 충후(忠厚)함이 주나라와 다름이 없었고, 백성을 권면하여 행실을 일으키는 뜻은 아마도 주나라보다 더함이 있었을 것입니다.

세종께서는 국가의 창업을 이으신 뒤로 다른 일에 미칠 겨를이 없으셨으나 무엇보다 인륜(人倫)에 서두르셨기에, 기지(機智)를 만들어 내시어 도(圖)를 갖추고 책을 만드셨으니 인륜을 푯말에 내건 것이 손바닥에 올려놓고 가리키는 것처럼 분명하게 되었습니다. 성종께서는 이루어진 규범을 받들어 이것을 수식하시고 정성스럽게 해석하여 백성을 귀머거리 소경 신세에서 면하게 해주셨습니다. 전하께서는 백성과 더불어 새로 시작하시되 두 분 선왕께서 남긴 전범을 잘 회복하여 고무하고 진작하시어 오랜 나라를 새롭게 하셨습니다. 세 성왕(聖王: 세종·성종·중종)께서 서로 계승하시어 앞에서 짓고 뒤에서 이으시며 귀를 당겨 얼굴을 마주하듯이 간절하게 알려주시어 백성을 선에 젖어들게 하시니 어찌 주나라만이 관리를 시켜 권면하고서야 그쳤다고 하겠습니까?

논자들은 "인심이 똑같이 그러한 바가 선(善)이다. 한 편의 책으로 천만인의 마음을 감발할 만하니 거기에 더하여 이을 필요가 군이 없다."라고 하지만, 이는 보통 사람들이 옛 것을 소홀히 여기고 새로운 것을 귀하게 여기는 줄을 알지 못해서입니다. 더군다나 옛 사람은 백대(百代) 전에 흥기하여 그 성명과 행적이 모두 벌써 인멸(湮滅)되었기에 책을 보는

사항 중 하나로서, 효(孝)·우(友)·목(睦)·인(婣)·임(任)·휼(恤)을 이른다.

자가 심상하게 보아 넘기지 않으면 반드시 높고 멀어서 미치기 어려운 것으로 치부하여 여기에 힘쓰지 않습니다. 지금 새롭게 편찬한 책에 기록된 바는 대개 모두 이목이 미치는 바입니다. 앞으로 이 책을 얻는 사람들은 평소에 보고 듣던 사람들이 책 위에 열거된 것을 갑자기 보고서는 반드시 "저 사람도 이렇게 할 수 있었는데 나라고 이렇게 할 수 없으랴?" 하고서는, 감동하여 힘쓰고 부러워하기를 스스로 멈추지 못할 것입니다. 이와 같으니 우리 전하께서 이끌어 깨우치신 방법이 어찌 전보다 더욱 절실하다 하지 않겠습니까?

오오! 우하(虞夏)[17] 이래로 우리나라 초기에 이르기까지 탁월한 행실과 높은 절조가 있는 사람이 무려 330명이나 되는데 한 책에 모았으니 인륜의 도(道)가 갖추어졌습니다. 그때부터 지금까지 백여 년 사이에 흥기한 이들이 또한 약간 명이니, 이로써 천하의 선(善)이 무궁함을 볼 수 있으며 우리 훌륭한 왕조가 넉넉하고 도타운 가르침으로 이 백성을 바로잡은 것이 여기서 더욱 징험될 수 있습니다. 이제부터 앞으로 무릇 삼강에 속한 것에는 백성이 마음을 어떻게 쓰겠습니까? 하지만 각기 본분의 마땅히 해야 할 바를 다하고서 황천상제(皇天上帝)가 주신 바를 돌아볼 수만 있다면, 나라에서 새 책을 거듭 편집하여 백성을 위하는 간곡한 뜻을 거의 저버리지 않았다 하겠습니다.

정덕(正德) 9년(1514, 중종 9) 갑술 6월 하순, 가선대부(嘉善大夫) 이조 참판(吏曹參判) 겸 동지경연사(同知經筵事) 오위도총부 부총관 (五衛都摠府副摠官) 신 남곤(南袞)은 손 맞잡고 절하고 머리 조아리며 삼가 서문을 씁니다.

---

17 우하(虞夏) : 고대 중국의 성왕(聖王)이 다스렸다고 하는 전설상의 태평성대. 우는 순(舜)임금의 나라이고 하는 우(禹)임금의 나라이다.

[원문] 續三綱行實圖序

人之所以異於禽獸者, 以其有綱常也. 而天理之在人心, 無古今貴賤之殊, 苟有聰明睿智者出, 而君師之, 敎之有術, 使民知復其初, 而能盡此理之當然, 則於變之化・可封之俗, 由是而馴致矣.

宣德中, 世宗莊憲大王命儒臣俔循, 集古今孝子・忠臣・烈女之行可爲模範者, 圖形紀事, 系以詩贊, 賜名曰『三綱行實』, 印頒中外. 至于成宗康靖大王, 又令書局卽俔循所撰, 而重加訓解, 譯以諺字, 使兒童・婦女皆得通曉, 其於惇典牖民之道, 可謂無遺憾矣. 頃罹否運, 泯泯棼棼, 人失其趣, 惟利之從, 龔遇主上殿下, 滌除昏亂, 整理綱維, 凡所以興化礪世者, 皆復祖宗之舊, 猶慮其未至也. 乃召禮官曰: "近來綱常墜地, 予甚痛焉. 玆欲倣『三綱行實』, 益採國朝以來忠孝節義之人, 續爲一編, 使民觀感." 遂開局置員, 命大提學臣申用漑掌其事, 仍令判中樞府事臣姜渾・吏曹判書臣金詮・禮曹判書臣朴說・知中樞府事臣李繼孟・夏山君臣成夢井・吏曹參判臣李長坤・兵曹參知臣崔淑生曁臣衰竝預編摩.

一日, 殿下降抄本司馬光史論一通, 召示臣等, 曰: "予因讀史, 偶閱此論, 深嘉其言, 有關於彝倫. '夫爲女子不正, 雖復華色之美・織紝之巧, 不足賢矣; 爲臣不忠, 雖復材智之多・治行之優, 不足貴矣. 何則? 大節已虧, 小善不足稱也.' 爾等, 今方纂書, 須用此意, 敍諸編首." 臣等聞命益慄. 於是, 上國之事則据『一統志』所紀封贈旌表之人, 而取其尤異者, 本國則攷諸國乘, 參以圖誌, 以至人家狀牒・官府謄券, 靡不蒐閱. 又令諸道監司, 各上所部卓異之行, 凡得孝子三十六, 烈女二十八, 若夫忠義之士自古多見於危亂之際[18], 故數獨尠焉. 始事於壬申十月, 間因年歉罷局, 至甲戌六月, 書乃脫稿.

---

18 際 : 원본에는 "祭"로 되어 있으나 문맥 상 오자이므로 교정하였다.

臣嘗聞三代教民之法惟周最詳, 司徒氏掌七教・六行, 以詔於民, 而猶恐其或不率也, 則使官師書其德行以勸之. 夫既詔之, 又從而勸之, 民安有不化者乎? 周之治化之善・卜曆之久專在於此, 我朝立國規模, 與周家忠厚無異, 而其勸民興行之意, 則殆有過焉. 蓋世宗承草創之後, 靡遑他及, 而首急於人倫, 至乃創出機智, 具圖成書, 揭木民彝, 如指諸掌. 成宗聿遵成規, 是脩是飾, 丁寧開釋, 免民聾瞽. 殿下與民更始, 克恢兩朝之遺範, 而鼓舞振作, 使舊邦惟新. 三聖相繼, 旣作酒述, 耳提面命, 漸民於善, 豈特周家使官師勸之而止者哉?

說者或曰: "人心之所同然者, 善也. 一編之書, 足以感發千萬人之心, 不必增而續之." 殊不知常人之情忽舊而貴新. 況古人作於百世之上, 其姓名・行蹟俱已湮滅, 觀書者不以爲尋常, 則必諉之高遠難及, 而不之勉焉. 今新編所錄, 大抵皆耳目所逮也. 將人之得是編者, 忽覩平昔所見聞之人列在卷上, 必曰: "彼且能是, 我獨不能是耶?" 感勵歆羨, 不能自已. 夫如是則我殿下誘掖開導之方, 豈不益切於前乎? 嗚呼! 自虞夏以來, 至于國初, 卓行高節, 亡慮三百三十人, 而萃于一書, 人倫之道備矣. 自爾至今百許年間, 興起者又若干人, 有以見天下之善無窮, 而我盛朝優游敦厚之教, 矯揉斯民者, 於此益可驗矣. 由今以往, 凡屬於三綱者, 宜何所用其心乎? 但能各盡本分之所當爲, 而顧諟皇天上帝之所畀付, 則於國家重輯新書惓惓爲民之意, 庶無負云.

正德九年甲戌六月下澣, 嘉善大夫・吏曹參判兼同知經筵事・五衛都摠府副摠官臣南袞拜手稽首謹序.

이륜행실도(二倫行實圖)

1) 1518년 목판본 『이륜행실도』

〈이륜행실도서(二倫行實圖序)〉 -강혼(姜渾), 1518년

하늘이 뭇 백성을 내시매 사물이 있으면 법칙이 있어[19] 포괄하여 지목하면 오륜(五倫)이 되고 추려서 내보이면 삼강(三綱)이 되니, 모두 인심(人心)의 고유함과 천리(天理)의 당연함에서 비롯되었기에 "륜(倫)"이라 하고 "강(綱)"이라 하는 것이 두 가지가 있지 않다. 본조(本朝)에서 『삼강행실도(三綱行實圖)』를 이미 중앙과 지방에 널리 반포하니 사람마다 모두 충신·효자·열부의 행실이 우러러볼 만한 줄 알아, 느꺼워 격동하고 가다듬어 힘써 그 선한 마음을 흥기시키지 않은 이가 없었지만 유독 장유(長幼)와 붕우(朋友) 이륜(二倫)에 관해서는 볼 수가 없었다.

이제 경상도 관찰사 김안국(金安國)[20] 공이 일찍이 승정원에 있을 적에 경연에 참석하여 『이륜행실도』를 편찬하여 『삼강행실도』에 덧붙여 이어서 관감(觀感)에 대비하기를 청원하자, 주상이 옳게 여겨 예조(禮

---

19 하늘이……있어 : 『시경(詩經)』 「대아(大雅)·증민(蒸民)」의 구절이다. 『시경집전(詩經集傳)』의 주석에서는 이 구절을 근거로 오륜(五倫)이 백성의 상성(常性)으로 주어져 있음을 도출하였다. 또한 공자는 이 대목을 읽고서 '이 시를 지은 자는 도(道)를 알 것이다'라고 하였고, 맹자는 이 구절을 성선설(性善說)의 근거로 삼았다.

20 김안국(金安國, 1478~1534) : 본관은 의성으로, 김정국(金正國)의 형이다. 시호는 문경(文敬)이다. 김굉필(金宏弼)의 문인으로 도학에 조예가 깊었다. 예조 판서, 판중추부사 등을 역임했다.

曹)에 회부하여 임시 관아를 설치해서 편찬하여 올리도록 하였다. 왕명이 미처 시행되지 않아서 김 공이 영남에 관찰사가 되었으므로 먼저 전 사역원 정(司譯院正) 조신(曺伸)[21]에게 부탁하여 역대 여러 현인 가운데 장유(長幼) 간에 잘 처신하고 붕우(朋友) 간에 잘 교유하여 그 행적이 사법(師法)이 될 만한 사람을 가려 모아 약간 명을 얻어서, 형제도(兄弟圖)에다 종족도(宗族圖)를 덧붙이고 붕우도(朋友圖)에다 사생도(師生圖)를 덧붙이고 기사(紀事)와 도찬(圖贊)과 언역(諺譯)은 모두 『삼강행실도』를 모방하여 금산군(金山郡)에서 간행하면서 나에게 서문을 지어 달라고 청하였다.

나는 받아서 읽어보고 다음과 같이 이른다.

『서경(書經)』에 이르기를 "사랑을 세우되 내 어버이로부터 하시며 공경을 세우되 내 어른으로부터 하시어, 집안과 나라에서 시작하여 사해(四海)에서 마치소서."[22]라고 하였고, 증자(曾子)는 "군자는 문(文)으로써 벗을 모으고, 벗으로써 인(仁)을 돕는다."[23]라고 하였다. 어른을 공경함은 그 제(悌)를 넓히려는 것이고, 벗을 선택함은 그 덕(德)을 도우려는 것이다. 장차 온 나라 사람들로 하여금 사람마다 제(悌)에 흥기되어 어른을 공경하게 한다면 풍속이 두터워지지 않겠는가? 사람마다 벗을 취하여 그 덕을 돕게 한다면 선한 사람이 많아지지 않겠는가? 풍속이 두터워지면 위아래 사이가 편안해지고 선한 사람이 많아지면 다스리는 방도가 진취할 터이니, 그렇게 되면 이 책이 저절로 『삼강행실도』와 함

---

21 조신(曺伸, 1454~1529) : 본관은 창녕. 형 조위(曺偉)와 함께 매형 김종직에게서 학문과 문학을 배웠다. 서자 출신으로 역관(譯官)이 되어 사역원 정을 지냈다. 무오사화에 형 조위가 유배되자 고향 김천에서 은거하며 여생을 보냈다.

22 사랑을……마치소서 : 『서경』「상서(商書)·이훈(伊訓)」에 보인다.

23 군자는……돕는다 : 『논어(論語)』「안연(顔淵)」에 보인다.

께 세상에 행해져서 성스러운 조정의 교화의 기본이 될 것이다. 어찌 아름답지 않겠는가?

공손히 생각하건대 우리 주상 전하께서는 하늘이 부여한 성스러운 지혜로 날마다 현명한 사대부와 함께 경서와 역사서를 검토하고 논의하시어 다스리는 방도를 배우고 닦으시니, 백성을 교화하는 일을 태평한 정치를 이룩하기 위한 급선무로 삼지 않은 적이 없으셨다. 김 공은 위로 성상의 뜻을 잘 체득하여 정사(政事)를 펴신 초기부터 서둘러 이 책을 편집하고 각 고을에서 간행하여 이륜(彝倫)을 도와서 세우는 일을 백성 교화의 근본으로 삼았고, 몸소 스승과 생도를 지도하고 격려하여 그 덕행과 사업을 고찰하여 효행(孝行)과 정렬(貞烈)이 뛰어난 이들을 두루 찾고 임금께 아뢰어 정표(旌表)하였다. 또 경주·안동 등 다섯 고을에 영을 내려 다스리는 방도와 관련이 있는 서적 열한 가지를 간행하였으니, 『동몽수지(童蒙須知)』는 어린이 교육을 바르게 하고, 『구결소학(口訣小學)』은 근본을 북돋우고, 『삼강행실도(三綱行實圖)』와 『이륜행실도(二倫行實圖)』는 인륜을 밝히고, 『성리대전(性理大全)』은 바른 학문을 높이고, 『정속언해(正俗諺解)』와 『여씨향약언해(呂氏鄕約諺解)』은 향촌의 풍속을 바로잡고, 『농서언해(農書諺解)』와 『잠서언해(蠶書諺解)』는 근본 생업을 도탑게 하고, 『창진방언해(瘡疹方諺解)』와 『벽온방언해(辟瘟方諺解)』는 요절을 구제한다.

이로써 비록 김 공의 훌륭함을 모두 드러내기에는 부족하지만, 이 덕분에 공의 학문과 포부가 다른 사람과는 크게 다른 점이 있음을 볼 수 있다. 아! 세상에서 이 책을 보는 이들이 모두 김 공의 마음을 자신의 마음으로 삼고서 힘쓸지어다!

정덕(正德) 무인년(1518, 중종 13) 3월 어느 날, 진천(晉川) 강혼(姜渾)은 진주의 동고촌사(東皐村舍)에서 쓴다.

天生烝民, 有物有則, 該而目之爲五倫, 撮而揭之爲三綱, 皆根於人心之所固有, 天理之所當然, 其曰倫曰綱, 非有二也. 本朝『三綱行實』之書, 旣廣布中外, 人人皆知忠臣・孝子・烈婦之行爲可仰也, 莫不感激奮礪以興起其善心, 獨於長幼・朋友二倫, 未之見焉. 今慶尙道觀察使金公諱安國嘗在政院, 入侍經幄, 請撰『二倫行實』, 添續『三綱』, 以備觀感, 上可之, 下禮曹令設局撰進. 命未及行, 而公出按于南, 首囑前司譯院正曺伸, 撰集歷代諸賢處長幼交朋友, 其行跡可爲師法者, 得若干人, 於兄弟圖附宗族, 於朋友圖附師生, 紀事・圖贊・諺譯悉倣『三綱行實』, 刊于金山郡, 請余爲序.

余受而讀之, 爲之言曰: "書曰: '立愛惟親, 立敬惟長, 始于家邦, 終于四海.' 曾子曰: '君子以文會友, 以友輔仁.' 蓋敬長, 所以廣其悌也; 取友, 所以輔其德也. 將使一國之人, 人人興於悌以敬其長, 則風俗其不厚乎? 人人取其友以輔其德, 則善人其不衆乎? 風俗厚則上下安, 善人衆則治道進, 然則是書自當與『三綱行實』竝行於世, 爲聖朝敎化之基本, 豈不美歟?

恭惟我主上殿下聖智天縱, 日與賢士大夫討論經史, 講劘治道, 莫不以敎化爲致治之先務. 公能上體聖意, 賦政之初, 汲汲焉編輯是書, 刊行州里, 以扶植彝倫爲化民之本, 而躬率礪師生, 以考其德業, 旁搜孝行貞烈之卓異者, 聞于上而旌表之. 又令慶州・安東等五邑, 刊書籍之有關於治道者凡十一: 其曰『童蒙須知』, 正蒙養也; 曰『口訣小學』, 培根本也; 曰『三綱・二倫行實』, 明人倫也; 曰『性理大全』, 崇正學也; 曰『諺解正俗』・『諺解呂氏鄕約』, 正鄕俗也; 曰『諺解農書・蚕書』, 敦本業也; 曰『諺解瘡疹方・辟瘟方』, 救夭札也. 此雖未足以盡公之善, 而然因此可以見公之學問抱負大有以異於人也. 噫! 世之觀是書者, 其皆以公之心爲心, 勉之哉!"

正德戊寅三月日, 晉川姜渾書于晉之東皐村舍.

소학언해(小學諺解)

1) 1587년 목판본 『소학언해』

〈언해소학발(諺解小學跋)〉 -이산해(李山海)[24], 1587년, 『아계유고』 권5

『소학(小學)』이 한 책은 인간의 도덕에 가장 절실하여 마치 음식, 물, 불이 없어서는 안 되는 것과도 같다. 다만 우리나라 사람들 가운데 문자 (文字)를 깨우친 사람이 적어 만약 방언(方言: 우리말)으로 해석하지 않는다면 궁벽한 여염의 부인과 아이들이 비록 배우고자 하더라도 어찌 할 방법이 없다. 이것이 번역 작업을 하는 이유이다.

　지난 번 중종(中宗) 무인년(1518, 중종 13) 무렵에 관각(館閣)의 여러 신하들이 전교(傳敎)를 받들어 『언해소학』을 편찬하였다. 당시에 문학 실력으로 자부하는 이들이 많이 번역에 함께하여 자못 상세하고 세밀하였지만, 다만 자의(字義)는 버려둔 채 주어(註語: 풀이한 말)로만 부연한 까닭에 문장과 번역이 둘로 나뉘어 보는 사람들이 흠으로 생각하였다. 만력(萬曆) 을유년(1585, 선조 18) 봄에 교정청(校正廳)을 설치하고 유신(儒臣)을 몇 사람 선발하여 구본(舊本)을 개정하도록 시켜 번잡하거나 쓸데없는 부분은 삭제해 버리고 축자해석(逐字解釋)하여 문장

---

24 이산해(李山海, 1539~1609) : 본관은 한산, 자는 여수(汝受), 호는 아계(鵝溪), 시호는 문충(文忠)이다. 대사간, 이조 판서를 거쳐 영의정까지 이르렀고 공신이자 부원군으로 책봉되었다.

의 본의를 잃지 않는데 중점을 두었는데, 이는 모두 주상의 뜻이었다. 이듬해 여름 작업을 마치고 즉시 정리해 베껴 올렸다. 주상께서 좋다 하시고 운각(芸閣: 校書館)에 내려주어 수백 권을 인간(印刊)토록 하고 는 곧바로 신에게 말미에 발문(跋文)을 짓도록 명하셨다.

신은 가만히 이렇게 생각합니다. 하(夏)·은(殷)·주(周) 삼대(三代) 이래로 상(庠)·숙(塾)의 학교 교육이 사라지고 인솔하는 방법이 무너지자, 어린 시절부터 문장만을 외우는 습관과 공명(功名)·이익만 탐하는 생각이 진즉에 고질병이 되었습니다. 꾸미고 다듬는 일에만 조급해하며 경쟁하는 상황이 나날이 늘어나고 다달이 심해져 결국에는 물욕에 가려 본성을 잃어버리고 나서야 그칠 것입니다. 이는 근본을 기르지 않아 가지가 저절로 마르는 경우와 같아 인재가 나타나지 않고 좋은 정치가 회복되지 않음이 바로 여기서 말미암은 것입니다. 그 사이에 명망을 갖춘 현인들이 지우(知遇)를 얻어 옛날을 회복하고자 뜻을 두기도 하였으나, 시기하는 무리들이 틈을 엿보아 화를 일으키니 이로부터 사람들이 모두 『소학』을 경계하였습니다. 선현들이 공경하고 신뢰하던 책이 도리어 눈동자가 흔들리고 마음에 두려운 공구가 되어 묵거나 낡은 책인 상태로 먼지와 좀벌레 사이에 버려진 지가 오래입니다.

근래 선비들의 기운이 조금 살아나 사람들이 선(善)을 흠모해 분발할 줄은 알면서도 오히려 높은 곳은 낮은 곳에서 오르기 시작하고 먼 곳은 가까운 곳에서 출발해야 한다는 의미는 모른 채 수신(修身)하는 큰 법도를 먼저 힘쓰지 않고 성명(性命)에 대한 학설에만 곧바로 종사하려고 합니다. 그런 까닭에 실천이 독실치 못해 기질을 변화시키기 어려워 명분이야 학문을 한다지만 거친 상태로 돌아가지 않는 사람이 드물고, 세상에 『소학』이 성행하지 않음도 이전과 마찬가지입니다. 선비들도 오히려 이러한데 부인과 아이들은 어떠하겠습니까!

생각건대 밝고 지혜로운 자질을 지닌 우리 전하께서 군주와 스승의 자리에 처하여 이미 모두 몸소 실천하시고 깊이 생각하여 교화를 진흥시키니, 인륜을 부식(扶植)하고 절의를 장려하는 방법에 있어 진실로 극진함을 다하셨고 지금 다시 이 책을 고증하고 해석하여 널리 인쇄해 유포하셨습니다. 아! 이 책을 반포함이 어찌 특별히 미숙한 선비들의 지침서만 되겠습니까? 귀천(貴賤)과 노소(老少) 모두가 사람답게 되는 방법이 오직 이 책에 있음을 알 것입니다. 그리하여 번뜩 깨우쳐 일어나 몸과 마음을 추스려 남자와 여자가 외우고 익히며 아침저녁으로 배우고 실천하여, 습관과 성품을 완성하여 거리낄 걱정이 없이 순서를 따라 점차 나아가 상달(上達)의 효험이 있게 된다면 장차 군자(君子), 선인(善人), 충신, 효자, 열부(烈婦)가 되는 길이 모두 이 책 안에서 나와 변화하고 길들여짐을 보게 될 것입니다. 혹여 성상(聖上)께서 백성을 깨우치는 지극한 가르침을 본받지 않고 더럽고 미천한 곳에서 허우적대며 허망한 것에 힘써 책을 펼쳐놓고 끊임없이 익히려는 마음이 없다면, 이 또한 문왕(文王)을 기다려 흥기하려는 사람[25]의 죄인이 되리니, 두렵지 않겠습니까!

신 아무개는 두 손을 맞잡고 머리를 조아려 공경히 발문(跋文)을 씁니다.

[원문] 諺解小學跋

小學一書, 最切於人道, 如菽粟水火之不可闕. 第吾東人鮮曉文字, 如不

---

25 문왕(文王)을 기다려 흥기하려는 사람 : 『맹자(孟子)』 「진심 상(盡心上)」에 "문왕 같은 성군이 나와서 인도하기를 기다린 뒤에 흥기하는 자는 평범한 백성이다.〔待文王而後興者 凡民也〕"라는 말이 있다.

以方言爲之解, 則窮閻僻巷, 婦人小子, 雖欲習學而末由. 此, 飜譯之所以作也.

往在中廟戊寅年間, 館閣諸臣, 奉教撰解. 其時多以文學自許者爲此解, 頗詳密, 獨舍其字義, 衍以註語, 故文與釋, 判爲二, 覽者病之. 萬曆乙酉春, 設校正廳, 選儒臣若干人, 使之釐正舊本, 刪去繁宂, 逐字作解, 要以不失文義爲重, 皆上旨也. 翌年夏, 事訖, 卽繕寫投進. 上可之, 下芸閣印出累十百件, 仍命臣跋其尾.

臣竊惟三代以降, 庠塾教廢, 導率乖方, 記誦詞章之習, 功名利祿之念, 已痼於幼少之時. 浮靡躁競, 日滋月甚, 終至於茅塞梏亡而後已. 此猶根本不培, 而枝條自萎, 人材之不作, 善治之不復, 職此由也. 間者名賢際遇, 有志復古, 而媢嫉之徒, 伺釁嫁禍, 自此人皆以『小學』爲戒. 先正敬信之書, 反爲目動心忧之具, 而陳編敗冊, 抛棄於塵蠹者久矣.

近年以來, 士氣稍蘇, 人知慕善興起, 而猶不知升高自卑·行遠自邇之義, 不先用力於修身大法, 而徑從事於性命之說. 故踐履未篤, 氣質難變, 名雖爲學, 不歸鹵莽者蓋寡, 『小學』之不行於世, 猶夫前也. 爲士者尙如此, 況在婦人小子乎!

惟我殿下以睿聖之資, 處君師之位, 躬行旣盡, 惓惓興化, 其所以扶植彝倫, 崇獎節義者, 固無所不用其極, 而今又證解是書, 廣印流布. 嗚呼! 是書之頒, 豈特爲蒙士之指南哉? 人無貴賤老少, 皆知做人樣子, 唯在於此. 而惕然警動, 收歛身心, 男誦而女習, 朝學而暮行, 習與性成, 而無杆格之患, 循序漸進, 而有上達之效, 將見爲君子爲善人爲忠臣爲孝子爲烈婦, 皆自是書中出, 而於變之化, 可馴致矣. 如或不體聖上牖民之至誨, 而沈淪汚下, 馳騖虛遠, 無意於開卷繹習, 則是又待文王而興者之罪人矣, 可不懼哉! 臣某拜手稽首敬跋.

2) 1744년 목판본 『어제소학언해』

〈어제소학언해서(御製小學諺解序)〉 -영조, 1744년

『주역 상경(周易上經)』에 건괘(乾卦)와 곤괘(坤卦)가 머리가 되고 『하경(下經)』에 함괘(咸卦)와 항괘(恒卦)가 처음에 있으니, 공자가 말씀하시기를 "지아비와 지어미가 있은 뒤에 아비와 자식이 있다."고 하셨고, 자사(子思)가 말씀하시기를 "군자의 도는 단서가 지아비와 지어미에서 만들어진다."고 하셨으니 중요하지 않을 수 있겠는가. 정자(程子)가 또 말씀하시기를 "『시경(詩經)』「관저(關雎)」와 「인지(麟趾)」의 교화가 있은 뒤에 주관(周官: 周禮)의 법도를 행할 수 있는 것이다."고 하셨으니 『소학(小學)』「내편(內篇)」 제1장에 『열녀전(列女傳)』으로써 머리를 삼은 것은 이 또한 『모시(毛詩)』「주남(周南)」의 뜻이라.

이 글은 곧 남자와 여자를 가르치는 중요한 글이니 성스럽고 어진 후비(后妃)와 효부(孝婦) 열녀(烈女)가 함께 이 글에 실렸다. 아! 지난 역사 기록을 살펴보건대 비록 어진 임금과 이름난 신하라도 혹 「관저」의 풍화(風化)의 근본을 몰라 그 정치를 잘못하며 그 몸을 그르치는 사람이 있었으니, 내가 일찍이 이런 대목에서 책을 덮고 한숨 쉬지 않은 적이 없었다.

이제 훈의(訓義)를 크게 갖추는 날에 나의 남은 뜻이 간절하기에 특별히 작은 서문을 언해의 머리에 쓰니 무엇 때문이겠는가? 훈의는 몽학(蒙學)을 가르치는 것에 지나지 않고 나라에 방어(方語: 우리말)가 있으니 부인을 가르치는 방도는 언해가 아니면 능히 알게 할 것이 없어서이다. 아아! 이제부터라야 성현께서 가르침을 세우신 종지(宗旨)를 밝힐 수 있으며 나의 얕은 학문이지만 정성스러운 뜻을 펼 수 있을 터이니, 만일 이를 공경하며 체득하여 지금 나의 타이름을 버리지 않는다면 아마 풍교

(風教)에 도움이 있을 것이다!

갑자년(1744, 영조 20) 봄 2월 하순에 쓰노라.

[원문] 御製小學諺解序

夫『周易上經』애 乾坤이 爲首ᄒ고『下經』애 咸恒이 在先ᄒ니, 子ㅣ 曰: "有夫婦然後애 有父子"ㅣ라 ᄒ시고, 子思子ㅣ 曰: "君子之道ᄂᆫ 造端乎夫婦"ㅣ라 ᄒ시니 可不重歟아. 程夫子ㅣ 又曰: "有「關雎」·「麟趾」之化而後에 可行周官法度"라 ᄒ시니, 『小學』「內篇」第一章애 首以『列女傳』者ᄂᆫ 此亦『毛詩』「周南」之意也ㅣ라. 是書ᄂᆫ 卽敎訓男女之要書ㅣ니 聖后賢妃와 孝婦烈女ㅣ 俱載此書ᄒ니, 噫라! 孜諸迋牒썬대 雖賢君名臣이라도 或有眛於「關雎」風化之本ᄒ야 而誤其政債其身者ᄒ니 予ㅣ 於此等處에 未嘗弗掩卷太息也호라. 今於大全訓義之日애 餘意悁悁일ᄉᆡ 特書小序于諺解之首ᄒ노니 何則고? 訓義ᄂᆫ 弗過訓蒙學者ㅣ오 而國有方語ᄒ니 敎婦人之道ㅣ 匪諺解면 莫能曉也ㄹᄉᆡ라. 咨라! 于今以後에야 可以闡聖賢立敎之旨며 可以伸凉學勤懇之意니, 其若欽體于此ᄒ야 毌替今予之訓이면 於風敎에 庶幾有助也夫ㄴ뎌!

歲甲子春二月下浣에 題ᄒ노라.

[언해] 『周易上經』에 乾과 坤이 머리 되고『下經』애 咸과 恒이 몬져 이시니, 子ㅣ ᄀᆞᄅᆞ샤ᄃᆡ "夫와 婦ㅣ 이신 然後에 父와 子ㅣ 잇다." ᄒ시고, 子思子ㅣ ᄀᆞᄅᆞ아샤ᄃᆡ "君子의 道ᄂᆫ 끌치 夫와 婦에 비릇ᄂᆞ니라." ᄒ시니 可히 重티 아니ᄒ랴. 程夫子ㅣ ᄯᅩ ᄀᆞᄅᆞ샤ᄃᆡ 「關雎」와 「麟趾」의 化ㅣ 이신 後에 可히 周官의 法度ᄅᆞᆯ 行ᄒ리라." ᄒ시니, 『小學』「內篇」第一章애 『列女傳』으로ᄡᅥ 머리홈은 이 ᄯᅩᄒᆞᆫ 『毛詩』「周南」의 ᄠᅳ디라. 이 글은

곧 스나히와 겨집을 굴으치는 종요로온 글이니 聖^성하신 后^후와 賢^현흔 妃^비와
孝^효흔 婦^부와 烈^녈흔 女^녀ㅣ 흔가지로 이 글에 실녀시니, 噫^희라! 지난 스긔에
샹고흐건대 비록 어딘 님금과 일홈난 신하라도 혹 「關雎^{관져}」風化^{풍화}의 근본을
몰나 그 졍스를 誤^오흐며 그 몸을 償^분흐는 이 이시니, 내 이런 곳에 일즉
칙을 덥고 太息^{태식}디 아니치 아니호라. 이제 大全訓義^{대뎐훈의}흐는 날애 남은 뜯이
惓惓^{권권}흐시 특별이 쟈근 序^셔를 諺解^{언히} 머리에 쓰노니 엇딤고? 訓義^{훈의}는 弗過^{불과}
蒙學^{몽흑}을 굴아치는 거시오 나라히 方語^{방어}(諺文^{언문}이라)ㅣ 이시니 婦人^{부인} 굴으치는
道^도ㅣ 諺解^{언히} 아니면 능히 알게 못홀시라. 슘흡다! 이제 뻐 後^후에야 可^가히
聖賢^{셩현}의 敎^교를 셰오신 종지를 붉히며 可^가히 뻐 涼學^{냥흑}의 勤懇^{근군}흔 뜯을 펴리니,
그 만일 공경흐야 이를 몸바다 이졔 내 訓^훈을 替^톄티 말면 風敎^{풍교}에 거의 도옴
이 이시린뎌!

歲甲子春二月下浣^{세갑조츈이월하한}에 쓰노라.

〈소학언해범례(小學諺解凡例)〉 -찬자 미상, 1744년

1. 무인본(戊寅本)[26]에서는 사람들이 알기 쉽게 하려고 자의(字義) 외에
   도 주석을 아울러 넣어서 풀이하였으므로 번거롭고 쓸모없는 곳이
   있음을 면치 못하였다. 지금은 곁가지 말을 쳐내어 버리고 한결같이
   대문(大文)에 의거하여 축자(逐字)로 풀이하되, 풀이하여도 뜻이 통
   하지 않는 곳이 있으면 분주(分註)[27]를 달아 풀이하였다.

---

26 무인본(戊寅本) : 1518년에 간행된 『번역소학』 10권을 이른다. 김전과 최숙생이 편찬하
   였다. 『소학언해』가 직역의 성격인 데 비해 이 책은 의역에 가깝다. 현재 초간본은
   남아 있지 않고 16세기 이후 복각된 중간본만 남아 있다.
27 분주(分註) : 두 줄 이상으로 나누어 작은 글씨로 주를 다는 것. 또는 그렇게 다는 주.

1. 무릇 글자의 뜻과 편명(篇名)과 인명(人名)을 앞에서 이미 풀이하였
   던 것은 뒤에서 거듭 풀이하지 않았다.

1. 무릇 글자 소리의 높낮이는 모두 방점(傍點)으로 기준을 삼으니, 점
   이 없는 것은 소리가 평평하고 낮으며, 점이 둘인 것은 소리가 거세
   고 올라가며, 점이 하나인 것은 소리가 곧고 높다. 『훈몽자회(訓蒙字
   會)』[28]에 평성(平聲)은 점이 없고 상성(上聲)은 점이 둘이고 거성(去
   聲)과 입성(入聲)은 점이 하나인데, 근래 세상의 자음은 상성과 거
   성이 서로 뒤섞여 갑자기 바꾸기 어려우니 만약 본래의 자음을 모두
   쓴다면 세상 사람들이 듣기에 해괴할 터이다. 그러므로 무인본에서
   상성과 거성은 시속에 따라 점을 찍었고, 지금도 이 전례에 따라서
   독자들을 편하게 하는 것이다.

[원문] 小學諺解凡例

一. 戊寅本애 欲人易曉ᄒ야 字義之外예 并入註語爲解故로 未免有繁冗
處ᄒ니, 今則刪去枝辭ᄒ고 一依大文ᄒ야 逐字作解호ᄃ, 有解不通
處則分註解之ᄒ니라.

戊寅년 칙애 ᄉ롬이 슈이 알과댜 ᄒ야 字ᄠᆮ 밧긔 註엣 말을 아오로
드려 ᄉ겨시모로 번거코 용잡ᄒᆫ 곧이 이심을 免티 몯ᄒ니, 이졔ᄂᆫ
지만ᄒᆫ 말을 업시ᄒ야 발이고 ᄒᆫᄀᆯ가티 大文을 의거ᄒ야 字를 조차
셔 ᄉ기ᄃ, 사겨 통치 몯홀 곳이 잇거든 가라 쥬 내여 사기니라.

一. 凡字義와 篇名과 人姓名을 已解於前者ᄂᆫ 後不複解ᄒ니라.

믈읫 字ᄠᆮ과 篇 일홈과 사름의 姓名을 이믜 前의 샤긴 이ᄂᆫ 後에

---

28 『훈몽자회(訓蒙字會)』: 1527년에 최세진(崔世珍, ?~1542)이 초학자의 한자 학습을
위해 지은 책. 한글로 한자의 음과 뜻을 규정했다.

두 번 사기디 아니 ᄒᆞ니라.

一. 凡字音高低ᄅᆞᆯ 皆以傍點爲準이니, 無點은 平而低ᄒᆞ고 二點은 厲而擧ᄒᆞ고 一點은 直而高ᄒᆞ니라. 『訓蒙字會』예 平聲은 無點이오 上聲은 二點이오 去聲·入聲은 一點而近世時俗之音이 上去相混ᄒᆞ야 難以卒變이라 若盡用本音이면 有駭俗聽故로 戊寅本애 上去二聲을 從俗爲點일ᄉᆡ 今依此例ᄒᆞ야 以便讀者ᄒᆞ니라.

믈읫 字ㅅ音의 놉ᄂᆞ지ᄅᆞᆯ 다 겻희 點으로ᄡᅥ 법을 삼을 띠니, 點 업슨 이ᄂᆞᆫ 편히 ᄂᆞ지게 ᄒᆞ고 두 點은 기라혀 들고 ᄒᆞᆫ 點은 바ᄅᆞ 놉히 홀 써시니라. 『訓蒙字會』예 平聲은 點이 업고 上聲은 두 點이오 去聲, 入聲은 한 點이로ᄃᆡ 요ᄉᆞ이 時俗애 音이 上去성이 서로 섯기여ᄡᅥ 과글리 고티기 어려온다라, 만일 다 本音을 쓰면 시쇽 듯기에 히괴홈이 이실 故로 戊寅년 칙애 上去 두 聲을 시쇽을 조차 點을 ᄒᆞ야실ᄉᆡ 이제 이 법례ᄅᆞᆯ 의지ᄒᆞ야 ᄡᅥ 널그리ᄅᆞᆯ 便케 ᄒᆞ니라.

3) 기타

〈경서소학구결발(經書小學口訣跋)〉 -최항(崔恒)[29], 시기 미상, 『태허정집』권2

문장(文章)은 관도지기(貫道之器)이다. 문장을 통하지 않으면 어떻게 도를 볼 수 있겠으며, 도에 밝지 않다면 어떻게 정치를 말할 수 있겠는

---

[29] 최항(崔恒, 1409~1474) : 본관은 삭녕, 자는 정보(貞父), 호는 태허정(太虛亭), 시호는 문정(文靖)이다. 세조의 즉위에 공을 세우고 공신과 부원군으로 책봉되었으며, 도승지를 거쳐, 이조 판서와 영의정에 이르렀다.

가. 그렇다면 문장은 진실로 하루라도 강구해 밝히지 않을 수 없으며, 경서보다 먼저 해야 할 것은 없다. 항상 걱정하기를 세상의 유자(儒者)들이 스승의 가르침도 명확히 알지 못하면서 자신의 사견만을 높이니 이를 바로잡자면 누구에게 나아갈 것이며, 구두도 통하지 않는데 어느 겨를에 문장의 지취(志趣)를 토론하겠는가?

무릇 책을 보려는 사람은 반드시 유가의 경서를 먼저 깨우쳐야 하고 경서를 깨우쳤다면 제가(諸家)의 해설은 도구가 되며, 책을 읽으려는 사람은 반드시 먼저 구결(口訣)을 바로잡아야 하고 구결이 바로잡히면 이단(異端)의 유혹이 절로 제거된다. 그렇다면 경서에 구결이 있음은 진실로 유자에게는 달을 가리키는 손가락과 같은 것이다. 『주역』이라는 책의 면모는 가장 정묘하고 은미하여 천하의 지극한 신성(神聖)이 아니라면 누가 그 의미를 열어 보여줄 수 있겠는가?

삼가 생각건대 우리 전하(세조)께서 번다한 정무(政務)의 여가에 구결을 잠정(暫定)하시니 요(堯)·순(舜)·우(禹)·탕(湯) 네 성인의 뜻이 손바닥을 가리키듯 밝아졌다. 또 『소학』은 배우는 자들이 도(道)에 들어가는 관문으로 더욱 절실하다 여겨 이 역시 직접 구결을 정하셨다. 그리고 『시경(詩經)』은 하동군(河東君) 신(臣) 정인지(鄭麟趾)[30], 『서경(書經)』은 봉원군(蓬原君) 신 정창손(鄭昌孫)[31], 『예기(禮記)』는 고

---

30 정인지(鄭麟趾, 1396~1478) : 본관은 하동, 자는 백저(伯睢), 호는 학역재(學易齋), 시호는 문성(文成)이다. 좌의정 등을 역임하고 공신에 봉해졌다.

31 『시경(詩經)』은……정창손(鄭昌孫) : 『세조실록』 13년(1467) 12월 1일조에 "하동군(河東君) 정인지(鄭麟趾)·전 예조 판서(禮曹判書) 강희맹(姜希孟)·성균 대사성(成均大司成) 김예몽(金禮蒙)·중추부 첨지사(中樞府僉知事) 정자영(鄭自英)·사헌부 대사헌(司憲府大司憲) 양성지(梁誠之)와 유신(儒臣) 이극기(李克基)·최지(崔池)·유윤겸(柳允謙)·이맹현(李孟賢)·최자빈(崔自濱)·이종산(李鍾山)·김귀(金龜)·성현(成俔)·이숙감(李淑瑊)에게 명하여 『시경』의 구결을 교정하게 하고, 봉원군(蓬原君)

령군(高靈君) 신 신숙주(申叔舟)[32], 『논어』는 한성 부윤(漢城府尹) 신
이석형(李石亨)[33], 『맹자』는 이조 판서(吏曹判書) 신 성임(成任)[34], 『대
학』은 중추부 동지사(中樞府同知事) 신 홍응(洪應)[35], 『중용』은 형조 판
서(刑曹判書) 신 강희맹(姜希孟)[36]에게 명하시어 구결을 정하도록 하였
다. 그 일을 마치자 다시 중추부 지사(中樞府知事) 신 구종직(丘從直)[37],
동지사 신 김예몽(金禮蒙)[38], 공조 참판(工曹參判) 신 정자영(鄭自英)[39],
이조 참의(吏曹參議) 신 이영은(李永垠)[40], 호조 참의(戶曹參議) 신 김

정창손(鄭昌孫)・행 상호군(行上護軍) 송처관(宋處寬)・행 호군(行護軍) 구종직(丘
從直)・호조 참판(戶曹參判) 이파(李坡)・우승지(右承旨) 이극증(李克增)과 유신(儒
臣) 유진(兪鎭)・유희익(兪希益)・이형원(李亨元)・민정(閔貞)・손차면(孫次綿)・
권호(權瑚)・이경동(李璟仝)・고태정(高台鼎)・김계창(金季昌)에게 명하여 『서경』
의 구결을 교정"토록 하였다는 내용이 보인다.

32 신숙주(申叔舟, 1417~1475) : 본관은 고령, 자(字)는 범옹(泛翁), 호는 희현당(希賢
    堂) 또는 보한재(保閑齋), 시호는 문충(文忠)이다. 좌의정 등을 역임하고 공신에 봉해
    졌다.

33 이석형(李石亨, 1415~1477) : 본관은 연안, 자는 백옥(白玉), 호는 저헌(樗軒), 시호
    는 문강(文康)이다. 집현전 학사, 판중추부사 등을 역임했다. 공신과 부원군으로 봉해
    졌다.

34 성임(成任, 1421~1484) : 본관은 창녕, 자는 중경(重卿), 호는 일재(逸齋)・안재(安
    齋), 시호는 문안(文安)이다. 도승지, 형조 판서, 지중추부사 등을 역임했다.

35 홍응(洪應, 1428~1492) : 본관은 남양, 자는 응지(應之), 호는 휴휴당(休休堂), 시호는
    충정(忠貞)이다. 도승지, 이조 판서, 좌의정을 역임했다. 성종의 묘정에 배향되었다.

36 강희맹(姜希孟, 1424~1483) : 본관은 진주, 자는 경순(景醇), 호는 사숙재(私淑齋),
    시호는 문량(文良)이다. 좌찬성 등을 역임하고 공신에 봉해졌다.

37 구종직(丘從直, 1404~1477) : 본관은 평해, 자는 정보(正甫), 시호는 안장(安長)이다.
    성균관 사성, 좌찬성 등을 역임했다.

38 김예몽(金禮蒙, 1406~1469) : 본관은 광산, 자는 경보(敬甫), 시호는 문경(文敬)이다.
    집현전 교리, 대사성, 공조 판서 등을 역임했다.

39 정자영(鄭自英, ?~1474) : 본관은 영덕, 시호는 문장(文長)이다. 공조 참판, 지중추부
    사 등을 역임했다.

수녕(金壽寧)[41], 전 우승지(前右承旨) 신 박건(朴楗)[42] 등에게 명하여 논의해 교정토록 하였고, 중요한 관건이 되는 대목에 대해서는 모두 전하께 아뢰어 결정을 받도록 하였다. 이윽고 전교서(典校署)에 명해 인간(印刊)해 반포하도록 하였다. 다만『주역』의 경우에는 경문(經文)의 아래에 정자(程子)와 주자(朱子)의 전(傳: 주석)을 함께 부기해 간행하도록 하였다. 이에『소학』과 경서의 지침서가 비로소 갖추어졌고, 문장을 따라 의미가 어우러져 저마다 정당함을 얻었으니 수고롭게 가르쳐 주지 않더라도 사르르 얼음이 녹듯 단지 경서만 보아도 의미와 요령을 이해할 수 있었다.

아! 우리 성상(聖上)께서는 하늘이 내리신 성현의 학문을 타고나 탄생하심에 군주이자 스승이 되시어 도학의 정통에 깊이 부합하고 문교(文敎)를 더욱 숭상하며, 선진으로 후진을 깨우치고 과거를 계승하여 미래를 열어 광대하고도 정미한 크나큰 업적을 이루셨음을 또한 여기서 볼 수 있다. 그리하여 만대(萬代)를 이어가더라도 배우는 자들이 스스로 스승을 얻어 어려서부터 성정(性情)의 바름을 길러 신묘한 조화의 범위 안에서 새가 날고 물고기가 뛰어오르는 만물의 이치를 깨달으니 도는 더욱 밝아지고 다스림은 더욱 융성해짐이 이로부터 시작하지 않을 수 없으리라. 아! 지극하도다.

---

40 이영은(李永垠, 1434~1471) : 본관은 한산, 시호는 정도(丁悼)이다. 이색의 현손으로 좌부승지, 병조 참판, 동지중추부사 등을 역임했다. 공신으로 책봉되었다.
41 김수녕(金壽寧, 1436~1473) : 본관은 안동, 시호는 문도(文悼)이다. 좌승지, 대사간, 호조 참판 등을 역임했다. 공신에 책봉되었다.
42 박건(朴楗, 1434~1509) : 본관은 밀양, 자는 자계(子啓), 시호는 공간(恭簡)이다. 집현전 수찬, 동지중추부사, 좌찬성 등을 역임했다. 공신과 부원군에 책봉되었다.

[원문] 經書小學口訣跋

文者, 貫道之器也. 不因乎文, 何以見道; 不明乎道, 何以語治. 文固一日
不可不講明也, 而莫先乎經書. 常患世之儒者, 師授不明, 臆見□高, 正焉
誰就, 句讀尙未通, 奚暇討歸趣.

大抵欲觀書者, 須先曉正經, 正經旣曉, 則諸家之解已蹄. 欲讀書者, 須
先正語訣, 語訣旣正, 則他岐之惑自祛. 然則正經之有口訣, 誠儒者指月之
指也. 『易』之爲書, 最精妙微隱, 非天下之至神, 孰得而開示?

恭惟我殿下萬機餘間, 暫定口訣, 四聖之旨, 炳如指掌. 又以『小學』尤
切於學者入道之門, 亦自定訣. 『詩』則命河東君臣鄭麟趾, 『書』則蓬原君
臣鄭昌孫, 『禮』則高靈君臣申叔舟, 『論語』則漢城府尹臣李石亨, 『孟子』
則吏曹判書臣成任, 『大學』則中樞府同知事臣洪應, 『中庸』則刑曺判書臣
姜希孟訣之. 旣訖, 又命中樞府知事臣丘從直・同知事臣金禮蒙・工曹參
判臣鄭自英・吏曹參議臣李永垠・戶曹參議臣金壽寧・前右承旨臣朴楗
等, 論難校正, 每遇肯綮, 悉稟睿斷. 迺命典校署, 印而頒之. 唯『易』則正
經之下, 幷附程朱之傳, 印之. 於是『小學』・經書之指南始備, 文從義順,
各得其正, 不勞指授, 渙然氷釋, 其歸趣要領, 只看正經便了.

於戱! 我聖上天縱聖學, 誕作君師, 深契道統, 增崇文敎, 以先覺後, 繼
往開來, 致廣大精微之極功, 亦可卽此觀之. 而俾萬世學者, 能自得師, 蒙
以養正, 而鳶飛魚躍於範圍神化之中, 道益明, 治益隆者, 莫不自此而權輿
也. 吁! 至矣哉.

〈소학언해이정의(小學諺解釐正議)〉 —송준길(宋浚吉), 1666년, 『동춘당집』 권9

신(臣)의 어리석고 비루함은 사람들 가운데 못난이들에게도 미치지 못하고 행적 또한 감히 스스로 편안하다 여길 수 없습니다. 하지만 이 먼 곳에서 이미 자문을 받았으니 또 감히 마음에 품은 생각을 모두 말씀드리지 않을 수 없습니다.[43]

『소학언해』는 주자(朱子)의 집주(集註)와 간혹 다른 점이 있어 배우는 사람들이 흠으로 여긴 지 이미 오래되었습니다. 재상(宰相)[44]이 차자(箚刺)를 올려 고증해 바로잡기를 청한 일은 사리에 합당하니 다른 의론이 있을 수 없습니다. 이 외에는 언해한 내용 가운데 방언이나 속어를 사용하여 고상치 못해 고쳐야 할 것이 또한 한두 가지 없지 않습니다. 아울러 자세히 교정하도록 명하여 원자(元子)가 강독할 때 의심스럽거나 막힘이 없도록 하는 일은 그만둘 수 없을 듯합니다. 그리고 훈련도감(訓鍊都監)과 호남(湖南)에서 간행한 두 가지 집주본(集註本)은 모두 작은 글자를 사용해 살펴보기에 불편합니다. 지금 마땅히 모두 큰 글자로 간행하여 진강(進講)에 대비한다면 더욱 온당할 것입니다.

신의 평소 생각이 이와 같아 아울러 진달하오나 참으로 너무나 외람되고 황송함이 지극합니다.

---

43 하지만……없습니다 : 『현종실록』 7년 10월 11일조에 좌의정 홍명하가 원자(元子)의 학습을 위한 『소학언해』를 주자(朱子)의 집주에 의거해 바로잡아야 한다고 차자를 올린바 있으며, 이때 은거하고 있던 송준길이 홍명하의 차자에 따라 동일한 내용을 헌의한 사실이 보인다.

44 재상(宰相) : 홍명하(洪命夏, 1607~1667)를 말한다. 그의 본관은 남양, 자는 대이(大而), 호는 기천(沂川), 시호는 문간(文簡)이다. 암행어사, 대사간, 영의정을 역임했다.

[원문] 小學諺解釐正議

臣之蒙陋, 最出人下, 蹤迹亦不敢自安. 而遠地旣蒙賜問, 又不敢不盡所懷.

『小學諺解』與集註, 時或逕庭, 學者之病之已久. 相臣陳箚, 請加釐正, 允合事宜, 無容他議. 此外諺解中, 方言・俚語, 不雅當改者, 亦不無一二. 幷命精校, 使於元子講讀之際, 無所疑閡, 恐不可已. 且訓局湖南兩本集註, 皆用小字, 不便於考閱. 今宜幷用大字入刊, 以備進講, 尤似便穩.

臣之平日所思如此, 幷爲陳達, 實切僭猥惶悚之至.

어제내훈(御製內訓)

1) 1736년 활자본 『어제내훈』

〈어제내훈발(御製內訓跋)〉 −상의조씨(尙儀曺氏), 1475년

삼가 생각건대 우리 인수대비(仁粹大妃)[45] 전하는 세조 대왕이 잠저(潛邸)로 계실 때부터 양궁(兩宮)[46]을 받들어 섬겨 밤낮으로 게으르지 않으시더니, 책봉되어 세자빈이 되자 부도(婦道)에 더욱 삼가시어 몸소 어찬(御饌)을 맡으셔서 곁을 떠나지 않으셨습니다. 세조 대왕은 언젠가 효부라고 칭찬하시며 "孝婦"라고 도서(圖書: 인장)를 만들어 내려주시어 효성을 드러내셨습니다.

인수대비는 천성이 엄격하고 바르셔서 기르신바 왕손(王孫) 등이 어려서도 과실이 있으면 조금도 덮어서 감싸지 않으시고 바로 정색하고 나무라고 타이르셨기 때문에 양궁께서 장난으로 "사나운 빈궁"이라 부르셨습니다. 세조 대왕은 우리 주상 전하(성종)를 "우리 자식"이라고 부르셨고 대왕대비께서는 월산대군(月山大君)[47]을 "내 자식"이라고 부르셔서 인수대비를 위로하시더니, 이처럼 엄격히 가르치셔서 오늘날에 이르렀

---

45 인수대비(仁粹大妃) : 소혜왕후(昭惠王后, 1437~1504) 한씨의 휘호. 본관은 청주. 세조의 맏며느리로서 남편 의경세자가 등극하지 못하고 죽었으나, 둘째 아들 자을산군이 성종이 되었으므로 왕대비가 되었다.

46 양궁(兩宮) : 세조(世祖)와 그의 비 정희왕후(貞熹王后)를 이름.

47 월산대군(月山大君, 1454~1488) : 인수대비의 맏아들로 성종의 친형이다.

으니 그 감회를 이루 다 말로 할 수 있겠습니까!

대비는 양궁의 기쁨을 받들어 따르고 길이 즐거움을 누리는 여가에 부녀자의 무지함을 근심하시어 애써서 가르쳐 인도하셨습니다. 그러나 『열녀전(列女傳)』[48]과 『여교(女敎)』[49]와 『명감(明鑑)』과 『소학(小學)』 등의 책은 권질(卷秩)이 크고 많아 초학자가 흠으로 여겼기에 친히 예단 (睿斷)하시어 그 절실하고 요긴한 부분을 뽑아서 모두 일곱 장(章)을 만드시어 『내훈(內訓)』이라 이름을 붙이시고, 언역(諺譯)으로 뒤이어 서 쉽게 알도록 하시어 비록 대단히 어리석은 이라도 한 번 보면 훤히 알아서 익히고 외기 편하게 하셨습니다.

신이 역대의 현비(賢妃)를 살펴보니 시부모를 힘껏 섬겨 인효(仁孝) 의 덕을 극진히 하고 자식 가르치기를 엄격하게 하여 국가의 경사를 이 룬 이가 많지만 몸소 훈서(訓書)를 지어 타이름을 뒷날에 드리운 이는 거의 없으니, 이 책을 지음이 어찌 인수대비 전하가 자녀를 가르치려는 것뿐이었겠습니까? 민간의 어리석은 부녀자라도 여자의 일을 하는 여가 에 아침저녁으로 익히고 외워 마음 깊이 완미(玩味)하면 집안을 잘 꾸려 나가는 도리를 점차 알 것이니, 풍속의 교화에 어찌 작은 보탬일 뿐이겠 습니까? 아아! 지극합니다!

성화(成化) 을미년(1475, 성종 6) 초겨울 10월 15일, 상의(尙儀)[50] 신 조씨(曹氏)는 삼가 발문을 씁니다.

---

48 『열녀전(列女傳)』: 중국 전한(前漢) 유향(劉向)이 편찬한 책. 모범 또는 감계가 될 만한 여성의 일화를 편집하였다.

49 『여교(女敎)』: 중국의 여성 수신서인 『방씨여교(方氏女敎)』를 이른다. 저자나 편찬 연대를 알 수 없으나, 후한(後漢)의 반소(班昭)가 지은 『여계(女誡)』의 영향을 받았다 한다.

50 상의(尙儀): 조선시대 궁녀가 소속된 부서인 내명부(內命婦)의 정5품 관직.

[원문] 恭惟我仁粹大妃殿下ㅣ 自在世祖大王潛邸로 承事兩宮ᄒ샤 晝夜靡懈ᄒ더시니 及冊爲嬪에 尤謹婦道ᄒ샤 躬執御饌ᄒ샤 不離左右ᄒ시니, 世祖大王이 嘗稱孝婦ᄒ샤 造賜孝婦圖書ᄒ샤 以顯孝焉ᄒ시니라. 天資ㅣ 嚴正ᄒ샤 所育王孫等이 少有過失ᄒ면 略不掩護ᄒ시고 卽正色誡飭ᄒ실식 兩宮이 戱名暴嬪ᄒ시더라. 世祖大王은 稱我主上殿下曰我子라ᄒ시고 大王大妃ᄂᆞᆫ 稱月山大君ᄒ샤ᄃᆡ 曰吾子라ᄒ샤 以慰焉ᄒ더시니, 嚴敎ㅣ 如此ᄒ샤 以至今日ᄒ니 可勝言哉아! 承歡長樂之餘애 患女婦之無知ᄒ샤 孜孜訓誨ᄒ시나, 然『列女』와 『女敎』와 『明鑑』와 『小學』等書ㅣ 卷秩이 浩繁ᄒ야 初學이 病焉일ᄉᆡ 親自睿斷ᄒ샤 撮其切要ᄒ야 摠成七章ᄒ샤 名曰『內訓』이라 ᄒ시고, 繼以諺譯ᄒ샤 使之易曉ᄒ샤 雖至愚騃라도 一覽애 瞭然ᄒ야 以便習誦케 ᄒ시니라.

臣이 竊觀歷代賢妃ᄒ오니 勤事舅姑ᄒ야 以盡仁孝之德ᄒ고 嚴於敎子ᄒ야 以成國家之慶者ㅣ 多而躬撰訓書ᄒ야 垂誡者ᄂᆞᆫ 鮮矣니, 是書之作이 奚啻仁粹殿下之敎玉葉耶리오? 以至閭巷愚婦라도 女工之暇애 朝習暮誦ᄒ야 於心玩味ᄒ면 則漸知克家之道ᄒ리니 其於風化애 豈小補云이리오? 嗚呼至哉샷다!

[언해] 恭惟我仁粹王大妃殿下ㅣ 世祖大王 潛邸의 계심으로븓허 니어 兩宮을 셤기샤 晝夜에 게어르지 아니ᄒ더시니 밋 冊봉ᄒ야 嬪이 되시매 더욱 婦道를 삼가샤 몸소 御饌을 잡ᄋᆞ샤 左右에 ᄯᅥ나지 아니ᄒ시니, 世祖大王이 미양 孝婦ㅣ라 일ᄏᆞᄅᆞ샤 孝婦圖書를 ᄆᆡᄃᆞ라 주샤 ᄡᅥ 孝도를 나타내시니라. 天資ㅣ 嚴正ᄒ샤 育ᄒ신 바 王孫 等이 져기 過失이 이시면 죠곰도 掩護ᄒ지 아니ᄒ시고 곳 正色ᄒ야 誡飭ᄒ실 식 兩宮이 희롱ᄒ야 暴ᄒᆫ 嬪이라 일홈ᄒ시더라. 世祖大王은 우리 主上殿下를 일ᄏᆞ라

굴ᄋ샤디 내의 子ㅣ라 ᄒ시고 大王大妃ᄂᆞᆫ 月山大君을 일ㅋ라 굴ᄋ샤디 내의 子ㅣ라 ᄒ샤 ᄡᅥ 위로ᄒ시더니, 嚴敎ㅣ 이 ᄀᆞᄐᆞ샤 ᄡᅥ 오늘날에 니ᄅᆞ니 可히 이긔여 니ᄅᆞ랴! 즐거옴을 長樂에 밧ᄌᆞ온 결을애 女婦의 無知ᄒᆞ믈 근심ᄒᆞ샤 孜孜히 訓誨ᄒᆞ시나, 그러나 『烈女』와 『女敎』와 『明鑑』과 『小學』 等 書ㅣ 卷秩이 浩繁ᄒᆞ야 初學이 병되이 녀길ᄉᆡ 親히 스스로 睿斷ᄒᆞ샤 그 切要ᄅᆞᆯ 撮ᄒᆞ샤 아오로 七章을 일우샤 일홈ᄒᆞ야 굴ᄋᆞ디 『內訓』이라 ᄒ시고, 니어 諺文으로 ᄡᅥ 번역ᄒᆞ샤 ᄒ여곰 알기 쉽게 ᄒᆞ샤 비록 지극ᄒᆞᆫ 愚騃라도 ᄒᆞᆫ 번 보매 瞭然ᄒᆞ야 ᄡᅥ 習誦ᄒᆞ미 便케 ᄒ시니라.

臣이 그ᅌᅥ긔 歷代 賢妃ᄅᆞᆯ 보오니 부즈런이 舅姑ᄅᆞᆯ 셤겨 ᄡᅥ 仁孝의 德을 극진이 ᄒ고 子 ᄀᆞᄅᆞ치기ᄅᆞᆯ 嚴히 ᄒᆞ야 ᄡᅥ 國家의 慶을 일우ᄂᆞᆫ 재 만ᄒᆞ나 몸소 訓書ᄅᆞᆯ 지어 경계ᄅᆞᆯ 드리우ᄂᆞᆫ 쟈ᄂᆞᆫ 드무니, 이 글의 지음이 엇지 다만 仁粹殿下의 玉葉을 ᄀᆞᄅᆞ치실 ᄲᅳᆫ이리오? ᄡᅥ 閭巷愚婦에 니르러도 女工 겨ᄅᆞᆯ에 아ᄎᆞᆷ의 닉이고 져녁의 외와 ᄆᆞᄋᆞᆷ의 頑昧ᄒᆞ면 곧 뎜뎜 克家ᄒᆞᆯ 道ᄅᆞᆯ 알리니 그 風化에 엇지 져근 補익이리오? 嗚呼ㅣ라 지극ᄒᆞ샷다!

成化乙未孟冬十月十有五日, 尙儀臣曹氏敬跋.

여사서(女四書)

1) 1736년 활자본 『여사서』

〈어제여사서서(御製女四書序)〉 -영조, 1736년

건곤(乾坤)의 덕(德)과 음양(陰陽)의 도(道)가 크구나! 건은 아버지에
부합되고 곤은 어머니에 부합되니 하늘과 사람이 곧 한 가지 이치니라.
이런 까닭에 음양이 고르게 되어야 만물이 화육(化育)되고 부부가 화합
하여야 가도(家道)가 이루어지니, 그러므로 나라가 다스려지고 다스려
지지 않음은 또한 집안이 가지런한가 가지런하지 않은가에 달려 있다.
『주역(周易)』에 이르기를 "부부(夫婦)가 있은 뒤에 부자(父子)가 있으
며, 부자가 있은 뒤에 군신(君臣)이 있다."[51] 하였고, 공자(孔子)께서 또
말씀하시기를 "군자(君子)의 도는 부부에서 그 단서가 만들어진다."[52] 하
셨고, 『시경(詩經)』 삼백 편(三百篇)의 근본은 곧 「주남(周南)」과 「소
남(召南)」이다. 주(周)나라 문왕(文王)의 성스러움은 태임(太任)의 태
교에서 시작되었고, 추(鄒)나라 맹자(孟子)의 현명함은 어머니의 어릴
적 가르침에서 말미암았으며, 주(周) 선왕(宣王)의 중흥은 강후(姜后)
에게서 근본하였고, 초(楚) 장왕(莊王)의 다스림은 번희(樊姬)를 기반
으로 삼아서 선왕의 법도가 아름다워졌으니 중시하지 않을 수 있겠는가!

---

51 부부(夫婦)가……있다 : 『주역(周易)』「서괘전(序卦傳)」에 보인다.
52 군자(君子)의……만들어진다 : 『중용장구(中庸章句)』 제12장에 보인다.

아! 세도(世道)는 날마다 낮아지고 학문과 교육은 점점 느슨해져서 위로는 왕공(王公)으로부터 아래로는 일반 백성들까지 날마다 선왕(先王)의 가르침을 외며 날마다 선왕의 도를 익히지만, 그럼에도 실제로 실천할 수 없는데 하물며 규합(閨閤)의 부인과 여항(閭巷)의 백성들에랴. 이런 까닭에 황명(皇明) 인효문황후(仁孝文皇后)[53]가 『내훈(內訓)』 스무 장(章)을 지었고 우리나라 소혜왕후(昭惠王后) 또한 『내훈(內訓)』 일곱 편(篇)을 지어 가르침을 전해주셨으니, 이것은 바로 앞 성인과 뒷 성인의 뜻이 일치한 것이다.

내가 전년에 우연히 당본(唐本) 서적 하나를 얻었으니 이름이 『여사서(女四書)』로, 그 하나는 인효문황후의 『내훈』이요, 하나는 한(漢) 반소(班昭)[54]의 『여계(女誡)』요, 하나는 당(唐) 송약소(宋若昭)[55]의 『여논어(女論語)』요, 하나는 명(明) 왕절부(王節婦)의 『여범(女範)』이다. 그 가르치는 말이 치밀하고 상세하게 잘 갖추어져 있어 부녀자를 가르치는 데 도움이 되겠기에, 언역(諺譯)하여 『내훈』과 함께 통행시키면 말세를 권면하고 풍속을 바로잡는 데 어찌 유익함이 없겠는가. 이에 관각의 신

---

53 인효문황후(仁孝文皇后, 1362~1407) : 명나라 개국공신 서달(徐達)의 장녀로 영락제(永樂帝)의 정비이며 홍희제(洪熙帝)의 어머니이다.

54 반소(班昭, 45~117 추정) : 후한(後漢)의 여류 시인. 반표(班彪)의 딸이자 반고(班固)의 누이이다. 조수(曹壽)에게 출가하여 '조대가(曹大家)'라고 불렸으나 남편과 일찍 사별하였다. 반고가 『한서(漢書)』를 완성하지 못하고 죽자 화제(和帝)의 명으로 이어받아 『한서』 중 8편 표(表)와 「천문지(天文志)」를 완성함으로써 『한서』 편찬을 완결했다. 또한 궁중에 여러 차례 초빙되어 황후를 비롯한 여러 부인들을 교육하였다. 『여계(女誡)』 일곱 편 외에도 「동정부(東征賦)」 등 16편의 작품이 전한다.

55 송약소(宋若昭, 761~828) : 초당의 유명한 시인 송지문(宋之問)의 후예로, 지혜롭고 글을 잘 지었다. 궁중으로 불려가 여관(女官)이 되었는데, 황제들에게 내학사(內學士) 또는 선생이라고 불렸다. 양국부인(梁國夫人)에 봉해졌다. 저서에 『여논어(女論語)』가 있다.

하에게 명하여 언문으로 번역하여 올리게 하고 이어서 운각(芸閣: 校書館)을 시켜 간인(刊印)하여 널리 반포하게 하니, 첫 권의 서문[56]을 받들어 읽다가 모르는 사이에 흥감(興感)하여 삼가 두세 줄의 문자로써 그끝에 대략 서술한다.

아아! 이 책을 간행하였음에도 여전히 아직 간행하기 전과 같으며 이책을 읽었음에도 여전히 아직 읽기 전과 같다면, 이 어찌 내가 애틋하게여기며 널리 반포하는 뜻이겠는가. 각기 힘써 소홀히 하지 말 것이다.

병진년(1736, 영조 12) 중추(仲秋)에 쓴다.

[원문] 御製女四書序

夫乾坤之德과 陰陽之道ㅣ 大矣哉! 蓋乾은 稱父ᄒᆞ고 坤은 稱母ᄒᆞᄂᆞ니 天人이 卽一理也ㅣ라. 是以로 陰陽이 調而萬物이 化ᄒᆞ고 夫婦ㅣ 和而家道ㅣ 成ᄒᆞᄂᆞ니, 故로 其國之治不治ㅣ 亦係乎其家之齊不齊ᄒᆞ니라. 『易』애 曰: "有夫婦然後애 有父子ᄒᆞ며 有父子 然後애 有君臣이라." ᄒᆞ고, 夫子ㅣ 又曰: "君子之道ᄂᆞᆫ 造端乎夫婦ㅣ라." ᄒᆞ시고, 『詩』三百篇애 其本은 卽「二南」이며, 周文之聖은 始乎太任之胎教ᄒᆞ고, 鄒孟之賢은 由於慈母之幼教ᄒᆞ며, 周宣之興은 本乎姜后ᄒᆞ고, 楚莊之治ᄂᆞᆫ 基於樊姬ᄒᆞ야 前則이 斑斑ᄒᆞ니 可不重歟아! 噫라! 世道ㅣ 日下ᄒᆞ고 學教ㅣ 漸弛ᄒᆞ야 上自王公으로 下至匹庶히 日誦先王之教ᄒᆞ며 日習先王之道호되, 而猶不能實下踐歷이어든 其況閨閣婦人와 閭巷愚民이ᄯᆞ녀. 是故로 皇明仁孝文皇后ㅣ 作『內訓』二十章ᄒᆞ시고 我朝 昭惠王后ㅣ 亦述『內訓』七篇而

---

56 첫 권의 서문(序文) : 명(明) 신종황제(神宗皇帝)가 쓴 〈여계서(女誡序)〉를 가리킨다.
영조 때 편간된 언해본 『여사서』에서는 신종의 서문을 책의 첫머리에 두고, 그 뒤에
영조의 〈어제여사서서(御製女四書序)〉를 두었다.

垂教ᄒ시니, 此ㅣ 正前聖와 後聖이 其旨ㅣ 一也ㅣ라.

予ㅣ 於昔年애 偶得唐本一書ᄒ니 其名曰『女四書』ㅣ니, 一則文皇后의 『內訓』이오 一則漢班昭의 『女誡』오 一則唐宋若昭의 『女論語』ㅣ오 一則明王節婦의 『女範』이라. 其訓語ㅣ 纖悉詳備ᄒ야 有助女敎 글시 其諺譯而與『內訓』으로 竝行ᄒ면 則於礪末世ᄒ며 正風俗애 豈不有益也哉리오. 爰命館閣之臣ᄒ야 諺譯以進ᄒ고 繼令芸閣으로 刊印廣布ᄒ노니, 而奉讀首卷의 序文ᄒ시 不覺興感ᄒ야 謹以數行文字로 略敍其末ᄒ노니, 唫ㅣ라! 其刊此書애도 猶若未刊之前ᄒ며, 其讀此書애도 猶若未讀之前ᄒ면 是豈予의 眷眷廣布之意哉리오. 其各勉㫻ᄒ야 毋少忽焉이어다.

歲丙辰仲秋題.

[언해] 그 乾坤의 德과 陰陽의 道ㅣ 큰지라! 대개 乾은 父ㅣ라 일ᄏᆞ고 坤은 母ㅣ라 일ᄏᆞᄂᆞ니 天과 人이 곳 ᄒᆞᆫ 理라. 일노뻐 陰陽이 調ᄒᆞ여야 萬物이 化ᄒ고 夫婦ㅣ 和ᄒ여야 家道ㅣ 이ᄂᆞ니, 故로 그 나라희 다슬며 다스지 몯홈이 ᄯ오ᄒᆞᆫ 그 집의 齊ᄒ며 齊치 몯ᄒᆞ매 잇ᄂᆞ니라.『易』애 ᄀᆞᆯᄋᆞ디 "夫婦ㅣ 이신 연후의 父子ㅣ 잇고 父子ㅣ 이신 연후의 君臣이 잇다."ᄒ고, 夫子ㅣ ᄯᅩ ᄀᆞᆯᄋᆞ샤디 "[57]端이 夫婦애 造ᄒᆞᆫ다."ᄒ시고, 『詩』三百篇애 그 근본은 곳 「二南」이며, 周文의 聖은 太任의 胎敎에 비롯고, 鄒孟의 賢은 慈母의 어려셔 ᄀᆞᄅ치매 말미암으며, 周宣이 興홈은 姜后의 本ᄒ고, 楚莊의 다슬믄 樊姬의 基ᄒ야 前則이 斑斑ᄒ니 可히 重치 아니ᄒ냐. 슬프다! 世道ㅣ 날로 ᄂᆞ리고 學敎ㅣ 漸漸 푸러져 우흐로 王公으로부

---

57 이 자리에 "君子之道ᄂ"에 해당하는 언해가 빠져 있다.

터 아리로 匹庶의 니르히 날로 先王의 敎룰 외오며 날로 先王의 道룰 니기되, 오히려 能히 實도이 踐歷을 下치 못ᄒ거든 ᄒ믈며 閨閤婦人과 閭巷愚民이ᄯ녀. 이런 고로 皇明仁孝文皇后ㅣ『內訓』二十章을 지으시고 我朝 昭惠王后ㅣ ᄯ호『內訓』七篇을 지으샤 ᄀᄅ침을 드리우시니, 이 졍히 前聖과 後聖이 그 旨 ᄒ 가지라.

내 昔年애 우연이 唐本 ᄒ 글을 어드니 그 일홈이 골온『女四書』ㅣ니, ᄒ나흔 文皇后의『內訓』이오 ᄒ나흔 漢 班昭의『女誡』오 ᄒ나흔 唐 宋若昭의『女論語』ㅣ오 ᄒ나흔 明 王節婦의『女範』이라. 그 訓語ㅣ 織悉ᄒ고 詳備ᄒ야 女敎에 도옴이 이실ᄉᆡ 그 諺譯ᄒ야『內訓』으로 더부러 아오로 行ᄒ면 末世롤 ᄀ다듬으며 風俗을 바로게 홈애 엇지 유익홈이 잇지 아니ᄒ리오. 이에 館閣에 臣을 命ᄒ야 諺譯ᄒ야 뼈 나ᄋᆞ게 ᄒ고 니어 芸閣으로 ᄒ여곰 刊印ᄒ야 廣布ᄒ게 ᄒ노니, 밧드러 首卷에 序文을 닑을ᄉᆡ 興感ᄒ믈 ᄭᅵ둣지 못ᄒ야 삼가 두어 줄 文字로뼈 대냑을 그 긋히 敍ᄒ노라. 즘홉다! 그 이 글을 刊ᄒ야도 오히려 刊치 못ᄒ 前과 ᄀᆺᄒ며, 그 이 글을 닑그매도 오히려 닑지 아닌 前과 ᄀᆺᄒ면 이 엇지 나의 眷眷ᄒ야 廣布ᄒᄂᆞᆫ ᄠᅳ지리오. 그 各各 힘뼈 죠곰도 忽치 말올ᄯᅵ어다.

歲 丙辰 仲秋에 題ᄒ노라.

2) 1907년 목판본 『여사서』

〈경제여사서후(敬題女四書後)〉 -전우(田愚), 1907년

천지의 조화를 보면 음(陰)만으로도 이루어지지 않고 양(陽)만으로도 이루어지지 않는다. 그러므로 제왕에서 일반 백성까지 반드시 현명한 배필을 얻어서 조력을 받아야 천하 국가가 비로소 평안하고 굳세어질 수 있는 것이다. 아아! 내칙(內則)[58]이 정치 교화의 근원이 됨을 믿지 못하겠는가!

나는 젊었을 적에 『여사서』 한 부(部)를 샀는데, 곧 후한(後漢) 조대가(曹大家)의 『여계(女誡)』, 당(唐)나라 여학사(女學士) 송약소(宋若昭)가 정정(訂正)한 『여논어(女論語)』, 명(明) 인효문황후(仁孝文皇后) 서씨(徐氏)의 『내훈(內訓)』, 왕절부(王節婦)의 『여범(女範)』으로서, 그 말씀이 모두 법칙으로 삼을 만하여 진실로 여인네의 귀감(龜鑑)이며, 나라를 소유하고 집안을 소유한 이라면 세상에 드러내어 내걸어야 마땅한 것이다. 다만 이 책이 동국(東國)으로 전해온 것이 대단히 적으니 인행(印行)하여 널리 전파해야 하겠다고 생각하던 차에 응천(凝川) 박만환(朴晩煥)[59] 공이 소식을 듣고서 매우 기뻐하며 자금을 내놓아 판목(板木)에 새기되 아울러 국문(國文)을 써서 해석하여 밝혔고, 또 심석(心石) 송병순(宋秉珣)[60] 공의 글을 얻어 드러내어 떨쳤으니, 대단히 성

---

58 내칙(內則) : 옛날에 여성들이 가정에서 지켜야 했던 규범.

59 박만환(朴晩煥, 1849~1926) : 본관은 밀양. 전북 정읍 출신. 전재(全齋) 임헌회(任憲晦)의 문하에서 전우(田愚), 송병선(宋秉璿), 송병순(宋秉珣) 등과 동문수학하였다. 유학자이면서도 동학(東學)에 자금을 지원하였고, 정읍에 영주정사(瀛州精舍)를 지어 후학을 양성하였다.

60 송병순(宋秉珣, 1839~1912) : 본관은 은진으로 송시열의 9세손이며, 회덕 출신이다.

대한 일이다.

내가 근래 세계의 정세를 보니 오랑캐의 재앙이 하늘까지 넘치고 예교(禮教)는 땅을 쓴 듯 사라져 차츰차츰 「상서(相鼠)」와 「유호(有狐)」의 풍속[61]에까지 이르렀고 사람의 도리가 버려졌다. 지금 이 책을 얻어서 사람들의 마음과 안목을 불러 일깨운다면 또한 뭇 사람들 사이에 가되 홀로 선을 행하는[中行獨復][62] 현철(賢哲)한 여인이 있어 「한광(漢廣)」에서 영탄(詠歎)한 아름다움[63]으로 나아가서 이남(二南)의 교화[64]에 기틀이 되는 일이 없을 줄을 어찌 알겠는가! 이것이 세상에 바라는 바이다.

송병선(宋秉璿)의 종제이다. 유학자로서 『심석재문집(心石齋文集)』 35권을 비롯하여 여러 편의 저술을 남겼으며, 1912년에 독약을 먹고 순국하였다.

61 「상서(相鼠)」와 「유호(有狐)」의 풍속 : 예의(禮儀)가 땅에 떨어졌음을 이른다. 주희(朱熹)의 『시경집전(詩經集傳)』에 따르면 「상서(相鼠)」는 『시경(詩經)』 「국풍(國風)·용(鄘)」의 시편 이름으로 무례한 사람을 풍자하는 내용이고, 「유호(有狐)」는 『시경』 「국풍·위(衛)」의 시편 이름으로 때를 놓쳐 배우자가 없어 예(禮)를 낮추어 짝을 만나는 것을 풍자한 내용이라고 한다.

62 뭇 사람들 사이에 가되 홀로 선을 행하는[中行獨復] : 『주역(周易)』 「복괘(復卦)」에 나오는 말로서 기본적으로는 "음(陰) 가운데를 행하나 홀로 돌아온다."라고 해석되는데, 여기서는 주희가 풀이한 『주역전의(周易傳義)』 본의(本義)의 내용에 따라 이해하였다.

63 「한광(漢廣)」에서 영탄(詠歎)한 아름다움 : 남녀 간에 음란하지 않고 여인이 현숙한 것을 이른다. 「한광」은 『시경』 「국풍·주남(周南)」의 시편 이름으로 주(周) 문왕(文王)의 교화가 먼 남쪽까지 미쳐 음란한 풍속을 교화시킨 일을 노래로 읊어 감탄한 내용이라고 해석되었다.

64 이남(二南)의 교화 : 이남(二南)은 『시경』 「국풍」의 「주남(周南)」과 「소남(召南)」을 묶어서 이르는 말이다. 각각 주공(周公) 단(旦)과 소공(召公) 석(奭)이 덕으로 다스려 교화가 나라에 퍼진 일을 읊은 시편이며, 첫 번째 시 「관저(關雎)」는 군자(君子)가 현숙한 부인을 얻어 가정과 국가를 잘 다스렸음을 칭송한 시이다. 이 대목은 현숙한 여인을 배필로 얻는 일의 중요성을 강조하는 고대 경전의 문구를 인용하여 『여사서(女四書)』의 필요성을 강조하고 있다.

정미년(1907, 광무 11) 늦여름 상순에 담양(潭陽) 전우(田愚)[65]는 공경히 쓴다.

[원문] 敬題女四書後

觀天地之造化, 獨陰不成, 獨陽不成, 故自帝王至于匹庶, 必得賢配爲之助, 天下國家始得而安且固矣. 嗟乎! 內則之爲治敎本原, 不其信乎! 愚少日購『女四書』一部, 卽後漢曹大家『女誡』, 唐女學士宋若昭所訂『論語』, 明仁孝徐皇后『內訓』, 王節婦『女範』, 而其言皆可爲法, 誠閨壼之龜鑑, 而有國有家者, 所宜表揭于世者也. 第此書之東來者絶少, 意欲印行以廣其傳, 凝川朴公晩煥聞之喜甚, 捐金繡梓, 而并用國文釋明, 又得心石宋公文以發揮之, 甚盛擧也. 愚觀近年宇內之勢, 夷禍滔天, 禮敎掃地, 駸駸至於「相鼠」·「有狐」之俗, 而人道廢矣. 今得此書, 以喚醒人心目, 亦安知無中行獨復之哲媛, 而進於「漢廣」詠歎之美, 以基二南之化也乎! 是所望于世爾.

丁未季夏上澣, 潭陽田愚敬書.

---

65 전우(田愚, 1841~1922) : 본관은 담양, 호는 간재(艮齋)이다. 임헌회의 문인으로 수많은 후학을 양성했다.

3) 미간행 『여계(女誡)』

〈언해조대가여계칠편서(諺解曹大家女誡七篇序)〉–남유용(南有容)[66], 1729년,
『뇌연집』권11

사람을 훈도(訓導)하는 데는 방도가 있으니, 본받기 어려운 바로써 강제하면 실행하기 어려우나 알기 쉬운 바로써 권유하면 준수하기 쉽다. 본받기 어려운 것은 옛날에 얽매이는 말씀이요, 알기 쉬운 것은 시세(時勢)에 절실한 논의이다. 이는 비록 부녀자를 가르치는 일일지라도 역시 그러하다.

내가 범엽(范曄)[67]의 『후한서(後漢書)』「열전(列傳)」을 읽다가 조대가의 『여계』일곱 장(章)을 얻었는데, 대체로 이른바 시세에 절실한 논의로서 알기 쉽고 준수하기 쉬운 것이었다. 부녀자들 중에서 현명하고도 문식(文識)이 있는 이로는 조대가보다 높은 사람이 없었으니, 그는 가정에서의 가르침으로부터 평소에 받은 것이 있었던 것이다. 그런데도 유독이 책만 일컬어지는 것은, 세속의 부녀자들이 실행할 수 있는 바를 짐작하여 수준이 더없이 높아 기대하기 어려운 일은 없게 하였으므로 듣는이는 싫증나지 않고 실행하는 이는 엽등(獵等)하지 않으며, 시부모를 봉양하고 남편을 섬기는 데서부터 자녀를 교육하고 겨레붙이와 화목하는 데까지 그 도리가 갖추어지지 않은 것이 없어서이다.

내가 그 식견의 탁월함을 기뻐하면서 또 언문으로 번역하여 여러 누이 동생들과 형의 딸들에게 주어서 읽고 외우며 몸에 익히도록 하니, 아마

---

66 남유용(南有容, 1698~1773) : 본관은 의령, 호는 소화(小華), 시호는 문청(文淸)이다.
형조 판서 등을 역임했다.
67 범엽(范曄, 398~445) : 위진남북조시대 송나라의 정치가, 문장가이다. 학술과 문장으로 명성이 높아 『후한서』 등을 편찬했다.

도 그 말은 이해하기 쉽고 그 가르침은 받아들이기 쉬울 것이다.

기유년(1729년, 영조 5) 3월 모일, 소화거사(小華居士)는 쓴다.

[원문] 諺解曹大家女誡七篇序

訓人有方, 强之以所難法則難行, 誘之以所易知則易守, 難法者泥古之言也, 易知者切時之論也, 雖女敎亦然. 余讀『范史』「列傳」, 得曹大家『女誡』七章, 盖所謂切時之論, 易知而易守者也. 婦人之賢而有文者, 莫尙乎大家, 其於詩禮之敎, 受之有素矣. 獨是篇所稱, 斟酌乎世俗婦女之所可行, 而無絶高難企之事, 故聽之者無厭, 行之者不躓, 而自養舅姑事夫子, 以至敎子女睦宗族, 其道無不備也. 余旣喜其識之卓也, 聊復譯以諺語, 遺諸妹及兄女, 使之諷誦而服習焉, 庶幾其言易曉而其敎易入也. 己酉三月日, 小華居士書.

여소학(女小學)

1) 1882년 필사본 『여소학』

〈여소학제사(女小學題辭)〉 -박문호(朴文鎬), 1882년

여소학제사는 『여소학』을 짓는 까닭을 말한 글이다.

하늘이 우리에게 성품을 내려주실 적에 남녀 간에 차이가 없으나, 가르침이 아니면 어찌 착해질 것이며 글이 아니면 무엇에 근거할 것인가. 때문에 옛 슬기로운 여인들은 넉넉하게 내조하면서, 도책(圖冊)과 사서(史書)에 즐거이 마음을 두어 역사에 칭송이 자자했다. 하지만 문(文)이 만일 덕(德)을 이기면 또한 그 생각을 흐트러지게 하니, 채염(蔡琰)과 사도온(謝道韞)[68]은 지식이 많았어도 일반 백성에게서도 기롱(譏弄)을 받았다.

우리나라에 국문이 있어 지은 이는 성인이시니, 부녀자와 아이도 모두 배우면 하루아침에 끝낼 수 있다. 국문으로 경전(經傳)을 번역하여

---

68 채염(蔡琰)과 사도온(謝道韞) : 채염(蔡琰)은 후한(後漢) 말기의 저명한 학자 채옹(蔡邕)의 딸로, 박학다식하고 시문과 음악에 능하여 훗날 채옹의 저작을 모아 정리하였다. 청상과부로 지내다가 남흉노의 좌현왕(左賢王)에게 납치되어 시집가서 살았는데, 12년 만에 조조(曹操)의 배려로 귀국하였다. 사도온(謝道韞)은 동진(東晋)의 안서장군(安西將軍) 사혁(謝奕)의 딸이자 재상 사안(謝安)의 조카이다. 왕희지(王羲之)의 아들 왕응지(王凝之)의 부인으로, 과부가 되어 수절하였다. 시부(詩賦)를 잘 지었다고 한다.

외고 읊을 바탕이 되었으나, 세대가 내려갈수록 풍속이 퇴락하여 더욱더 옛 법에 어두워졌다. 부잣집 여인들은 편하게 지내며 사치하는 풍습이 나날이 성해지고, 가난하면 글 배울 겨를 없이 몸이 생업을 다스리기에 수고롭다.

내 누이는 일고여덟 살에 방언(方言)을 대략 깨쳐, 익힌 바가 무엇인가 했더니 근거 없는 패서(稗書)였다. 전진(戰陣)과 신괴(神怪)가 규문(閨門)과 무슨 관련인가 하고, 성인의 가르침을 가져오되 편장(篇章)은 번거롭지 않게 만들었다. 시집가는 차림에 넣으며 '삼가 잊지 말라' 했더니, 근친 왔을 때에 그 책을 찾으며 집에 불이 나 타버렸다고 한다.

내 아들은 15세 무렵에 칠서(七書)[69]를 다 읽었고 내 딸은 계례(笄禮)를 할 무렵에 집안일을 가장 잘하였으나, 그 속을 물어보니 조그만 말도 배운 것이 없었다. 아들이 배우지 못한 것은 부모에게 용서받기라도 하거니와 딸이 배우지 못한 것은 지아비와 시부모에게 노여움을 끼치니, 사덕(四德)[70]을 닦지 않으면 어찌 남의 며느리가 되겠는가.

생각건대, 내가 유학(遊學)을 좋아하여 편발(編髮) 때부터 시작했는데, 책 만 권을 배웠으되 하나도 자기에게 있지 않아 한밤중에 누워 천장을 우러러보면 놀라 식은땀이 그치지 않는다. 무릇 사람이 들은 것이 있어도 귀중한 것은 실천에 있나니, 그 말과 행한 일이 경서(經書)에 있고 역사서에 있기에 이 책을 편집하여 여사(女士)에게 주노라.

임오년(1882, 고종 19) 봄 3월에 호산(瓠山)[71] 박문호(朴文鎬)[72]는 짓

---

69 칠서(七書): 『논어(論語)』·『맹자(孟子)』·『중용(中庸)』·『대학(大學)』의 사서(四書)와 『주역(周易)』·『서경(書經)』·『시경(詩經)』의 삼경(三經)을 통칭한 이름이다.

70 사덕(四德): 옛날에 여인이 갖춰야 했던 네 가지 덕목. 부덕(婦德), 부언(婦言), 부용(婦容), 부공(婦功).

71 호산(瓠山): 박문호(朴文鎬)의 통용되는 호는 호산(壺山)이나, 이 글에는 이와 같이

는다.

[원문과 언해] 女小學題辭[73]
녀쇼학뎨ㅅ는 『녀쇼학』 짓넌 소이연 말흔 글이라.

天畀我性, 無間男女, 匪教何善, 匪書何據. 肆古哲媛, 優有內助, 玩心
圖史, 竹帛流譽. 文如勝德, 亦蕩其慮, 琰韞多識, 取譏匹庶.

혼을이 ㅅ람의 셩품을 주실 쩍의 남녀의 후박이 업ㅅ느, ㄱ리츠지 으니
ㅎ면 엇지 착ㅎ며 글이 으니면 무어슬 의거ㅎ리요. 그런 고로 이젼 착한
부인덜이 글에 잠심ㅎ야 너치에 유조ㅎ고 ㅅ칙의 일음을 끼쳔느니라.
그러허느 글이 덕얼 익이면 또흔 맘을 방ㅅ케 ㅎ는 고로 한느ㄹ 채염과
진느ㄹ 샤도온은 으넌 거시 만키로 좀 ㅅ람한틔도 조롱함을 바닷너니라.

我有國文, 作者其聖, 婦孺皆學, 崇朝可竟. 以譯經傳, 以資誦詠, 世降
俗頹, 盒晦古鏡. 富女宴安, 奢風日盛, 貧乃不遑, 身勞治生.

우리 느ㄹ에 언문이 잇스니 그 글 지으시니는 셩인이라, 부인과 어린
으희도 비울만 ㅎ니 ㅎ로 으침에도 가히 통할 거시라. 그 글로 경셔를
번역ㅎ야 부인덜노 비우게 ㅎ엿더니, 세샹이 느리고 시쇽이 무너져셔
이젼 법이 ㅊㅊ 어둡더라. 부귀가 부인덜언 너머 편ㅎ야 샤치ㅎ는 풍쇽
만 날노 셩ㅎ고, 간난ㅎ니는 치산에 골몰ㅎ야 언문얼 겨를치 못ㅎ더라.

---

72 박문호(朴文鎬, 1846~1918) : 본관은 영해. 이상수(李象秀)에게 수학하여 경학에 밝
    았으며, 『칠서상설(七書詳說)』 등의 경학 서적을 저술하였다. 이건창, 황현, 김택영
    등 근대 한문학대가들과 두루 교유하였다. 저술로 『호산집(壺山集)』 등이 남아 있다.
73 원문에는 한자마다 그 음과 훈이 한글로 병기되어 있으나, 구현하기 어려워 생략하였다.

我妹在齠, 略曉方言, 所習伊何, 稗書不根. 戰陣神怪, 何與閨門, 乃取聖訓, 篇章不繁. 用納歸裝, 曰愼無諼, 迨寧索書, 屋火遭燔.

집 미뎌ㄱ 칠팔 셰예 언문 디강 통ᄒ야, 익히넌 거시 허탄ᄒ 쇼셜이라. 쓰움과 괴이ᄒ 닐이 규문에 하관이냐 ᄒ고, 이젼 셩현의 말심얼 뫼와 조고마치 칙얼 만드러 ᄀ리치고. 출가할 졔 롱의 너허 보닛더니, 근친시에 그 칙을 츠즈니 화지예 티와더라.

我子成童, 七書在口, 我女行笄, 最能井臼, 若叩其中, 片語無受. 子之不學, 見恕父母, 女之不學, 貽怒夫舅, 四德不修, 胡爲人婦.

집 ᄋ희넌 십오 셰예 칠셔럴 드 일것더니, 녀식과 질녀는 ᄎᄎ 그 ᄂ히 되미 졍구는 ᄀ장 능히 ᄒᄂ, 속에 든 거슬 무를진디 한 말도 비온 거시 업도ᄃ. 대뎌 ᄋ덜에 비우지 못ᄒ 거슨 부모ㄱ 용셔ᄂ ᄒ련이와, 딸언 남의 집에 티인 사람이라 만일 비우지 못ᄒ면 외졍과 구고의게 이우ᄒᄂ니, 사덕을 닥지 ᄋ니 ᄒ면 엇지 남의 며느리ㄱ 되리요.

念我好遊, 編髮爲始, 學書萬卷, 一不在己, 中夜仰屋, 驚汗不已. 凡人有聞, 貴在踐履, 其言其事, 有經有史, 爰輯此書, 以遺女士.

니ㄱ 편발쩍부텀 놀며 비우기럴 조와ᄒ야, 칙얼 만 권을 비와쓰ᄂ ᄒᄂ도 몸의 잇지 ᄋ니 ᄒ니, 중야의 혼즈 싱각ᄒ미 놀닌 뚬이 그치지 ᄋ니 ᄒ도ᄃ. 대뎌 드른 것이 잇거던 그 말디로 힝ᄒ미 귀ᄒ니, 그 말과 그 닐이 경셔에 잇고 사긔예 잇넌지라, 두루 외와셔 이 칙얼 만드러 녀사의게 주노라.

壬午春三月, 瓠山朴文鎬題.
임오 츈삼월에 호산 박문호는 쓰노라.

경민편언해(警民編諺解)

1) 1658년 목판본 『경민편』

〈경민편청간광포제로차(警民編請刊廣布諸路箚)〉 –이후원(李厚源), 1658년

완남부원군(完南府院君) 신(臣) 이후원(李厚源)[74]은 엎드려 아룁니다.

신은 병신년(1656, 효종 7) 가을 예조(禮曹)에 있을 적에 일찍이 임금께 나아가 "임진란 이후 인심(人心)과 세도(世道)가 날이 갈수록 투박해져가니 참으로 한심합니다. 이른바 『경민편(警民編)』은 바로 기묘명신(己卯名臣)[75] 김정국(金正國)[76]이 황해도 관찰사를 지낼 때(1519, 중종 14) 편찬한 책입니다. 백성을 깨우치고 풍속을 교화함에 작은 도움이 없지 않을 것이니 이 책을 각지에 간행해 반포하기를 청하옵니다."라고 청하여 다행히도 윤허를 받았습니다.[77]

다만 원본을 두루 구했지만 찾지 못하다가 오랜 뒤에야 해서(海西)

---

74 이후원(李厚源, 1598~1640) : 본관은 전주, 시호는 충정(忠貞)이다. 인조반정의 공신으로 대사간, 예조 판서 등을 역임했다.

75 기묘명신(己卯名臣) : 중종 14년(1519) 11월 남곤(南袞)·심정(沈貞)·홍경주(洪景舟) 등에 의해 기묘사화를 당한 신진사류(新進士類)를 말한다.

76 김정국(金正國, 1485~1541) : 본관은 의성, 자는 국필(國弼), 호는 사재(思齋)·팔여거사(八餘居士)이다. 김굉필(金宏弼)에게 배워 시문이 당대에 뛰어났다. 저서에 『사재집(思齋集)』, 『성리대전절요(性理大全節要)』, 『촌가구급방(村家救急方)』, 『역대수수승통지도(歷代授受承統之圖)』, 『기묘당적(己卯黨籍)』 등이 있다. 시호는 문목(文穆)이다.

77 신은……받았습니다 : 『효종실록』 효종 7년(1656) 7월 28일조에 관련된 내용이 보인다.

지역에서 구했습니다. 하지만 언해(諺解) 없이는 궁벽한 시골 백성들이 이해하기 어렵기에 결국 그 원본으로 교열하여 번역하고, 진고령(陳古靈)과 진서산(眞西山)이 세속을 교화하는 글들을 그 아래에 붙이고[78] 간혹 정리해 요약한 것은 백성들이 쉽게 깨닫도록 하려는 것입니다. 우연히 선조(宣祖) 시절의 상신(相臣) 정철(鄭澈)이 지은 「훈민가(訓民歌)」[79]가 첨부되어 기록된 책을 얻었기에 향촌 부녀와 아이들이 평소에 외워 익히게 한다면 마음으로 느껴 징계됨이 있을 것입니다. 마침 신이 직책을 떠나 간행해 반포하지 못해 신은 항상 처음에 이미 건의한 것을 받들어 시행하지 못하였음을 한스럽게 여겼습니다.

근래 윤리 기강의 변고가 도성에도 일어나 성상께서 경연에서 백성을 인도하는 방도가 무너졌다고 깊이 우려하며 탄식하셨다고 들었습니다. 신은 이에 더욱 마음의 감개함을 견딜 수 없어 지금 감히 베껴 적어 예조에 보냅니다. 이를 여러 도(道)에서 두루 간행하고 관찰사를 시켜 여러 읍에 분부해 민간에 널리 반포시키고 타일러 깨우쳐 백성들이 개과천선하여 죄를 멀리하고 야박함에서 벗어나 후덕함을 따르게 한다면, 거의 백성의 풍속이 점차 변해 우리 전하의 풍속을 돈독하고 도탑게 만들려는 뜻에 우러러 부응할 수 있을 것입니다. 대저 정치의 근본은 풍속 교화가 우선이니 반드시 이끌어 마땅함을 얻은 다음에야 사람마다 흥기하여 본

---

78 진고령(陳古靈)과……붙이고 : 진고령은 송(宋)나라 신종(神宗) 때 인물인 진양(陳襄)이며, 진서산(眞西山)은 송나라 진덕수(眞德秀, 1178~1235)이다. 고령과 서산은 호이다. 진양의 「선거권유문(仙居勸誘文)」과 진덕수의 「담주유속문(潭州諭俗文)」・「천주권유문(泉州勸諭文)」을 부록으로 붙인 것을 말한다.

79 정철(鄭澈)이 지은 「훈민가(訓民歌)」 : 송강 정철이 강원도관찰사로 재직하였던 1580년에 진양의 「선거권유문」을 바탕으로 백성들을 계몽하고 교화하기 위하여 지은 16수의 연시조로 '경민가(警民歌)' 또는 '권민가(勸民歌)'라고도 하며 『송강가사(松江歌辭)』에 실려 있다.

받도록 할 수 있을 것입니다. 진실로 혹여 그렇게 아니하고서 백성들이 교화되고 복종케 하자면, 소리를 내지 않고 메아리를 바라는 일과 무엇이 다르겠습니까?

예전 우리 세종대왕께서 여러 신하를 불러 풍속을 돈독하고 도탑게 만드는 방법을 의논하자, 변계량(卞季良)[80]이 『효행록(孝行錄)』 등의 책을 널리 반포해 여항의 백성들에게 외우도록 하여 차츰 효제(孝悌)·인의(仁義)의 길에 들어가게 하도록 청하였습니다. 그리하여 설순(偰循)[81]에게 명해 『효행록』을 다시 찬술해 올리게 하였습니다.[82] 곧 다시 유사에게 거듭 명해 교조(教條)를 명확히 보여 인후한 풍속을 이루도록 하였습니다.

아! 우리 조정의 정치는 세종조보다 성대한 적이 없었지만 당시에 자문하고 강구한 것이 여기서 벗어나지 않았습니다. 나라를 다스리는 급선무가 윤리를 도탑게 하고 풍속을 이루는 일에 지나지 않고, 윤리를 도탑게 하고 풍속을 이루는 아름다움에 이르고자 한다면 또 반드시 인도하길 극진히 하는 일로 근본을 삼아야 하지 않겠습니까? 김정국이 중종(中宗)께서 지극한 정치를 회복하고자 도모하시던 시절을 만나 황해도 한 지역을 다스리면서 먼저 『경민편』을 저술해 간절히 깨우쳤던 일 역시

---

80 변계량(卞季良, 1369~1430) : 본관은 밀양, 자는 거경(巨卿), 호는 춘정(春亭), 시호는 문숙(文肅)이다. 대제학을 20년이나 맡아 관각 문인의 대표자였다.

81 설순(偰循, ?~1435) : 본관은 경주로 설손(偰遜)의 손자이다. 집현전 부제학, 동지중추원사를 역임하고 학문과 문장으로 이름이 높았다.

82 예전……하였습니다 : 『세종실록』 세종 10년(1428) 10월 3일조에 세종이 진주(晉州)의 김화(金禾)라는 사람이 아비를 살해한 사실에 대해 본문의 내용과 같이 대책을 논의한 사실이 보인다. 『효행록』은 고려 충목왕 때 노년의 권보(權溥)를 위해 그 아들 준(準)이 24효도(二十四孝圖)를 그려 부친을 위안한 책으로, 세종은 설순에게 여기에 20인의 효행을 더 뽑아 증보하되 집현전에서 주관하도록 명하고 있다.

이 때문이었습니다. 신이 시종일관 이 책을 염두에 두어 반드시 시행하고자 했던 것 역시 같은 이유입니다. 성상께서는 살펴주시기 바랍니다.

[원문] 警民編請刊廣布諸路箚

完南府院君臣李厚源伏以. 臣於丙申秋, 忝冒禮曹, 嘗進啓於榻前曰: "喪亂以來, 人心世道, 日益偸薄, 誠可寒心. 所謂『警民編』, 卽己卯名臣金正國按節海西時所撰書也. 其於牖民化俗之方, 不無少補, 請以是書, 刊布諸路." 幸蒙允可. 而第其原本, 遍求不得, 久乃得之於海西, 而無諺解, 窮鄕氓隸, 難於通曉, 故遂用其本, 校證翻譯, 且取陳古靈·眞西山諭俗諸篇, 附於其下, 而間有節略者, 欲民之易曉也. 偶得宣祖朝相臣鄭澈所作「訓民歌」添錄者, 欲使村閭婦孺, 尋常誦習, 有所感發而懲創也. 會臣去職, 未及刊布, 臣常以初旣建白, 不克奉行爲恨.

近聞倫紀之變, 或作於簟轂之下, 聖上臨筵, 深以導率乖方爲憂歎. 臣於是尤不勝感慨于中, 玆敢繕寫, 送于南宮. 倘以此遞刊於諸道, 而着令按臣, 分付列邑, 廣布民間, 諄諄告諭, 俾民遷善遠罪, 去薄從厚, 則庶幾氓俗漸變, 有以仰副我殿下敦厚風俗之意矣. 大抵爲政之本, 風化是先, 必其導迪得宜, 然後可使人人興起而慕效. 苟或不然, 而欲民化服, 則何以異於止聲而求響乎?

昔我世宗大王召群臣議所以敦厚風俗之方, 卞季良請廣布『孝行錄』等書, 使閭巷小民, 尋常誦之, 駸駸然入於孝悌仁義之路. 迺命偄循, 改撰『孝行錄』以進. 旣又申命攸司, 明示敎條, 以成仁厚之風.

嗚呼! 我朝之治, 莫盛於世宗朝, 而其所以疇咨講求者, 不出乎此. 豈不以有國先務, 莫過於厚倫成俗, 而能致其厚倫成俗之美者, 又必以盡其導率爲本也哉? 金正國當中廟圖恢至治之日, 分憂一道, 首著是編, 懇懇誨諭者, 其亦以是. 而臣之終始惓惓於此書, 必欲其行者, 亦猶是已. 惟聖主垂諒焉.

종교

1

불교

*불교 서적의 번역은 불교문학을 전공하시는 이진오 선생님(부산대학교
예술문화영상학과)의 자문을 받았다. 선생님께 감사드린다.

능엄경언해(楞嚴經諺解)

1) 1461년 교서관 활자본 『능엄경언해』

〈어제발문(御製跋文)〉 -세조, 1461년

옛날 정통(正統) 무오년(1438, 세종 20)에 선대왕 세종께서『능엄경』을 보시고 나서 기사년(1449, 세종 31)에 번역하여 널리 반포하시고자 나에게 방법을 강구하라 명하셨거늘, 중도에 비둔(否屯)[1]한 시기가 이어짐으로 말미암아 황급하고 바빴지만 그 말씀을 어찌 잊었겠는가. 경운 (景運)[2]이 처음 열리게 되어서는 제도를 다스리기에도 겨를이 없어 세종의 부탁에 아직 부응하지 못하였고 또한 힘이 미약하여 거행하기 어렵기도 하더니, 세상에 드문 각황(覺皇: 부처)께서 연류(緣類)를 모두 거두시기에 사리(舍利) 일백 개를 나타내시어[3] 신령한 광명이 세상을 비추셨

---

1 비둔(否屯) :『역경(易經)』의 비괘(否卦)와 둔괘(屯卦)를 합한 말로, 어려운 시기를 뜻한다. 비는 상하가 꽉 막혀 서로 통하지 못함을, 둔은 가능성은 있으나 침체 상태를 벗어나지 못함을 형용하였다.

2 경운(景運) : 큰 운수. 여기서 '경운이 열렸다'는 것은 세조가 등극한 일을 가리킨다.

3 사리(舍利) 일백 개를 나타내시어 : 이 발문의 언역본(諺譯本)에 실린 주석에 따르면, 1461년(세조 7) 5월 13일에 효령대군이 회암사(檜巖寺)에서 불사를 하다가 석가의 분신사리 25매를 진상하니 세조와 정희왕후가 놀랍고 기뻐 눈물을 흘렸다. 정례(頂禮)할 때 다시 8매가 분신(分身)하였으며, 왕후가 함원전(含元殿)에 사리를 모셔두니 또 5매가 분신하였다. 효령대군이 다시 절에 돌아가 11매를 더 얻어 진상하고, 16일에 30매를 진상하였는데 왕후가 펴보니 다시 6매가 분신하였으며, 이튿날 세조와 왕후가 친히 공양할 때 다시 17매가 분신하여, 사리는 모두 102매가 되었다고 한다.

으니 이처럼 기특한 상서(祥瑞)와 신이한 감응(感應)은 항하사(恒河沙)의 수만큼 오랜 시간 동안에도 있지 않았다. 내 동행 혜각존자(慧覺尊者)⁴ 등이 소식을 듣고 와서 축하하기에 공경하며 맞이하여 갓 지은 관저전(關雎殿)⁵에서 접대하여 아침저녁으로 학문에 서로 도움을 주며 안부를 물었다.

이러던 중에 숙부 효령대군이 나에게 『능엄경(楞嚴經)』과 『영가집(永嘉集)』을 번역 출간하기를 청하시니 바로 내 생각과 맞았고 선사 또한 따라서 기뻐하셨다. 이에 한계희(韓繼禧) 등에게 명하여 그 교열을 돕게 하고 내가 또 틈을 타서 힘을 보태되 모두 선사에게 결정하게 하여 두어 달 만에 이루었거늘, 인쇄하여 산림처사와 백의거사에게 반포하라 명하였다.⁶ 이것이 전부 선사의 넓고 자비로운 마음이시며 남을 이롭게 하는 공덕이시니 다시 어떤 말로써 다 진술하겠는가! 원컨대 나는 이

---

4 혜각존자(慧覺尊者, 생몰년 미상) : 세조 때의 선승 신미(信眉)의 사호(賜號)이다. 속명은 김수성(金守省). 괴애(乖崖) 김수온(金守溫)의 형이다. 세종 말년부터 왕실과의 긴밀한 관계 속에서 불교 중흥을 위해 노력하였다. 1461년(세조 7) 6월 간경도감이 설치되자 그의 주관 하에 『법화경(法華經)』, 『반야심경(般若心經)』, 『영가집(永嘉集)』 등이 언해되었다.
5 관저전(關雎殿) : 경복궁 후원에 있던 전각으로, 임진왜란에 소실되었다.
6 한계희(韓繼禧)……명하였다 : 언역본(諺譯本)의 주석에 기록된 『능엄경언해』 간행 관련자들의 역할 분담은 다음과 같다. 세조가 토(吐)를 달아 혜각존자에게 확인하고 정빈 한씨(貞嬪韓氏) 등이 창준(唱準)하였으며, 한계희(韓繼禧)와 김수온(金守溫)이 번역하고 박건(朴楗)・윤필상(尹弼商)・노사신(盧思愼)・정효상(鄭孝常)이 상고(相考)하고 영순군(永順君) 부(溥)가 예(例)를 일정하게 하고 조변안(曹變安)・조지(趙祉)가 『동국정운(東國正韻)』의 한자음을 썼으며, 신미(信眉)・사지(思智)・학열(學悅)・학조(學祖)가 번역을 바로잡은 뒤에 세조가 일정하게 하고 전언(典言) 조두대(曹豆大)가 어전에서 번역을 읽었다. 교서관 제조 정현조(鄭顯祖)의 감독 아래 400벌을 인쇄하게 하였고, 종친 은천군(銀川君) 찬(欑)과 옥산군(玉山君) 제(躋)를 교서관에서 근무하며 인쇄를 관리하게 하였다.

인연으로 내 현재의 권속과 함께 항하사의 오랜 세월 동안 헤어지지 않고 선사가 불도를 이루시는 날에 먼저 해탈을 입고자 한다.

천순(天順) 신사년(1461, 세조 7) 9월 아무 날, 불제자 승천체도열문영무(承天體道烈文英武) 조선국 왕은 발문을 쓴다.

[원문] 御製跋

昔正統戊午之歲예 皇考世宗이 旣覽『楞嚴』ᄒᆞ시고 己巳之歲예 欲譯廣布ᄒᆞ샤 命我究之ᄒᆞ야시ᄂᆞᆯ 中因否屯이 延縣ᄒᆞ야 忽忽ᄒᆞᆫᄃᆞᆯ 豈忘이리오. 及至景運이 創開ᄒᆞ야 修章不遑ᄒᆞ야 顧付囑之未副ᄒᆞ오ᄃᆡ 亦力微而難擧ㅣ러니 希有覺皇이 殫攝緣類실ᄊᆡ 設利現百ᄒᆞ샤 靈光이 耀世ᄒᆞ시니 奇瑞異應이 沙劫未有ㅣ샷다. 我同行慧覺尊者等이 聞奇來賀ㅣ어시ᄂᆞᆯ 敬之迎之ᄒᆞ야 接之闢雖新殿ᄒᆞ야 朝夕相資ᄒᆞ며 敍其寒暄ᄒᆞ다니 叔父孝寧大君이 請我譯出『楞嚴』·『永嘉集』ᄒᆞ시니 正適我意어ᄂᆞᆯ 師ㅣ亦隨喜ᄒᆞ실ᄊᆡ 於是예 命韓繼禧等ᄒᆞ야 助其校閱ᄒᆞ고 予亦乘暇添力ᄒᆞ오ᄃᆡ 一正於師ᄒᆞ야 數月而成커ᄂᆞᆯ 命印布山林·白衣ᄒᆞ노니 此ㅣ 全是師之普慈之心이시며 利他之德이시니 夫復何詞以盡述哉리오. 願我ㅣ 此因ᄋᆞ로 同我現眷과 沙劫不離ᄒᆞ야 師成道日에 先蒙度脫ᄒᆞ노이다. 天順辛巳九月 日佛弟子承天體道烈文英武朝鮮國王姓諱跋.[7]

⟨발문(跋文)⟩ -신미(信眉), 1461년

불법이 지나(支那)에 유포됨이 마치 저 상서로운 해가 대천세계(大千世界)에 널리 비추는 것과 같았건만 중생의 미혹의 안개는 어두운 길에 오래도록 끼어 있었으며, 또한 게다가 경문(經文)은 심오하여 알기 어렵고 스승을 찾아서 도를 물으려 해도 알맞은 사람은 거의 없었습니다. 오직 우리 성상(聖上)께서는 덕이 삼왕(三王)보다 나으시며 도가 오제(五帝)보다 높으시어 큰 도로써 인간계와 천상계의 중생들을 널리 깨우치려 하십니다. 『수능엄경(首楞嚴經)』은 종문(宗門)들 중에서 가장 나은 것이므로 이에 나랏말의 바른 소리로써 번역하시고 인출(印出)하여 반사(頒賜)하도록 명하시어 승려와 속인과 꿈틀거리는 함령(含靈: 중생)들이 모두 여래(如來)의 묘장엄(妙莊嚴)[8]의 영역에 들어가게 하시니, 불법을 베푸는 마음이 어찌 월개(月盖)[9]뿐이겠습니까, 공덕의 이익이 끝없는 곳까지 널리 적시셨습니다! 이것은 우리 성상께서 세종대왕의 오래된 원력(願力)을 받들어 대법왕(大法王)이 되시어 뭇 중생을 널리 제도하시는 힘이니, 이 좋은 인연을 돌려 주상전하와 중전마마께서 만세토록 장수하시며 세자저하는 천수토록 장수하시며, 널리 함령에게도 미쳐 묘리(妙利)에 고루 젖게 하시는 것입니다! 신 승려 신미(信眉)는 머리를 조아리며 삼가 발문을 씁니다.

---

8 묘장엄(妙莊嚴) : 부처님이 전생에 운뢰음숙왕화화여래(雲雷音宿王華如來)라는 이름을 가졌을 때 살았던 나라의 왕 이름. 처음에는 외도(外道)를 신봉하였으나 부인과 두 아들의 간청으로 법화경을 듣고 불법에 귀의하였다. 『법화경』에 나온다.

9 월개(月盖) : 비사리국(毘舍離國) 장자(長者)의 이름. 일찍이 유마(維摩)의 방장(方丈)에 들어가 불이(不二)의 법문(法門)을 듣고 서방삼존(西方三尊)을 청하여 국내의 악역(惡疫)을 구하였다. 『유마경(維摩經)』에 나온다.

[원문] 佛法이 流布支那ㅣ 如彼瑞日이 徧照大千이어신마른 衆生이 惑霧
ㅣ 長滯昏衢ᄒ며 又況經文이 深奧難知오 尋師訪道ᄒ야도 亦乏其人ᄒ
니, 惟我聖上이 德冠三王ᄒ시며 道隆五帝ᄒ샤 欲令大道로 廣曉人天ᄒ
시니 『首楞嚴經』은 宗門最勝일씨, 乃以國語正音ᄋ로 飜書ᄒ샤 命印頒
賜ᄒ샤 若僧若俗과 蠢動含靈이 皆入如來妙莊嚴域게ᄒ시니 法施之心이
奚啻月盖시리오. 功德之益이 普潤無邊이샷다. 此ㅣ 我聖上ㅅ 承凤願力
ᄒ야 作大法王ᄒ샤 博濟群生之力也ㅣ시니, 廻玆勝因ᄒ샤 兩宮殿下ㅣ
壽萬歲시며 世子邸下ㅣ 壽千秋ㅣ시며 普及含靈ᄒ야 均沾妙利샷다. 臣
僧信眉頓首謹跋.

법화경언해(法華經諺解)

1) 1463년 간경도감 목판본 『법화경언해』

〈진묘법연화경전(進妙法蓮華經箋)〉 −윤사로(尹師路), 1463년

간경도감 도제조(刊經都監都提調) 수충위사(輸忠衛社) 동덕좌익공신(同德佐翼功臣) 수록대부(綏祿大夫) 영천부원군(鈴川府院君) 신 윤사로(尹師路)[10] 등은 삼가 주상께서 번역하신 『묘법연화경』을 새로 인쇄하여 가지고 장황(糚潢)하여 올립니다.

　신 윤사로 등은 참으로 황공하여 머리를 조아리고 또 조아리며 말씀을 올립니다. 적이 생각건대, 불법(佛法)은 본디 묘한 것이 아니지만 막히고 거친 것을 말미암아 '묘하다'는 말을 쓰고, 마음은 본래 참된 것이 아니지만 허망함을 좇는다는 의미를 빌어 '참되다'고 표현합니다. 처음을 알 수 없는 집착으로 말미암아 번뇌가 있고, 미혹됨이 전도(顚倒)[11]가 아님에도 전도라는 지경으로 떨어지기도 하니, 사람이 해탈의 장에 있으면서도 해탈을 잃은 자는 육도(六道)[12]를 윤회하여 그치지 않고 사류(四

10　윤사로(尹師路, 1423~1463) : 본관은 파평, 시호는 충경(忠景)이다. 세종의 서녀 정현옹주(貞顯翁主)와 결혼하여 영천군이 되었고, 세조의 즉위에 협조하여 공신이 되었다.

11　전도(顚倒) : 본래의 참된 사리(事理)에 반대되는 망견(妄見). 무명(無明)의 사자(使者)가 된 까닭에 사리를 거꾸로 본 것이다.

12　육도(六道) : 중생의 업인(業因)에 따라 태어나는 존재양상의 여섯 가지. 즉, 천(天)·인간(人間)·아수라(阿修羅)·축생(畜生)·아귀(餓鬼)·지옥(地獄).

流)[13]에 빠져서 오래도록 표류합니다.

　우리 부처님[能仁]께서는 저 사바세계에 몸을 맡기신 채, 수없이 많은 여러 부처를 섬기시어 스승으로 삼으시고, 모든 법계(法界)[14]의 중생을 자식처럼 동등하게 보셨습니다. 마귀가 한밤 숲에 날아다닌 뒤 새벽별을 보고 완전한 깨달음을 얻기에 이르자[15] 지혜의 햇빛[慧日][16]이 높이 솟아오를 때 애초에 큰 산을 먼저 비추며, 자비의 구름[慈雲][17]이 점차 자욱해질 때 비로소 작은 풀도 모두 촉촉해지니, 중생의 근기(根機)가 낫고 못한 차이에 따라 응하시고 교화(敎化)는 반자교(半字敎)와 만자교(滿字敎)[18]의 다름을 구별하여 보여주셨습니다. 연화회(蓮華會)[19]에 이르러 가지와 잎의 무성한 것을 잘라내시고 동방의 빛줄기 하나[20]를 펴

13　사류(四流) : 불교에서 이르는 네 가지 번뇌[流]. 색(色)·성(聲)·향(香)·미(味)·촉(觸)에 대한 탐욕인 욕류(欲流), 욕계·색계·무색계의 미혹한 생존인 유류(有流), 그릇된 견해인 견류(見流), 사체(四諦)에 대한 무지인 무명류(無明流)이다.

14　법계(法界) : 18계의 하나로, 의식의 대상이 되는 모든 사물을 이른다. 범어로 달마타도(達摩馱都, dharma-dhātu)라고 한다.

15　마귀가……이르자 : 석가모니가 보리수 아래에서 깨달음을 이루려고 할 때, 마왕 파순이 미녀를 보내어 유혹하였으나 성공하지 못하였고, 금성이 반짝이는 새벽에 마침내 부처가 되었던 일을 이른 것이다. 이 장면은 석가모니의 일생을 그린 《팔상도(八相圖)》의 여섯 번째인 〈수하항마상(樹下降魔相)〉으로 그려져 있다.

16　지혜의 햇빛[慧日] : 부처님의 지혜를 이른다.

17　자비의 구름[慈雲] : 부처님의 은혜를 이른다.

18　반자교(半字敎)와 만자교(滿字敎) : 소승불교와 대승불교를 이른다. 범어(梵語)에서 자모(字母)를 반자(半字)라 하고 자모를 합하여 만든 의미가 나타나는 온전한 글자를 만자(滿字)라 하는데, 반자는 뜻을 원만하게 나타내지 못한다고 해서 소승교에, 만자는 뜻을 원만하게 나타낸다고 해서 대승교에 각각 비유한 것이다.

19　연화회(蓮華會) : 극락정토에서 성자(聖者)들이 연지(蓮池)에 모여 설법을 듣는 모임. 사찰 안에는 극락의 연지를 모방하여 구품연지(九品蓮池)를 만들었다.

20　동방의 빛줄기 하나 : 부처님의 백호(白毫)에서 나오는 빛줄기를 이른다. 『묘법연화경』 권4 「견보탑품(見寶塔品)」 제11에는 이 빛이 동방을 비추어 동방의 모든 부처님을 뵙는

시어 지혜의 경계를 전부 밝히시며 무량(無量)의 삼매(三昧)를 일으키시어 지혜의 법문(法門)을 넓게 여시어, 화성(化城)의 피로한 상인들을 인도하셨고[21] 썩은 집의 불놀이를 식히셨습니다.[22] 그러나 중생들은 옷에 본래부터 보석을 매달고서도 오랫동안 외롭고 가난하다고 탄식하였고[23] 아버지가 집안의 보물을 주려하는데도 아들은 못난 모습으로 잘못 살아왔지만,[24] 등명불(燈明佛)[25]은 2만 번 같은 호칭으로 나타나 『법화

다고 하였다.

21 화성(化城)의 피로한 상인들을 인도하셨고 : 부처님이 중생을 번뇌로부터 막아주어 성불의 길로 이끈다는 뜻. 법화칠유(法華七喩)의 하나인 화성유(化城喩)로, 『법화경』「화성유품(化城喩品)」에 나온다. 보물을 찾기 위해 멀고 험난한 길을 가던 무리들이 도중에 힘들고 지쳐 돌아가려 하므로 길잡이가 신통력으로 성 한 채를 만들어 무리들을 쉬게 한 다음 다시 길을 떠난다는 내용이다. 여기서 보물은 일승(一乘)에 의한 성불을 상징하고, 길잡이는 부처를 상징하며, 화성은 번뇌를 막아주는 안식처를 상징한다.

22 썩은 집의 불놀이를 식히셨습니다 : 부처님이 속세의 탐욕과 미혹에서 중생을 제도한다는 뜻. 법화칠유의 하나인 화택유(火宅喩)로, 『법화경』「비유품(譬喩品)」에 나온다. 한 부호가 집에 불이 났는데도 노는 데 정신이 팔려 그 집에서 빠져 나오지 않는 아이들을 양거(羊車)·녹거(鹿車)·우거(牛車)로 유인하여, 그들이 나오자 칠보(七寶)로 장식한 큰 수레를 준다는 내용. 여기서 부호는 부처를 상징하고, 불타는 집은 탐욕과 미혹이 들끓는 세계를, 아이들은 중생을, 세 수레는 삼승(三乘)을, 칠보 장식한 큰 수레는 일승(一乘)을 상징한다.

23 본래부터……탄식하였고 : 모든 중생이 불성(佛性)을 갖고 있으나 모르고서 성불하지 못한다는 뜻. 법화칠유의 하나인 의주유(衣珠喩)로, 『법화경』「오백제자수기품(五百弟子授記品)」에 나온다. 가난한 이가 친구 집에 갔다가 술에 취해 자고 있는데, 친구는 불일이 생겨 그의 옷 속에 보석을 매달아 주고 밖으로 나갔다. 가난한 이는 그 사실을 모른 채 술이 깨자 집을 나와 방황하면서 갖은 고생을 하였는데, 훗날 다시 만난 친구가 옷 속에 보석을 매달아 주었던 사실을 말하였다고 한다. 여기서 가난한 자는 중생을, 친구는 부처를, 보석은 부처의 지혜 또는 불성(佛性)을 상징한다.

24 아버지가……살아왔지만 : 중생이 불법을 알지 못하여 깨달음의 길로 인도받지 못함을 뜻한다. 법화칠유의 하나인 궁자유(窮子喩)에서 나온 말로, 『법화경』「신해품(信解品)」의 비유이다. 어느 부호가 잃어버린 아들을 찾아냈으나 아들은 어릴 때부터 자신의 신분을 모르고 가난뱅이로 방랑하며 살아왔기 때문에 부호가 자신을 해칠 것이라 여기

경』을 설법하시어 본각(本覺)의 체(體)가 남아있게 되었고 약왕보살(藥王菩薩)[26]은 소신(燒身)하여 80억 항하사 세계에 빛을 비추어『법화경』을 정밀히 수지(受持)하는 힘이 이미 드러났습니다.

삼주(三周)[27]는 오랜 깨우침이라 말뜻이 분명하고 백계(百界)[28]는 천

고 두려워하였다. 부호는 신분을 숨기고 아들에게 접근하여 자신을 아버지처럼 여기게 한 뒤에, 죽을 때가 되자 자신이 아버지임을 밝히고 재산을 물려주었다는 내용이다. 이 비유는 부처님이 중생들에게 갑자기 성불할 것이라고 알려주어도 중생은 도리어 두려워하며 믿지 않을 것이므로 방편을 써서 깨달음에 이르게 한다는 뜻이다.

25 등명불(燈明佛) : 일월등명불(日月燈明佛)의 약칭. 부처의 광명이 하늘에서는 해와 달 같고, 땅에서는 등불과 같아 온 누리 중생을 비춘다는 뜻이다. 과거세에 2만의 일월 등명불이 있었는데, 똑같은 이름으로 계속해서 세상에 나타나『법화경』을 설법하였다고 한다.『법화경』「서품(序品)」에 보인다.

26 약왕보살(藥王菩薩) : 일체중생희견보살(一切衆生喜見菩薩)의 후신. 일체중생희견보살이 일월정명덕여래불(日月淨明德如來佛)이 설법하는『법화경』을 듣고 삼매를 얻어 일월정명덕불과『법화경』을 공양하기 위해 몸을 불사르니, 그 광명이 80억 항하사의 세계를 비추었다. 보살이 일월정명덕불의 나라에 환생하여 부처님이 열반하자 다시 두 팔을 태워 공양하였는데, 두 팔이 예전처럼 생겨난 채로 약왕보살이 되었다고 한다.『법화경』「약왕보살본사품(藥王菩薩本事品)」에 보인다.

27 삼주(三周) : 법화삼주(法華三周). 부처님이『법화경』을 말씀하실 적에 듣는 이의 기근(機根)에 상·중·하의 세 종류가 있어 깨닫는 데 빠르고 늦는 차이가 있으므로, 이것을 삼단으로 나누어 거듭 말하신 것. 첫 번째는 법설주(法說周). 부처께서 상근기(上根機)를 위하여 삼승(三乘) 권교(權敎)와 일승(一乘) 실교(實敎)를 말하되, 권교 가운데 포함된 실교를 나타내는 동안을 말함.「방편품(方便品)」의 설법이 해당된다. 두 번째는 유설주(喩說周). 법설주에서 깨닫지 못한 중근기(中根機)의 이들을 위하여 삼거(三車)의 비유로써 일승에 깨달아 들어가게 하는 동안을 말함.「비유품(譬喩品)」등의 설법이 해당된다. 세 번째는 인연설주(因緣說周). 유설주까지 듣고도 깨닫지 못하는 하근기(下根機)를 위해 대통지승불(大通智勝佛) 전세의 인연을 가차하여 묘법을 말한 부분.「화성유품(化城喩品)」이하의 설법이 해당된다.

28 백계(百界) : 천태종(天台宗)의 세계관. 본디 세계는 지옥·아귀·축생·아수라·인간·하늘의 육도에 성문(聲聞)·연각(緣覺)·보살(菩薩)의 삼승과 불(佛)을 합하여 십계(十界)로 분류되고, 이 십계의 각각에는 다시 십계가 존재하므로 모두 백계(百界)가 된다고 한다. 또 백계의 중생이 본래 각기 십여시(十如是)를 갖추었기 때문에 천여

여(千如)이니 가리켜 진술함이 먼 바입니다. 큰 수레는 이미 멍에를 매었고 넓은 별(莂)[29]은 행할 만하니, 갖가지 단계가 펼쳐지듯 방편(方便)이 비록 환서(幻緖)에 펼쳐져도, 원만한 바다에 들어가듯 지취(旨趣)는 모두 실상(實相)[30]으로 돌아갑니다. 지금과 미래에 부처님이 중생을 보살피고 생각하여 항상 설법하시니, 처음에도 중간에도 끝에도 좋으신 말씀이 교묘하여 그보다 더 큰 것이 없습니다. 생각건대 큰 가르침을 흘러 통하게 함은 태평성대가 나타나기를 기다림이니, 이런 때는 오랜 옛날부터 드물었으나 실로 지금에야 만났습니다.

　공손히 생각건대 우리 승천체도열문영무(承天體道烈文英武) 주상 전하께서는 예지(叡智)가 나날이 새로워지고 다능(多能)은 하늘로부터 타고나셔서 금륜(金輪)[31]을 날려 동방 모퉁이에 임어(臨御)하시고 옥촉(玉燭)[32]을 조화롭게 하여 나라를 편안하게 하시니, 다스림은 육대(六

(千如)가 되며, 천여를 다시 『지도론(智度論)』에서 말한 중생세간(衆生世間)·국토세간(國土世間)·오음세간(五陰世間)의 세 가지 세간에 배치하면 삼천세계가 된다. 이 삼천세계가 곧 우주이며 중생의 일념 속에 우주의 모든 세계인 삼천제법(三千諸法)이 다 갖추어졌다고 하니, 이것이 일념삼천(一念三千)이다.

29 별(莂) : 불가의 문장을 이르는 말. 『강희자전(康熙字典)』에는 유희(劉熙)의 『석명(釋名)』을 인용하여 "불가에서 지은 시는 '게(偈)'라 하고, 지은 문(文)은 '별(莂)'이라 한다."라고 규정하였다. 여기서는 『법화경』을 이르는 것으로 보인다.

30 실상(實相) : 대립이나 차별을 떠난, 있는 그대로의 참모습.

31 금륜(金輪) : 금빛 바퀴. 태양에서 이미지를 가져왔다. 인도 신화에서 금륜성왕(金輪聖王)이 지니는 보물로서, 그의 위덕(威德)을 상징한다. 금륜성왕은 전륜성왕(轉輪聖王) 중에서 가장 높은 왕으로, 하늘로부터 금륜을 받아 굴려서 모든 장애를 물리치며 네 대륙을 다스린다고 한다. 이 글에서 세조가 금륜을 날린다고 한 것은 세조를 금륜성왕과 같은 성군에 비유한 말이다.

32 옥촉(玉燭) : 촛불이 온윤(溫潤)하게 밝게 비치듯 사철의 기후가 화창함을 말한다. 옥촉을 조화롭게 한다는 것은 음양의 기운이 조화를 이루어서 계절에 따라 알맞은 기후가 펼쳐지듯이 성군(聖君)이 태평성대를 이룸을 가리킨다.

代)[33]의 융성함을 넘어섰고 덕은 구황(九皇)[34]의 성대함을 뛰어넘었습니다. 국정(國政)을 듣는 많은 여가에 불경을 숭상하는 데에 정신을 집중하시어 칠각(七覺)[35]의 심오하고 은미함을 연구하시고 삼공(三空)[36]의 깊은 뜻에 통달하셨습니다.

이 일곱 두루마리의 기록[37]은 실로 모든 불경의 으뜸으로서 구마라집(鳩摩羅什)이 오천축(五天竺)에서 받아 적어 범어본(梵語本)을 처음으로 한역(漢譯)하였고, 온릉대사(溫陵大師)[38]가 일세에 빗장을 걸어 닫고 남은 경전을 홀로 품어 안았습니다. 불교의 도리가 여기에 힘입어 남아 있음에도 아직도 몽사(蒙士)들은 깨우치지 못하여 보배로운 게문(偈文)을 맡겨서 번역하고 전하의 마음에만 맡겼었는데, 말이 끝나고 뜻이 끝나는 사이를 분간하시니 구두(句讀)가 이미 바르게 되었고, 비유로 설명한 것과 이치로 설명한 것을 치밀하게 구분하시니 과판(科判)[39]

---

33 육대(六代) : 고대의 여섯 왕조. 황제(黃帝), 당(唐), 우(虞), 하(夏), 은(殷), 주(周).

34 구황(九皇) : 고대의 아홉 임금. 천황씨(天皇氏), 지황씨(地皇氏), 거령씨(鉅靈氏), 인황씨(人皇氏), 제정씨(提挺氏), 유소씨(有巢氏), 수인씨(燧人氏), 복희씨(伏羲氏), 여와씨(女媧氏), 치우씨(蚩尤氏).

35 칠각(七覺) : 깨달음에 이르는 일곱 가지 갈래. 칠각지(七覺支). 염각지(念覺支), 택법각지(擇法覺支), 정진각지(精進覺支), 희각지(喜覺支), 경안각지(輕安覺支), 정각지(定覺支), 사각지(捨覺支).

36 삼공(三空) : 번뇌에서 벗어나 증오(證悟)의 경지에 이르는 세 가지 방법으로, 삼해탈(三解脫) 또는 삼삼매(三三昧)라고 한다. 공삼매(空三昧), 무상삼매(無相三昧), 무원삼매(無願三昧)를 가리키기도 하고 아공(我空), 법공(法空), 아법구공(我法俱空)을 가리키기도 한다.

37 일곱 두루마리의 기록 : 모두 7권 28품으로 이루어진 『묘법연화경(妙法蓮華經)』을 이른다.

38 온릉대사(溫陵大師) : 송나라 때 승려 계환(戒環)을 이른다. 구마라집의 『묘법연화경』에 주해를 붙여 1126년에 『묘법연화경요해(妙法蓮華經要解)』 7권을 지었는데, 고려와 조선에 크게 영향을 주었다.

이 이전과는 다르게 진열되었습니다. 가릉(伽陵)[40]의 선음(仙音)을 연역하여 비밀스러운 뜻을 오묘하게 펴내었고, 패다(貝多)[41]의 진체(眞諦)를 부연하여 심오한 도리를 알맞게 전파하였습니다. 내용 번역〔心譯〕은 한문(漢文)에서 바로 근거하고 구결(口訣)은 언문(諺文)에 맞게 하였습니다.

비록 만기(萬幾)의 업무가 끊임없이 이르렀지만 항상 한결같은 뜻은 흩어지지 않아 이치의 이해는 더욱 깊어지셨고 깊은 생각은 모두 지극해지셨습니다. 오묘한 이치를 드러내시니 그것은 마치 상서로운 빛이 높은 하늘에 매달려 있는 것 같았고, 묵은 의혹들을 떨쳐 흩어내시니 그것은 겹겹이 쌓였던 얼음이 큰 골짜기에서 녹은 것 같았으니, 향하(香河)[42]처럼 그 이야기를 마음껏 풀어놓고 제망(帝網)[43]처럼 그 광채를 겹겹이 발

---

39 과판(科判) : 불경의 단락을 나누는 것. 또는 나누어 놓은 단락.

40 가릉(伽陵) : 불경에 기록된 상상의 새 가릉빈가(迦陵頻伽)의 준말이다. 새의 몸에 사람의 머리를 하고 있고 소리가 매우 묘하고 고운데, 히말라야에 산다고 한다. 극락세계에 둥지를 틀어 극락조(極樂鳥)라고도 한다.

41 패다(貝多) : 패엽경(貝葉經). 고대 인도에서 다라나무의 잎에 쓴 불경으로, 흔히 석가의 가르침을 담은 삼장(三藏)의 경전을 여기에 썼다. 패다라(貝多羅), 패다라엽(貝多羅葉)이라고도 한다.

42 향하(香河) : 향수하(香水河). 『화엄경(華嚴經)』에 따르면, 세계해(世界海)의 대지(大地) 안에 먼지만큼 많은 수의 향수해(香水海)가 있고, 각각의 향수해마다 주변에 수많은 향수하가 있다고 한다. 향수하의 주변에는 금강으로 된 언덕이 있고 마니보석으로 꾸며졌으며, 그 위를 덮은 구름은 모양으로 부처님의 신통함을 나타내고 소리로 부처님과 보살을 찬양한다고 한다. 『대방광불화엄경(大方廣佛華嚴經)』「화장세계품(華藏世界品)」에 보인다.

43 제망(帝網) : 제석천(帝釋天)의 인다라망(因陀羅網). 제석(帝釋)이 살고 있는 궁전을 덮고 있는 거대한 그물로, 그 마디마디에 달려 있는 무수한 보배 구슬이 빛을 반사하여 서로를 비추고 그 반사가 또 서로를 반사하여 무궁무진하다고 함. 걸림 없이 서로가 서로에게 끝없이 작용하면서 어우러져 있는 장엄한 세계를 비유한다. 인다라는 제석이라는 뜻으로, 산스크리트어 indra의 음사(音寫)이다.

하셨습니다. 제유(諸儒)는 서림(書林)에서 널리 상고하여 사람마다 입에 강론하던 것을 늘어놓았고 개사(開士)[44]는 예원(芮院)[45]에서 끊임없이 토론하여 각자 뱃속에 쌓았던 것을 내놓아서, 말마다 힘써 부처님의 마음과 들어맞게 하였고 구절마다 속세 사람이 이해하기 쉽게 하였습니다. 비밀스럽게 감추어진 뜻을 드러내어 퍼뜨리고 여러 사람의 미혹된 마음을 이끌어 도와서, 선정(禪定)의 방의 중요한 빗장을 열게 되었고 깨달음의 산의 지름길로 오르게 되었으니, 끝없는 미래까지 항상 법륜(法輪)[46]을 돌릴 것이요 가없는 장소까지 널리 지경(智鏡)[47]을 매달 것입니다. 이러한 때에 제석천(帝釋天)[48]과 범천(梵天)[49]이 호위하시어 상서로운 보랏빛 기운이 공중에 가득하며, 불천(佛天)이 감응하시어 백의관음(白衣觀音)이 산 위에 나타나시니, 사업이 간책(簡策)에 빛나고 기쁨이 화이(華夷)에 젖어듭니다.

신 등은 학문은 죽통으로 하늘을 보고 표주박으로 바닷물을 재는 꼴이며 글재주는 자유(子游)와 자하(子夏)[50]보다 모자라는데도, 특별히 좋

---

44 개사(開士) : 성불할 수 있는 바른 길을 열어 중생을 인도하는 사부라는 뜻으로, 보살 또는 고승을 일컫는 말이다.

45 예원(芮院) : 내원당(內願堂)을 이르는 것으로 보인다. 내원당은 세종이 만년에 불교를 믿게 되어 1448년에 경복궁 내에 지은 불당이다.

46 법륜(法輪) : 부처님의 교법(敎法). 세속의 왕인 전륜성왕(轉輪聖王)이 차크람〔輪〕이 라는 무기를 굴려 천하를 통일하듯, 부처님이 법륜을 굴려 중생을 구제하기 때문에 나온 말이다.

47 지경(智鏡) : 무지의 어둠을 거울과 같이 환하게 비추어주는 지혜.

48 제석천(帝釋天) : 수미산 정상에 있는 도리천(忉利天)의 왕으로, 선견성(善見城) 안의 수승전(殊勝殿)이라는 궁전에 살면서 도리천의 다른 32신(神)을 통솔하면서 불법을 수호한다고 함.

49 범천(梵天) : 색계 초선천(初禪天)의 왕으로, 대범천(大梵天) 또는 범왕(梵王)이라고 도 한다. 제석천과 함께 불법을 수호한다고 함.

은 자리에 참석하여 청정한 경당(經幢)에 시종하여 사륜(絲綸) 같은 주상의 말씀을 받잡고 땅을 울리는 부처님의 설법을 받들었습니다. 집필자로서 말석에 이르러 그저 성인(聖人: 세조)의 밝은 계획을 우러러보기만 하였으나 이 책을 새겨서 널리 전파함은 세상에 드문 변함없는 전례(典例)가 될 만하였기에 해당 부서에 내려 보내는 대로 즉시로 공역(工役)을 감독하게 하였더니 완염(琬琰)에 새기어 칼질을 마쳤고 좋은 비단에 가지런히 베껴 써서 두루마리를 이루었습니다.[51]

신 등은 엎드려 생각건대 감로(甘露)가 널리 뿌려져 다함께 골고루 적셔지고 사중(四衆)[52]이 일제히 수도하여 만령(萬靈)이 몰래 도와주면, 나라의 큰 기틀이 대단히 극대화되어 본체가 수미산처럼 단단해지고 국가의 책력(冊曆)이 더욱 늘어나 수효가 먼지티끌보다 많아질 것입니다. 신 윤사로 등은 참으로 황공하여 감격스러우면서도 두려운 마음이 지극함을 이기지 못하면서 앞의 『묘법연화경』 7권 한 질을 삼가 전문에 딸려 올리며 아뢰나이다.

천순(天順) 7년(1463, 세조 9) 9월 초2일, 도제조 수충위사 동덕좌익공신 수록대부 영천부원군 신 윤사로 등은 삼가 전문을 올립니다.

---

50 자유(子游)와 자하(子夏) : 두 사람은 공자(孔子)의 제자로서 '사과십철(四科十哲)' 중에서 문학에 능한 인물이다.

51 완염(琬琰)에……이루었습니다 : 책을 목판에 새겨 종이에 찍어내는 일이 끝났음을 이른다. 완염은 주(周)나라 때 홍벽(弘璧)과 함께 서서(西序)에 보관하던 진귀한 옥으로서, 아름다운 행실을 적었다. 좋은 비단에 베꼈다는 말은 사경(寫經)을 이른다.

52 사중(四衆) : 불가(佛家)의 네 종류의 제자. 즉, 출가하여 구족계(具足戒)를 받은 남자 승려인 비구(比丘, bhikṣu), 출가하여 구족계를 받은 여자 승려인 비구니(比丘尼, bhikṣuṇī), 출가하지 않고 부처의 가르침을 따르는 남자 신도인 우바새(優婆塞, upāsaka), 출가하지 않고 부처님의 가르침을 따르는 여자 신도인 우바이(優婆夷, upāsikā)이다.

[원문] 進妙法蓮華經箋

刊經都監都提調·輸忠衛社·同德佐翼功臣·綏祿大夫·鈴川府院君臣尹師路等, 謹將新調印御譯『妙法蓮華經』, 粧潢投進. 臣師路等誠惶誠恐, 頓首頓首, 上言. 竊以法非本妙, 因滯蠧而目妙, 心非本眞, 假逐妄而立眞, 蓋由無始迷執有漏, 惑非顚倒, 地爲顚倒, 人在解脫場, 失解脫者, 輪六道而不息, 溺四流而長漂. 惟我能仁, 據彼堪忍, 事恒沙之諸佛, 得値爲師, 窮法界之衆生, 等觀如子. 逮夫魔飛夜樹, 覺滿晨星, 慧日高昇, 初大山之先照, 慈雲漸靄, 始小草之咸滋, 應其根隨利鈍之差, 示其化區半滿之別. 至蓮華會, 刊枝葉繁, 放東方之一光, 全彰智境, 起無量之三昧, 廣闢慧門, 引化城之疲商, 涼朽宅之火戲, 衣自繫於珠寶, 久慨孤貧, 父將付於家珍, 謬生下劣, 燈明同二萬之號, 本覺之體斯存, 藥王燃八十之光, 精持之力已表. 三周久喩, 詞義宛然, 百界千如, 指陳攸遠, 迨大車之旣駕, 乃廣別之可行, 開種種之階, 方便雖張於幻緖, 入圓圓之海, 旨趣皆歸於實相. 現今當來, 佛護念而常說, 初中後善, 語巧妙而莫京, 惟大敎之流通, 待熙朝之顯發, 曠歷綿古, 允屬當時.

恭惟我主上承天體道烈文英武殿下, 睿智日新, 多能天縱, 飛金輪而御寓, 調玉燭以綏邦, 治躋六代之隆, 德跨九皇之盛, 聽國政之多暇, 崇釋典以凝神, 究七覺之幽微, 洞三空之邃奧. 維玆七軸之記, 實爲百部之冠, 羅什受筆於五天, 初譯梵本, 溫陵掩關於一世, 獨抱遺經. 縱斯道之賴存, 尙蒙士之未曉, 委纆寶偈, 專事宸襟, 分語絶·意絶之間, 句讀旣正, 覈喩合·法合之別, 科判異陳. 演伽陵之冘音, 妙暢密義, 敷貝多之眞諦, 穩播玄猷, 心譯直據於漢文, 口訣曲宣於國諺. 雖萬幾之沓至, 恒一志之不分, 契理彌深, 覃思備至, 發揮眇賾, 若瑞景之麗高穹, 祛釋宿疑, 類層氷之泮巨壑, 香河縱其辯, 帝網重其輝. 諸儒博考於書林, 人肆講唉, 開士繼討於芮院, 各寫蘊腸, 言言務契於佛心, 句句易曉於俗耳, 闡揚秘藏, 誘掖群

迷, 啓定室之要關, 登覺山之捷徑, 盡未來際, 蓋常轉於法輪, 通無邊方,
寔普懸於智鏡. 于斯時也, 釋梵拱衛, 紫氣滿於空中, 佛天感通, 白衣現於
山上, 事光簡策, 慶洽華夷.

臣等學小管蠡, 才乏游夏, 預殊勝席, 侍清淨幢, 承天語之如綸, 捧雷音
之振地, 執簡末至, 徒仰聖人之顯謨, 鏤梓廣傳, 堪爲稀代之彝典, 隨所下
部, 卽便董工, 鐫琬琰而畢刀, 整縑素而就卷. 臣等伏以甘露普洒, 一味均
霑, 四衆齊修, 萬靈冥佑, 鴻基峻極, 體固須彌之山, 鳳曆增延, 數越微塵
之劫. 臣師路等誠惶誠恐, 無任激切屏營之至, 前件『妙法蓮華經』一部七
卷, 謹隨箋上進以聞.

天順七年九月初二日, 都提調・輸忠衛社・同德佐翼功臣・綏祿大夫・
鈴川府院君臣尹師路等謹上箋.

선종영가집언해(禪宗永嘉集諺解)

1) 1464년 간경도감 목판본 『선종영가집언해』

〈발문(跋文)〉 −신미(信眉), 1463년

이 일은 본체가 치우침도 원만함도 없으며 규정된 법도를 떠나 있어, 그 자리에 환히 빛나되 보아도 볼 수 없으며 나날의 쓰임에 넘쳐나되 행하여도 행할 수 없습니다. 그 본지를 잃으면 무한한 세월동안 헛되이 수행할 따름이요 그 종지를 얻으면 하루아침에 여러 부처와 같아집니다. 영가대사(永嘉大師)[53]가 조계(曹溪)[54]에서 하룻밤 묵으면서 밀인(密印)[55]을 단전(單傳)[56]으로 받으시고 이 밀인으로 중생의 심지에 널리 도장 찍으려 하시어, 10장(章)의 글로써 형상하기 힘든 진리를 형상하시며 일대(一代)의 가르침을 다하시어 갖추기 힘든 이치를 갖추어내셨습

---

53 영가대사(永嘉大師, 665~713) : 육조(六祖) 혜능(慧能)의 제자이며 이름은 현각(玄覺)이다. 혜능에게 인가받고 고승으로 이름이 높았으며 당 예종이 무상대사(無相大師)라 시호했다. 『선종영가집(禪宗永嘉集)』, 『증도가(證道歌)』를 지었다.

54 조계(曹溪) : 육조 혜능이 머물던 산으로서 영가가 혜능에게 깨우침을 받은 곳이다.

55 밀인(密印) : 부처나 보살이 본원적 가르침을 나타내기 위해 손가락으로 짓는 모양. 또는 선종에서 자신의 본성을 꿰뚫어 본 확실한 증호(證號). 여기서는 혜능이 영가에게 전수해준 깨달음을 뜻하는 것으로 보인다.

56 단전(單傳) : 말이나 글자에 의지하지 않고 마음에서 마음으로만 부처의 가르침을 온전히 전한다는 뜻. 불조(佛祖)끼리만 서로 전해 온 교외별전(敎外別傳), 불립문자(不立文字), 단전심인(單傳心印)의 경지를 가리킨다.

니다.

 지금 우리 성상께서는 하늘이 주신 언변과 지혜로 힘을 다해 잘 인도
하시어, 만기(萬幾)의 여가에 장차 귀머거리와 장님들을 개명(開明)하
게 하시려고 이 선경(禪經)에 친히 구결을 다셨고 유신(儒臣)들에게 명
을 내리시며 승도(僧徒)를 불러 모으시어 상세하게 언문으로 번역하여
판각하여 유통시키셨습니다. 선문(禪門)의 형제들이 그 말로 인하여 그
글에 통달하고 그 글로 인하여 그 뜻을 얻을 수 있을 뿐만 아니라 장사치
사내와 부엌의 아낙도 모두 불조(佛祖)의 종지를 들을 수 있으니, 우리
전하께서 불법을 베푸시는 은혜가 지극하고도 최고입니다. 제가 널리
상찬해도 다함이 없을 터이니, 이 훌륭한 법식에 의지하여 성상의 수명
이 무강하시고 금지옥엽이 더욱 무성해지며 구류(九類)[57]의 모든 생명이
함께 깨달음의 물가에 오르기를 우러러 비옵니다.

 신 승(僧) 수암도인(秀菴道人) 신미(信眉)는 머리를 조아리며 삼가
발문을 씁니다.

[원문] 此事ᄂᆞᆫ 體絶偏圓ᄒᆞ며 相離規矩ᄒᆞ야 昭昭當處호ᄃᆡ 視之而不可見이
며 洋洋日用호ᄃᆡ 行之而不可得이라, 失其旨也ᄒᆞ면 徒勤修於曠劫이오
得其宗也ᄒᆞ면 等諸佛於一朝ᄒᆞ리니, 永嘉大師ㅣ 一宿曹溪ᄒᆞ샤 單傳密印
ᄒᆞ시고 欲以此印으로 普印群生心地ᄒᆞ샤 以十章之文으로 形難形之理ᄒᆞ
시며 盡一代之敎ᄒᆞ샤 攝難攝之詮ᄒᆞ시니, 今我聖上이 以天縱辯慧로 力
垂善誘ᄒᆞ샤 萬幾之暇애 將使聾瞽로 開明케ᄒᆞ샤 於此禪經에 親印口訣ᄒᆞ

---

57 구류(九類) : 중생이 과거 생에 지은 선악에 따라 이번 생에 몸을 받아 태어나는 아홉
  가지의 형태. 즉 태생(胎生), 난생(卵生), 습생(濕生), 화생(化生), 유색(有色), 무색
  (無色), 유상(有想), 무상(無想), 비유상비무상(非有想非無想)을 이른다.

시고 乃命儒臣ᄒ시며 招集緇流ᄒ샤 詳加諺釋ᄒ야 刊板流通ᄒ시니 非但
禪門兄弟ㅣ 因言以達其文ᄒ며 因文以得其義라, 以至販夫竈婦ㅣ 皆得聞
佛祖之旨ᄒᄉ오니 然則我殿下法施之恩이 至矣盡矣샷다! 臣僧이 弘贊莫
窮일ᄉ 憑玆勝釆ᄒ야 仰祝聖壽無疆ᄒ시며 金枝益茂ᄒ시며 九類含生이
同登覺岸爾로이다.

　　臣僧秀菴道人信眉稽首謹跋.[58]

〈발문(跋文)〉 -효령대군(孝寧大君), 1463년

성상께서는 하늘의 아름다운 명에 크게 부응하시어 국가의 큰 계책을
분명하게 밝히시니, 언젠가 이르시기를 "『능엄경(楞嚴經)』은 바로 보살
이 지킬 온갖 수행의 첩경이고, 『법화경(法華經)』은 여래께서 주시는
일승(一乘)의 보물창고이고, 『영가집(永嘉集)』은 실로 후학이 도(道)
에 들어가는 요결(要訣)이니, 나는 이것으로 깊은 어둠을 열어 깨우치기
를 바란다."라고 하셨습니다. 이름난 선비와 학식 있는 승려를 소집하고
친히 지휘하시어 나랏말로 번역하여 독자를 힘들이지 않고 친절히 가르
쳐 책을 열면 훤하게 알도록 하셔서, 『능엄경』과 『법화경』은 이미 간행
하여 배포하시고 이 『영가집』은 아직 미처 완성하지 못하였습니다. 지
금에 이르러 다시 친히 구결을 정하시고 판교종사(判敎宗事) 해초(海
超), 전 진관사(津寬寺) 주지 대선사(大禪師) 신 홍일(弘一), 전 회암사
(檜巖寺) 주지 대선사 신 효운(曉雲), 선덕(禪德) 신 혜통(惠通), 전 속

---

58 신미의 발문 뒤에는 한자가 병기된 언역본(諺譯本)이 부기되어 있으나, 그 형태가 복잡
하여 구현하기 어려우므로 생략하였다.

리사(俗離寺) 주지 대선사 연희(演熙)[59] 및 신 보(補)에게 명을 내리시어 각자의 부문과 과목을 따라서 상세히 참고하고 비교 교정(校正)하라 하시기에 한 번 전하게 아뢰었더니 곧장 모인(模印)하셨습니다. 이리하여 영가대사가 하룻밤 묵고 깨달음[60]에 열 가지 법문(法門)[61]으로 진승(眞乘)을 열어서 나타내신 오묘함이 또한 후세까지 밝을 것입니다.

아아! 중생을 가엾고 불쌍히 여기시어 비밀스러운 경전을 크게 펼치셔서, 본래의 마음을 밝혀 도를 닦고 증과(證果)[62]하게 하시니, 이것이 여래의 본래의 서원(誓願)이며 이것이 영가대사의 수용신(受用身)[63]이시며, 우리 성상께서 금강관찰(金剛觀察)[64]로 요의(了義)를 분석하시어 전도와 망상을 힘껏 구제하시는 오묘함입니다. 신은 이 훌륭한 인연을 따라서 부처님의 광명이 당대에 다시 비추심을 보게 됨이 얼마나 다행인지요!

천순(天順) 7년(1463, 세조 9) 11월 모일, 효령대군[65] 신 보(補)는 삼

---

59 연희(演熙) : 조선 전기의 승려. 선비 출신으로 서거정 등과 교유했고 학식과 서법에 능했다 한다.

60 영가대사가 하룻밤 묵고 깨달음 : 영가대사가 조계(曹溪)로 혜능(慧能)을 찾아가 대화할 때 영가대사의 말이 혜능의 뜻에 부합되니 혜능이 찬탄하며 하룻밤만 더 묵고 가기를 원했다고 한다. 영가대사를 일숙각(一宿覺)이라고 부르기도 한다.

61 열 가지 법문(法門) : 영가대사가 『선종영가집(禪宗永嘉集)』을 10개의 장(章)으로 나누어 설법한 것을 이른다.

62 증과(證果) : 수행(修行)의 인(因)에 의해서 얻는 깨달음의 과(果). 또는 깨달음의 과를 얻음.

63 수용신(受用身) : 깨달음의 경지를 되새기면서 스스로 즐기고, 또 그 경지를 중생들에게 설하여 그들을 즐겁게 하는 부처. 스스로 즐기는 것은 자수용신(自受用身)이라 하고, 중생을 즐겁게 하는 것은 타수용신(他受用身)이라 한다.

64 금강관찰(金剛觀察) : 견고하고 예리하기가 금강과 같은 관법(觀法). 관찰은 지혜로써 대상을 있는 그대로 자세히 살펴봄을 이른다.

65 효령대군(1396~1486) : 태종의 둘째 아들. 불교에 심취하여 많은 불사를 벌였다. 시호

가 발문을 씁니다.

[원문] 聖上이 誕膺休命ᄒᆞ샤 光闡大猷ᄒᆞ시니 嘗以謂 『首楞嚴』은 乃菩薩
萬行之捷徑이시고 『妙法華』ᄂᆞᆫ 是如來一乘之寶藏이시고 『永嘉集』은 實
後學入道之要訣이니, 我願以此로 開悟重昏ᄒᆞ리라.”ᄒᆞ샤 召集名儒韻釋
ᄒᆞ샤 親授指畫ᄒᆞ샤 譯以國語ᄒᆞ샤 使讀者로 不勞提耳ᄒᆞ야 開卷豁然케ᄒᆞ
샤 『楞嚴』·『法華』ᄅᆞᆯ 旣已刊布ᄒᆞ시고 而玆集을 未及就成이러시니 及今
ᄒᆞ샤 又親定口訣ᄒᆞ시고 命判敎宗事臣海超와 前津寬寺住持大禪師臣弘
一와 前檜巖寺住持大禪師臣曉雲과 禪德臣惠通과 前俗離寺住持大師臣演
熙와 及臣補ᄒᆞ샤 依門逐科ᄒᆞ야 叅詳讎校ᄒᆞ라ᄒᆞ야시ᄂᆞᆯ 一稟睿裁ᄒᆞᅀᆞᆸ소
니 隨卽模印ᄒᆞ시니 於是예 大師一宿之覺이 十門之別로 開顯眞乘之妙ㅣ
亦得昭於後世ᄒᆞ니라. 嗚呼ㅣ라! 哀愍衆生ᄒᆞ샤 誕敷秘典ᄒᆞ샤 使明本心
ᄒᆞ야 修道證果케ᄒᆞ시니 是如來本願이시며 是永嘉受用이시며 我聖上ㅅ
金剛觀察로 剖析了義ᄒᆞ샤 力救倒妄之妙也ㅣ샷다. 臣何幸隨玆勝因ᄒᆞᅀᆞ
와 得見佛日之重朗於當代也哉오!
　天順七年十一月　　日孝寧大君臣補謹跋.

―――
　ᄂᆞᆫ 정효(靖孝)이다.

금강경언해(金剛經諺解)

1) 1464년 간경도감 목판본 『금강경언해』

〈발문(跋文)〉 –효령대군(孝寧大君), 1464년

『금강경(金剛經)』의 오묘한 비유와 『반야경(般若經)』의 웅대한 가르침은 불조(佛祖)가 닦으신 바요 증명하신 바이니, 옛날 육조(六祖) 혜능선사(慧能禪師)가 황매장실(黃梅丈室)에서 이 경전을 들으시되, "응당 주(住)하는 바 없게 하여 그 마음을 내라." 하신 데 이르러 오묘한 지취를 환히 깨달으시어 의발(衣鉢)을 전하시고 즉시 이 경전의 경문을 좇아 뜻을 풀이하시어 후대의 학인을 깨우치셨습니다.

　이제 우리 성상(聖上)께서는 일찍이 뛰어난 인(因)을 심으셔서 세상 사람을 인도하는 스승이 되시어 부처님의 밝은 지혜를 이으셨습니다. 만기(萬幾)의 여가에 이 경전을 돈독히 믿으시어 오묘한 이치에 마음으로 부합하시어, 친히 구결(口訣)을 정하시고 유신(儒臣) 한계희(韓繼禧)에게 명하시어 나랏말로 번역하게 하시고, 또 판교종사(判敎宗事) 신 해초(海超)와 회암사(檜巖寺) 주지 신 홍일(弘一)과 전 진관사(津寬寺) 주지 신 명신(明信)과 전 속리사(俗離寺) 주지 신 연희(演熙)와 전 만덕사(萬德寺) 주지 신 정심(正心)과 신 보(補)에게 명하시어 □…□ 수교(讐校)하게 하시거늘 □…□ 모두 품신(禀申)하여 인쇄하고 유통하게 하였습니다. 이렇게 하여 드디어 사람마다 가르침을 좇아서 도리를 깨닫게 해서 의혹의 그물에 떨어지지 않아 이집(二執)[66]을 깨뜨리고 삼공(三空)을 나타내며 사심(四心)[67]에 머물러 육도(六度)[68]를 닦아 궁극의 피안(彼岸)에 함께 도달하게 하시니, 그 정성스럽게 불법을 베푸신 이로움이 아아! 지극하십니다!

천순(天順) 8년(1464, 세조 10) 2월 모일, 효령대군 신 보(補)는 하교를 받들어 삼가 발문을 씁니다.

[원문] 『金剛』妙喩와 『般若』雄詮이 是佛祖之所修所證者也ㅣ니, 昔에 六祖能禪師ㅣ 於黃梅丈室에 聞此經ᄒᆞ샤 至"應無所住而生其心"ᄒᆞ야 洞明妙旨ᄒᆞ샤 得傳衣盂ᄒᆞ시고 卽於是經에 隨文解義ᄒᆞ샤 以開來學ᄒᆞ시니 今我聖上이 夙植勝因ᄒᆞ샤 爲世導師ᄒᆞ샤 續佛慧明ᄒᆞ시며 萬幾之暇애 敦信是經ᄒᆞ샤 深契妙理ᄒᆞ샤 親定口訣ᄒᆞ시고 命儒臣韓繼禧ᄒᆞ샤 譯以國語ᄒᆞ시고 又判敎宗事臣海超와 檜巖寺住持臣弘一와 前津寬寺住持臣明信과 前俗離寺住持臣演熙와 前萬德寺住持臣正心과 及臣補ᄒᆞ샤 □□讎校ᄒᆞ야시ᄂᆞᆯ 悉稟□□模印流通ᄒᆞ샤 遂使人人이 因詮悟道ᄒᆞ야 不墜疑網ᄒᆞ야 破二執而顯三空ᄒᆞ며 住四心而修六度ᄒᆞ야 同到究竟彼岸케ᄒᆞ시니 其拳拳法施之益이 嗚呼至哉샷다!

---

66 이집(二執) : 두 가지 집착. 항상 하나의 주재하는 내가 있다고 고집하여 모든 번뇌가 따라 생겨나는 집착인 '아집(我執)'과 현상을 구성하는 요소를 불변하는 실체로 간주하는 집착인 '법집(法執)'.

67 사심(四心) : 육도행(六度行)의 근본이 되는 네 가지 마음. 직심(直心), 발행심(發行心), 심심(深心), 보리심(菩提心).

68 육도(六度) : 육바라밀(六波羅蜜). 보살이 이루어야 할 여섯 가지 완전한 성취. 보시를 완전하게 성취한 보시바라밀(布施波羅蜜), 계율을 완전하게 지킨 지계바라밀(持戒波羅蜜), 인욕을 완전하게 성취한 인욕바라밀(忍辱波羅蜜), 완전한 정진을 이룬 정진바라밀(精進波羅蜜), 완전한 선정을 이룬 선정바라밀(禪定波羅蜜), 분별과 집착이 끊어진 완전한 지혜를 성취한 지혜바라밀(智慧波羅蜜).

天順八年二月　日，孝寧大君臣補奉教謹跋.[69]

〈발문(跋文)〉 -해초(海超), 1464년

『반야경(般若經)』은 여러 부처의 본모(本母)[70]요, 만법(萬法) 중의 임금이니, 부처와 불법이 모두 이 경전으로부터 나왔습니다. 이제 우리 성상께서 세종대왕의 유촉(遺囑)을 잊지 않으시고 국정(國政)을 부지런히 하시는 여가에 이 법을 존신(尊信)하시어 친히 구결(口訣)을 정하시고 유신 한계희(韓繼禧)에게 나랏말로 번역하라 명하시고 또 효령대군 신 보(補) 및 신 □…□ 에게 즉시 간인(刊印)하라 명하셨으니, 목격한 사람들이 □…□ 여래(如來)의 살바야(薩婆若)[71]의 바다 □…□ 하도록 함이니, 이것이 석가모니(釋迦牟尼)의 뜻이요, 이것이 혜능(慧能)의 뜻이요, 이것이 성상께서 친히 법시(法施)[72]를 펴신 뜻입니다. 신 등은 뛰어난 이 인(因)에 기대어 주상전하께서 만세토록 장수하시기를 봉축하고, 왕비전하께서도 같은 해를 장수하시기를 봉축하고, 세자저하도 천추토록 장수하시기를 봉축하고, 법계(法界)의 중생들도 함께 낙안(樂岸)에 오르기를 봉축합니다.

천순(天順) 8년(1464, 세조 10) 봄 2월 아무 날, 판종교사(判敎宗事) 흥덕사(興德寺) 주지 도대사(都大師) 신 해초(海超)는 하교를 받들어

---

69 효령대군의 발문 뒤에는 한자가 병기된 언역본(諺譯本)이 부기되어 있으나, 그 형태가 복잡하여 구현하기 어려우므로 생략하였다.

70 본모(本母) : 마달리가(摩呾理迦, 또는 摩呾履迦). 여러 경전을 모아서 논의하여 별취(別趣)의 의리를 낳는다는 의미이다. 지혜와 수행의 모체라는 의미도 있다.

71 살바야(薩婆若) : 모든 것의 안팎을 깨달은 부처의 지혜. 일체지(一切智).

72 법시(法施) : 부처의 가르침을 남에게 베푸는 일.

삼가 발문을 씁니다.

[원문]『般若經』者, 諸佛本母·萬法中王, 佛之與法皆從此經出也. 今我聖
上不忘遺囑, 霄旰之餘尊信此法, 親定口訣, 命儒臣韓繼禧譯以國音, 又命
孝寧大君臣補及臣□□□□□□□□即刊印, 使目之者□□□□□如來薩
婆若海. 此, 能仁之意; 此, 六祖之意; 此, 聖上親宣法施之意也. 臣等憑
玆勝因, 奉祝主上殿下壽萬歲, 王妃殿下壽齊年, 世子邸下壽千秋, 法界有
情同登樂岸.

　　天順八年春二月有日, 判敎宗事興德寺住持·都大師臣海超奉敎謹跋.

〈발문(跋文)〉 -김수온(金守溫), 1464년

여러 부처가 수행을 해나가서 무루(無漏)[73]를 증득(證得)하는 것은 육도
(六度)를 넘지 않으며, 육도 중에는 반야(般若)[74]가 제일입니다. 우리
부처님이 교화를 드리우시되 오묘한 비유를『금강경』에서 여시고 웅대
한 가르침을『반야경』에서 주장하셨으니, 사구(四句)의 진리를 지니어
송독하는 것은 청정한 신념의 힘이 아무리 적다한들 항하사(恒河沙)와
같은 수량의 몸으로 보시하는 것은 공덕의 뛰어남이 가없습니다.[75]

73　무루(無漏) : 번뇌의 더러움에 물들지 않은 마음 상태. 또는 그러한 세계. '누(漏)'는
　　마음에서 더러움이 새어 나온다는 뜻으로, 번뇌를 말한다.
74　반야(般若) : 모든 법의 진실한 모습을 확실히 아는 최상의 지혜를 뜻한다. 범부의
　　지혜를 식(識)이라 하고, 부처의 지혜를 반야라 한다. 반야의 지혜를 얻어야만 성불하
　　게 되고, 반야를 얻는 사람은 곧 부처가 되기 때문에 반야는 모든 부처님의 스승이요
　　어머니라 한다. 육도의 마지막은 분별과 집착이 끊어진 완전한 지혜를 성취한 지혜바라
　　밀(智慧波羅蜜)이다.

생각건대, 우리 성상께서 일찍이 임오년(1462, 세조 8)에 꿈에 세종대왕을 뵈니 대왕께서 『금강경』의 사보살(四菩薩)과 팔금강(八金剛)[76]의 의미를 물으셨으며, 또 꿈에 의경세자(懿敬世子)[77]를 보니 용모와 안색이 또렷이 평상시와 같았습니다. 또 중궁전께서도 세종대왕께서 만드신 불상과 여러 보살이 둘러싸서 서 있는 것을 꿈꾸셨습니다. 이에 주상전하와 중궁전하께서 오열하시고 의경세자의 화정(畫幀)을 만들고 『금강경』을 유통시키도록 하셨습니다.[78] 주상께서 친히 구결(口訣)을 정하시고, 인순부 윤(仁順府尹) 신 한계희(韓繼禧)가 번역하고 효령대군 신 보(補)와 판교종사(判敎宗事) 신 해초(海超), 회암사(檜巖寺) 주지 신 홍일(弘一), 전 진관사(津寬寺) 주지 신 명신(明信), 전 속리사(俗離寺) 주지 신 연희(演熙), 전 만덕사(萬德寺) 주지 신 정심(正心) 등이 교정(校定)하라 명하시니 열흘이 채 되지 않아 목판에 새겨 인출하여 반포하

---

75 사구(四句)의……가없습니다 : 한 사람 한 사람이 불경을 송독하는 것은 큰 공덕이 되지 않을지라도, 많은 사람들이 불경을 지니어 송독할 수 있도록 간행하는 것이 최고의 공덕을 쌓는 일임을 설명하는 내용이다. 『금강경(金剛經)』 「지경공덕분(持經功德分)」 제15에 내용이 보인다. 여기서 "사구(四句)"는 『금강경』의 핵심사상을 4구 형식으로 요약한 게송인 금강경사구게(金剛經四句偈)를 이른다.

76 사보살(四菩薩)과 팔금강(八金剛) : 금강권보살(金剛眷菩薩)·금강삭보살(金剛索菩薩)·금강애보살(金剛愛菩薩)·금강어보살(金剛語菩薩)의 네 보살과 청제재금강(靑除災菩薩)·벽독금강(辟毒金剛)·황수구금강(黃隨求金剛)·백정수금강(白淨水金剛)·적성금강(赤聲金剛)·정지재금강(定持災金剛)·자현금강(紫賢金剛)·대신금강(大神金剛)의 여덟 금강. 『금강경언해』의 서문과 본문 사이에 있는 〈청팔금강사보살(請八金剛四菩薩)〉에 명단이 보인다.

77 의경세자(懿敬世子, 1438~1457) : 세조의 장남으로, 예종의 형이며 성종의 부친이다. 성종이 즉위한 뒤 덕종(德宗)으로 추존되었다.

78 일찍이……번역하셨습니다 : 세조가 『금강경』 번역 사업을 일으키는 직접적인 동기가 되는 사건으로서, 『금강경언해』의 〈발문〉 뒤에 실린 〈번역광전사실(飜譯廣轉事實)〉에 자세히 기록되어 있다.

게 되었습니다.

신은 엎드려 생각건대 부자의 도리는 하늘이 이어준 은혜로서 천지의 마음에 근본을 둡니다. 더구나 우리 전하의 어질고 효성스럽고 성실하고 공경하는 덕은 지성(至誠)에서 나왔습니다. 그러므로 자식으로서는 효도하고 아비로서는 자애하여, 몽매간에라도 혹시 음성을 받들게 되면 생존해 계시지 않음을 못내 아쉬워 하셨습니다. 『금강경』을 번역하여 반포함에 이르러서는 무상(無相)의 진리가 그 복이 위로는 조종(祖宗)에까지 미치고 은택이 아래로 후대에까지 무궁하게 미치어, 끝없는 불국토에 대승의 최고의 도리가 널리 알려질 뿐만 아니라 온 나라의 신민(臣民)들이 모두 성스러운 덕의 어질고 효성스러움을 우러러 마지않을 것입니다. 아아! 지극합니다!

자헌대부(資憲大夫) 공조 판서(工曹判書) 세자좌부빈객(世子左副賓客) 신 김수온(金守溫)[79]은 하교를 받들어 삼가 발문을 씁니다.

[원문] 諸佛修歷以證無漏者不過六度, 而六度之中般若爲第一. 我佛垂化, 開妙喩於『金剛』, 唱雄詮於『般若』, 四句持誦, 淨信之力雖少, 恒河稱量, 功德之勝無邊. 惟我聖上嘗於壬午之歲, 夢見世宗, 語上以『金剛』四菩薩・八金剛之義, 又見懿敬世子, 容貌顔色宛如平時, 又中宮夢世宗所成佛像・諸菩薩圍繞而立. 於是, 兩殿嗚咽, 爲畵幀, 轉『金剛經』. 上親定口訣, 命仁順府尹臣韓繼禧飜譯, 孝寧大君臣補及判敎宗事臣海超・檜巖寺住持臣弘一・前津寬寺住持臣明信・前俗離寺住持臣演熙・前萬德寺住

---

79 김수온(金守溫, 1410~1481) : 본관은 영동. 시호는 문평(文平)이다. 집현전 학사, 영중추부사 등을 역임하고 영산부원군(永山府院君)에 봉해졌다. 고승 신미(信眉)의 동생으로서 불경에 통달하고 시문에 뛰어났다.

持臣正心等校定, 未浹旬日, 鏤板模布. 臣伏惟父子之道, 天屬之恩, 而本乎天地之心也. 況我殿下仁孝誠敬之德, 出於至誠. 故爲子孝, 爲父慈, 夢寐之間若或奉於謦咳之音, 而追感於存亡之故. 至於飜宣, 無相眞宗之與追福上及於祖宗, 推澤下及於無窮, 不惟無邊利土普聞大乘最上之道, 一國臣民咸仰聖德仁孝之無已也. 嗚呼, 至哉!

資憲大夫·工曹判書·世子左副賓客臣金守溫奉敎謹跋.

〈발문(跋文)〉 -한계희(韓繼禧), 1464년

천순(天順) 8년(1464, 세조 10) 2월 1일, 주상께서 강녕전(康寧殿)에 임어하셔서 신과 효령대군 보(補)에게 하명하셨습니다. "『반야경(般若經)』은 여러 부처의 본모(本母)로서, 육조(六祖) 혜능(慧能)의 강설이 바른 법안(法眼)을 얻었고, 또 주해(注解)를 지어 뒷사람을 열어 깨우쳐 곧장 사람마다 본성을 보고 부처가 되도록 하였으니, 다른 여러 주석가와 비교가 되지 않소. 내가 번역하여 널리 반포하고자 하니, 그대들은 힘써 주오."

이리하여 친히 구결(口訣)을 정하시었고,【정빈한씨(貞嬪韓氏: 소혜왕후)가 어전에서 구결을 받아쓰었고, 사당(社堂)[80]인 혜경(慧瓊)·도연(道然)·계연(戒淵)·신지(信志)·도성(道成)·각주(覺珠)와 숙의박씨(淑儀朴氏)가 구결을 쓰고 겸하여 창준(唱準)[81]하였고, 영순군(永順

---

80 사당(社堂) : 출가하지 않고 속가(俗家)에 있으면서 불교에 귀의한 여자를 이르는 말. 같은 처지의 남자를 이르는 거사(居士)에 대비된다.

81 창준(唱準) : 원고를 소리 내어 읽으면서 교정을 보는 일. 이러한 일을 하는 조선시대 교서관(校書館) 소속의 잡직(雜職)의 명칭이기도 하다.

君)[82] 신 부(溥)가 전교를 받들어 출납하였다.】신은 공경히 구결에 의거하여 선역(宣譯)하였고, 효령대군은 승려 해초 등과 더욱 연구를 하였습니다.【예조 참의 신 조변안(曺變安)[83]이 국운(國韻)을 썼고, 공조 판서 신 김수온(金守溫)·공조 참판 신 강희맹(姜希孟)·승정원 도승지 신 노사신(盧思愼)[84]이 참교(參校)하였고, 의정부 사인 신 박건(朴楗)·공조 정랑 신 최호(崔灝)[85]·행 인순부 판관 신 조지(趙祉)·행 사정 신 안유(安愈)·성균 주부 신 김계창(金季昌)[86]이 여러 경전을 검토하였고, 전언(典言) 조씨(曺氏)·행 동판내시부사 신 안충언(安忠彦)·호군 신 장말동(張末同)·신 하운경(河雲敬)·사알 신 이원량(李元良)·신 오명산(吳命山)·행 알자 신 장동손(張終孫)·신 안철정(安哲貞)·행 사용 신 홍중산(洪中山)·신 정효상(鄭孝常)·신 김용수(金龍守)·신 홍자효(洪自孝)·승공교위 신 백수화(白守和)·신 김근(金斤)·전사 신 최순동(崔順仝)·신 김태수(金兌守)·신 정수만(丁壽萬)·급사 신 김효지(金孝之)·신 이지(李枝)가 번역을 썼으며, 행 사용 신 장치손(張治孫)·신 김금음(金今音)·동승공교위 신 박성림(朴成林)·신 진계종(陳繼終)·신 김효민(金孝敏)·신 이치화(李致和)·신 최순의(崔順

---

82 영순군(永順君, 1444~1470) : 세종의 다섯째 아들인 광평대군의 아들이다.

83 조변안(曺變安, 1413~1473) : 본관은 창녕. 예조 참의, 첨지중추원사 등을 역임했으며, 세조 즉위에 공이 있어 공신에 녹훈되었다. 성삼문, 박팽년 등과 훈민정음 창제에 기여하였다.

84 노사신(盧思愼, 1427~1498) : 본관은 교하. 시호는 문광(文匡)이다. 집현전 박사, 영중추부사, 영의정 등을 역임하였다. 학문에 조예가 깊어『경국대전』,『삼국사절요』,『동국통감』,『동국여지승람』등의 편찬을 주도하였다.

85 최호(崔灝, 생몰년 미상) : 본관은 해주이고, 자는 세원(勢遠)이다. 첨지중추부사, 홍주목사 등을 역임하였다.

86 김계창(金季昌, ?~1481) : 본관은 창원이고, 자는 세번(世蕃)이다. 도승지, 이조 참판 등을 역임하였다. 시문과 경사에 능통하였으며,『세조실록』편수관을 지냈다.

義)·신 양수(楊壽)·신 허맹손(許孟孫)·신 윤철산(尹哲山)·신 김선(金善)이 창준하였다.】 모두 닷새만에 완성을 고하니, 즉시 간경도감(刊經都監)에 명하여 목판에 새겨 인쇄하여 반포하게 하셨습니다.

간절히 생각건대, 『금강경』의 오묘한 비유와 『반야경』의 웅대한 가르침은 유(有)도 떠나고 무(無)도 떠난 의리를 담론하고 다함도 없고 끊어짐도 없는 인(因)을 만들어, 이집(二執)을 둘 다 잊고 일여(一如)[87]가 이에 나타나니, 이른바 "능히 뭇 성인을 만들" 때 무엇이 이 가르침을 연유하지 않겠습니까? 이것이 우리 성상께서 이 경전을 세상에 드러내어 불일(佛日)의 휘광을 더하신 성스러운 의도입니다. 신은 외람되이 성명(聖明)을 만나서 불법(佛法)을 크게 드러내는 일에 함부로 참여하여 지극한 도를 들을 수 있어서 얼마나 다행인지 모르겠습니다.

가정대부(嘉靖大夫) 인순부 윤(仁順府尹) 신 한계희(韓繼禧)[88]는 하교를 받들어 삼가 발문을 씁니다.

[원문] 天順八年二月一日, 上御康寧殿, 命臣及孝寧大君補, 若曰: "『般若經』是諸佛本母, 六祖講說獲正法眼, 又作注解, 開覺後人, 直使人人見性成佛, 非諸注釋家比. 予欲反譯廣布, 爾其勉之." 於是, 親定口訣,【貞嬪韓氏御前書口訣, 社堂慧瓊·道然·戒淵·信志·道成·覺珠·淑儀朴氏書口訣兼唱準, 永順君臣溥承傳出納.】臣敬依口訣宣譯, 孝寧與僧海超等更加研究,【禮曹參議臣曺變安書國韻, 工曹判書臣金守溫·工曹參判臣姜希孟·承政院都承旨臣盧思愼參校, 議政府舍人臣朴楗·工曹正郎臣崔灝·

---

87 일여(一如) : 대립이나 차별을 떠난, 있는 그대로의 참모습. 실상(實相)과 같은 말이다.
88 한계희(韓繼禧, 1423~1482) : 본관은 청주, 시호는 문정(文靖)이다. 이조 판서, 중추부사, 좌찬성 등을 역임하였으며, 종종 경연관과 세자시강원의 직임을 겸하였다.

行仁順府判官臣趙祉・行司正臣安憼・成均主簿臣金季昌考諸經, 典言曹
氏・行同判內侍府事臣安忠彦・護軍臣張末同・臣河雲敬・司謁臣李元
良・臣吳命山・行謁者臣張終孫・臣安哲貞・行司勇臣洪中山・臣鄭孝
常・臣金龍守・臣洪自孝・承供校尉臣白守和・臣金斤・典事臣崔順
仝・臣金兌守・臣丁壽萬・給事臣金孝之・臣李枝書飜譯, 行司勇臣張治
孫・臣金今音・同承供校尉臣朴成林・臣陳繼終・臣金孝敏・臣李致
和・臣崔順義・臣楊壽・臣許孟孫・臣尹哲山・臣金善唱準.】 凡五日告
成, 卽命刊經都監鏤板印布.

切惟『金剛』妙喩, 『般若』雄詮, 談離有離無之理, 作無盡無斷之因, 二
執雙忘, 一如斯顯, 所謂"能生衆聖", 何莫由斯教也? 是我聖上表章是經,
增輝佛日之聖意也. 臣何幸叨逢聖明, 濫預弘揚, 獲聞至道云.

嘉靖大夫・仁順府尹臣韓繼禧奉教謹跋.

〈발문(跋文)〉 -노사신(盧思愼), 1464년

천순(天順) 6년(1462, 세조 8) 임오년 9월, 주상은 세종대왕께서 『금강
경』을 논의하는 꿈을 꾸셨고, 또 의경세자(懿敬世子)를 꿈에 보셨더니,
마침 중궁전하께서 꾸신 꿈과 맞아들었기에 크게 느껴 깨달으시고 『금
강경』을 크게 유통시키리라 맹세하셨습니다. 이리하여 친히 구결을 정
하시고 마침내 인순부 윤(仁順府尹) 신 한계희(韓繼禧)에게 『금강반야
경(金剛般若經)』을 번역하라 명하셨고, 원고가 두루마리를 이루어 판목
에 새겨 넣자 신에게 그 뒤에 발문을 쓰라 명하셨습니다.

신은 적이 생각건대, 반야(般若)는 하나입니다. 실상(實相)[89]이 있고
관조(觀照)[90]가 있으니, 무주(無住)[91]하고 무상(無相)[92]하여 보고 들음

을 소멸시키는 것이 반야의 실상이며, 언상(言象)을 끊고서 남김없이 널리 포섭하는 것이 반야의 관조입니다. 이것이 바로 여러 부처의 본모(本母)요, 뭇 성인의 권여(權輿)입니다. 『금강경』에 "일체의 성인과 현인은 모두 무위법(無爲法)으로 차별을 가집니다."[93]라고 했으니, 바로 이것을 이릅니다. 우리 성상은 지극한 덕을 몸에 지니시고서 도(道)와 묵묵히 계합(契合)하시어, 가장 있기 드문 경전에 청정한 신념을 특별히 내시어 법계(法界)의 중생들과 함께 선근(善根) 심기를 생각하셨습니다. 이리하여 이 경전을 선역(宣譯)하여 무궁한 후세에 유포하는 것입니다.

　신은 생각건대, 반야의 이치는 중생과 부처가 근원을 하나로 삼기에 많고 적은 차이가 없으니, 관조하여 실상을 밝는 것은 사람마다 모두 가능하되 다만 스스로 깨닫고 남도 깨닫게 하는 원만한 깨달음이 있지 않을 뿐입니다. 장차 사람마다 사상(四相)[94]이 없어지고 집마다 백비(百

---

89 실상(實相) : 대립이나 차별을 떠난, 있는 그대로의 참모습.

90 관조(觀照) : 밝게 비추어 본다는 뜻. 어떠한 특정한 견해에 얽매이지 않고 있는 그대로 마음의 성품과 진리의 세계를 비추어 아는 것을 의미한다.

91 무주(無住) : 자성(自性)을 가지지 않고 아무 것에도 일정하게 정착하지 않으며 연(緣)을 따라 일어남. 불교에서 만유의 근본이라 일컫는다.

92 무상(無相) : 불변하는 실체나 형상이 없는 공(空)의 상태. 대립적인 차별이나 분별이 없어 집착이나 속박에서 벗어난 상태.

93 일체의……가집니다 : 무위법(無爲法)은 '인연(因緣)의 조작을 떠난 법'이라는 뜻으로, 분별과 망상을 일으키지 않고 있는 그대로의 대상을 파악하는 마음 상태이다. 차별에 관해서는 이어지는 경문에서 '삼승(三乘)의 근성(根性)이 이해가 같지 않고 소견이 다르므로 차별을 언급했다'고 되어 있다. 『금강경』「무득무설분(無得無說分)」에 나온다.

94 사상(四相) : 중생들이 전도(顚倒)된 생각에서 실재한다고 믿는 네 가지 분별심. 오온(五蘊)이 일시적 인연으로 모여서 생긴 몸과 마음에 실재하는 아(我)가 있다고 하고, 또 그것이 아(我)의 소유라고 집착하는 아상(我相), 아(我)는 인간이어서 축생 등과

非)[95]가 끊어져 나라의 복록을 융성하게 하고 세상의 어짊을 상승시켜서 홍업(鴻業)의 단단함이 마땅히 금강(金剛)과 더불어 무너지지 않게 됨을 볼 것입니다.

통정대부(通政大夫) 승정원 도승지(承政院都承旨) 겸 상서 윤(尙瑞尹) 홍문관 직제학(弘文館直提學) 지제교(知製教) 충춘추관 수찬관(充春秋館修撰官) 겸 판봉상시사(判奉常寺事) 지이조내직사준원사(知吏曹內直司樽院事) 신 노사신(盧思愼)은 하교를 받들어 삼가 발문을 씁니다.

[원문] 天順六年壬午九月, 上夢世宗論『金剛經』, 又見懿敬世子, 適愜中宮所夢, 大感悟, 誓言大轉『金剛經』. 至是親定口訣, 遂命仁順府尹臣韓繼禧飜譯『金剛般若』, 旣就卷入梓, 乃命臣跋其後. 臣竊惟般若, 一也. 有實相焉, 有觀照焉, 無住無相而泯於視聽者, 般若之實相也; 絶於言象而廣攝無遺者, 般若之觀照也. 是乃諸佛之本母, 衆聖之權輿. 經曰: "一切聖賢, 皆以無爲, 而有差別." 正謂此也. 惟我聖上至德在躬, 默與道契, 特生淨信於最上希有之典, 思與法界衆生共種善根. 於是, 宣譯是經, 流布無窮. 臣惟般若之理, 生佛一源, 非有豊嗇, 其爲觀爲照, 以踐其實相者, 人人皆可能矣, 而特未有自覺覺他圓滿之覺耳. 將見人無四相, 家絶百非, 隆國之福, 躋世之仁, 而鴻業之固當與『金剛』而不壞之矣.

通政大夫·承政院都承旨·兼尙瑞尹·弘文館直提學·知製教·充春秋館修撰官·兼判奉常寺事·知吏曹內直司樽院事臣盧思愼奉教謹跋.

다르다고 집착하는 인상(人相), 아(我)는 오온법(五蘊法)으로 말미암아 생긴 것이라고 집착하는 중생상(衆生相), 일정한 기간의 목숨이 있다고 집착하는 수자상(壽者相). 『금강경』「이상적멸분(離相寂滅分)」에 보인다.

95 백비(百非) : 유(有)와 무(無) 등의 모든 개념 하나하나에 비(非)를 붙여 그것을 부정(否定)하는 것. 불교의 진리는 이와 같은 부정을 끊은 상태이다.

원각경언해(圓覺經諺解)

1) 1465년 간경도감 목판본 『원각경언해』

〈진원각경전(進圓覺經箋)〉 −황수신(黃守身), 1465년

간경도감 도제조(刊經都監都提調) 추충좌익공신(推忠佐翼功臣) 대광
보국숭록대부(大匡輔國崇祿大夫) 의정부 우의정(議政府右議政) 남원
부원군(南原府院君) 신 황수신(黃守身)[96] 등은 어정(御定)으로 구결을
달고 번역하신 『대방광원각수다라요의경(大方廣圓覺脩多羅了義經)』을
삼가 새로 인쇄하고 장황(糚潢)하여 올립니다.

　신 수신 등은 참으로 황공하여 거듭 머리를 조아리며 말씀을 올립니
다. 절실히 생각건대, 진여(眞如)는 적멸(寂滅)하니 보아도 보이지 않
고 들어도 들리지 않으며 망식(妄識)은 분분하니 끈끈하여 풀려나기 어
렵고 속박되어 벗어나기 어렵기에, 이문(二門)[97]을 말미암아 들어가 십
계(十界)[98]로 나뉘어 다르게 치달립니다. 우리 석가모니께서는 박가범

96　황수신(黃守身, 1407~1467) : 본관은 장수로, 황희(黃喜)의 아들이다. 시호는 열성(烈
　　成)이다. 문음으로 벼슬을 시작하여 관찰사, 도승지 등을 역임하고 영의정에까지 올랐
　　다. 세조의 등극을 도와 공신이 되고 남원군(南原君)에 봉해졌다.

97　이문(二門) : 교(教)와 선(禪)으로 닦는 보통 불교인 자력문(自力門)과 염불의 힘을
　　빌어서 극락세계에 가기를 원하는 것인 타력문(他力門)을 말한다.

98　십계(十界) : 불교에서 세계를 열 종류로 나누는 법이다. 미계(迷界)로 천상, 인간,
　　아수라, 축생, 아귀, 지옥이 있고, 오계(悟界)로 불계(佛界), 보살, 연각(緣覺), 성문
　　(聲聞)이 있다.

(薄伽梵)[99]이라 불리십니다. 거듭되는 주반(主伴)[100]은 육쌍대사(六雙大
士)에게 번갈아 늘어놓으셨고 갖가지 근기(根機)는 이십오륜(二十五
輪)[101]에 모두 거론하셔서 궁극의 과(果)를 잡으시고 본래 일으키신 인
(因)을 보여주시니, 청정한 법행(法行)은 여러 부처가 실제로는 같으며
원만한 묘성(妙性)은 중생이 참된 근원에 다 갖추고 있습니다. 사연(四
緣)[102]에 집착하여 인정하면 드디어 일성(一性)을 모두 미혹시키니, 뒤
집히고 구르는 것은 공화(空華)[103]와 주안(舟岸)[104]과 같은 굴절된 지혜
의 빛 때문이요 행상(行相)[105]이 어그러지는 것은 짓고 맡기고 그치고
멸하는[106] 왜곡된 분별 때문입니다. 그러나 의(義)는 은미한 곳까지 비추

---

99 박가범(薄伽梵) : 부처를 일컫는 말로, 모든 복덕을 갖추고 있어서 세상 사람들의
　　존경을 받는 자 또는 세간에서 가장 존귀한 자를 뜻한다. 한자어로는 유덕(有德), 중우
　　(衆祐), 세존(世尊)이라고 번역된다.

100 주반(主伴) : 주반무진(主伴無盡). 만유(萬有)가 각각 주(主)가 되고 반(伴)이 되어
　　서로 들어가고 나감을 거듭하여 끝이 없다는 뜻이다.

101 이십오륜(二十五輪) : 보살의 스물다섯 가지 선정(禪定) 방법. '윤(輪)'은 꺾어 굴린다
　　는 뜻으로, 능히 혹장(惑障)을 꺾어 정지(止智)로 옮기게 하므로 이처럼 이른다. 『원각
　　경(圓覺經)』 「변음보살장(辨音菩薩章)」에 보인다.

102 사연(四緣) : ①사물과 마음의 온갖 연기(緣起)를 인연(因緣), 등무간연(等無間緣),
　　소연연(所緣緣), 증상연(增上緣)의 네 가지로 구분한 것. ②『원각경』 「정제업보살장
　　(淨諸業菩薩章)」에서 아(我)·인(人)·중생(衆生)·수명(壽命)의 사상(四相)에 관
　　한 중생의 집착과 인정을 언급한 바 있는데, 이것을 가리키는 말일 수도 있다.

103 공화(空華) : 눈병 걸린 사람이 허공에 꽃이 피는 환영을 보는 것으로, 번뇌로 인한
　　망상을 이른다. 없는 것을 있는 것으로, 관념을 실재하는 객관 대상으로, 고유한 실체가
　　없는 것을 실체가 있는 것으로 보는 착각, 환상, 편견 등을 비유한다. 『원각경』 「문수보
　　살장(文殊菩薩章)」에 보인다.

104 주안(舟岸) : 움직이는 것은 배인데 배를 탄 사람은 언덕이 움직이는 것처럼 착각하는
　　일. 망녕된 생각으로 인해 착각이 일어나는 것을 비유한다. 『원각경』 「금강장보살장
　　(金剛藏菩薩章)」에 보인다.

105 행상(行相) : 심식(心識)의 각자 고유한 성능을 이른다. 마음에 비친 객관의 모습,
　　또는 마음에 비친 객관의 모습을 인식하는 작용을 이르기도 한다.

지 않음이 없고 이(理)는 넓은 데까지 포함하지 않음이 없으니 만장(滿藏)한 원음(圓音)[107]이자 대승(大乘)의 돈설(頓說)[108]입니다.

공손히 생각건대, 우리 주상 승천체도열문영무(承天體道烈文英武) 전하께서는 제왕의 표식을 가지고 즉위하시고 기별(記莂)[109]로 조정에 임하시어 아름다운 계책을 크게 천명하시고 지극한 가르침을 흠모하고 공경하셨습니다. 여러 서적에 해박하신데다 특히 불경에 깊이 통달하시니 감로(甘露)[110]의 문호를 넓히시고 또 자비로운 구름의 그늘을 펴시어 나날이 새로워지는 융성한 덕을 빛내셨고 하늘이 주신 많은 능력을 발휘하셨습니다. 불경에 구결을 바르게 정하시고 심법(心法)의 요의(了義)를 발휘하시되 특히 이 불전을 내려주시어 신령스러운 가르침으로 인도하셨습니다.

신 수신 등은 향해(香海)[111]의 잔거품이자 유림(儒林)의 말엽으로서 어리석으면서도 외람되이 선발에 참여하게 되니 악착같은 속세의 모습

---

106 짓고 맡기고 그치고 멸하는 : 사병(四病), 즉 원각(圓覺)을 잘못 분별하는 네 가지 병통이다. 작병(作病)은 여러 가지 수행을 하여 원각을 구하려고 하는 것, 임병(任病)은 생사를 끊거나 열반을 구하지도 않고 원각이 스스로 나타나길 기다리는 것, 지병(止病)은 모든 생각을 끊어 고요하고 평등하게 하여 원각을 구하려는 것, 멸병(滅病)은 일체의 번뇌를 끊어 원각을 구하려는 것을 이른다. 『원각경』「보각보살장(普覺菩薩章)」에 보인다.

107 원음(圓音) : 중생이 제각기 능력이나 소질에 따라 이해하는 원만구족(圓滿具足)한 부처의 가르침.

108 돈설(頓說) : 소승(小乘)으로부터 계제(階梯)를 밟지 않고 화엄경과 같이 바로 대승(大乘)을 설파하는 가르침.

109 기별(記莂) : 부처가 수행자에게 미래의 깨달음에 대하여 미리 지시하는 예언과 약속. 수기(受記)·기별(記別)·기설(記說)이라고도 한다.

110 감로(甘露) : 불사(不死)의 효험이 있다는, 신들이 마시는 물. 부처의 가르침을 비유함.

111 향해(香海) : 불교에서 세계의 중심인 수미산을 둘러싼 향기로운 바다를 이르는 말.

을 부끄러워하면서도 감히 사원에서 왕명을 받들었습니다. 번역하는 붓
놀림은 원고가 제출되자 비로소 마쳤고 새겨 넣은 목판은 이미 책을 이
루게 되어 한가하실 때 받들어 올려 전하께 독서하실 거리로 드립니다.
한문을 번역하여 언문으로 만들었으니 무궁한 후세에 부처의 지혜를 이
어줄 것이며, 성인을 칭송하고 하늘을 우러러보니 망극한 뒷날까지 태평
성대이기를 축원합니다.

신 수신 등은 진실로 황공하여 말씨가 격렬하고 절실하여 두려운 마음
이 지극함을 이길 길이 없어하며, 앞서 말씀드린 『대방광원각수다라요
의경(大方廣圓覺修多羅了義經)』11권 1질을 삼가 전(箋)에 딸려 진상
하며 아룁니다.

성화(成化) 원년(1465, 세조 11) 3월 19일 간경도감 도제조 추충좌익
공신 대광보국숭록대부 의정부 우의정 남원부원군 신 황수신 등은 삼가
전문을 올립니다.

[원문] 進圓覺經箋

刊經都監都提調・推忠佐翼功臣・大匡輔國崇祿大夫・議政府右議政・
南原府院君臣黃守身等, 謹將新調印御定口訣翻譯『大方廣圓覺脩多羅了
義經』, 糚潢投進. 臣守身等誠惶誠恐, 頓首頓首, 上言. 切以眞如寂滅, 視
不見而聽不聞, 妄識紛挐, 粘難解而縛難脫, 緣二門之趣入, 分十界之異
馳. 我釋迦文, 號薄伽梵, 重重主伴, 六雙大士之互陳, 種種根機, 二十諸
輪之畢擧, 提究竟果, 示本起因, 淸淨法行, 諸佛同於實際, 圓成妙性, 衆
生具於眞源. 由執認於四緣, 遂專迷於一性, 顚倒展轉, 則空華・舟岸之委
明, 行相謬乖, 則作・任・止・滅之曲辨. 義無微而不照, 理無廣而不包,
乃滿藏之圓音, 而大乘之頓說.

恭惟主上承天體道烈文英武殿下, 握符御極, 記劒臨朝, 丕闡徽猷, 欽

崇至敎, 旣博綜於群籍, 獨深達於竺墳, 思廣甘露之門, 更布慈雲之廕, 煥日新之盛德, 發天縱之多能, 楷定口訣於契經, 發揮心法於了義, 特降斯典, 俾導靈詮. 臣守身等香海微漚, 儒林末葉, 叨將寡昧, 獲預選揀, 愧齷齪之塵容, 敢對揚於金地, 譯筆始迄於出藁, 刊板已得以成編, 奉進燕閑, 用資乙覽, 翻華作諺, 續佛慧於無窮, 頌聖瞻天, 祝堯曆於罔極. 臣守身等誠惶誠恐, 無任激切屛營之至, 前件『大方廣圓覺修多羅了義經』一部十一卷, 謹隨箋上進以聞.

成化元年三月十九日, 都提調·推忠佐翼功臣·大匡輔國崇祿大夫·議政府右議政·南原府院君臣黃守身等謹上箋.

금강경삼가해언해(金剛經三家解諺解)

1) 1482년 내수사 활자본 『금강경삼가해언해』

〈발문(跋文)〉 -한계희(韓繼禧), 1482년

옛날 세종 장헌대왕께서 『금강경오가해(金剛經五家解)』[112] 중 야보(冶父)의 『송(頌)』과 종경(宗鏡)의 『제강(提綱)』과 득통(得通)[113]의 『설의(說誼)』 및 『증도가남명계송(證道謌南明繼頌)』[114]을 국어로 번역하여 『월인석보(月印釋譜)』에 넣기를 바라시어 문종대왕과 세조대왕이

---

112 『금강경오가해(金剛經五家解)』: 구마라집(鳩摩羅什, 344~413)이 번역한 『금강경』의 주석서. 당(唐) ㅠ봉 종밀(圭峰宗密)의 『금강반야경소론찬요(金剛般若經疏論纂要)』, 당 육조 혜능(六祖慧能)의 『금강반야바라밀다경해의(金剛般若波羅蜜多經解義)』, 양(梁) 부대사(傅大士)의 『금강경찬(金剛經贊)』, 송(宋) 야보 도천(冶父道川)의 『금강경송(金剛經頌)』, 송 종경(宗鏡)의 『금강경제강(金剛經提綱)』을 하나로 묶었다.

113 득통(得通, 1376~1433): 조선 초기의 승려. 법명은 기화(己和), 당호는 함허(涵虛)이며, 득통은 호이다. 불교의 정법(正法)과 그 이치를 밝힘으로써 유학의 불교 비판의 오류를 시정시키고자 노력하였다. 『금강경오가해설의(金剛經五家解說誼)』 2권 1책은 『금강경오가해』의 여러 판본을 대교, 교정한 뒤 야보와 종경의 저술에 집중하여 해석을 붙인 것으로, 1417년경 완성되었다.

114 『증도가남명계송(證道謌南明繼頌)』: 〈증도가〉는 당 영가(永嘉) 현각(玄覺)이 육조 혜능에게 선요(禪要)를 듣고 하룻밤에 증오(證悟)를 얻자 증도의 요지를 고시체로 읊은 시이다. 『증도가남명계송』은 송 법천(法泉)선사가 〈증도가〉에 320편의 송을 이어 읊은 것으로, 『영가대사증도가남명천선사계송(永嘉大師證道歌南明泉禪師繼頌)』이라고 한다. 고려 말기에는 이 책에 승려 서룡(瑞龍)의 주석을 붙인 『남명천화상송증도가사실(南明泉和尙頌證道歌事實)』이 1248년에 간행되기도 하였다.

함께 편찬하라 명하시고 친히 재가하셨습니다. 당시에 야보와 종경의 해설과 득통의『설의』는 초고가 이미 완성되었으나 교정할 겨를이 없었고『증도가남명계송』은 겨우 30여 수만 번역되었기에, 모두 실마리를 잡지 못하고 문종과 세조께 일을 마무리하라는 유명(遺命)을 내리셨습니다. 문종은 나라를 다스린 기간이 짧았고 세조께서 이어서 유교(遺敎)를 좇아 받드셨으니, 가장 먼저『월인석보』를 판각하여 유통하셨고 다시 친히 구매하신 중국의『증도가』언기(彦琪) 주해와 굉덕(宏德), 조정(祖庭)의 주석을 인쇄하여 나누어주시고, 아울러『금강경오가해』및 다른 여러 경전을 인쇄하여 나누어주셨습니다. 다만 여러 부처의 성종(性宗)과 여래의 심인(心印)은 심히 오묘하여 헤아리기 어려우니 식(識)으로 인식하고 지(智)로 알 수 없으며 글로 설명하고 말로 깨우칠 수가 없습니다. 또한 유촉(遺囑)이 중대하므로 소홀히 할 수 없으므로 우선『능엄경』,『법화경』,『육조해금강경』,『원각경』,『반야심경』,『영가집(永嘉集)』등의 경전을 인쇄하여 중외에 나누어주었으니, 또한 남기신 뜻을 잘 받들지 않음이 없으나, 도리어 이를 위해 최고의 경전을 자세히 풀이하고 수많은 깊고 오묘한 이치들을 설명하여 그 난숙함을 지극히 한 다음에야 여러 불조의 무상료의(無上了義)를 널리 펴서 널리 일체 중생들이 자신의 불성을 보도록 한 것이니, 그 일을 어렵게 여기면서도 선조의 명을 중시하신 것입니다. 바야흐로 착수할 즈음에 활과 검을 갑자기 저버리셨으니,[115] 아아! 애통합니다!

공경히 생각건대, 우리 자성대왕대비(慈聖大王大妃)[116] 전하께서는

---

115 활과 검을 갑자기 저버리셨으니 : 임금의 승하를 뜻하는 상투적인 표현으로, 황제(黃帝)가 생을 마치고 승천하면서 활과 칼을 땅에 떨어뜨려 남은 신하들이 이를 잡고 울었다는 고사에서 비롯되었다.

자비심이 광대하시고 효성이 끝이 없으시어 불조(佛祖)의 법인(法印)이 사라지고 삼성(三聖)[117]의 서원이 펼쳐지지 못함을 두려워하셨습니다. 이에 선덕(禪德) 학조(學祖)[118]에게 명을 내리셔 『금강경삼가해』[119]의 번역을 다시 교정하고 또 『증도가남명계송』을 이어서 번역하게 하셨습니다. 일이 끝나자 명하여 『금강경삼가해』 300본과 『증도가남명계송』 500본을 인쇄하여 여러 사찰에 널리 나눠주게 하셨으니, 진묵겁(塵墨劫)[120]의 일체 중생이 경문을 보고 듣고 마음에 새기도록 하여 부처님이 말씀하신 것과 같이 제일 드문 공덕을 모두 성취하도록 하셨습니다. 이리하여 세종께서 신도(神道)로 교화(敎化)를 베푸시어[121] 바다 같이 큰 원(願)을 맹세하셨고 문종과 세조께서 큰 충과 큰 효로 세종의 뜻과 사업을 이으신 일이 비로소 지극히 완전해져서 유감이 없습니다. 이 한 가지

---

116 자성대왕대비(慈聖大王大妃) : 세조의 왕비 정희왕후(貞熹王后)를 가리킨다. 자성(慈聖)은 정희왕후 생시의 존호이다.

117 삼성(三聖) : 불경 번역과 간행 사업을 진행한 세종, 문종, 세조 세 임금을 이른다.

118 학조(學祖, 생몰년 미상) : 학력이 뛰어난 당대의 명승이었으며 웅문거필(雄文巨筆)의 문호로 칭송되었다. 신미(信眉), 학열(學悅) 등과 함께 세조 대부터 중종 대에 이르기까지 왕실의 비호 아래 많은 불경을 간행, 번역하고 여러 번 법회를 여는 등 수많은 불사를 일으켰다.

119 『금강경삼가해』 : 『금강경오가해』에서 앞에 거론한 "야보송(冶父頌)", "종경제강(宗鏡提綱)", "득통설의(得通說誼)" 세 부분을 번역한 것을 이른다. 앞부분에서 번역이 완성되었으나 교정을 보지 못했다고 하였다.

120 진묵겁(塵墨劫) : 무한히 오랜 시간을 비유한 말. 삼천대천세계(三千大千世界)의 모든 땅을 갈아 먹물로 만들고, 1천 국토를 지날 때마다 티끌만한 먹물 한 방울을 떨어뜨려 그 먹물이 다 없어졌을 때에 지나온 모든 국토를 부수어 티끌로 만들어 그 티끌 하나를 1겁으로 한 무한히 긴 시간. 진점겁(塵點劫), 또는 진점구원겁(塵點久遠劫)이라고도 한다.

121 신도(神道)로 교화(敎化)를 베푸시어 : 신도(神道)는 천도(天道)의 다른 이름으로, 천도가 매우 신묘하기 때문에 일컫는 말이다. 이 대목은 『주역(周易)』「관괘(觀卦)·단사(彖辭)」를 원용하여 세종을 유교에서 받드는 고대의 성왕(聖王)에 비겼다.

대사(大事)를 인연으로 하늘에 계신 열성(列聖)들이 정각(正覺)을 이루시고 굳게 다져진 종계(宗系)가 세세연년 무궁할 것입니다. 아아! 지극합니다!

성화(成化) 18년(1482, 성종 13) 7월 모일, 추충정난익재순성명량경제좌리공신(推忠定難翊戴純誠明亮經濟佐理功臣) 숭록대부(崇祿大夫) 의정부 좌찬성(議政府左贊成) 서평군(西平君) 신 한계희(韓繼禧)는 하교를 받들어 삼가 발문을 씁니다.

[원문] 昔世宗莊獻大王嘗欲以國語翻譯『金剛經五家解』之冶父頌・宗鏡提綱・得通說誼及『證道謌南明繼頌』, 以入『釋譜』, 命文宗大王及世祖大王共撰之, 而親加睿裁焉. 于時, 冶父・宗鏡二解, 得通說誼, 草藁已成, 而未暇校定;『南明』纔譯三十餘首, 俱未就緒, 遺命文宗・世祖終事. 文宗享國日淺, 世祖繼之, 遵奉遺教, 首先『釋譜』, 刊板流通, 又印施親購得中朝『證道謌』彦琪註與宏德・祖庭註, 幷『金剛經五家解』及諸經. 第以諸佛性宗・如來心印, 深妙難思, 不可識識智知文詮言諭. 又以遺囑重大, 不可草草, 故先譯『楞嚴經』・『法華經』・『六祖解金剛經』・『圓覺經』・『心經』・『永嘉集』等經, 印施中外, 亦無非靈承遺意, 而抑欲爲此, 張本廣演最勝經教, 講究許多深妙義理, 極其爛熟, 然後弘宣諸佛祖無上了義, 普令一切見自佛性焉, 蓋難其事而重先命也. 方擬措手, 弓劍遽遺. 嗚呼, 痛哉!

恭惟我慈聖大王大妃殿下, 慈悲廣大, 誠孝罔極, 懼佛祖之法印堙晦, 三聖之誓願未伸. 乃命禪德學祖, 更校『金剛三解』譯及續譯『南明』, 旣訖, 命印『三家解』三百本・『南明』五百本, 廣施諸刹, 普令塵墨一切含靈, 見聞受持, 咸使成就第一稀有功德如佛所說. 於是, 世宗神道設教弘誓願海, 文宗・世祖大忠大孝繼述之事, 始極完而無憾, 以一大事因緣, 列聖在天, 成等正覺, 宗圖永固, 歷年無窮. 吁! 至矣哉!

成化十八年七月　　日，　推忠定難翊戴純誠明亮經濟佐理功臣・崇祿大夫・議政府左贊成・西平君臣韓繼禧奉敎謹跋.

〈발문(跋文)〉 -강희맹(姜希孟), 1482년

병인년(1446, 세종 28) 봄에 소헌왕후(昭憲王后)[122]께서 갑자기 왕궁을 버리시자 세종대왕께서 슬퍼하고 아파하시며 "명복을 넉넉하게 하는 데는 불경을 유통시키는 것보다 나은 것은 없다"고 하시면서 만기(萬幾)의 여가에 정신을 불경에 두셨습니다. 이때 동궁(東宮)에 계시던 문종과 잠저(潛邸)에 계시던 세조 및 뛰어나고 친근한 여러 종실들이 세종대왕의 자훈(慈訓)을 받들어 여러 경전에서 실마리를 찾았는데, "『금강경』의 여러 해석 가운데 야보(冶父)와 종경(宗鏡)의 것이 바로 요의(了義)로서 법문(法文)을 단박에 깨우치며, 『증도가남명계송(證道謌南明繼頌)』은 선가(禪家)의 활어(活語)로 모두 문자를 떠난 이야기이니, 단제(單提)와 직지(直指)[123]의 오묘함은 이것들을 버리고 다른 데서 구할 수 없다"고 여겼습니다. 무진년(1448, 세종 30) 봄에 또 함허당(涵虛堂) 신여(信如)가 찬술한 바 야보와 종경의 해석에 대한 『설의(說誼)』를 얻었습니다. 주상은 크게 칭찬하시고 세조에게 명하여 번역하게 하고 친히

---

122 소헌왕후(昭憲王后, 1395~1446) : 세종의 정비 청송 심씨로, 문종과 세조 등을 낳았다.
123 단제(單提)와 직지(直指) : 선종(禪宗)의 용어. 단제(單提)는 단전(單傳)이라고도 한다. 말이나 글자에 의지하지 않고 마음에서 마음으로만 부처의 가르침을 온전히 전한다는 뜻으로, 불조(佛祖)끼리만 서로 전해 온 교외별전(敎外別傳), 불립문자(不立文字), 단전심인(單傳心印)의 경지를 가리킨다. 직지(直指)는 궁극의 진리를 직접 지시하는 것이다. 우원(迂遠)한 언어문자에 의지하지 않고, 여러 수단을 쓰지도 않고 단적으로 바로 가리키는 것을 말한다. 둘을 합하여 직지단전(直指單傳)이라고도 한다.

검토하셨으며, 또『증도가남명계송』의 30여 편을 친히 번역하시고 세조에게 번역을 마치라 명하시고 장차『월인석보(月印釋譜)』의 끝에 넣으려 하셨습니다. 책이 아직 탈고되지 않았는데도 경오년(1450, 세종 32) 봄에 세종께서 빈천(賓天)하시게 되자, 문종과 세조께 사업을 마치라고 명을 남기셨습니다.

세조께서는 유교(遺敎)를 마음에 간직하여 잠시도 버려두지 않으셔서, 언젠가 북경(北京)에 가서『증도가』의 언기(彦琪) 주석을 구매하여 돌아오셨습니다. 이후 험한 시대를 만나 다른 일에 미칠 겨를이 없다가, 우리 세조께서 큰 난리를 이기고 해소하시어 집안을 변화하여 나라로 삼으시고 전대의 열성조로부터 태평성대를 잇게 되어서야 선왕의 뜻을 잇고 사업을 펴는 일이 작은 것도 거행되지 않음이 없었습니다. 그리고 불법을 널리 드러내어 오묘한 가르침을 크게 천명하셨으니, 우선『월인석보』을 간인(刊印)하여 널리 베풀어 유통하셨고, 무릇 법해(法海)에 감추어진 참된 이치[124]를 모두 열람하시고 법문(法文)의 핵심을 취택하시어『능엄경(楞嚴經)』,『법화경(法華經)』,『육조해금강경(六祖解金剛經)』,[125]『원각경(圓覺經)』,『반야심경(般若心經)』,『영가집(永嘉集)』 등의 불경을 거듭 언문으로 번역하시어 사람마다 쉽게 깨우치게 하셨으니, 분명 부처님의 바른 법을 숭상하고 세종이 남기신 부탁을 중시하신 것입니다. 앞서 이른바『금강경』의 해석들과『증도가계송』등의 번역에 유독 미치지 못한 것은, 이것이 여러 불조의 무상요의(無上了義)로서

---

124 법해(法海)에 감추어진 참된 이치 : 불경을 가리킨다.
125 『육조해금강경(六祖解金剛經)』:『금강경』본문과 중국 선종의 육조(六祖) 혜능(慧能)의『금강경』해석을 언해하여 1464년(세조 10)에 간행한『금강경언해』를 이른다. 『금강경오가해설의(金剛經五家解說誼)』의 저본이다.

바로 칼날 위의 설화(說話)이므로 그저 의의(擬議)와 상량(商量)만을 거친다면 제2등의 상투에 빠질 것이기에 신중을 기하느라 함부로 진행하지 못한 것이 아니겠습니까.

무자년(1468, 세조 14) 가을에 세조께서 속세의 인연을 다하시어 팔음(八音)[126]이 끊어졌습니다. 아아! 애통합니다! 그 뒤로 15년만인 임인년(1482, 성종 13)에 우리 자성대왕대비 전하께서 현세 이전부터 심으신 선근(善根)으로 심화(心花)[127]를 열어 피우시어 열성조의 큰 서원(誓願)[128]을 추념(追念)하시고 마무리 되지 못한 유업을 이을 생각을 하셨습니다. 이에 선덕(禪德) 신 학조(學祖)에게 명하여 『금강경』 중 야보(冶父)의 송(頌)과 종경(宗鏡)의 『제강』과 함허당(涵虛堂) 득통(得通)의 『설의』를 중교(重校)하게 하시어 『금강경삼가해(金剛經三家解)』라 이름 하셨고, 선왕께서 번역하신 『증도가남명계송』을 이어서 완성하게 하셨습니다. 완성되자 내수사(內需司)[129]에 명하여 인쇄하여 널리 나누어주어 무궁한 후세까지 복리(福利)를 넓히게 하셨고 신 희맹(希孟)에게 명하여 발문을 쓰도록 하셨습니다.

신 희맹이 가만히 보건대 지극한 이치가 언어표현으로 다 이어지지 않는다고 권교(權教)[130]를 억지로 펴는 것은 실질이 아니며, 근기(根機)

---

126 팔음(八音) : 쇠〔金〕·돌〔石〕·명주실〔絲〕·대나무〔竹〕·바가지〔匏〕·흙〔土〕·가죽〔革〕·나무〔木〕 여덟 종류의 재료로 만들어진 악기와 그것에서 나는 소리를 이른다. '팔음이 끊어졌다'는 것은 순 임금이 승하하자 백성들이 부모상을 당한 것처럼 슬퍼하고 삼 년 동안 사해(四海) 백성들이 음악을 중단하였다는 고사에서 유래한 말로, 여기서는 세조의 죽음을 비유하였다.
127 심화(心花) : 불교에서 모든 현상의 본성을 꿰뚫어 아는 혜심(慧心)을 이르는 말이다.
128 열성조의 큰 서원(誓願) : 앞에 보이는 세종, 문종, 세조의 불경간행 사업을 이른다.
129 내수사(內需司) : 조선시대 왕실 재정의 관리를 위해 설치되었던 관서. 궁중에서 쓰는 쌀, 포목, 노비 따위에 관한 일을 맡았다.

에 따라 돈오(頓悟)와 점오(漸悟)[131]로 나누되 참된 가르침[眞宗]을 확고히 깨우치는 경우는 거의 없습니다. 이제 손가락을 인연으로 삼아 달을 보는데 손가락을 가지고 달이라 하면 끝내 달을 볼 이치가 없는 것이요, 통발을 인연으로 삼아 물고기를 잡는데 통발을 가지고 물고기라 하면 어찌 물고기를 잡을 때가 있겠습니까? 반드시 통발과 손가락 두 가지를 잊어버려야 달도 볼 수 있고 물고기도 잡을 수 있습니다. 그렇다 하더라도 이처럼 곧바로 얻고서는 물고기와 달도 잊어버리고 잊었다는 것도 잊어버린 뒤에야 반야(般若)의 지혜의 빛이 자연스레 드러납니다. 황면노자(黃面老子)[132]가 비야(毗耶)에서 입을 닫으시니[133] 어떠한 침묵할 바를 침묵하셨으며, 녹야원(鹿野苑)[134]에서 처음 설법하셨으니 어떠한 설법할 바를 설법하셨습니까. 누른 잎으로 울음을 그치게 하는 것[135]은 실

130 권교(權敎) : 깨달음에 이르게 하기 위해 중생의 소질에 따라 일시적인 방편으로 설한 가르침.

131 돈오(頓悟)와 점오(漸悟) : 불교에서 이르는 깨달음의 두 가지 방식. 수행 단계를 거치지 않고 홀연히 깨닫는 것을 돈오(頓悟)라 하고, 일정한 수행 단계를 거치는 과정에서 점점 깨닫는 것을 점오(漸悟)라고 한다.

132 황면노자(黃面老子) : 선종에서 석가모니를 이르는 말. 부처의 몸이 황금빛이라는 데서 유래한 말이다. 황면구담(黃面瞿曇)·황두대사(黃頭大士)라고도 한다.

133 비야(毗耶)에서 입을 닫으시니 : 침묵 속에서 참된 진리를 터득함을 이른다. 비야는 인도의 성 이름이다. 석가가 비야성에 와서 설법을 했으나 이곳에 사는 유마힐(維摩詰)이 병을 핑계로 나와서 듣지 않으므로, 문수(文殊) 사리를 보내어 문병을 하게 했다. 문수가 유마힐에게 "어떻게 하면 보살이 불이법문(不二法門)에 들 수 있습니까?"라고 물었으나 묵묵히 말이 없으므로, 문수가 "문자도 언어도 없으니 이것이 참으로 불이법문에 든 것이다."라고 했다.

134 녹야원(鹿野苑) : 석가가 성불(成佛)한 지 21일만에 처음으로 다섯 비구들에게 설법한 곳이다. 지금의 바라나시(Varanasi)에서 북동쪽 약 7㎞ 지점에 있는 동산이다.

135 누른……것 : 선종(禪宗)에서는 불경의 간행이 마치 우는 아이를 달래기 위해 임시방편으로 누른 나뭇잎을 쥐어주고 황금이라 속이는 것과 같다고 한다. 『북본대반열반경(北本大般涅槃經)』 권20 「영아행품(嬰兒行品)」.

로 대권(大權)[136]의 방편이라, 만약 근기(根機)가 출중한 사람이 있어 여기 베푼 바의 법문(法文)에 기대어 거친 데서 정밀한 데로 들어가고 물결을 거슬러 근원을 탐구하며 삼관(三關)[137]을 곧바로 뚫어서 부처의 지견(知見)으로 들어간다면 비록 "하늘을 덮은 칡넝쿨이 바뀌어 청정한 보리수(菩提樹)가 되었고, 입에 가득한 자황(雌黃)[138]이 도리어 반야의 참된 이치와 같다."라고 말하여도 괜찮습니다. 이와 같은 공덕은 진묵겁 (塵墨劫)으로도 다하기 어려운 바요, 인허진(鄰虛塵)[139]으로도 끝내기 어려운 바입니다. 이 뛰어난 인연으로 하늘에 계신 열성조의 신령이 피안(彼岸)에 크게 오르시어 상적토(常寂土)[140]에서 한가히 노니실 것이며, 법계(法界)의 중생들도 함께 불원(佛願)을 같이 이루어 종묘사직이 영원히 굳건하고 사방 경계가 평안하고 조용할 터이니, 어찌 위대하지 않습니까!

임인년(1482, 성종 13) 늦가을 중순, 추충정난익재순성명량좌리공신 (推忠定難翊戴純誠明亮佐理功臣) 숭정대부(崇政大夫) 의정부 우찬성 (議政府右贊成) 겸 지경연춘추관사(知經筵春秋館事) 진산군(晉山君) 신 강희맹은 하교를 받들어 삼가 발문을 씁니다.

---

136 대권(大權) : 부처와 보살이 중생을 구제하기 위해 중생의 소질에 따라 여러 가지 모습으로 변화하여 나타나는 것을 이른다. 대성권(大聖權).

137 삼관(三關) : 불도(佛道)를 깨닫는 세 관문. 초관(初關), 중관(重關), 뢰관(牢關).

138 자황(雌黃) : 시시비비를 이르는 말이다. 원래 비소와 유황의 화합물을 뜻하는데, 고대 중국에서 오기(誤記)의 정정에 이 물질을 사용한 데서 유래하였다.

139 인허진(鄰虛塵) : 색법(色法)의 가장 작은 물질을 이르는 말로, 삼재겁(三災劫)의 마지막 시기에도 없어지지 않고 허공에 흩어져 상주(常住)한다고 한다. 신역(新譯)에 서는 극미(極微)라고 한다.

140 상적토(常寂土) : 부처의 경계(境界). 항상 고요하며 광명이 가득 차 있는 땅이라는 뜻이다. 상적광토(常寂光土).

[원문] 歲在丙寅春, 昭憲王后奄棄宮壺, 世宗大王悲悼哀傷, 以爲饒益冥禧, 無上轉經, 乃於萬幾之暇, 留神釋典. 爾時, 文宗在東宮‧世祖在潛邸‧曁諸宗英昵承世宗慈訓, 紬繹諸經, 以爲『金剛經』諸解中冶父‧宗鏡, 直是了義, 頓敎法文;『南明繼頌』, 禪家活語, 俱是離文字底說話, 單提直指之妙, 舍此而無以他求. 歲戊辰春, 又得涵虛堂信如所撰冶父‧宗鏡話說誼. 上大加稱賞, 命世祖翻譯, 親加睿裁, 又親譯『南明』三十餘篇, 命世祖畢譯, 將入『釋譜』之末. 書未脫稿, 而歲庚午春, 世宗賓天, 遺命文宗‧世祖終其事.

世祖服膺遺敎, 未敢蹔舍, 嘗赴京師, 購得『證道謌』彦琪註, 乃還. 爾後屬時屯艱, 未遑他及, 逮我世祖克靖大難, 化家爲國, 迓續大平于前烈, 凡繼志述事之事, 無微不擧. 又能弘揚佛法, 大闡玄敎, 首先刊印『釋譜』, 廣施流通, 凡海藏眞詮, 靡不轉閱, 閒取法文之要者, 如『楞嚴經』‧『法華經』‧『六祖解金剛經』‧『圓覺經』‧『心經』‧『永嘉集』等經, 重加諺譯, 使人人易曉, 蓋莫非崇正法而重遺囑也. 向所謂翻譯『金剛經』諸解‧『證道謌繼頌』等篇, 獨未之及焉者, 豈非諸佛祖無上了義, 直是劍刃上說話, 纔涉擬議商量, 落在第二窠臼, 蓋鄭重而未敢卽就也歟.

歲戊子秋, 世祖有漏緣盡. 八音遽邈. 嗚呼! 痛哉. 厥後十有五載壬寅, 恭惟慈聖大王大妃殿下, 宿種善根, 開發心花, 追念列聖之洪願, 思纘遺緒之未終, 乃命禪德臣學祖重校『金剛經』冶父‧宗鏡話, 涵虛堂得通說誼, 目曰『金剛經三家解』, 續成御譯『南明』, 旣訖, 命內需司模印廣施, 演福利於無窮, 命臣希孟跋之.

臣希孟竊惟理絶言詮‧强演權敎者非實, 機分頓漸‧獲悟眞宗者亦希. 今夫因指以見月, 執指以爲月, 終無見月之理; 因筌以得魚, 執筌以爲魚, 寧有得魚之時? 必也, 筌‧指雙忘, 月可見而魚可得矣. 雖然, 如是直得, 魚‧月亦忘, 忘其所忘, 然後般若智光自然呈露矣. 黃面老子, 杜口毗耶,默何所默, 始從鹿苑, 說何所說, 要知黃葉止啼, 實是大權方便, 若有過量漢, 憑斯所施法文, 由粗以入精, 遡流以究源, 直透三關, 入佛知見, 則雖曰"彌天葛藤, 換成菩提淨樹, 滿口雌黃, 還同般若眞詮", 可也. 如斯功德, 塵墨所難窮, 鄰虛所難盡, 以是勝緣, 列聖在天靈駕誕登彼岸, 優游常寂土, 及與法界含靈, 同成佛願, 宗祊永固, 四境寧謐, 詎不偉歟!

時大歲壬寅孟秋仲浣, 推忠定難翊戴純誠明亮佐理功臣·崇政大夫·議政府右贊成·兼知經筵春秋館事晉山君臣姜希孟奉教謹跋.

오대진언(五大眞言)

1) 1485년 활자본 『오대진언』

〈발문(跋文)〉 -학조(學祖), 1485년

천하의 근기(根機)와 인연(因緣)은 만물 따라 제각각이며, 좋은 의사의 처방 또한 환자에 따라 다릅니다. 그러므로 우리 부처님께서는 한 법계 (法界)로부터 수없이 많은 법문(法門)을 운출(運出)하셨으며, 그 문마다 들어갈 수 있으니 무릇 지각(知覺)이 있는 존재라면 근기를 따라서 이로움을 얻지 않는 이가 없습니다. 그러나 법문에 들어감에는 빠르고 느림이 있고 관행(觀行)[141]에는 어렵고 쉬움이 있어 수행자의 수단과 방법에 달려 있지 않은 것이 없습니다. 시대는 말운(末運)을 맞이하고 사람의 근기는 이를 말미암아서, 선수행(禪修行)을 흉내내면 성인의 경지라고 높이 추앙되고 이론을 논하면 천하고 열등하다 불리는 것을 감수해야 합니다. 이 때문에 가사 입고 삭발한 스님들은 모두 떠돌아다니는 길손이 되고, 흰 옷 입고 귀빈 행세하던 속인들은 영원히 나락에 빠진 무리가 됩니다.

　우리 인수대비(仁粹大妃) 전하께서는 세도(世道)가 부박함을 근심하시고 시류(時流)가 급함을 누그러뜨리려 하시되, 시대에 절실하고 사람

---

141 관행(觀行) : 관심수행(觀心修行)의 약칭. 마음으로 진리를 관(觀)하여 진리와 같이 몸소 실행함. 또는 마음을 관조(觀照)하는 수행법.

들에게 이로울 만한 것으로는 『오대진언(五大眞言)』보다 알맞은 것이 없다고 생각하셨습니다. 선정(禪定)에 전념하지도 않고 경의(經義)를 탐구하지도 않고서도 다만 지니고 독송하기만 하면 복을 얻는 것이 마치 경전의 뜻을 이해하는 것과 마찬가지이니, 말세에 사람을 이롭게 하는 방편으로는 이것보다 최선이 없습니다. 그러나 이 경은 범문(梵文)과 한문(漢文)으로 기이하고 오묘하게 되어 있어 독자들이 괴로워하였습니다. 이에 중국본을 구하여 얻어서 언문(諺文)으로 주를 달아 중간을 하고 인쇄하여 나누어주는 것입니다. 독송하여 익히는 데 편리하게 하였으니 근기가 날카롭고 무딘 차이에 무관할 것이요 가지고서 지키는 데 편안하게 하였으니 신분이 귀하던 천하던 다르지 않을 것이니, 받들어 지니는 데는 경전과 차이가 있을지라도 명자(冥資)[142]인 것은 모두 같아서 하나하나가 취향이 나뉘었을 뿐 사람마다 깨달음의 언덕에 도달할 것입니다.

그리하여 전하의 공은 사생(四生)[143]이 보고 들어 그들이 해탈의 경지에 오르게 할 것이요, 덕은 이승과 저승에 고루 미쳐 그들이 번뇌 없이 항상 즐거운 곳에 되돌아 갈 것이며, 조종(祖宗)의 영령께서도 모두 신묘한 구원을 받으실 것입니다. 또한 주상전하의 예산(睿算)[144]이 하늘만큼 길어지시고 금지옥엽 같은 자손들이 번성하시어 풍송(諷誦)할 때 다 함께 장수를 칭송하고 지념(持念)하는 사이에 반드시 강릉(岡陵)[145]을

---

142 명자(冥資) : 죽은 이의 명복을 비는 데 쓰이는 자료라는 뜻으로, 흔히 장례나 제사에 쓰는 지전(紙錢)을 뜻하기도 하지만 여기서는 불경(佛經)을 가리킨다.

143 사생(四生) : 생물(生物)이 생겨나는 네 가지 형식. 곧 사람과 같은 태생(胎生), 새와 같은 난생(卵生), 개구리와 같은 습생(濕生), 나비와 같은 화생(化生)의 총칭.

144 예산(睿算) : 임금 또는 왕족의 수명을 높여 부르는 말.

145 강릉(岡陵) : 강릉(岡陵). 만수무강을 축원할 때 쓰는 표현이다. 『시경(詩經)』「소아

말할 것입니다. 이처럼 『오대진언』이 영험을 보일 것이 분명하고 뭇 사람의 입에서 널리 알려질 것이 뚜렷하니, 우리 전하께서 하신 일이 이미 원만하게 이루어졌음을 이리하여 알 수 있습니다.

성화(成化) 21년(1485, 성종 16) 을사년 초여름, 소승 신 학조(學祖)는 공경히 발문을 씁니다.

[원문] 夫天下之機緣萬品, 而良醫之處方亦異, 故我覺王從一法界, 而運出塵沙之法門, 門門可入, 凡有知者, 罔不隨機而得益. 然入門有遲速, 觀行有難易, 莫非道士方便善巧之如何耳. 時當末運, 人根由之, 擬禪那, 則高推聖境, 論義學, 則甘稱下劣. 由是, 方袍圓頂, 盡爲風塵之客, 白衣高賓, 永作那落之徒.

我仁粹王大妃殿下, 愍世道之薄, 緩時流之急, 思所以切於時而利於人者, 無偕於『五大眞言』, 不專禪定, 不探義理, 而但令持誦, 則獲福一如經說, 叔世利人之方, 莫斯爲最也. 然此經, 梵·漢奇奧, 讀者病之. 於是, 求得唐本, 注諺重刊, 印而施之, 庶使便於誦習而無利鈍之差, 逸於佩守而莫貴賤之異, 奉持猶間, 而冥資則悉均, 箇箇得趣向之分, 人人達菩提之岸, 功被四生見聞, 躋解脫之境, 德及存亡幽顯, 返常樂之鄉, 以至祖宗先靈咸資妙援. 抑亦主上殿下睿算天長, 金枝繁茂, 玉葉昌盛, 諷誦之時, 咸稱壽祺, 持念之際, 必曰崗陵, 『五大』之驗昭昭, 衆口之宣歷歷. 我殿下能事之已圓, 於是乎知矣.

成化二十一年乙巳孟夏, 山人臣學祖敬跋.

———

(小雅)·천보(天保)」에 "산과 같고 언덕과 같으며, 산마루와 같고 구릉과 같다〔如山如阜, 如岡如陵〕."라고 한 데서 유래하였다.

지장경언해(地藏經諺解)

1) 1762년 문천(文川) 견성암(見性菴) 목판본 『지장경언해』

〈지장경언해서(地藏經諺解序)〉 −용거(龍擧), 1762년

『지장경(地藏經)』이라는 것은 석가모니께서 도리천(忉利天)으로 오르시어 어머니 마야부인(摩耶夫人)을 위해 설법을 한 것이다. 지장보살(地藏菩薩)의 몸으로 무간지옥(無間地獄)에 가서 구원하여 천국에 태어나게 하였으니, 크구나! 먼저 신공(申公)이 영험을 얻은 것을 서술하고, 뒤에 두 사람의 공능(功能)을 진술하겠다.

　신공(申公)이 영험을 얻은 것은 세 가지가 있다. 첫째, 부처님께 백일 동안 공양하기를 두 번 한 뒤에 꿈을 꾸기를, 집안의 아들 셋이 재예(才藝)가 남들보다 뛰어나 모두 높은 성적으로 과거에 급제하는 등 세상에 비길 자가 없더니 일시에 모두 죽었으므로 슬퍼하고 아파하는 중에 문득 잠이 깨니, 안석 위에서 팔베개를 베고 누운 채로 별자리는 조금도 움직이지 않았다. 이것은 관음보살이 삶의 허망함을 깨닫게 한 것이라. 둘째, 두류산(斗游山: 지리산) 위에 견성암(見性菴)을 지어서 앉고 눕고 소요(逍遙)하니 산 모양은 높디높고 물소리는 졸졸거렸다. 이에 앞서 언젠가 꿈속에서 용을 타고 하늘에 올라 월궁(月宮)에 머물렀다가 다시 용을 타고 지상에 내려올 때 본 지경과 차이가 없었다. 이것은 이 암자를 지은 징험이다. 셋째, 『지장경』을 새겨 세상에 전파하는 마음이 매우 간절하였으므로 판목을 예비하여 산사에 올랐다. 경문 속의 깊은 뜻까지

두루 보던 차에, 발문(跋文) 중에 옛날에도 신씨가 이와 같이 판목을 예비하여 충청도 견성사(見性寺)에 가서 판각하도록 하였더라. 견성(見性)이 같고, 신씨(申氏)가 같고, 간경(刊經)이 같다.[146] 그러니, 어쩌면 한 곳에 모일 운명의 사람들인 것일까? 어찌 이처럼 신통하게 들어맞는단 말인가.

두 사람의 공능(功能)이라는 것은 다음과 같다. 이 경(經)의 경우에 언해(諺解)가 전혀 없었는데 묘향산인(妙香山人) 관송(觀松) 장로가 뒷사람에게 그 깊은 뜻을 알아 보살심(菩薩心)을 드러내도록 하게 하였으므로 붓을 뽑아들고 해석하였다. 그리고 진공(陳公)은 우연히 얻었고, 신공(申公) 또한 그것을 위해 간행한 것이다. 부처님이 49년 동안 설교하신 중에 어머니를 구원하여 천국에 나게 하셨으니 인과응보가 이 글만한 것이 없는데도 서너 집 사는 작은 시골마을의 흙먼지 덮어쓰고 사는 시골의 남녀들은 얻어들을 길이 없다. 그러므로 모두 알게 하려 언문(諺文)으로 간포(刊布)하니 옮겨가며 보고 들어서 그 중에 몇 사람이 만약 마음을 돌이키는 일이 크게 일어난다면 이것은 곧 명분 상 부처님의 은혜에 보답함이요, 또한 옛날에 신씨가 이 경 가운데 국가를 위해 복을 빌었던 아름다운 행적을 본받음이니 어찌 긴요하지 않은 공부라는 나무람을 받겠는가. 이러므로 두 사람의 공은 반드시 헛되이 없어지지 않으며, 이 도리를 보는 사람은 함께 참여하여 인연을 맺어 함께 용화(龍華)[147]의 무리가 될 것이다.

---

146 발문(跋文)······같다 : "발문"은 1474년(성종 5)에 간행된 목판본 『지장보살본원경』의 발문을 이르는 것으로 보인다. 이 책은 세조 비 정희대왕대비(貞熹大王大妃)가 성종 비 공혜왕후(恭惠王后)의 명복을 빌기 위해 광평대군(廣平大君) 부인 신씨(申氏)의 원당(願堂)인 견성사에서 간행하였다. 1485년(성종 16)에 재간하여 3권1책으로 꾸며진 것이 보물 제1104호로 지정되어 호림박물관에 소장되어 있다.

임오년(1762, 영조 38) 늦가을(9월) 초하루, 용봉(龍峯)은 삼가 서문을 쓴다.

[원문] 地藏經諺解序

夫地藏經者, 釋迦老子上乘忉利天, 爲母說法. 地藏菩薩身, 到無間獄救生天, 大矣哉! 先叙申公之得驗, 後陳二人之功能. 申公之得驗者有三: 一者, 再度百日聖供後, 夢門三男, 才藝過人, 俱登高第, 世無比矣. 一時俱亡, 則痛傷之中, 忽然覺悟, 曲肱几上, 星未移尺. 此, 觀音菩薩令悟虛妄也. 二者, 斗游山上經營見性菴, 坐臥逍遙, 峥峥山色, 潺潺水聲. 先是, 曾與夢中, 乘龍上天, 月宮留朔, 再乘下來所觀之地, 所無增減. 此, 作此菴之驗也. 三者, 刊『地藏經』流傳之心, 至懇至切, 故預備板木, 登於山寺, 經中奧旨, 歷覽之際, 後跋中昔者申氏亦如是所備板木, 命就忠淸道見性寺刻之. 見性也一, 申氏也一, 刊經也一. 然則豈一會中人耶? 何神契之若是也.

　二人之功能者, 至於此經, 曾無諺解, 妙香山人觀松長老欲令後人知其深義, 發其菩薩之心, 故抽毫釋之. 陳公偶爾得來, 申公亦爲之壽梓者, 七七年說敎中救母生天, 因果報應, 莫若此文, 而三家村裡埋塵男女無由得聞, 故以通皆知之, 諺文刊布, 轉轉見聞, 箇中若有回心大發, 則是卽名爲報佛恩, 亦效於昔者申氏此經中爲國家祈福之佳跡, 有什閑工夫之責耶? 是以二人之功必不唐損, 而覽斯詮者與同參結緣, 共作龍華之衆云爾.

　壬午杪秋吉日, 龍峯謹序.

---

147 용화(龍華): 용화삼회(龍華三會). 미륵(彌勒)이 56억 7천만 년 뒤에 세상에 나타나서 용화수(龍華樹) 아래에서 도를 이루고 세 번 대중을 모아서 설법하는 것.

2) 1879년 양주(楊州) 보정사(寶晶寺) 목판본 『지장경언해』

〈지장경해석서문(地藏經解釋序文)〉 -삼각산인 환운, 1879년

수많은 법문(法文)이 낱낱의 중생으로 하여금 고해를 건너 극락으로 왕생하게 하지 않음이 없으나 이 『지장보살본원경(地藏菩薩本願經)』은 더욱이 삼도팔난(三途八難)의 모든 함령(含靈: 중생)을 해탈하도록 해주는 법문이다. 이러므로 고경화상이 특별히 언서(諺書)로 번역하여 일체의 신심이 있는 남녀에게 다 보아 광대한 이익을 얻도록 하시니, 이 광대한 공덕을 누가 찬탄하치 아니하리오. 소승 윤정은 일찍 얻지 못했던 보배를 얻어 보고 머리를 조아리며 찬탄하옵니다.

광서 5년 기묘년(1879, 고종 16) 동짓달 아무 날, 삼각산인 환운은 삼가 서문을 씁니다.

[원문] 지장경희셕셔문(地藏經解釋序文)

빅쳔(百千) 법문(法文)니 난낫치 중싱(衆生)으로 고히(苦海)을 건너 극낙(極樂)으로 왕싱(往生)케 아니허미 업스시나, 그러흐나 이 『지장보살본원경(地藏菩薩本願經)』이 더욱 삼도팔난졔함녕(三途八難諸含靈)으로 히탈(解脫)케 흐난 법문(法文)니온지라. 이러무로 고경화상이 특별리 언서(諺書)로 번역(飜譯)흐야 일톄(一切) 신심남녀(信心男女)로 다 보아 광디(廣大) 이익(利益)을 엇게케 흐오시니 이 광디(廣大)흐온 공덕(功德)을 뉘가 찬탄(讚嘆)치 아니흐오리요. 소승(小僧) 뉸뎡은 일즉 엇지 못흐온 보비을 어더보고 계슈찬탄(稽首讚嘆)흐옵나이다.

광셔오년(光緒五年) 긔묘지월일(己卯至月日), 숨각산인 환운 근셔(謹序).

염불보권문언해(念佛普勸文諺解)

1) 1704년 예천(醴泉) 용문사(龍門寺) 목판본 『염불보권문언해』

〈대미타참약초요람보권염불문서(大彌陁懺略抄要覽普勸念佛文序)〉

－명연(明衍), 1704년

상세하게 살펴건대, 도(道)는 사람에게서 멀지 않고 가르침(敎)은 의취(意趣)의 다름이 없어, 비록 만물의 형상은 각기 다르지만 신령한 깨달음의 진성(眞性)은 같으며 중생의 이름은 각기 다르지만 심성(心性)의 이치는 다르지 않습니다. 그러므로 『화엄경(華嚴經)』에 "마음과 부처와 중생, 이 세 가지는 차별이 없다."[148]고 하였습니다. 그러나 세대가 내려가고 성인이 멀어지자 도심(道心)이 마침내 은미(隱微)해졌기에 사람들은 모두 본래 갖추어진 불성(佛性)을 알지 못하고 뜬구름 같은 환신(幻身)을 아까워하여, 오도(五途)[149]에서 괴로움을 당하며 사생(四生)을 겪습니다.

　생각건대 우리 부처님 석가세존께서는 정반왕(淨飯王)의 태자로서

---

148 세 가지는 차별이 없다 : 첫째로 일념(一念)의 심체(心體)는 범인(凡人)과 성인(聖人)이 다르지 않으므로 이것을 심무차별(心無差別)이라 하고, 둘째로 제불(諸佛)이 정각(正覺)을 이루어 깨달은 불법(佛法)이 미혹 속에 있는 중생에게 갖추어진 본래 마음(本心)과 그 본체는 다르지 않으므로 이것을 불무차별(佛無差別)이라 하고, 셋째로 온 세상의 중생은 본래 마음에 갖추어진 법(法)이 부처가 깨달은 바와 그 본체는 다르지 않으므로 이것을 중생무차별(衆生無差別)이라 한다.

149 오도(五途) : 윤회의 다섯 가지 길. 즉 지옥, 아귀, 축생, 아수라, 인간.

만승(萬乘)의 보위(寶位)를 버리고서 출가하여 수도하시어 중생을 널리 구제하기를 49년 동안 하셨고, 열반하신 지 천 년 뒤에는 불법이 중국에 전파되어 대승의 가르침의 바다가 있지 아니하는 곳이 없습니다. 그러므로 고금 천하 여러 나라의 황제와 현명한 임금 및 이름난 재상과 높은 관리는 불법도 겸하여 숭상하였고, 이태백·백낙천·소동파·황산곡 같은 이는 지혜롭고 통달한 선비로서 모두 저 아미타불을 존숭하여 사모하고 찬양할 줄 알아 스스로 발원문을 지었으며, 고금의 승려와 속인 중에 이름난 사람으로서 염불하고 도를 행하여 서방정토에 돌아가 성불한 이는 전록(傳錄)에 환하게 실려 있습니다. 그러므로 극락거사(極樂居士) 왕자성(王子成)은 본래 유가(儒家)의 명재상이자 군자로서, 유가의 온갖 서적과 불가의 여러 경론(經論)을 막힘없이 알고서 대략을 뽑아 『염불참죄십삼문(念佛懺罪十三文)』[150]을 지어 여러 사람에게 염불을 널리 권하여, 모두가 다 괴로움에서 벗어나 즐거움을 얻게 되니 그 공이 적다고 할 수 없습니다.

그러나 글은 광범위하고 뜻은 깊은데도 말세의 여러 사람이 앎은 적고 의혹은 많아 막힘없이 알지 못하고, 또한 염불이 대단히 유익함을 알지 못한 채 세간의 물욕에만 집착합니다. 내가 좁은 소견으로 여러 경전의 설을 대략 뽑아서 염불문(念佛文)을 삼고, 다시 언서(諺書)로써 해석(解釋)하여 선남선녀가 쉽게 통하여 알도록 하여 잎을 따고서 뿌리를 찾아내며 조잡한 데서부터 정밀한 데로 들어가도록 하였습니다. 그러므

---

150 『염불참죄십삼문(念佛懺罪十三文)』: 원나라 왕자성(王子成)이 편찬한 『예념미타도량참법(禮念彌陀道場懺法)』이다. 아미타불을 염송하면서 극락왕생을 발원하는 참회법에 대한 설법으로, 모두 13항목으로 구성되어 있다. 조선조 염불신앙이 널리 퍼지는 데 중요한 역할을 한 문헌이다.

로 불경에 이르기를, "나무아미타불을 한 번 외는 사람은 생사의 고해를 면할 수 있고 서방의 극락으로 곧장 가게 되어 모두 불도(佛道)를 이룬다."라고 하였고, 또한 이른바 "다른 이에게 염불을 권하면 스스로 염불하지 않고서도 극락에 함께 왕생한다."고 하니, 이를 말미암아 여러 사람에게 염불을 널리 권하여 모두 서방정토로 가렵니다. 그러나 서술한바 저의 좁은 소견은 모두 명아주 잎과 콩잎처럼 변변치 못한 것들이라 배부른 사람은 먹을 만하지 않으니 양식이 떨어진 무리를 기다리며, 함부로 비루한 정성을 다하여 삼가 짧은 인문(引文)을 올립니다.

강희(康熙) 갑신년(1704, 숙종 30) 봄, 경상좌도(慶尙左道) 예천(醴泉) 용문사(龍門寺)에서 청허(淸虛: 서산대사)의 후예 명연(明衍)이 모으다.

[원문] 大彌陁懺略抄要覽普勸念佛文序

詳夫道不遠人, 教無異致, 雖萬物之形各異, 而靈覺之性斯同, 衆生之名各殊, 而心性之理不異, 故『華嚴經』云: "心·佛及衆生, 是三無差別也." 然而世降聖遠, 道心逾微, 故人皆不知本有之佛性, 愛惜浮雲之幻身, 困五途而歷四生. 肆唯我佛世尊, 以淨飯王之太子, 捨萬乘之寶位, 出家修道, 普濟衆生, 四十有九年, 佛滅千載, 泫播中夏, 大乘教海, 無處不有. 故古今天下諸國大帝明王及名相尊官, 兼崇佛泫, 如太白·樂天·東坡·山谷有智達士, 而皆知尊向讚彼陁佛, 自作願文, 古今緇素名人, 念佛行道, 已歸西方而成佛者, 昭載傳錄. 故極樂居士王子成, 本儒家名相君子也, 儒之百家之書·佛之諸經之論, 通知撮略, 作『念佛懺罪十三文』, 普勸諸人念佛, 咸皆離苦得樂, 其功莫少也.

然文廣意深, 末世諸人, 少知多疑, 不能通知, 亦不知念佛之大有益, 貪着世間之物慾也. 我以管見, 略抄諸經之說, 以爲念佛之文, 且以諺書解

釋, 使善男善女易通易知, 摘葉尋根, 由粗入精, 故經云"一念南無阿彌陁
佛者, 能免生死之苦海, 直往西方之極樂, 皆成佛道", 亦所謂"勸他念佛,
則自不念佛, 而同生極樂", 由是普勸諸人念佛, 咸歸西方淨土. 然所述管
見, 皆是藜藿之類, 飽人不堪食, 以俟絶陳之流, 敢竭鄙誠, 恭頌短引.

康熙[151]甲申春, 慶尙左道醴泉龍門寺, 淸虛後裔明衍集.

---

151 康熙 : 두 글자는 영남대 소장 1765년 홍률사 간행 목판본에는 없으나, 서강대 소장
1776년 해인사 간행 목판본에 추가되었다.

불설천지팔양신주경(佛說天地八陽神呪經)

1) 1795년 양주(楊州) 불암사(佛巖寺) 목판본 『불설천지팔양신주경』

〈후지(後識)〉 -찬자 미상, 1795년

지금『대승무량수장엄경(大乘無量壽莊嚴經)』[152], 『안택신주경(安宅神呪經)』[153], 『증정경신록(增訂敬信錄)』[154]과 여러 다라니경(陀羅尼經)에서 초략한『진언요초(眞言要抄)』[155], 이 4종은 애초에 판본이 없었기에 비

---

[152] 『대승무량수장엄경(大乘無量壽莊嚴經)』: 『불설대승무량수장엄경(佛說大乘無量壽莊嚴經)』의 약칭. 송대(宋代) 인도 출신 학승 법현(法賢)이 번역하였다. 세상에 아미타불이 나타나게 된 사인과 극락세계의 장엄을 설명하고 세상 사람들을 다 구제하려는 아미타불의 염원이 대승불교의 정신이라는 것을 설법하는 내용이다. 이역본(異譯本)으로는 위(魏)의 역승 강승개(康僧鎧)가 번역한『불설무량수경(佛說無量壽經)』이 있다.

[153] 『안택신주경(安宅神呪經)』: 『불설안택신주경(佛說安宅神呪經)』의 약칭. 집안을 편안하게 하는 신기한 진언에 대해 설법하는 내용이다. 안택은 대개 정월과 시월에 집안에 탈이 없고 풍년이 들도록 기원하여 조왕·터주·성주·삼신 등 가신(家神)에게 지내는 굿을 이르며, 안택굿의 독경 절차에서 이 경을 독송하였다.

[154] 『증정경신록(增訂敬信錄)』: 민간도교(民間道敎)의 여러 경전과 선서(善書)를 찬집(纂輯)한 책. 청(淸) 주정신(周鼎臣)이 찬집하여 1749년에 초판본이 간행되었으며, 이후로 증정(增訂)과 중각(重刻)을 거듭하며 중국 전역에 널리 퍼져 10종 이상의 계열이 파생될 정도로 널리 읽힌 도교 경전이다. 조선에서는 1795년 불암사(佛巖寺)에서 지형(智瑩)의 주도로 청에서 유입된 중각본을 저본으로 삼아 간행되었고, 이듬해 언해본『경신록언석(敬信錄諺釋)』도 간행되었다.

[155] 『진언요초(眞言要抄)』: 여러 다라니경에 나오는 진언(眞言: 陀羅尼)을 한자로 음역(音譯)하고, 여기에 한글음역을 덧붙인 내용이다.

로소 새기게 된 것들이다. 『팔양경(八陽經)』, 『은중경(恩重經)』[156], 『고왕경(高王經)』[157], 『조왕경(竈王經)』[158], 『환희조왕경(歡喜竈王經)』[159], 『명당신경(明堂神經)』[160], 이 6종은 원래 간행한 판이 있었으나 세월이 오래되어 닳고 이지러졌기에 판본을 거듭 새긴 것이다. 『육도가다경(六道伽陀經)』[161]과 여러 경전 가운데서 뽑아내 언문으로 번역한 〈전설인과곡(奠說因果曲)〉[162]과 이와 아울러 『지경영험전(持經靈驗傳)』[163] 언역본

---

156 『은중경(恩重經)』: 『불설대보부모은중경(佛說大報父母恩重經)』의 약칭. 흔히 『부모은중경』으로 불리며, 요진(姚秦)의 구마라즙(鳩摩羅什)이 번역하였다고 한다. 부모의 은혜가 한량없이 크고 깊음을 십대은(十大恩)으로 나누어 설파하는 내용이다. 위경(僞經)으로 평가된다. 언해본으로는 1553년(명종 8) 경기도 장단 화장사(華藏寺) 간행본이 최초로 알려졌는데, 사진만 남아 있고 실물은 확인할 수 없다. 현존하는 언해본은 1563년 전라도 송광사 간행본이 최고이며, 이밖에 10여 종의 이본이 전한다.

157 『고왕경(高王經)』: 『불설고왕관세음경(佛說高王觀世音經)』의 약칭. 정광비밀불에서 아미타불에 이르는 31부처와 나마대명관세음에서 화승보살에 이르는 12보살의 이름을 기재해 두고 이를 부르도록 하는 관음신앙서(觀音信仰書)이다. 동위(東魏) 천평(天平) 연간(534~537)에 한 사형수가 이 경전을 1천 번 외우고 사형을 면하였다는 전설과 함께 한문 필사본으로 유포되었다고 한다. 위경(僞經)으로 평가된다.

158 『조왕경(竈王經)』: 『불설조왕경(佛說竈王經)』의 약칭. 조왕신의 공덕을 찬양하는 내용이며, 7언 한자구로 되어 있다.

159 『환희조왕경(歡喜竈王經)』: 『불설환희조왕경(佛說歡喜竈王經)』의 약칭. '조왕환희경(竈王歡喜經)'이라고도 한다. 『불설조왕경』과 같이 7언 한자구로 조왕신의 공덕을 찬양하는 내용을 기록하였다. 안택(安宅) 또는 병굿이나 신굿을 할 때 첫날 첫째 석〔第一席〕을 부엌에서 하는데, 이 중 조왕굿을 하는 절차에서 읽는다.

160 『명당신경(明堂神經)』: 『불설명당신경(佛說明堂神經)』의 약칭. 역시 7언 한자구로 기록되었으며, 천신(天神)과 지신(地神)을 비롯하여 오방신(五方神), 칠성신(七星神) 등 여러 신에게 수명과 복덕을 빌고 재액을 소멸해 줄 것을 기원하는 내용이다. 각종 굿이나 축원에서 많이 독송되었다.

161 『육도가다경(六道伽陀經)』: 송(宋) 법천(法天)이 번역한 경전으로, 육도상(六道相)의 게송을 설파하였다.

162 〈전설인과곡(奠說因果曲)〉: 지형(智瑩)이 『육도가다경(六道伽陀經)』을 비롯한 여러 경전에서 인과(因果)에 관한 내용을 뽑아 지은 한글 불교가사.

(諺譯本)과 〈권선곡(勸禪曲)〉[164], 〈참선곡(參禪曲)〉[165], 〈수선곡(修善曲)〉[166]도 넣어 판각하였다.

그리하여 『장엄경(莊嚴經)』·『진언요초(眞言要抄)』·『은중경(恩重經)』·『고왕경(高王經)』을 합하여 한 책으로 만들고, 『경신록(敬信錄)』상·하편을 합하여 한 책으로 만들고, 『팔양경』·『안택경』·『조왕경』·『명당경』 등을 합하여 한 책으로 만들고, 『영험전』·〈인과곡〉·〈권선곡〉·〈참선곡〉·〈수선곡〉 등을 합하여 한 책으로 만들었다.

생각건대, 여러 종류의 경전을 발원하여 간행한 것은 실로 여러 귀천, 남녀, 노소, 승려와 도사 등에게 널리 권하여 각자 복전(福田)에 씨를 뿌려, 살아서는 안태(安泰)를 누리다가 죽어서는 극락왕생하게 하기 위함이라.

[원문] 今玆『大乘無量壽莊嚴經』·『安宅神呪經』·『增訂敬信錄』, 及抄諸陀羅尼經, 名曰『眞言要抄』, 此四種初無板本, 而始克剞劂者也. 『八陽經』·『恩重經』·『高王經』·『竈王經』·『歡喜竈王經』·『明堂神經』, 此六種原

---

163 『지경영험전(持經靈驗傳)』: 『금강경(金剛經)』을 외운 공덕으로 환생하거나 천상락(天上樂)을 받은 일화 19편을 한글로 번역한 것. 〈후지〉에는 〈인과곡〉, 〈권선곡〉, 〈참선곡〉, 〈수선곡〉과 합본되어 있다고 하였으나, 〈관세음보살지송영험전(觀世音菩薩持誦靈驗傳)〉, 〈수선곡(修善曲)〉과 합본되어 『금강영험전(金剛靈驗傳)』이라는 표제로 된 책만 전한다.

164 〈권선곡(勸禪曲)〉: 지형이 지은 연작 한글 불교가사로, 불법을 믿고 선업을 짓는데 힘쓰기를 권면하는 내용이다.

165 〈참선곡(參禪曲)〉: 지형이 신도들의 불심을 고취시키기 위해 지은 한글 불교가사. 선수행의 필요성과 방법 및 가치를 언급한 내용으로 여겨진다.

166 〈수선곡(修善曲)〉: 지형이 『여래장경(如來藏經)』에서 내용을 뽑아 사람들에게 선심적덕을 갖추어 행하여 생사이별과 우환이 없는 부동국(不動國)에 태어나도록 권면하는 주제로 지은 한글 불교가사.

有刊板, 而歲久刓剝, 故重爲鋟梓者也. 『六道伽陀經』與諸經中抄出諺譯,
名曰『奠說因果曲』, 并『持經靈驗傳』諺譯及『勸禪曲』·『參禪曲』·『修善
曲』亦爲入刊, 而『莊嚴經』·『眞言要抄』·『恩重經』·『高王經』合爲一冊,
『敬信錄』上·下編合爲一冊, 『八陽』·『安宅』·『竈王』·『明堂』等經合
爲一冊, 『靈驗傳』·〈因果〉·〈勸禪〉·〈參禪〉·〈修善〉等曲合爲一冊焉.
竊念諸種經卷, 發願刊行者, 宣爲普勸諸貴賤·男女·老少·僧道, 各種
福田, 生享安泰, 死往極樂云爾.

불설아미타경(佛說阿彌陀經)

1) 1905년 일연사(日蓮社) 목판본 『불설아미타경』

〈언역본의(諺譯本義)〉 -찬자 미상, 1905년

불법(佛法)이 동토(東土)에 유통된 뒤로 신심을 일으켜 극진하게 염불하여 극락정토(極樂淨土)에 왕생(往生)한 사람이 대대로 끊이지 않았다. 그 사적이 환하게 기록되어 전하였으니 진실로 후세 사람이 믿어본받을 것이다. 그렇지만 간혹 문사(文辭)가 부족하여 전하는 사적을 제대로 보지 못하여 그 기쁘고 즐거운 일이 있는 줄을 알지 못하고 공연히 일생을 지내니 어찌 아깝지 않겠는가.

　대저 한문은 여러 해를 공부한 뒤에야 통하거니와 국문은 배우기 쉬운지라 부인과 아이라도 아는 이가 많은 까닭에 『미타경(彌陀經)』과 옛사람의 『왕생기(往生記)』[167]를 국문으로 번역하여 유포하니, 전에 알지못했던 사람은 처음으로 보고 들으면 반드시 마음으로 기뻐하여 옛 사람과 같이 수행할 사람이 많을 것이다. 또한 공부하는 법이 가장 쉬우니오직 일심으로 극락에 태어나기를 원하고 밤낮으로 아미타불을 염불하면 극락에 왕생하지 않을 사람이 없을 것이니 어찌 기쁘고 즐겁지 않겠는가. 바라는 것은, 세상 사람들과 함께 모두 극락국(極樂國)에 태어나

---

167 『왕생기(往生記)』: 『정토왕생기(淨土往生記)』의 약칭. 중국인들이 불교를 믿고서
　겪은 영험한 경험담을 모았다.

기를 원하노라.

[원문] 언역본의(諺譯本義)

불법(佛法)이 동토(東土)에 통(通)호 후(後)로 신심(信心)을 발(發)호
야 극진(極盡)이 념불(念佛)호야 정토(淨土)에 왕성(往生)호 지(者) 디
디(代代)로 쯘이지 으니호야 그 스젹(事跡)이 쇼연(昭然)이 긔록(記錄)
호야 젼(傳)호얏스니, 진실(眞實)노 후셰(後世) 스롬이 밋어 본바들 것
이라. 그러호느 혹(或) 문스(文辭)ㅣ 부죡(不足)호야 젼(傳)호는 스젹
(事跡)을 능(能)히 보지 못호야 그 경쾌(慶快)호 일 잇슴을 알지 못호고
공연(空然)이 일싱(一生)을 지니니 엇지 앗갑지 으니리오.

  대져(大抵) 한문(漢文)은 다년(多年) 공부(工夫)호 후(後)에야 통
(通)호거니와 국문(國文)은 비우기 쉬운지라 부인(婦人)과 으희(兒孩)
라도 아는 지(者) 만은 고(故)로 『미타경(彌陀經)』과 고인(古人) 『왕싱
긔(往生記)』롤 국문(國文)으로 번역(飜譯)호야 류포(流布)호노니, 젼
(前)에 알지 못호든 지(者) 쳐음으로 보고 드르면 반드시 무음이 환희
(歡喜)호야 고인(古人)과 굿치 슈힝(修行)홀 지(者) 만을 것이오, 쏘호
공부(工夫)호는 법(法)이 가쟝 쉬우니 다믄 일심(一心)으로 극락(極樂)
에 나기롤 원(願)호고 쥬야(晝夜)로 아미타불(阿彌陀佛)을 념(念)호면
왕싱(往生)치 으니홀 지(者) 업스리니 엇지 경쾌(慶快)치 으니리오. 바
라는 바는 셰상(世上) 스롬과 한가지로 다 극락국(極樂國)에 나기롤 원
(願)호노라.

2
도교

음부경해(陰符經解)

1) 1630년경 판본 미상 『음부경주해(陰符經註解)』

〈음부경해서(陰符經解序)〉 -장유(張維), 1630년경, 『계곡집』 권7

예전에 우리 부자(夫子: 공자)께서 가르침을 베풀어 평소 하던 말씀은 『시경(詩經)』·『서경(書經)』과 예를 지키는 일이었고, 성(性)과 천도(天道)의 묘리에 대해서는 비록 뛰어난 제자라도 말씀을 듣기가 어려웠다.[1] 『논어』와 『예기』 등의 책을 보아도 거의 찾을 수가 없어 겨우 이런 내용이 약간 있는 정도이다. 오직 『주역(周易)』「대전(大傳: 繫辭傳)」만은 부자께서 자신이 온축(蘊蓄)한 정수(精粹)를 스스로 드러내었기에 성명(性命)의 이치에 대해 가장 자세히 언급하였고, 정자(程子)와 주자(朱子)를 비롯한 여러 유자(儒者)들의 고매한 논의도 여기에서 얻은 바가 많다. 공자가 세상을 떠나자 제자서(諸子書)가 출현하였는데 오직 노자(老子)와 장주(莊周)만이 도(道)와 덕(德)의 깊은 뜻을 밝혀 그 말이 때로 『주역』의 계사(繫辭)와 부합하는 것이 있는 듯하다. 하지만 그 대체는 허무(虛無)를 종지로 삼아 그 귀결점을 살펴보면 근사하지만 실제와는 거리가 멀고, 그 나머지 백가(百家)의 설 가운데에서 도에 가까

---

1 예전에……어려웠다 : 『논어』의 「술이(述而)」와 「공야장(公冶長)」에 각각 "선생님의 평소 말씀은 『시경』·『서경』과 예를 행하는 것이니 이 모두가 평소하시는 말씀이다.〔子所雅言, 詩書執禮, 皆雅言也.〕"와 "부자의 성과 천도에 대한 말씀은 들어 보기가 어렵다.〔夫子之言性與天道, 不可得而聞也.〕"라는 내용이 보인다.

운 말을 한 마디라도 찾아보아도 또한 얻을 수가 없다.

『음부경(陰符經)』²은 어느 시대 사람이 지은 것인지 모르겠으나 당(唐)나라 이전(李筌)³이 처음 세상에 전하면서 스스로가 여산(驪山)의 석실(石室)에서 얻었다고 말하였다. 그래서 도가(道家)의 유파에서는 그 책을 존숭하고 과장하여 '황제(黃帝)가 광성자(廣成子)로부터 받았다.'⁴라거나 혹은 '황제가 풍후(風侯)·옥녀(玉女)와 의논해 저술한 것이다.'라고 하니, 그 말이 황당하고 괴이하여 불경스럽다. 오직 정자(程子)가 일찍이 "『노자』는 너무도 잡스러운데『음부경』 같은 경우는 그렇지 않다. 하지만 모두 천도(天道)를 엿보아 살핀 점에서는 미진하다."라고 하였고, 또 "상(商)나라 말엽이 아니라면 주(周)나라 말엽의 책이다."라고 말하였다. 소자(邵子)⁵도 "『소문(素問: 황제내경)』과『음부경』은 전국시대(戰國時代)의 책이다."라고 하였고, 주자 또한 일찍이 솜씨를 발휘한 적이 있으니⁶ 대개 취할 점이 있었던 것이다.

———

2　『음부경(陰符經)』: 도가와 병가의 요소가 혼재된 책으로 황제(黃帝)가 저술하고 범려(范蠡), 귀곡자(鬼谷子), 장량(張良), 제갈량(諸葛亮), 이전(李筌) 등이 주석을 달았다고 한다. 현재는 위작(僞作)으로 여겨진다.

3　이전(李筌): 당(唐)나라 사람으로, 장략(將略)이 있어『태백음경(太白陰經)』이라는 병서(兵書)를 지었으며, 형남 절도부사(荊南節度副使)와 선주 자사(仙州刺史) 등을 역임한 뒤, 신선술을 좋아하여 산에 들어가서 생을 마쳤다고 한다. 전설에 의하면 그가 숭산(嵩山)에서『음부경』을 얻어 수천 번을 읽어도 뜻을 이해하지 못하다가 여산(驪山)에서 노모(老母) 한 사람을 만나 뜻을 통달하게 되었다고 한다.

4　황제(黃帝)가……받았다: 황제는 중국 고대의 태평성세를 이끌었다는 전설상의 인물로 그가 공동산(崆峒山)의 석실에서 은거했다는 신선인 광성자에게 도를 닦았다는 고사가 있다.

5　소자(邵子): 중국 송나라의 소옹(邵雍, 1011~1077)을 높여 부른 말이다. 시호는 강절(康節)이고 북경 사람이다. 도학(道學)의 계통에서 주요한 인물이며 수리철학(數理哲學)을 창시했다.

6　주자……있으니: 주자가 여러 가지『음부경』을 교감하여『음부경고이(陰符經考異)』

내가 이 책을 살펴보니 문사(文辭)의 심오함과 박통함이『노자』와『장자』에 비해 한참이나 모자랐다. 하지만 천지와 음양의 이치에 대한 논의는『주역』「대전(大傳)」에서 논한 태극(太極)과 양의(兩儀)의 뜻에 꽤나 부합하며, 성(性)과 심(心)에 대한 언급과 학술에 대한 요점이 유가(儒家)의 가르침에 어긋나지 않는 경우가 자주 있다. 다만 중간에 간혹 어긋나고 천박한 말이 마치 후대 수련가들의 설법과 비슷한 것은 순수하지 못하기 때문이다. 가만히 생각건대 이는 분명 전국시대에 은둔한 군자 가운데 성(性)과 천도에 대해 식견을 지닌 사람이 지은 것이 아닌가 한다. 다만 그 학문이 반드시 온전하고 순수하지 않았기 때문에 그 책에도 하자가 있었던 것이다. 그러나 제자백가의 말 가운데 찾아보아도 이 정도 수준의 책은 없다. 선진시대(先秦時代)의 여러 서적이 대부분 흩어져 없어져 전하지 않는 데다 이 책이 가장 늦게 나와 안타깝게도 이전(李筌)이 얻어 전하고 도가의 부류가 견강부회하였기 때문에 사람들이 함부로 이단시하여 그 뜻을 드러낸 사람이 없었던 것이다. 예전에 정자, 소자(邵子), 주자와 같은 여러 현인들의 논설이 없었다면 이 책은 장차 알아주는 사람도 없이 드러나지 못하였을 것이다.

『음부경』의 주해서(註解書)가 매우 많지만 내가 살펴 본 한두 책은 모두 노자와 장자의 말을 섞어놓아 본지를 밝히지 못한 채 오히려 더욱 해를 끼치고 있다. 지난 정미(1607)·무신(1608) 연간 내가 약관(弱冠)일 적에 이 책을 얻어 읽어보고는 기뻐서 문장마다 마음대로 나의 의견으로 해설을 붙여 두고는 버려둔 채 살피지 않은 지가 지금 20여 년이 되었다. 지난 해 겨울 내가 병이 들어 4개 월 동안 위독했다가 조금 나아

를 저술한 일을 말한다. 주자가 여기서『음부경』을 긍정적으로 평가하면서 유가(儒家)에서 이 책을 중시하기 시작하였다.

져 무료하게 지내면서 우연히 옛 책 상자를 들춰보다 이『음부경해(陰符經解)』를 발견해 살펴보니 나도 모르게 마음에 흡족한 점이 있어 병석의 여가에 조금 수정을 더해 완성하고 그 대략을 서술한다. 이 책은 제자서(諸子書)에나 해당되지 경서(經書)가 아닌데도 '경'이라 부르는 이유는 이전(李筌)과 같은 무리가 망령되이 덧붙여 두었을 뿐인데 이미 시간이 오래되어 구습을 따라 고치지 않은 듯하다.

[원문] 陰符經解序

昔吾夫子設敎, 所雅言者, 『詩』·『書』執禮, 而性與天道之妙, 雖高第弟子, 希得聞焉. 其見於『論語』·『禮記』諸書者, 蓋絶無而僅有矣. 唯『易』「大傳」, 是夫子自著其精蘊, 故於性命之理最詳言之, 濂洛諸儒上達之論, 多得之於此. 孔子旣歿, 而諸子之書出焉, 唯老子·莊周明道德之趣, 其言時與『易』繫若有相契者. 然其大致以虛無爲宗, 考其歸則似近而實遠, 其餘百家之說, 求一言之近道者, 亦不可得矣.

『陰符經』者, 不知何代人所作, 唐李筌始傳之, 自言得之於驪山石室中. 道家者流尊其書而夸大之, 以爲黃帝所受於廣成子, 或云黃帝與風后·玉女所論著, 其言荒怪不經. 唯程子嘗稱『老子』甚雜, 如『陰符經』却不雜, 然皆窺測天道之未盡者.' 又曰: "非商末則周末." 邵子亦云『素問』·『陰符』七國時書也.' 朱子亦嘗爲之發揮, 蓋有取爾也.

以余觀此書, 其文辭之深博, 不及『老』·『莊』遠甚. 然其所論天地陰陽之理, 頗與「大傳」太極·兩儀之旨相符合, 至其言性言心及學術之要, 往往不悖於洙泗之敎. 獨其中時有舛駁語, 如後世修鍊家說, 所以未能醇也. 竊意此必戰國之際, 隱淪君子有聞於性與天道者之所爲也. 顧其學未必盡醇, 故其書不能無疵. 然求之諸子家言, 則未有若此者矣. 先秦諸書, 故多散軼不傳, 此書最晚出而不幸爲李筌所得, 道家者流所傅會, 故人猥以異端視之, 莫有爲之表章者. 向無程邵朱諸賢之論說, 斯書也其將闇沒而莫之白乎.

註解者甚衆, 余所覿一二家, 皆以二氏之說亂之, 不足以發明, 祇益爲病. 往在丁未戊申間, 余方弱冠, 始得此書, 讀而悅之, 妄以意見, 隨語箋解, 因置之不省者, 于今二紀餘矣. 前年冬, 余被疾幾殆者四閱月, 旣少瘳, 索居無憀, 偶檢故書簏, 得此解閱之, 不覺犁然有會心者, 迺於呻吟之暇, 稍加修潤, 旣成而敍其大略. 此書子也, 非經也, 其稱經者, 恐是李筌之徒所妄加耳, 以其沿襲已久, 因舊不改云.

〈계곡장공음부경주해서(谿谷張公陰符經註解序)〉 –이식(李植), 시기 미상, 『택당집』 권9

고금의 전주가(箋註家)들은 대부분 주해(註解)를 만드는 일에만 충실하여 이단(異端)을 공격할 때면 묵가(墨家)의 말을 끌어다가 유가(儒家)에 붙이고, 변론에 힘쓸 적에는 영서연설(郢書燕說)[7]을 하고는 한다. 요컨대 이 모든 주해는 작자에게 도움이 되지 않을 뿐만 아니라 유가의 도를 스스로 해치는 것이다. 나는 예전에 주자(朱子)의 글을 열람하다가 괄창(括蒼) 여구씨(閭丘氏)가 『음부경』을 해석한 책에 대한 발문(跋文)을 보았는데 여구씨가 이단의 학설에 현혹되지 않고 바른 의리로 절

7　영서연설(郢書燕說) : 문장의 의미를 곡해하여 와전시킨다는 의미이다. 영(郢) 지역 사람이 연(燕)나라 재상에게 국서(國書)를 작성해 보내다가 주변 사람에게 '촛불을 켜라〔擧燭〕'고 말하자 아무런 관계도 없는 이 말이 실수로 적혔는데, 이를 받은 연나라에서는 '거촉(擧燭)'을 인재를 등용하라는 의미로 해석해 나라가 잘 다스려졌다는 내용이 『한비자(韓非子)』에 보인다.

충하였음을 칭찬하였으니,[8] 주자가 주해에 대해 인정한 뜻이 대개 이와 같았다.

지금 계곡(谿谷) 장 학사(張學士: 장유)가 이 책에 주해한 것을 보니 심오한 의미와 어려운 말을 남김없이 풀이하였고, 다르거나 같은 견해 가운데 사소한 부분에 대해서도 반드시 신중을 기하였으니 이 책 또한 주자가 인정할 것이다. 여구씨의 해석이 세상에 전하지 않기에 학자들이 『음부경』을 읽고자 한다면 장유의 이 주해서만 보아도 충분할 것이다.

어떤 사람은 『음부경』이 이전(李筌)에게서 나왔기 때문에 이전이 지은 것이 아닌지 의심하지만, 왕엄주(王弇州)가 쓴 발문(跋文) 가운데 '내가 우·저(虞褚)의 석본(石本)을 직접 보았다.'[9]고 하였으니, 어쩌면 당나라 이전에 이미 이 책이 있었던 것은 아닌지. 이를 아울러 기록해 두어 훗날의 고찰에 대비하고자 한다.

[원문] 谿谷張公陰符經註解序

古今箋註家, 率忠於所爲註者, 而攻乎異端, 則援墨而附儒; 騖於詞辯, 則郢書而燕說. 要皆無補於作者而道自弊矣. 余嘗閱朱夫子書, 有括蒼閒丘

---

8 주자(朱子)의⋯⋯칭찬하였으니 : 괄창은 중국 절강성(浙江省)의 산 이름이며, 주자의 발문은 『주자대전(朱子大全)』 권82에 「발여구생음부경설(跋呂丘生陰符經說)」로 "이단의 학설을 참고하면서 의리의 바름으로 절충하였다.〔出入乎異端之說而能折衷以義理之正〕"는 말이 있다.

9 왕엄주가⋯⋯보았다 : 왕엄주(王弇州)는 명나라 왕세정(王世貞, 1526~1590)으로 엄주는 그의 호이다. 젊어서부터 문장으로 명성이 높아 가정칠재자(嘉靖七才子)의 한 사람으로 인정받아 명대 후기 시단을 주도하였다. 발문은 「저등선음부경발(褚登善陰符經跋)」로 『음부경』은 예전엔 없었으나 당나라 초기 저하남(褚河南)이 전후로 명을 받아 170권을 썼으며 지금 석각으로 남아있는 것이다.〔陰符經古未有, 自唐初褚河南先後奉命書百七十卷, 今石刻存者.〕라는 말이 있다. 우·저(虞褚)는 당나라의 서예가인 우세남(虞世南, 558~638)과 저수량(褚遂良, 596~658)을 병칭하는 말이다.

氏陰符經解題跋, 而稱其能不惑於異端之說而折衷以義理之正, 則其所取
之意蓋如此.

今觀谿谷張學士註解是書, 奧義艱辭, 剖析無遺, 而其於異同之際, 毫
釐必謹, 是亦朱夫子所取者歟! 閭丘氏解世不傳, 學者欲讀是書, 觀此註
足矣. 或以是書出於李筌, 疑筌自作, 然王弇州跋語云'親見有虞褚石本',
則豈唐以前, 已有此書否耶? 仍竝記之, 以備後考.

경신록언석(敬信錄諺釋)

1) 1796년 목판본 『경신록언석』

〈발문(跋文)〉 —무운신사 지형(智瑩), 1796년

『경신록(敬信錄)』이라는 이름은 어째서 일컬어진 것인가. 착한 일을 권장하고 악한 일을 징계하는 말씀과 일을 기록한 책이므로 공경하고 믿으라 한 것이다. 성현(聖賢)과 선불(仙佛)께서 사람과 사물을 제도(濟度)하시는 권계(勸戒)와 천지와 귀신이 선악에 보응하는 영험(靈驗)이 밝게 나열되어 실렸으니, 어찌 공경하지 않을 수 있으며 어찌 믿지 않을 수 있겠는가. 공경하므로 정성으로 받드는 것이며 믿으므로 즐겨 좇는 것이다. 이렇기에 중국 사람은 이 책을 경신(敬信)하여 건륭(乾隆) 기사년(1749, 영조 25)에 만들어 신축년(1781, 정조 5)까지 삼십여 년 사이에 열한 차례를 새겼으니 그 경신하는 자가 많고 여러 벌 찍어냈으니 목판이 쉬 닳았을 줄을 알만하다.

다행히 책이 우리 동국(東國)에 흘러들어온 것이 있어 얻어 보니 사람을 권계하여 세상을 구제하심이 지성측달(至誠惻怛)하여 인륜의 당연한 도리로 인도하므로 선악의 과보(果報)가 진절명백(眞切明白)하다. 그러니 그 공경하고 믿을 바가 실로 털끝만큼도 의심할 것이 없기 때문에 널리 전포(傳布)하지 못함이 아쉽고 안타까운지라.

이 때문에 뜻을 같이하는 사람 약간을 얻어서 발원하고 힘을 합하여 진자(眞字: 한자) 판본을 개간(開刊)하여 1부 경전을 만들었는데, 식자

(識者)가 보고 탄식하며 "이 또한 옅은 공덕이 아니다. 하지만 진자는 배움 있는 장부들은 보면 알아 봉행(奉行)하기 쉽거니와 여자와 무식한 천류(賤流)들은 비록 가르쳐 이를지라도 자신의 안목으로 보는 것만 못하니, 언서(諺書)로 해석하여 판에 새겨 뒷사람에게 널리 권하면 어찌 즐겁지 않겠는가." 하거늘, 이 말씀이 정말 옳은지라. 드디어 신녀(信女) 한 분의 재물 백여 금(金)으로써 개간할 때 모두 다 새길 힘이 없어 그 중에 더 긴절(緊切)한 것을 뽑고, 또 『단계적(丹桂籍)』이라는 책을 추후에 얻어 보니 좋은 말씀이 많지만 힘이 마음에 미치지 못하여 판본을 내지 못하므로 그 중 두 조목을 뽑아 이 책 끝에 붙여 한 권을 만드니, 청하여 신자는 언석(諺釋)하도록 하고 중은 교정하고 잘 쓰게 하여 이름을 『경신록언석(敬信錄諺釋)』이라 하는지라. 이에 진문(眞文: 한문)과 언문(諺文) 두 본으로 만세의 보벌(寶筏)[10]을 전하오니 착한 일의 공덕으로 복수(福壽)를 누리며 악한 일의 죄과로 앙화(殃禍)를 받는 규도(規度)가 환하게 밝은지라. 부질없는 소설을 보아서 아까운 날을 허송하느니 신심에 유익할 글을 보아 복을 짓고 재앙을 없애는 일이 어찌 다행스럽지 아니하리오. 바라건대 귀천을 막론하고 집집마다 이 책을 한 벌씩 반드시 공봉(供奉)하여 두고 때때로 보며 읽어 권계하시는 말씀을 경신(敬信)하여 봉행하면, 자연히 일가가 화길(和吉)하여 복수를 안향(安享)하고 살아서나 죽은 뒤나 쾌락이 무궁하며 자자손손 다함없는 복종(福種)을 먼 미래에 전하리니, 어찌 쾌하지 않을 것이며 어찌 즐겁지 않겠습니까.

「태미선군수훈(太微仙君垂訓)」에 이르시기를, "만일 착한 글로써 한

---

10 보벌(寶筏) : 뗏목이 바다를 건네주듯 중생이 고해를 건너도록 해주는 귀중한 책. 즉 경전을 이른다.

사람에게 전하는 것은 십선(十善)에 해당하고, 열 사람에게 전하는 것은 백선(百善)에 해당하고, 대부귀(大富貴)나 대호걸(大豪傑)에게 전하는 것은 천선(千善)에 해당하고, 널리 전포(傳布)하여 무궁하게 하고 거듭 새겨 썩지 않게 하는 것은 만만선(萬萬善)이다." 하였습니다. 이런 까닭으로 당판(唐板) 『경신록(敬信錄)』 신축본(辛丑本) 끝에 인송(印送)한 사람을 기록한 것을 보니, 십여 부로부터 수십 부 수백 부, 천 부를 지은 사람이 많으며 강남 삼외 당호【성자(姓字)만 썼더라】는 만 부를 인쇄하게 하여 전포하였으니 재물이 있기도 하였으려니와 선심(善心)이 몹시 거룩한지라. 다시 바라건대 마음이 있는 분들은 힘닿는 대로 인출(印出)하야 세상에 전포하여 남녀노소 귀인천인 등으로 하여금 선한 일은 흥기(興起)하여 힘써 닦으며 악업은 징계하여 고쳐서 하지 말아서, 각각 복전(福田)을 심어 성세풍화(聖世風化) 가운데서 마찬가지로 태평을 편안히 누리도록 하옵소서.

병진년(1796, 정조 20) 중추에 법성산(法性山) 무심객(無心客) 무운신사 지형(智瑩)은 손을 씻고 삼가 적는다.

[원문] 『경신록(敬信錄)』이라 홈은 엇지 닐음고. 착호 일을 권쟝(勸奬)ᄒ옵고 사오나온 일을 징계(懲戒)ᄒ옵ᄂᆞᆫ 말ᄉᆞᆷ과 일을 긔록(記錄)ᄒᆫ 칙(冊)이오매 공경(恭敬)ᄒ고 미드라 ᄒᆞ미니, 셩현션불(聖賢仙佛)의 인믈(人物) 졔도(濟度)ᄒ옵ᄂᆞᆫ 권계(勸戒)와 텬디귀신(天地鬼神)의 션악(善惡) 보응(報應)ᄒ옵ᄂᆞᆫ 령험(靈驗)이 쇼쇼(昭昭)히 벌어 실녀시니, 엇지 가(可)히 공경(恭敬)치 아니ᄒ며 엇지 가히 밋지 아니ᄒ리오. 공경(恭敬)ᄒᆫ 즉(則) 졍셩(精誠)으로 밧들며 미든 즉(則) 즐겨 좃츨지라. 이러므로써 즁국(中國)사롬은 이 칙(冊)을 경신(敬信)ᄒ와 건륭(乾隆) 긔ᄉ(己巳)로 지어 신축(辛丑)이 삼십여 년 지간(三十餘年之間)의 십일

초(十一次)롤 삭여시니, 그 경신(敬信)ᄒᆞᄂᆞᆫ 쟤(者) 만코 여러 벌 박이매 판본(板本)이 쉬히 만환(漫渙)ᄒᆞᆷ을 가(可)히 알지라.

다ᄒᆡᆼ(多幸)이 칙(冊)이 아동(我東)에 류리(流來)ᄒᆞᆫ 거시 이셔 어더 보온 즉(則) 사ᄅᆞᆷ을 권계(勸戒)ᄒᆞ여 셰샹(世上)을 구졔(救濟)ᄒᆞ시미 지셩측달(至誠惻怛)ᄒᆞ와 인륜(人倫)의 당연(當然)ᄒᆞᆫ 도리(道理)로 인도(引導)ᄒᆞ오매 션악(善惡)의 과뵈(果報) 진졀명빅(眞切明白)ᄒᆞ오니 그 경(敬)ᄒᆞ고 신(信)ᄒᆞ올 배 실노 일호(一毫) 의심(疑心)이 업ᄉᆞ올 시 널니 젼포(傳布)치 못ᄒᆞᆷ이 통셕(痛惜)ᄒᆞᆫ지라.

인(因)ᄒᆞ여 동지쟈(同志者) 약간(若干) 인(人)을 어더 발원합력(發願合力)ᄒᆞ와 진ᄌᆞ(眞字) 판본(板本)을 기간(開刊)ᄒᆞ여 일 부(一部) 경뎐(經傳)이 되오니, 식재(識者) 보고 챠탄(嗟歎) 왈(曰), "이 쏘ᄒᆞᆫ 엿튼 공덕(功德)이 아니나, 진ᄌᆞ(眞字)ᄂᆞᆫ 유식(有識) 쟝부(丈夫)들은 보면 알아 봉ᄒᆡᆼ(奉行)ᄒᆞ기 쉽거니와 녀ᄌᆞ(女子)며 무식(無識) 쳔류(賤流)들은 비록 가르쳐 닐올지라도 ᄌᆞ긔(自己) 안목(眼目)으로 보는 것만 못ᄒᆞ니 언셔(諺書)로 히셕(解釋)ᄒᆞ여 판(版)의 삭여 금후(今後) 사ᄅᆞᆷ의게 광권(廣勸)ᄒᆞ면 엇지 즐겁지 아닐야." ᄒᆞ야ᄂᆞᆯ 이 말ᄉᆞᆷ이 졍(正)히 올흔지라. 드듸여 일위(一位) 신녀(信女)의 지물(財物) 빅여 금(百餘金)으로써 기간(開刊)ᄒᆞᆯ시 모도 다 삭길 힘 업ᄉᆞ와 그 중(中) 더 긴졀(緊切)ᄒᆞᆫ 거슬 쓴고, 쏘『단계젹(丹桂籍)』이란 칙(冊)을 츄후(追後) 어더 보온 즉(則) 죠흔 말ᄉᆞᆷ이 만ᄉᆞ오되 힘이 ᄆᆞᄋᆞᆷ을 밋지 못ᄒᆞ와 판본(板本)을 못 내오므로 그중(中) 두 됴목(條目)을 쓴와 이 칙(冊) 쯧히 부쳐 일권(一卷)을 믠드오니, 쳥(請)ᄒᆞᄉᆞ 신ᄌᆞ(信者)ᄂᆞᆫ 언셕(諺釋)ᄒᆞ고 즁은 ᄌᆞ홍시 교졍션셔(校訂善書)ᄒᆞ와 일홈을 『경신록언셕(敬信錄諺釋)』이라 ᄒᆞ온지라. 이에 진언(眞諺) 량본(兩本)으로 만셰(萬歲)의 보벌(寶筏)을 젼(傳)ᄒᆞ오니 션ᄉᆞ공덕(善事功德)으로 복슈(福壽)롤 누리며 악ᄉᆞ죄과(惡事罪過)로 앙화(殃禍)롤 밧는 규되(規度) 환연(煥然)히 붉은지라. 부질업는 쇼셜(小說) 보와 앗가온 날을 허송(虛送)ᄒᄂ니 이 신심(身心)에 유익(有益)ᄒᆯ 글을 보와 작복쇼지(作福消災)ᄒᄆ이 어지 다힝(多幸)치 아닐이오. ᄇ라건디 귀쳔가(貴賤家)의 이 칙(冊) ᄒᆫ 벌식 졍(正)히 공봉(供奉)혀 두고 ᄶᅵᄶᅵ로 보며 닑어 권계(勸戒)ᄒᆞ온 말솜을 경신(敬信)ᄒᆞ와 봉힝(奉行)ᄒᆞ면 ᄌ연(自然)이 일개(一家) 화길(和吉)ᄒᆞ야 복슈(福壽)을 안향(安享)ᄒᆞ고 싱젼ᄉ후(死後生前)의 쾌락(快樂)이 무궁(無窮)ᄒᆞ며 ᄌᄌ손손(子子孫孫)의 다홈 업는 복죵(福種)을 영미리(未來)에 젼(傳)ᄒᆯ이니 엇지 아니 쾌(快)ᄒᆞ오며 엇지 아니 즐거올잇가.

「태미션군슈훈(太微仙君垂訓)」에 닐으시되, "만일(萬一) 착ᄒᆫ 글노ᄡᅥ 일인(一人)의게 젼(傳)ᄒᄂᆫ 쟈(者)는 십션(十善)을 당(當)ᄒᆞ고 십인(十人)의게 젼(傳)ᄒᄂᆫ 쟈(者)는 빅션(百善)을 당(當)ᄒᆞ고 대부귀(大富貴)여나 대호걸(大豪傑)의게 젼(傳)ᄒᄂᆫ 쟈(者)는 쳔션(千善)을 당(當)ᄒᆞ고 널비 젼포(傳布)ᄒᆞ여 무궁(無窮)ᄒᆞ고 거듭 삭여 석지 아니케 ᄒᄂᆫ 쟈(者)는 만만션(萬萬善)이라." ᄒᆞ와ᄂ니, 이런 고(故)로 당판(唐板) 『경신록(敬信錄)』 신츅본(辛丑本) 꼿히 박여 도론 사름 긔록(記錄)ᄒᆫ 거슬 보온 즉(則), 십여(十餘) 부(部)로부터 수십(數十) 부(部) 수빅(數百) 부(部) 지어 쳔(千) 부(部) ᄒᆫ 이 만흐며 강남(江南) 삼외 당호〔셩ᄌ만 썻더라〕는 일만(一萬) 부(部)롤 박여 젼포(傳布)ᄒᆞ여시니 지물(財物)이 잇다도 ᄒᆞ려니와 션심(善心)이 장(壯)히 거륵ᄒᆫ지라. 다시 ᄇ라건디 유심(有心)ᄒᆞ오신 이들은 힘디로 인츌(印出)ᄒᆞ야 셰샹(世上)에 젼포(傳布)ᄒᆞ여 남녀로쇼귀쳔인(男女老少貴賤人) 등으로 ᄒᆞ여곰 션ᄉ(善事)란 흥긔(興起)ᄒᆞ야 힘뼈 닥그며 악업(惡業)으란 징계(懲戒)ᄒᆞ야 곳쳐 말아, 각각(各各) 복뎐(福田)을 심어 ᄡᅥ 셩셰풍화(聖世風化) 가온

디셔 한가지로 태평(泰平)을 안락(安樂)ᄒ게 ᄒ오쇼셔.

병진(丙辰) 즁츄(仲秋) 법셩산무심긱(法性山無心客) 무운신ᄉ 지형
(智瑩) 관슈근지(盥手謹識)

태상감응편도설(太上感應篇圖說)

1) 1852년 목판본 『태상감응편도설』

〈중각감응편도설서(重刻感應篇圖說序)〉 -최성환(崔瑆煥), 1852년

옛 말에 "하늘은 우리 백성의 눈을 통해 내려다보시고, 하늘은 우리 백성의 귀를 통해 들으신다."[11] 하였고, 또 "눈은 시각을 맡고, 귀는 청각을 맡는다."[12] 하였다. 대저 하늘은 보고 들으실 때 백성을 의지하고 백성은 보고 들을 때 눈과 귀를 의지하는데, 눈과 귀는 오히려 스스로 보고 들을 수 없어 반드시 형체와 소리를 의지하는 점이 있으니, 형체는 본디 눈을 필수로 하고 소리는 본디 귀를 필수로 한다. 그러나 형체는 간혹 형체가 없는 데에서 머무르고 소리는 간혹 소리가 없는 데서 머무르니, 눈과 귀 또한 때로는 기능하지 못하는 경우가 있는 것이다. 이것은 다만 드러난 형체로써 형체를 인지하고 드러난 소리로써 소리를 인지하는 것이 이해하기 쉬운 줄 알 뿐이요, 그림자로써 형체를 인지하고 메아리로써 소리를 인지하는 일이 시각과 청각으로서는 친근한 것이며 눈과 귀로서는 도리어 기능이 끝나지 않은 것임을 알지 못한다. 한번 보라. 이쪽 편의 그림자와 메아리는 바로 저쪽 편의 형체와 소리이니, 그것은 마치

---

11 하늘은……들으신다 : 『서경(書經)』「주서(周書)・태갑 중(泰誓中)」에 보인다.

12 눈은……맡는다 : 『맹자(孟子)』「고자 상(告子上)」에 "귀와 눈의 기능은 생각하지 못하므로 사물에 가려진다〔耳目之官不思而蔽於物〕."는 맹자의 말이 있는데, 이 대목에서 "耳目之官"에 대해 주희(朱熹)가 주석한 내용이다. "官"은 '맡는다〔司〕'로 풀이되었다.

오늘의 반응이 전날의 감동인 것과 같다. 총괄하면, 일리(一理)는 혹시라도 어긋나는 일이 없다. 이것이 이 책의 이름이 지어진 까닭이다. 이 책이 편찬된 까닭은 옛 서문에 다 갖추어졌다.

생각건대 우리나라에서의 간행과 반포는 아직도 드무니, 이것이 우리들이 함께 한스러워하는 바이다. 이런 까닭에 앞서 무신년(1848, 헌종 14)에 얻은 바 이 책의 정문(正文)으로 판목(板木)에 새겼고, 지금은 또 만주문자(滿洲文字)와 한자로 기록된 선악의 보응에 관한 도설(圖說) 한 부(部) 약간 권(卷)을 아울러 판목에 덧붙였는데, 그 도상(圖像)과 한자는 본래 책에 따라 그대로 번사(翻寫)하고 만주문자는 동국(東國)의 언문으로 바꾸었으니, 만주문자는 우리 동방에서 이해하지 못하는 것이요 이어(俚語)는 부녀자나 어린아이도 함께 아는 것이기 때문이다. 이리하여 사람마다 눈길만 주면 훤히 알아서 학사와 대부가 주석(註釋)하고 지도하는 데 힘쓰지 않고도 위로는 교화를 돕고 사물을 이루어줄 수 있고 아래로는 자신을 이롭게 하고 남을 구원해줄 수 있게 되었다.

원컨대 우리 동지들은 두텁게 복을 짓기를 마치 밭가는 이가 추수를 바라면 씨를 뿌리고, 주리는 이가 배부르기를 구하면 밥을 먹는 것처럼 하라. 추수하고자 하면서도 씨 뿌리지 않고 배부르고자 하면서도 먹지를 않으면 성과를 얻기 어려운 줄을 나는 안다! 그러나 씨 뿌리는 일에도 도(道)가 있고, 먹는데도 술(術)이 있다. 좋은 곡식의 씨를 뿌리면 좋은 곡식이 나고 가라지의 씨를 뿌리면 가라지가 생기니, 이것은 내가 씨 뿌린 바로부터 말미암는다. 달고 맛있는 것을 먹으면 영양을 좋게 하는 데 알맞고 독 있는 것을 먹으면 죽음이 뒤따르니, 이 또한 내가 먹는 바로부터 말미암는다. 예부터 지금까지 혹시라도 그렇지 않은 적이 없었고, 사람들 또한 만에 하나 요행을 바라면서 가라지를 씨 뿌리고 독을 먹은 적이 없었다. 어찌 선을 좋게 여기고 악을 미워하는 일에만 '쓸모가 없다', '요행을 바란다'라고 하는가! 다시 바라건대 동지들은 '이치에는 두 가지 길이 없으니 행동을 한결같이 하라'는 것에 맡긴다면 아마도 될 것이다.

옛날에 책을 판각했던 무신년(1848, 헌종 14)의 4년 뒤인 임자년(1852, 철종 3)에 예성(蘂城: 충청북도 충주) 최성환(崔瑆煥)[13] 성옥보(星玉甫)는 삼가 쓴다.

[원문] 重刻感應篇圖說序

古云: "天視自我民視, 天聽自我民聽." 又曰: "目司視, 耳司聽." 夫天之視聽待乎民, 民之視聽待乎目耳, 而目耳猶不能自爲視聽, 必有待乎形聲而已, 則形固需目, 聲固需耳矣. 然而形或止於無形, 聲或止於無聲, 則目耳亦有時窮矣. 是徒知以形知形·以聲知聲之爲易曉, 而殊不知以影而知形·以響而知聲之視聽之爲親切而目耳之爲更不窮也. 試看此邊之影響, 卽彼邊之形聲, 猶之今日之應, 是前日之感. 摠之, 一理無有或爽, 是其名篇者耶. 此篇之由, 舊序備矣.

惟是吾邦之刊布, 尙此寥寥, 寔爲吾人之所同恨也. 是以前在戊申歲, 以所得本篇正文登刻, 今又得善惡所報圖說滿·漢字一部若干卷, 幷付棗梨, 其圖像與漢字依本秩翻寫, 滿字則改以東諺, 以滿字之吾東所不解, 而俚語之爲婦孺之所同知也. 於是, 人人可得以寓目瞭然, 而不勞於學士大

---

13 최성환(崔瑆煥, 1813~1891): 본관은 충주, 자는 성옥(星玉), 호는 어시재(於是齋). 중인 출신으로서 훈련원 판관, 동지중추부사 등 무관을 역임하였다. 헌종의 요구로 시무에 관하여 정리한 『고문비략(顧問備略)』을 저술하였고, 고종에게 두 차례 시무책을 상소하였다. 이밖에도 시선집인 『성령집(性靈集)』·『동국아집(東國雅集)』, 지리서인 『여도비지(輿圖備志)』, 도교서인 『태상감응편도설(太上感應篇圖說)』 등을 출간하였다.

夫之註釋指敎, 而上可以助化濟物, 下可以利己救人.

　願我同志, 厚自造福, 如畊者之望秋, 惟其播種, 如飢者之求飽, 惟其進食, 欲秋而不種, 欲飽而不食, 吾知其難矣哉! 然而種之有道, 食亦有術, 種之嘉穀, 嘉穀生焉, 種之稂莠, 稂莠成焉, 是惟自我所種; 食之甘旨, 則滋養宜之, 食之酖毒, 則死亡隨之, 是亦惟我所食. 古往今來未或不然, 而人亦未嘗僥倖於萬一, 而稂莠之酖毒之也. 何獨於善善惡惡, 而曰無庸乎, 曰僥倖乎! 更願同人, 誘以理無二致, 行之一切, 則庶乎其可也已.

　舊刻戊申歲後四年壬子, 藥城崔珵煥星玉甫謹書.

경석자지문(敬惜字紙文)

1) 1882년 활자본 『경석자지문』

〈석자회[14]서문(惜字會序文)〉 -찬자 미상, 1882년

본사(本社)가 석자회(惜字會)를 창립하여 오흠수(吳欽帥) 및 각 통령(統領)[15], 영관(營官)[16]과 막부(幕府)의 문안(文案)[17]과 양대(糧台)[18]의 각 인원까지 공동으로 작의(酌議)하여 본국(本國: 청나라) 인민에게 글자가 기록된 종이를 공경하여 아끼도록 권유하였고, 가지고 있던 석자문(惜字文) 및 본사 중의 공계장정(公啓章程)을 이미 새겨서 보내었다. 하지만 민간에는 아직도 이 책을 읽어 보지 못한 사람이 있을 것이고, 한문을 알지 못하면 아마도 집집마다 알려줄 수 없을 터이다. 이에 특히 이송서(李松西)에게 부탁하여 조선(朝鮮)의 국문으로 번역하여 새겨서 인쇄하여 보낸다. 바라건대 후미진 지방에서도 모두가 두루 이해하여

---

14 석자회(惜字會) : 문창제군(文昌帝君) 신앙을 기반으로 삼은 명·청대의 민간조직으로, 문창회(文昌會) 또는 석자사(惜字社)라고도 한다. 글자가 적힌 종이[字紙]를 공경하면 복을 받는다고 믿어 사람들이 함부로 더럽히거나 버리지 못하게 별도로 모아서 태우는 일을 하였다. 『경석자지문』은 이러한 교리를 설파한 선서(善書)이다.

15 통령(統領) : 청나라 말기 일려(一旅)의 병력을 통솔하던 장군.

16 영관(營官) : 중국에서 지방의 군대와 치안을 담당하던 관리.

17 문안(文案) : 중국 관공서에서 사용하던 공문서나 편지 등의 문서. 또는 문서의 작성을 담당하던 관원. 여기서는 관원을 가리키는 것으로 생각된다.

18 양대(糧台) : 청나라 때 군대에서 식량을 관리하던 기구.

좋은 일을 함께 이루기를 본사에서도 크게 기대하니, 이에 서문을 쓴다.

[원문] 惜字會序文

本社創立惜字會, 自吳欽帥曁各統領·營官·幕府文案·糧台各員, 公同
酌議, 勸導本國人民敬惜字紙, 所有惜字文曁社中公啓章程, 業已刊刻送
行. 惟恐民間尚有未經讀書之人, 不識漢文, 或不能家喩戶曉. 玆特敬請李
松西, 譯成朝鮮國文, 刊刻印送. 庶幾窮鄕僻壤, 一體周知, 共成善擧, 則
本社有厚望焉, 是爲叙.

공과신격언해(功過新格諺解)

1) 1906년 목판본 『공과신격언히』

〈서문〉 -길인수, 1906년

사람마다 선함을 즐기고 악함을 슬퍼하건만 그 처신과 일처리를 살펴보면 선한 사람은 적고 악한 사람은 많으니 그 까닭은 무엇인가. 진실로 악함을 피하고 선함을 좇을 문과 길을 얻지 못해서이다. 자고로 성경현전(聖經賢傳)이 많지 않은 것은 아니로되 그 말씀과 뜻이 깊고 깊어 중간 수준 이하의 사람은 이해하기 어려우니 자연히 착수할 곳이 없다.

지금 농상대신(農商大臣) 권중현(權重顯)[19] 공이 이것을 근심하여 순양자(純陽子) 여동빈(呂洞賓)[20] 조사(祖師)의 『공과격(功過格)』을 모방하여 책을 만들고 이름을 『공과신격(功過新格)』이라 하였는데, 그 틀

---

19 권중현(權重顯, 1854~1934) : 본관은 안동. 충북 영동(永同) 출생. 부산감리서 서기관(釜山監理署書記官), 주일공사(駐日公使) 등을 거쳐 법부대신, 군부대신, 농상공부대신 등을 역임하였다. 1905년(광무 9) 을사조약 체결에 찬성, 을사오적으로 규탄 받았다. 1910년 국권침탈 후 일제의 자작(子爵)이 되고, 조선총독부 중추원(中樞院)과 조선사편수회(朝鮮史編修會)의 고문을 역임하였다.

20 여동빈(呂洞賓, 798~?) : 하중(河中) 사람. 이름은 암(嵒)이고 자는 동빈, 호는 순양자(純陽子)이다. 중국 당나라의 도사로, 팔선(八仙)의 한 사람이다. 연단법(鉛丹法)을 내공법(內功法)으로 바꾸었고, 검술을 탐욕과 애욕과 번뇌 등을 잘라서 제거하는 지혜로 여겼다. 북송 도교 교리의 발전에 큰 영향을 끼쳤다. 후대에 부우제군(孚佑帝君)이라는 신선이 되었다고 여겨져 민간도교의 신앙대상이 되었다.

이 갖추어지고 분석이 명백하여 부인과 어린아이와 하인과 천인이라도 한 번 보면 분명하여 과(過)가 되는 일은 점점 적게 하고 공(功)이 되는 일을 점점 행하도록 하는 것이니, 장차 온 세상 사람이 모두 선인(善人)이 될지니 어찌 거룩하지 않다고 하리오.

다행히 여러 뜻있는 군자들이 그 책을 목판에 새겨 찍어 내어 책이 세상에 배포되었거니와 국문 번역한 것은 아직도 개간(開刊)이 못되어 안타깝게 여기는 자가 많은지라. 내가 이에 권선(勸善)할 마음으로 그 비용을 홀로 맡아 세상에 인포(印布)하니, 간절히 원컨대 이 글 보시는 이들은 속속히 과편(過便)을 배반하고 공편(功便)으로 돌아와서 아무쪼록 온전한 선인이 되어 하늘이 내리시는 복록을 편히 누리어 태평을 함께 즐기고자 하노라.

광무(光武) 10년 9월 22일, 해평(海平) 길인수는 삼가 서문을 쓴다.

[원문] 셔

스람마다 션(善)홈을 즐기고 악(惡)홈을 슬혀ㅎ건마는, 그 힝신(行身)과 쳐스(處事)을 살피면 션(善)ㅎ 이는 젹고 악(惡)ㅎ 이는 만흐니 그 연고(緣故)는 읏지홈인고. 진실(眞實)노 악(惡)홈을 피(避)ㅎ고 션(善)홈을 좃칠 문(門)과 길을 엇지 못홈이니, 자고(自古)로 셩경현젼(聖經賢傳)이 만치 아님은 아니로더 그 말ㅅ슴과 뜻이 깁고 깁허 즁등(中等)스룸 이하(以下)는 히득(解得)ㅎ기 어려온 즉(則) 자연(自然) 착슈(着手)홀 곳이 업슴이라.

지금 농상디신(農商大臣) 권공즁현(權公重顯) 씨(氏)가 이를 근심ㅎ야 녀순양(呂純陽) 조스(祖師)의 『공과격(功過格)』을 의방(依倣)ㅎ야 칙(冊)을 민들고 일홈을 『공과신격(功過新格)』이라 ㅎ엿는데, 그 규모(規模)가 히비(該備)ㅎ고 분셕(分析)이 명빅(明白)ㅎ야 부인유아(婦人

幼兒)와 여디하쳔(與僮下賤)이라도 한 번(番) 보면 뇨연(了然)ᄒ야 과(過)되ᄂᆞᆫ 일은 점점 덜고 공(功)되ᄂᆞᆫ 일을 점점(漸漸) 힝(行)ᄒ도록 홈인즉, 장ᄎᆞ(將次) 왼 셰상(世上) ᄉᆞᄅᆞᆷ이 모도 션인(善人)이 될지니 웃지 거록지 아니타 ᄒ리요.

다힝(多幸)히 여러 유지(有志) 군ᄌ(君子)들이 그 ᄎᆡᆨ(冊)을 간판 인츌(刊板印出)ᄒ여 셰상(世上)에 반힝(頒行)이 되거니와 국문(國文) 번역(飜譯)ᄒ 것은 아직도 긔간(開刊)이 못되여 차셕(嗟惜)히 넉이ᄂᆞᆫ 자(者)이 만흔지라. 니가 이예 권션(勸善)홀 마음으로 그 비용(費用)을 독담(獨擔)ᄒ야 셰샹(世上)에 인포(印布)ᄒ노니, 간졀(懇切)히 원(願)컨디 이 글 보시ᄂᆞᆫ 이들은 속속(續續)히 과편(過便)을 비반(背叛)ᄒ고 공편(功便)으로 회졍(回程)ᄒ야 아모조록 온젼(穩全)ᄒᆫ 션인(善人)이 되야 하ᄂᆞᆯ이 ᄂᆞ리시ᄂᆞᆫ 복녹(福祿)을 편(便)히 누리여 ᄐᆡ평(泰平)을 ᄒᆫ 가지로 즐기고져 ᄒ노라.

광무(光武) 십년(十年) 구월(九月) 이십이일(二十二日), 히평(海平) 길인슈 근셔(謹序)

3

기독교

조만민광(照萬民光)

1) 1894년 연활자본 『조만민광』

〈범례(凡例)〉 –찬자 미상, 시기 미상

1. 이 글은 각 대문(大文)을 먼저 한문으로 쓰고 다음에 언문으로 번역하여 풀었다.
1. 위의 편명을 한문과 언문으로 머리에 썼으니, 예컨대 "세 왕이 와서 조회하였다" 같은 것이다.
1. 글 가운데에는 무릇 국명(國名)과 지명(地名)이 있는데, 모두 구불구불한 줄로 그 옆에 표시하였으니 예컨대 "예루살렘" 같은 것이다.
1. 글 가운데에는 무릇 인명(人名)이 있는데, 모두 곧은 줄로 그 옆에 표시하였으니 예컨대 "마리아" 같은 것이다.
1. 서양 나라의 지명과 인명은 한문으로 번역하기 어렵고, 또 음이 서로 맞지 않으니, 언문으로 읽으면 된다.

[원문과 언해] 凡例

一. 此書各大文, 先以漢文筆之, 次以諺文譯解之.
　　이 글은 각 대문에 몬져 한문으로써 쓰고 다음에 언문으로써 번역ᄒ야 푸노라.
一. 第上篇名以漢文 · 諺文首題, 如三王來朝.
　　우희 편명을 한문과 언문으로써 머리에 셧시니 삼왕이 와 됴회ᄒ

거시란 것 ヌ호니라.

一. 書中凡有國名·地名, 皆以屈折行標於其旁, 如耶路撒廩.

글 가온대는 무릇 나라희 일홈이나 땅의 일홈이나 잇는대, 다 곱을 곱을혼 쥴노써 그 겻희 표호엿스니 예루사름 ヌ호니라.

一. 書中凡有人名, 皆以直行標於其旁, 如瑪利亞.

글 가온디는 무릇 사롬의 일홈이 잇는디 다 곳은 쥴노써 그 겻희 표호엿스니 마리아 ヌ호니라.

一. 西國地名·人名以漢文難以繙譯, 又是音不相符, 可以諺文讀之.

셔국 땅일홈과 사롬일홈이 한문으로써 번역호기 어렵고 또 이에 음이 서로 맛지 아니호니 가히 언문으로써 닑으라.

〈서문〉 -찬자 미상, 시기 미상

우주와 만물을 창조하신 천주는 하늘과 땅을 주재(主宰)하시기에 사람의 손으로 지은 전당에 살지 않으시고 또 바라는 바가 없으며 사람의 손에 섬겨지지 않으시니, 이에 생명과 기식(氣息)과 만물을 뭇사람에게 주신다. 주께서 만국(萬國)을 지으시어 하나의 혈맥을 근본으로 삼으시되 땅으로써 살게 하시고 시간으로써 정하시고 경계를 지어 한정하신 것은, 뭇사람들이 주를 찾게 하고 혹은 헤아려서 생각해낼 수 있게 하려 하심이라.

그러나 주께서 우리를 멀리 떠나있지 않으시기에 우리들이 그에 힘입어서 태어나서 움직이고 존재하는 것이니, 마치 옛 사람이 이르기를 "우리들이 그의 어린아이가 된다."고 한 것과 같다. 이미 천주의 어린아이가 되었으니 천주의 본체를 금이나 은이나 돌 같은 것으로 인공의 기교를 써서 쪼아서 만들지는 못할 것이다.

전에는 어둠을 무릅쓰고 가는 것을 천주께서 책망하지 않으셨지만 이제는 각처에 있는 사람에게 명하여 모두 회개하게 하셨고, 어떤 날을 정하시어 장차 세우신 바의 사람【세우신 바의 사람은 예수이시니라. 곧 일천팔백여 년 전에 세상에 강생하셨으며 죽었다가 다시 살아나서 하늘에 오르셨으니 장래에 천하를 심판하러 다시 오시리라】에게 천하를 심판하도록 하시고, 또 죽음 가운데에서 부활하게 하시어 뭇사람에게 증명하여 믿게 하셨다.

○예수께서 행하신 일과 전하신 도리는 많은 사람들이 처음부터 친히 보았고, 다시 헤아려 증명한 일을 차례대로 글에 썼으니, 뭇사람들이 깊이 알게 하려는 것이었다. 그런데 그 온 글을 비록 볼 수는 없으나 이제 자못 수집(蒐輯)하여 이 글을 만들어서 너희에게 주노니, 그 강론하여 익힘에 바탕을 삼으라. 예수께서 제자들 앞에서 또 기적을 많이 행하셨지만 이 글에 기록하지는 않고 오직 이것을 기록하여 너희들이 예수께서 천주의 아들임을 믿게 하고, 또 그것을 믿는다면 그 이름【이름은 예수의 지극한 덕과 성스러운 은총과 큰 공훈을 가리킨다】으로 인하여 상생(常生)을【상생은 떳떳하고 무궁히 사는 것이다】 얻게 하려는 것이다.

[원문과 언해] 序

夫創造宇宙萬物之天主乃天地主, 不居人手造之殿, 亦無有所需, 不爲人手所事, 乃以生命氣息萬物予衆.

　　우쥬와 만물을 비로소 믄드신 텬쥬는 이에 하눌과 땅을 쥬쟝ㅎ시니
　　사롬의 손으로 지은 집에 거ㅎ지 아니ㅎ시고 또흔 브라는 바ㅣ 업스

며 사룸의 손으로 셤김을 위ᄒ지 아니ᄒ시고 이에 목숨과 긔운과 만물노써 뭇사룸을 주시ᄂᆞ라.

主造萬國, 本於一脈, 地以居之, 時以定之, 界以限之, 欲令衆人尋求主, 或可揣摩得之.

쥬ㅣ 만국을 지으샤 ᄒᆞᆫ 혈믹에 근본ᄒ시ᄃᆡ 땅으로써 살게 ᄒ시며 때로써 뎡ᄒ시며 디경으로써 한뎡ᄒ심은 뭇사룸으로 ᄒ여곰 쥬를 찾고 구ᄒᆞ야 혹 가히 헤아려 엇게 코쟈 ᄒ심이ᄂᆞ라.

然主離我不遠, 蓋我等賴之, 而生而動而存, 如古人有云我等爲其赤子焉.

그러나 쥬ㅣ 우리를 떠나심이 멀지 아니ᄒ시니 대개 우리 무리가 힘닙어 사라 움족이고 잇ᄂᆞᆫ 거시 녯 사룸이 닐ᄋᆞᄃᆡ 우리 무리가 그 아ᄃᆞᆯ이 된다 ᄒᆞᆷ과 ᄀᆞᆺᄒ니

旣爲天主赤子, 則天主之體不可以若金若銀若石人工機巧琢之.

임의 텬쥬의 아ᄃᆞᆯ이 되엿시니 곳 텬쥬의 톄를 가히 금이나 은이나 돌노써 쟝인이 긔계공교ᄒᆞᆷ으로 쪼으지 못ᄒᆞᆯ지니라.

往者冒昧以行, 天主不咎, 今命各處之人皆當悔改, 定一日, 將以所立之人審判天下, 且從死中復活之, 俾衆證信焉.

이왕에ᄂᆞᆫ 어두옴을 무릅써써 힝ᄒᆞᆫ 거슬 텬쥬긔셔 허물치 아니ᄒ셧거니와 이졔ᄂᆞᆫ 각쳐 사룸을 명ᄒᆞ야 다 맛당히 뉘웃처 곳쳐라 ᄒ시고 ᄒᆞᆫ 날을 뎡ᄒᆞ야 쟝ᄎᆞᆺ 셰우신 바 사룸【셰우신 바 사룸은 <u>예수</u>ㅣ시니라. 곳 일쳔팔빅여 년 전에 셰샹에 강싱ᄒ시며 죽엇다가 다시 사라나셔 ᄒᆞᄂᆞᆯ에 오라시니 쟝리에 텬하를 판단ᄒ라 다시 오시리라】으로써 텬ᄒᆞ를 술펴 판단ᄒᆞ실 터이니 또ᄒᆞᆫ 죽음 가온대를 조차 다시 살게 ᄒᆞ샤 뭇사룸으로 ᄒ여곰 증참ᄒᆞ야 밋게 ᄒ시ᄂᆞ라.

○耶蘇所行之事・所傳之道, 多人自始親見, 又以考證之事次第筆之於書, 欲令衆深知之.

예수ㅣ 힝ㅎ신 바 일과 젼ㅎ신 바 도롤 만흔 사롬이 처음부터 친히
보고 또 샹고ㅎ고 증참혼 일노써 ㅊ례로 글에 써셔 뭇사롬으로 ㅎ여
곰 깁히 알게코쟈 홈이니라.

而其全書雖不可見, 今頗蒐輯, 以爲此書, 授之爾等, 資其講習.

그 온 글을 비록 가히 보지 못ㅎ나 이제 즈못 슈집ㅎ야 써 이 글을
믄드라 너희 무리랄 주노니 그 강ㅎ고 닉임을 즈뢰ㅎ라.

耶蘇在門徒前, 又多行異跡. 未記於此書, 惟記此, 使爾信耶蘇爲天主之
子, 且信之, 可因其名而得生矣.

예수ㅣ 문도 압희 계셔 또 긔이혼 힝젹을 만히 힝ㅎ시되 이 글에 긔
록지 아니ㅎ고 오직 이롤 긔록ㅎ야 녀희로 ㅎ여곰 예수ㅣ 텬쥬의 아
돌 되시는 줄을 밋고 또혼 밋음으로 가히 그 일홈을【일홈은 예수의
지극혼 덕과 셩춍과 큰 공훈을 ㄱㄹ침이라】인ㅎ야 샹싱을【샹싱은
덧덧ㅎ고 무궁히 사는 거시라】엇게 홈이니라.

성경직해(聖經直解)

1) 1897년 연활자본 『성경직히』

〈성경직해서(聖經直解序)〉 -찬자 미상, 1897년

무릇 사람이 개과천선하여 규계(規戒)를 지키며 덕을 닦을 법을 배우려 하면, 그 방법은 늘 책을 보고 완미(玩味)함에 있다. 이제 책 중에서 성경 같은 것이 없으니 성경은 바로 교우의 근본이 되는 책이다. 대개 예수의 거룩한 가르침과 두터운 행동이 복음에 분명히 실렸으니, 이것을 가지고 잠심(潛心)하여 입에 외우며 마음에 묵상(默想)하면 가히 그 오묘한 뜻을 통하고 그 신통한 효험에 힘입어 덕행의 언덕에 오를 것이다. 이로 말미암아 미사 중 성경을 볼 때에 모든 교우들이 서서 듣고서 그 귀에 들은 바와 마음에 믿는 바의 도리를 행실에 옮기도록 하려는 것이 요, 이로 말미암아 성경을 보고 나서 탁덕(鐸德)[1]이 그 말씀에 의지하여 도리를 강론할 때에 피해야 할 악(惡)과 행해야 할 선(善)을 우리 주 예수께서 친히 하신 말씀과 친히 행하신 행동을 따라 교우에게 보이는 것이다.

그러나 동국에는 탁덕의 수가 적고 교우가 사방에 흩어져 주일(主日)과 첨례(瞻禮)하는 날에 능히 미사에 참례하고 교리를 강론하는 것을

---

1 탁덕(鐸德) : 덕을 행할 수 있도록 지도하는 사람이라는 뜻으로, 옛날에 카톨릭 신부(神父)를 가리키던 말이다.

듣는 이가 십분의 일도 되지 못하니, 이것은 바로 성경에 말씀하신 '아이들이 음식을 구하되 나누어 줄 이가 없다.' 하신 것과 같으니 어찌 참혹하지 아니하겠는가. 처음부터 이런 폐단을 없게 하고 교우에게 요긴한 도리를 가르치려고 조선 주교와 신사들이 힘을 다하여 주일과 첨례의 성경을 언문으로 번역하고 그 끝에 한문『성경직해(聖經直解)』[2]와『성경광익(聖經廣益)』[3]에서 요긴한 잠(箴)과 묵상 제목을 내어 교우에게 주었다. 그러나 번역을 한 사람이 한 것이 아니므로 번역이 잘되고 못된 차이가 없을 수 없고, 또 베껴 쓸 때마다 오탈자가 점점 더하고, 또 쓰는 일이 더디고 귀하여 성경을 장만한 교우가 몇 명이 되지 못하였다. 이러므로 내가 주교(主敎)의 자리에 있으면서 교우의 바람을 채우려 하여 즉시 성경을 교정하여 판각하는 일을 시작했으나 이제야 늦게 책 한 질을 만들어 교우에게 반포한다.

이것은 전에 있던 성경과 대동소이하니 성경 대문(大文)은 본문에 대해 더욱 맞게 번역하였고 잠은 간략하여 더욱 보기 쉽게 하였고 한자를 풀이하고 탈자를 깁고 오자 고치기를 힘썼지만, 학문이 부족하고 국문을 잘하지 못하니 어찌 다 마음대로 되었겠는가. 더구나 항상 사무가 번거롭고 잦아서 여러 해 만에 마쳤으니 그 한결같지 못하고 완전하지 못함이

---

2 『성경직해(聖經直解)』: 포르투갈 출신 예수회 선교사 디아스(Diaz)가 쓴 한문본 복음성서 해설서를 번역한 책. 1636년 북경에서 초간된 중국본이 1784년 전후로 수입되었는데, 우리나라에는 이 중 일부분을 발췌하여 마이야의『성경광익(聖經廣益)』발췌본과 합본하여 만든 필사본『성경직해광익(聖經直解廣益)』이 전해졌다. 1892년에 뮈텔(Mutel) 주교가 이를 정리하여 활판본『성경직해』를 간행하였다.

3 『성경광익(聖經廣益)』: 프랑스 출신 예수회 선교사 마이야(Mailla, 1669~1748)가 저술한 복음성서 해설서를 번역한 책. 중국본은 1740년 북경에서 번역하여 상하 2권 2책으로 초간된 이후 여러 번 중간되었고, 우리나라에서는 1790년대 초 역관 최창현(崔昌顯) 등이 한글로 번역한 필사본『성경직해광익(聖經直解廣益)』의 원본으로 사용되었다.

또한 당연하다. 이 책의 천루(淺陋)함을 싫어하지도 말고 보기에 아름다
운지 구절이 잘 꾸며졌는지도 찾지 말고 오직 성경을 곧게 해석함과 도리
에 바른 뜻을 구할 것이니, 주일과 첨례하는 날마다 그때의 성경 제목을
보고 듣거나 묵상하고 완미하면 가히 영혼을 비추는 신광(神光)과 모병
을 다스리는 약과 덕행에 나아가게 하는 효험을 얻을 것이다. 나의 본분
으로는 응당 모든 교우를 친히 가르쳐야 할 것이지만, 하릴없이 마음껏
미치지 못하는 결함을 이 책을 반포하여 보충할까 하니 모든 형제들은
이 책에서 신령한 이익을 취하는 것이 나의 바람이요 다행이다.

[원문] 셩경직히셔(聖經直解序)

므롯 사롬이 기과쳔션(改過遷善)ᄒ야 규계(規戒)롤 직희며 덕을 닥글
법을 비호려 ᄒ면 미양 셔칙(書冊)을 보고 완미(玩味)홈에 잇스니, 이제
셔칙 중에 셩경(聖經) ᄀᆺᄒ 거시 업손 즉 셩경이 졍히 교우(敎友)의 근
본 칙이라. 대개 예수의 거룩ᄒ신 교훈(敎訓)과 도타온 표양(表樣)이
복음에 명명히 실녓시니 이롤 가져 줌심(潛心)ᄒ야 입에 외오며 ᄆᆞ음에
믁샹(默想)ᄒ면 가히 그 오묘ᄒ 뜻을 스뭇고 그 신통ᄒ 효험을 힘닙어
덕힝(德行) 언덕에 오롤지라. 일노 인ᄒ야 미샤 중 셩경을 볼 때에 모든
교우들이 셔셔 듯고 ᄒ여곰 그 귀에 드롤 바와 ᄆᆞ음에 밋는 바 도리롤
힝실에 옴기려 홈이오, 일노 인ᄒ야 셩경 보기롤 뭇ᄎ매 탁덕(鐸德)이
그 말숨을 의지ᄒ야 도리롤 강론홀 시 가히 피홀 악과 가히 힝홀 션을
오쥬(吾主) 예수ㅣ 친히 ᄒ신 말숨과 친히 힝ᄒ신 표양(表樣)을 따라
교우롤 뵈인지라.

그러나 동국(東國)에는 탁덕의 수가 젹고 교우ㅣ 스방에 훗허져 쥬일
(主日)과 쳠례(瞻禮)날에 능히 미사롤 참예하고 도리 강론홈을 듯는 이
가 십분의 일도 되지 못ᄒ니, 이는 졍히 셩경에 닐ᄋ신 바 'ᄋ히들이 음식

을 구ᄒᆞ디 ᄂᆞ화 줄 이가 업다.' ᄒᆞ심과 ᄀᆞᆺᄒᆞ니 엇지 참혹지 아니리오.

처음브터 이런 폐ᄅᆞᆯ 업시ᄒᆞ고 교우의게 요긴ᄒᆞᆫ 도리ᄅᆞᆯ ᄀᆞᄅᆞ치려 ᄒᆞ야 죠션(朝鮮) 쥬교(主敎)와 신ᄉᆞ(信士)들이 힘을 다ᄒᆞ야 쥬일과 쳠례 성경을 언문으로 번역ᄒᆞ고 그 ᄭᆞᆺᄒᆞ 한문『셩경직ᄒᆡ(聖經直解)』와『셩경광익(聖經廣益)』에셔 요긴ᄒᆞᆫ 줌(箴)과 ᄆᆡ상 뎨목(題目)을 내여 교우의게 주엇시나, 번역ᄒᆞᆫ 공부ᄂᆞᆫ ᄒᆞᆫ 사ᄅᆞᆷ이 ᄒᆞᆫ 거시 아닌즉 쳥탁(淸濁)의 다름이 업지 못ᄒᆞ고, 또 등셔(謄書)ᄒᆞᆯ 때마다 오ᄌᆞ락셔(誤字落書)ㅣ 졈졈 더ᄒᆞ고 또 셔역(書役)ᄒᆞᄂᆞᆫ 공부ㅣ 더디고 귀ᄒᆞ야 성경을 작만(作滿)ᄒᆞᆫ 교우ㅣ 몃치 못되ᄂᆞᆫ지라. 이러므로 나ㅣ 쥬교위(主敎位)에 잇셔 교우의 원의(願意)ᄅᆞᆯ 치오고져 ᄒᆞ야 즉시 성경을 쥰(準)ᄒᆞ야 판각(板刻)하ᄂᆞᆫ 공부ᄅᆞᆯ 니ᄅᆞ켯시나 늣게야 이제 ᄒᆞᆫ 질 칙을 ᄆᆞᆫ드러 교우의게 반포ᄒᆞᄂᆞ니.

이ᄂᆞᆫ 젼에 잇던 성경과 대동쇼이(大同小異)ᄒᆞ니 성경 대문(大文)은 본문에 더ᄒᆞ야 더욱 맛ᄀᆞᆺ게 번역ᄒᆞ고 줌은 간략ᄒᆞ야 더욱 보기 쉽게 ᄒᆞ고 문ᄌᆞ(文字)ᄅᆞᆯ 풀고 락셔(落書)ᄅᆞᆯ 깁고 오ᄌᆞ(誤字) 곳치기ᄅᆞᆯ 힘썻시더 학문에 부죡ᄒᆞ고 국문에 눌눌(訥訥)ᄒᆞ야 엇지 다 ᄆᆞ옴대로 되엿시리오. 더고나 ᄒᆞᆼ용(恒用) ᄉᆞ무(事務)에 번삭(煩數)ᄒᆞ야 여러 ᄒᆡ만에 ᄆᆞᆺ춋시니 그 여일(如一)치 못ᄒᆞ고 완전(完全)치 못ᄒᆞᆷ이 또한 ᄌᆞ연ᄒᆞᆫ지라. 이 칙의 쳔루(淺陋)ᄒᆞᆷ을 혐의(嫌疑)치 말고 이목(耳目)의 아름다옴과 구절(句節)의 잘 ᄭᅮᆷ임을 ᄎᆞᆺ지 말고 오직 성경 곳게 픔과 도리의 바른 뜻을 구ᄒᆞᆯ지니 쥬일과 쳠례날마다 그 당ᄒᆞᄂᆞᆫ 성경 뎨목을 보고 듯거나 ᄆᆡ상ᄒᆞ고 완미ᄒᆞ면 가히 령혼 빗쵸ᄂᆞᆫ 신광(神光)과 ᄆᆞ병 다ᄉᆞ리ᄂᆞᆫ 약과 덕ᄒᆡᆼ에 나아가게 ᄒᆞᄂᆞᆫ 효험을 엇을 거시오. 나의 본분이 응당이 모든 교우ᄅᆞᆯ 친히 ᄀᆞᄅᆞ칠 거시로더, ᄒᆞᆯ일업시 ᄆᆞ옴대로 밋지 못ᄒᆞᄂᆞᆫ 결흠(缺陷)을 이 칙의 반포(頒布)ᄒᆞᆷ으로 기울가 ᄒᆞ노니 모든 뎨형(弟兄)들은 이 칙에서 신익(神益)을 취ᄒᆞᆷ이 나의 ᄇᆞ람이오 다ᄒᆡᆼ이로라.

성인사적(聖人事蹟)

1) 1931년 연활자본 『성인사적』

〈서문〉 —홍가로(洪嘉路), 1931년

1. 이 책을 이름 붙여 『성인사적(聖人事蹟)』이라고 부르지만 어떤 교회의 달력 중에 기재되어 있는 성인들의 사적을 완전히 기록한 것은 아님.

2. 이 책은 조선 성공회에서 주교의 허가로 발간하는 교회 달력 중에 있는 성인들의 사적을 대강 간단하게 기록한 것이니, 본 교회에서 사용하는 달력 중에 있는 성인의 사적과 행적을 모두 다 기록하려 하면 수효가 지나치게 많을 터이므로 그리하지 못함.

3. 이 책에는 성인들의 사적을 간략하게 대강만 기록하고, 겸하여 구세주 성탄, 구세주 부활, 구세주 승천, 성신(聖神) 강림 같은 큰 명절에 관한 사적도 기록함.

이 책을 저작하는 데 본인은 아래 기록한 사제 두 분이 저술한 「성인사적」을 원본으로 삼아 썼음.

『성인사적』. 이 책은 12권, 저술자 알반 버틀러(Alban Butler)[4] 사제.

---

4 알반 버틀러(Alban Butler, 1710~1773) : 영국의 신부로 신학대학의 교수, 주교 등을 역임했다. 그의 저서 『성자들의 삶(The Lives of Saints)』은 이 책 『성인사적』의 편술에 저본이 된 것으로 보인다.

『성인사적』. 이 책은 15권, 저술자 사비네 바링굴드(Sabine Baring-Gould)[5] 사제.

이 두 분이 저술한 책은 번역할 수 없었으나 장래에는 전부 역술(譯述)되기를 바람.

특별히 조선인 신자에게 관계가 깊은 조선인 치명자(致命者)는 9월 26일에 기념하니, 이 치명자의 이름은 아직까지 우리 달력에 나타내지 않았음.

조선에 몇 번 교인 핍박이 있을 때에 주님을 위해 목숨을 바치신 이는 오천 명 이상이나, 그 중에 79인은 1925년에 복자(福者) 반열에 올랐으며, 또 오래지 않아 복자로 될 분이 26인이 있음.

일본에서 주님을 위해 목숨을 바친 교인 26인은 1862년에 성인 반열에 올라 25일을 기념일로 정하여 달력에 기재되었음.

이 26인은 16세기에 일본에 큰 핍박이 있었을 때에 수천 명이 주님을 위해 목숨을 바친 중에서 성인 반열에 올랐고, 장차 다른 이들도 성인이라 칭호하게 될 듯함.

이 책은 일반 신자로 하여금 성인의 사적을 읽으며 이로써 묵상할 때에 우리들이 기억할 것은 성 바오로의 말씀과 같이 "우리가 부르심을 입어 성도(聖徒)된 자"(로마서 1장 7절)라 하심과 또한 우리가 신경을 외울 때에 "내가 모든 성도의 상통(相通)함을 믿으며"라 한 구절을 더욱 기억하게 함.

---

5 사비네 바링굴드(Sabine Baring-Gould, 1834~1924) : 영국성공회 사제이자 찬송가 작가, 중세연구가로서 신화, 역사, 찬송가 등 매우 다양한 저술을 남겼다. 그의 저서 『성자들의 삶(The Lives of the Saints)』은 이 책 『성인사적』의 편술에 저본이 된 것으로 보인다.

또한 우리가 알 것은 모든 성인들이 천주(天主)의 보좌(寶座) 앞에서 기도하심으로 우리가 도우심과 보위하심을 받는 것과 또 우리가 날로 더욱더욱 허다한 간증자(干證者)들이 구름 같이 우리를 둘러 있음을 깊이 알아야 하겠음(히브리서 12장 1절).

1931년 8월 15일, 편술자는 기록한다.

[원문] 셔문

一, 이 칰을 일홈ᄒ야 닐ᄋ디 「셩인ᄉ젹」(聖人事蹟)이라 ᄒ나 엇던 교회 월력 중에 긔지ᄒ야 잇ᄂ 셩인들의 ᄉ젹을 완전히 긔록ᄒ 것은 아니임.

二, 이 칰은 죠션 셩공회에셔 쥬교의 허가로 발간ᄒᄂ 교회 월력 중에 잇ᄂ 셩인들의 ᄉ젹을 대강 간단ᄒ게 긔록ᄒ 것이니 본 교회에셔 ᄉ용ᄒᄂ 월력 중에 잇ᄂ 셩인 ᄉ젹과 힝젹을 젼수히 다 긔록ᄒ려 ᄒ면 부수가 과히 만흘 터임으로 그리ᄒ지 못홈.

三, 이 칰에ᄂ 셩인들의 ᄉ젹을 간략ᄒ게 대강만 긔록ᄒ고 겸ᄒ야 구쥬셩탄, 구쥬부활, 구쥬승텬, 셩신강림 ᄀᆺ흔 큰 명졀에 관ᄒ ᄉ젹도 긔록홈.

이 칰을 져쟉ᄒᄂ 디 본인이 아래 긔록ᄒ ᄉ졔 두 분의 져슐ᄒ 「셩인ᄉ젹」을 원본으로 삼아 썻슴.

『셩인ᄉ젹』 본셔ᄂ 十二卷.

져슐쟈 알파노 벗틀어(ALBAN BUTER) ᄉ졔

『셩인ᄉ젹』 본셔ᄂ 十五卷.

져슐쟈 ᄲᅡ링 쏠-드(BARING GOULD) ᄉ졔

이 두 분의 져슐ᄒ 칰은 변역홀 수 업셧스나 쟝리에ᄂ 젼부 역슐되기롤 ᄇᆞ람.

특별히 죠선인 신쟈의게 관계가 깁흔 죠선인 치명쟈는 九月二十六日에 긔념ᄒᄂ니 이 치명쟈의 일홈은 아즉ᄭᆞ지 우리 월력에 나타나지 아니ᄒᄋᆻ슴.

죠선에 몃 번 교인 핍박이 잇슬 째에 위쥬치명ᄒᆞ신 이는 오쳔(五千)명 이샹이나 그 즁에 七十九人은 一九二五年에 복쟈(福者) 반렬에 올낫스며, ᄯᅩ 오리지 아니ᄒᆞ야 복쟈로 될 분이 二十六인이 잇슴.

일본에서 위쥬치명ᄒᆞᆫ 교인 二十六人은 一八六二年에 셩인 반렬에 올나 二月五日을 긔념일노 뎡ᄒᆞ야 월력에 긔지되엿슴.

이 이십륙인은 십륙세긔에 일본에 큰 핍박이 잇슬 째에 수쳔 명이 위쥬치명ᄒᆞᆫ 즁에서 셩인 반렬에 올낫고 쟝추 다른 이들도 셩인이라 칭호ᄒᆞ게 될 듯홈.

이 칙은 일반 신쟈로 ᄒᆞ여곰 셩인 ᄉᆞ젹을 닑으며 일노써 믁샹홀 째에 우리들이 긔억홀 것은 셩 바오로의 말ᄉᆞᆷ과 ᄀᆞᆺ치 「우리가 부르심을 닙어 셩도된 쟈」(로一〇七丨)라 ᄒᆞ심과 ᄯᅩᄒᆞᆫ 우리가 신경을 외올 째에 「내가 모든 셩도의 샹통흠을 밋으며」라 ᄒᆞᆫ 구졀을 더욱 긔억ᄒᆞ게 홈.

ᄯᅩᄒᆞᆫ 우리가 알 것은 모든 셩인들이 텬쥬 보좌 압혜셔 긔도ᄒᆞ심으로 우리가 도으심과 보위ᄒᆞ심을 밧는 것과 ᄯᅩ 우리가 날노 더욱더욱 허다ᄒᆞᆫ 간증쟈들이 구름 ᄀᆞᆺ치 우리롤 둘너 잇슴을 깁히 알어야 ᄒᆞ겟슴(회十二〇一丨).

一九三一年八月十五日 編述者識

어문학

1
시가

두시언해(杜詩諺解)

1) 1481년 활자본 『두시언해』

〈번역두시서(飜譯杜詩序)〉 -김흔(金訢)[1], 1481년, 『안락당집』 권2

성종(成宗)께서 지난 12년(1481) 모월 모일에 근신(近臣)들을 불러 이렇게 말씀하셨다.

"시(詩)는 성정(性情)에서 우러나와 교화에 관계되고 그 안에 담긴 선악이 모두 사람들을 권면하거나 징계할 수 있으니 시의 가르침은 위대한 것이다. 『시경(詩經)』이 나온 이후로 시는 당대(唐代)가 가장 성대하였고 그 중 두자미(杜子美)[2]의 작품을 제일 첫머리에 꼽는다. 위로는 『시경』에 가까운데다 아래로는 심전기(沈佺期)·송지문(宋之問)[3]의 솜씨를 겸비하였고, 여러 시인들의 장점을 집대성하였으니 시는 두보에 이르러 지극한 경지에 이르렀다고 말할 수 있다. 하지만 시어가 엄격한데다

---

1 김흔(金訢, 1448~1492) : 본관은 연안, 자는 군절(君節), 호는 안락당(顔樂堂), 시호는 문광(文匡)이다. 김종직의 문인으로 홍문관교리, 공조참의 등을 역임했다.
2 두자미(杜子美) : 두보(杜甫, 712~770)를 말한다. 중국 당(唐)시대 인물로 시성(詩聖)으로 불릴 정도로 최고의 시인으로 꼽히며, 이백(李白)과 함께 '이두(李杜)'로 일컬어진다. 사회성이 강한 시를 많이 지어 '시의 역사'라는 의미의 '시사(詩史)'로 일컬어졌다. 자미는 그의 자이다.
3 심전기(沈佺期)·송지문(宋之問) : 심전기(656~713)와 송지문(656~712)은 초당(初唐)의 시인으로 평측과 대구의 구성을 중시하는 율시(律詩)의 발전에 공헌하였다. 이백과 두보를 '이두'로 부르듯 이 두 사람을 '심송(沈松)'이라 일컬었다.

뜻이 은밀하여 세상에서 시를 배우는 사람들이 이해할 수 없음을 걱정하였다. 대개 말을 이해하지 못하면서 의미를 이해할 수 있는 경우는 없으니 언문(諺文)으로 번역하여 깊은 뜻을 열어 밝혀 사람들이 알 수 있도록 하라."

이에 신(臣) 아무개 등이 명을 받들어 항목을 나누고 종류별로 모아 한결같이 구본(舊本)을 따라 선배들의 말을 널리 두루 채록하고 구절마다 간략한 주(註)를 붙였으며, 간혹 개인적인 의견도 부기하였다. 다시 언자(諺字)로 시어를 번역하고, 우리말로 그 의미를 풀이하자 지난날 의심스럽던 대목이 풀리고 막혔던 부분이 통하게 되어 두보의 시는 이때에 이르러 남겨진 의문이 없게 되었다.

몇 개월이 지나 먼저 제1권이 완성되자 등사해 임금께 올려 결정을 아뢰었다. 주상께서는 을람(乙覽)하고 "일을 잘 마쳤구나."라고 말씀하시며 바로 신에게 서문을 짓도록 명하였다. 신이 두보의 시에 대해서는 지리멸렬한데 어떻게 그 사이에서 한 마디라도 글을 지을 수 있겠는가! 하지만 시인들에게는 벌을 받을지라도 감히 지을 수 없다고 대답할 수는 없어 삼가 두 손을 맞잡아 머리를 조아리며 이렇게 아뢰었다.

"신이 가만히 살펴보건대 두보는 여러 서적을 두루 섭렵하여 고금의 일을 널리 아는데다 탁월한 재주로 세상을 바로잡으려는 뜻을 품고서 전쟁의 난리를 만나 진롱(秦隴)과 기협(夔峽)⁴ 지방을 떠돌며 객지 생활로 어려움을 겪으면서도 충성과 울분이 격렬하였습니다. 산천의 형세,

---

4 진롱(秦隴)과 기협(夔峽) : 진롱은 진령(秦嶺)과 농산(隴山)의 병칭으로 섬서성(陜西省)과 감숙성(甘肅省)에 위치하며, 기협은 사천성(四川省)에 있는 장강 삼협(長江三峽)의 하나로 구당협(瞿塘峽)으로도 불리는 곳이다. 두보가 안사(安史)의 난에 이 지역에 피난해 살았다.

초목의 영락, 들짐승과 날짐승의 움직임과 같은 즐겁고 놀랄만한 천만 가지 형상 가운데 귀로 듣고 눈에 마주치는 모든 것들이 혼연히 마음에서 움직여 한결같이 시로 발현되었고, 위로는 조정의 다스려지거나 혼란한 자취에서부터 아래로는 여항의 자질구레한 일에 이르기까지 남김없이 모두 포괄하였습니다.

「여인행(麗人行)」⁵을 보면 여인을 총애함이 심하여 당 현종(玄宗)의 사치스런 마음이 속에서 미혹됨을 알겠고, 「병거행(兵車行)」⁶을 읽으면 변방의 방어가 너무나 길어져 현종의 교만한 군대가 밖에서 마음대로 전쟁을 일으켰음을 알 수 있습니다. 「북정(北征)」⁷은 한 세대의 사업을 적었기에 조정과 종묘에서 연주되는 음악과 표리를 이루고, 「팔애(八哀)」⁸는 여러 현인의 처신을 기록하였으니 전(傳)·표문(表文)과 우열을 다툽니다. 그렇다면 이를 시사(詩史)라 이르더라도 옳지 않겠습니까? 그런데다 임금을 사랑하고 나라를 근심하는 정성이 마음에 가득 차고 쌓여 영탄(詠嘆)하는 여운으로 발현됨에 스스로가 담아두고 숨길 수 없었으니 후세 사람이 감동하여 흥기하도록 만듭니다. 이것이 『시경』을 이어 만대의 종사(宗師)가 되는 까닭입니다. 그리하여 한 마디 말로 무

---

5 「여인행(麗人行)」: 현종(玄宗)의 총애를 받아 호사와 사치를 한껏 누리던 양귀비(楊貴妃)와 그의 일가들이 삼월 상사일(上巳日)에 강가에서 즐긴 성대한 연회를 풍자한 작품이다.

6 「병거행(兵車行)」: 현종의 티벳 정벌을 위해 동원된 군사들의 고통스런 모습을 그려내어 군사정책을 지적한 작품이다.

7 「북정(北征)」: 두보가 안녹산(安祿山)과 사사명(史思明)의 난에 자신의 집을 찾아가며 국가의 안위와 가족에 대한 애정을 그린 작품이다.

8 「팔애(八哀)」: 국가의 끊이지 않는 반란을 두고 왕사례(王思禮), 이광필(李光弼), 엄무(嚴武), 여양왕(汝陽王), 이진(李璡), 이옹(李邕), 소원명(蘇源明), 정건(鄭虔), 장구령(張九齡)의 여덟 사람들에 대해 애도한 작품이다.

궁무진한 내용의 글을 깨트리고, 한 글자에 끝없는 맛을 머금도록 하였으니 두보의 시경(詩境)에 대해 비록 노숙한 선비라도 그 대문을 찾아 들어갈 수도 없거늘 집 안에 간직된 좋은 것인들 볼 수가 있겠습니까.[9] 「팔진도(八陣圖)」하나만 보더라도 소자첨(蘇子瞻)의 꿈을 기다려서야 정해졌으니[10] 다른 것도 모두 알 수 있습니다.

삼가 생각건대 주상전하께서는 유학(儒學)에 잠심하여 날마다 경연(經筵)에 나가 육경(六經)과 역사서를 끝까지 연구하였습니다. 또한 시도(詩道)가 세속의 교화와 관계가 있음에 유의하고 특별히 문학하는 신하들에게 명해 먼저 두보의 시집을 번역토록 하여 천년 동안 전하지 않던 비밀을 손바닥 위에 놓고 가리키듯 하루아침에 명백히 밝혀 사람마다 그 마루에 올라 고기를 맛볼 수 있도록 하였습니다. 아! 어둑하고 분명치 않았던 두보의 시가 천여 년을 지난 오늘에 이르러서야 크게 드러났으니 어찌 시의 명암이 세도(世道)의 고하에 따른 것이 아니겠습니까? 전하가 멀리 옛 시대를 가려 덮고 모든 임금을 뛰어넘는 까닭은 시도를 흥기시켜 세교(世敎)의 기미를 만회하려 했기 때문인데, 또한 지금의 이 일로써 그 만의 하나를 우러러 엿볼 수 있습니다.

학자들이 이제 장구(章句)로 벼리를 삼고 주해(註解)로 실마리를 마련하며, 읊조리며 시의 아름다운 맛을 끌어내고 젖어들어 심오함을 찾아

---

9 두보의⋯⋯있겠습니까 : 두보가 지은 작품들의 심오한 경지를 이해하는 과정을 하나의 집안으로 들어가는 것에 비유해 대문에서 집안, 마루와 안방까지 갈수록 더욱 깊은 이해를 갖게 되는 것으로 표현하였다.

10 「팔진도(八陣圖)」⋯⋯정해졌으니 : 소자첨은 중국 송(宋) 시대의 대표적 시인이자 당송팔대가(唐宋八大家)의 한 사람에 꼽히는 소식(蘇軾, 1037~1101)으로 자첨은 그의 자이다. 「팔진도」는 두보가 제갈량의 팔진도를 보고 그 업적을 기린 작품인데, 그 시의 숨은 의미에 대한 세간의 오해와 관련하여 소식의 꿈에 두보가 나타나 해명했다는 내용이 소식의 『동파지림(東坡志林)』에 보인다.

내서, 반드시 자신이 직설(稷契)과 같은 어진 신하가 되기로 약속하고,[11] 밥 먹는 사이에도 임금을 잊지 않는 것으로[12] 마음을 삼는다면 거의 두보를 잘 배웠다 할 것이니 시어(詩語)의 묘함과 성률(聲律)의 기교는 다만 찌꺼기가 될 따름입니다. 장차 갱재(賡載)의 노래와 대아(大雅)의 작품[13]을 지어 왕도를 수놓고, 태평성세를 수식하여 국가의 성대함을 크게 울리는 자들이 계속해서 배출됨을 볼 수 있을 것이니 얼마나 성대한 일이겠습니까! 만일 풍운(風雲)과 월로(月露)의 모습을 그려내는데 힘쓰거나, 편언척자(片言隻字)의 사이에서 기교만을 찾아내는데 그친다면 두보를 배운 것도 천박할 것이니 어찌 이것이 성상께서 학자들에게 열어 보이신 뜻이겠습니까?"

[원문] 翻譯杜詩序

惟上之十二年月日, 召侍臣若曰: "詩發於性情, 關於風敎, 其善與惡, 皆足以勸懲人. 大哉! 詩之敎也. 三百以降, 惟唐最盛, 而杜子美之作爲首. 上薄風雅, 下該沈宋, 集諸家之所長而大成焉, 詩至於子美, 可謂至矣. 而

---

11 직설(稷契)과……약속하고 : 두보가 가족을 만나러 가며 지은 「장안(長安)에서 봉선현(奉先縣)으로 가며 읊은 감회(自京赴奉先縣詠懷五百字)」라는 시에서 자신을 순(舜) 임금의 현신(賢臣)인 직(稷)과 설(契)에 비유하며 "두릉에 사는 한 포의는 늙어 갈수록 큰 뜻이 졸렬한데, 자신을 허여함은 어찌나 어리석은지, 가만히 직과 설에 견주네.〔杜陵有布衣, 老大意轉拙. 許身一何愚, 竊比稷與契.〕"라고 하였다.

12 밥……것으로 : 송의 문인 나벽(羅璧)이 「지유(識遺)」에서 두보의 충군애국(忠君愛國)하는 자세에 대해 찬사를 하며 "두보의 시는 밥 한 끼 먹을 때도 임금을 잊지 않았기에 그의 시를 역사라 일컬었다.〔杜詩一飯不忘君, 所以詩稱史.〕"라고 하였다.

13 갱재(賡載)의……작품 : 갱재(賡載)는 다른 사람의 원운(原韻)이나 제의(題意)를 따라 화답하는 시를 말하며, 순(舜)이 지은 노래에 이어서 지은 고요(皐陶)의 「갱재가」가 가장 오래된 것이라고 한다. 대아는 『시경』「대아」편을 말하는데 고아한 작품이라는 말이다.

詞嚴義密, 世之學者患不能通. 夫不能通其辭而能通其訣者, 未之有也, 其譯以諺語, 開發蘊奧, 使人得而知之."

於是, 臣某等受命, 分門類聚, 一依舊本, 雜采先儒之語, 逐句略疏, 間亦附以己意. 又以諺字譯其辭, 俚語解其義, 向之疑者釋, 窒者通, 子美之詩, 至是無餘蘊矣.

凡閱幾月, 第一卷先成, 繕寫投進, 以稟睿裁, 上賜覽曰: "可令卒事." 仍命臣序之. 臣於子美之詩, 鹵莽矣, 滅裂矣, 何能措一辭於其間哉! 然待罪詞林, 不敢以不能爲解, 則謹拜手稽首, 颺言曰: "臣竊觀子美博極群書, 馳騁古今, 以倜儻之才, 懷匡濟之志, 而值干戈亂離之際, 漂泊秦隴・夔峽之間, 羈旅艱難, 忠憤激烈. 山川之流峙, 草木之榮悴, 禽鳥之飛躍, 千彙萬狀, 可喜可愕, 凡接於耳而寓於目者, 雜然有動於心, 一於詩焉發之. 上自朝廷治亂之跡, 下至閭巷細碎之故, 咸包括而無遺.

觀「麗人行」, 則知寵嬖之盛, 而明皇之侈心蠱惑於內; 讀「兵車行」, 則知防戍之久, 而明皇之驕兵窮黷於外. 「北征」書一代之事業, 而與雅頌相表裏; 「八哀」紀諸賢之出處, 而與傳表相上下, 謂之詩史, 不亦可乎? 而其愛君憂國之誠, 充積於中, 而發見於詠嘆之餘者, 自不容掩, 使後之人, 有以感發而興起焉. 此所以羽翼乎三百篇, 而爲萬代之宗師也. 然一語而破無盡之書, 一字而含無涯之味, 雖老師宿儒, 有不能得其門而入, 況室家之好耶! 觀於「八陣圖」一詩, 待子瞻之夢而後定, 則其他蓋可知也.

恭惟主上殿下潛心聖學, 日御經筵, 六經諸史, 靡不畢究. 又能留意於詩道有關世教, 而特命詞臣, 首譯子美之集, 而千載不傳之祕, 一朝瞭然如指諸掌, 使人人皆得造其堂而嚌其臠也. 噫! 子美之詩晦而不明者, 歷千有餘年而後, 大顯于今, 豈非是詩之顯晦, 與世道升降? 而殿下所以夐掩前古, 卓冠百王, 振起詩道, 挽回世教之幾, 亦可因是以仰窺萬一也.

學者於是乎章句以綱之, 註解以紀之, 諷詠以挹其膏馥, 涵濡以探其閫

奧, 而必以稷契許其身而以一飯不忘君爲其心, 則子美庶幾可學, 而辭語

之妙, 聲律之工, 特其緒餘爾. 將見賡載之歌・大雅之作, 黼黻王道, 賁飾

大平, 而大鳴國家之盛者, 于于焉輩出矣, 何其盛也! 若夫馳鶩於風雲月

露之狀, 而求工於片言隻字之間而已, 則其學子美亦淺矣, 豈聖上所以開

示學者之意耶?"

〈두시서(杜詩序)〉 −조위(曹偉), 1481년, 『매계집』 권4

시는 『시경(詩經)』과 『초사(楚辭)』 이후로 이백(李白)과 두보(杜甫)를
성대하게 일컫는다. 하지만 원기(元氣)가 광대하고 시어가 어려운데다
비록 전주(箋註)가 많다지만 오히려 이 때문에 사람들이 더욱 이해하기
어려워 흠으로 여긴다.

성화(成化) 신축년(1481, 성종 12) 가을에 성상께서 홍문관 전한(弘
文館典翰) 신(臣) 유윤겸(柳允謙)[14] 등에게 다음과 같이 명하였다.

"두시(杜詩)는 여러 사람의 주(註)가 상세한데 회전(會箋)[15]은 내용이

---

14 유윤겸(柳允謙, 1420~?) : 본관은 서산(瑞山), 자는 형수(亨叟)이다. 유방선(柳方善)
의 아들로 조부가 민무구(閔無咎)・민무질(閔無疾) 사건에 연루되어 부친도 연좌로
관노가 되었다가 사면되어 평민이 되었다. 부친이 두보시(杜甫詩)에 정통해 이를 익혔
는데 과거를 치르기도 전에 세종의 부름으로 두보시의 찬주(撰註)에 참여하였다. 1480
년(성종 11) 중국 사신들과의 창화(唱和)를 위해 젊은 문신에게 두시를 가르쳤고, 다음
해는 왕명으로 조위(曹偉) 등과 『분류두공부시언해(分類杜工部詩諺解)』 25권을 완성
해 강희안(姜希顔)의 필체인 을해자(乙亥字)로 간행하였다. 벼슬은 호조참의・돈녕부
도정에 이르렀다.

15 회전(會箋) : 두보의 시전집인 『두공부초당시전(杜工部草堂詩箋)』을 말한다. 중국 송
(宋)의 노은(魯訔)이 1153년 편차하고 1204년 채몽필(蔡夢弼)이 주석들을 모은[會箋]
것으로 여러 이본이 있으나 50권본을 정본으로 삼는다.

많지만 오류가 많은 결점이 있고, 수계(須溪)[16]의 설명은 간단하지만 소략하다는 흠이 있다. 많은 해설이 번잡하고 서로 어긋나 자세히 연구해 한 가지로 만들지 않을 수 없으니 너희는 찬술토록 하라."

이에 여러 주해를 널리 모아 번잡한 내용은 자르고, 잘못된 부분은 고쳐서 지명·인물·자의(字意)가 난해한 것은 구절마다 간략하게 주석을 붙여 살펴보기에 편하도록 하였다. 또한 우리말로 그 의미를 번역하니 예전에 어렵다고 이르던 것이 한 눈에 분명하게 알아볼 수 있게 되었다. 책이 완성되어 장정해 진상하자 신에게 서문을 짓도록 명하셨다.

신이 가만히 생각하건대 시도(詩道)는 세속의 교화에 지대한 관계가 있습니다. 위로는 교묘(郊廟)에서의 음악[17]이 성덕(盛德)을 송축하고, 아래로는 민간 풍속의 노래가 당시의 정치를 찬미하거나 풍자한 것들이 모두 사람들의 선악을 감발시켜 징계할 수 있습니다. 이것이 공자(孔子)께서 삼백 편의 시를 산정하고 사악함이 없다는 가르침[18]을 남긴 까닭입니다. 시는 육조(六朝)시대에 이르러 지극히 경박하고 화려해져서 삼백 편의 소리가 땅에 떨어졌으나 두보가 성당(盛唐)시대에 나와 막힌 것을 들어내고, 무너진 기풍을 진작시켜 침울돈좌(沈鬱頓挫)[19]한 작풍으로

---

16 수계(須溪) : 송대의 문인 유신옹(劉辰翁)을 말하며, 수계는 그의 호이다. 그는 『두보집(杜甫集)』을 비롯한 고서를 평선(評選)한 것으로 유명하다.

17 교묘(郊廟)에서의 음악 : 교는 하늘에 대한 제사를, 묘는 조상을 모신 곳으로 옛 제왕들이 이곳에서 제사를 올리며 사용하였던 음악이다.

18 공자(孔子)께서……가르침 : 삼백 편은 공자가 조정과 민간의 노래 가운데 가려 뽑아 만든 『시경』을 말하며, 『논어(論語)』 「위정(爲政)」에서 "『시경』에 나오는 삼백여 편의 시를 한마디로 요약하면, '사무사'라고 말할 수 있다.〔詩三百 一言以蔽之 曰思無邪〕"고 하였다. 사무사는 생각함에 사악함이 없다는 의미이다.

19 침울돈좌(沈鬱頓挫) : 연영한원(淵永閒遠), 창경기굴(蒼勁奇崛)과 함께 시인들이 창작의 모범으로 삼는 시의 품격이다. 침울은 함축된 의미가 깊은 것을 말하며, 돈좌는 시문과 성조의 생동감 있는 기복을 가리킨다.

화려하게 꾸미는 습관을 제거하는데 힘썼습니다. 전란으로 피난하던 시절에도 시대를 마음으로 아파하고 임금을 아끼는 말이 지극한 정성에서 나와 충의(忠義)의 격렬함이 후대 사람을 감동시킬만합니다. 그의 작품이 사람을 감발시키고 징계함은 진실로 삼백 편과 표리를 이루며, 사실을 지적해 진술함은 시사(詩史)로 일컬을 만하니 어찌 후세의 풍월(風月)을 읊조리거나 성정(性情)을 꾸며내는 자들과 견줄 수 있겠습니까? 그렇다면 성상께서 두보의 시에 유념하는 것도 공자께서 삼백 편을 산정한 의미와 같을 터이니 후학들에게 아름다운 은혜를 베풀어 시도를 만회함이 지극한 것입니다.

아! 삼백 편이 공자에게서 한 번 산정되어 주자(朱子)의 집주(輯註)에서 크게 밝아졌습니다. 지금 두보의 시가 다시 성상의 덕택으로 발양되었으니 시를 배우는 자들이 진실로 이를 모범으로 삼아 사무사(思無邪)의 지경에 이르러 삼백 편의 울타리를 열 수 있다면 어찌 언해의 아름다움이 백대(百代)만 뛰어넘을 뿐이겠습니까? 우리 성상의 온유하면서도 돈독한 교화 역시 한 세대를 도야하였으니 풍속의 교화에 도움이 되는 정도가 어떠하겠습니까!

성화(成化) 17년(1481, 성종 12) 12월 상순 승훈랑(承訓郎) 홍문관 수찬(弘文館修撰) 지제교(知製敎) 겸 경연검토관(經筵檢討官) 춘추관 기사관(春秋館記事官) 승문원 교검(承文院校檢) 신 조위(曹偉)[20]는 삼

---

20 조위(曹偉, 1454~1503) : 본관은 창녕(昌寧). 자는 태허(太虛), 매계는 그의 호이다. 1472년(성종 3) 생원 · 진사시에 합격, 1474년 식년문과에 병과로 급제, 성종 때 실시한 사가독서(賜暇讀書)에 첫 번째로 뽑혔다. 1498년(연산군 4)에 성절사(聖節使)로 명나라에 다녀오던 중, 무오사화가 일어나 김종직(金宗直)의 시고(詩稿)를 수찬한 장본인이라 하여 오랫동안 의주에 유배되었다. 이후 순천으로 옮겨진 뒤 그곳에서 생을 마감하였다. 저서로는 『매계집(梅溪集)』이 있으며, 시호는 문장(文莊)이다.

가 적는다.

[원문] 杜詩序

詩自風騷而下, 盛稱李杜. 然其元氣渾茫, 辭語艱澁, 故箋註雖多, 而人愈病其難曉.

成化辛丑秋, 上命弘文館典翰臣柳允謙等, 若曰: "杜詩諸家之註詳矣, 然會箋, 繁而失之謬; 須溪, 簡而失之略. 衆說紛紜, 互相牴牾, 不可不研覈而一, 爾其纂之." 於是, 廣摭諸註, 芟繁釐枉, 地里・人物・字義之難解者, 逐節略疏, 以便考閱. 又以諺語譯其意旨, 向之所謂艱澁者, 一覽瞭然. 書成, 繕寫以進, 命臣序.

臣竊惟, 詩道之關於世敎也大矣. 上而郊廟之作, 歌詠盛德, 下而民俗之謠, 美刺時政者, 皆足以感發懲創人之善惡, 此孔子所以刪定三百篇, 有無邪之訓也. 詩至六朝, 極爲浮靡, 三百篇之音墜地, 子美生於盛唐, 能抉剔障塞, 振起頹風, 沈鬱頓挫, 力去淫艶華靡之習. 至於亂離奔竄之際, 傷時愛君之言, 出於至誠, 忠憤激烈, 足以聳動百世. 其所以感發懲創人者, 實與三百篇相爲表裏, 而指事陳實, 號稱詩史, 則豈後世朝風詠月・刻削性情者之所可擬議耶? 然則聖上之留意是詩者, 亦孔子刪定三百篇之意, 其嘉惠來學, 挽回詩道也至矣.

噫! 三百篇一刪於孔子, 而大明於朱氏之輯註. 今是詩也, 又因聖上而發揮焉, 學詩者, 苟能模範乎此, 臻無邪之域, 以抵三百篇之藩垣, 則豈徒制作之妙, 高出百代而已耶? 我聖上溫柔敦厚之敎, 亦將陶冶一世, 其有補於風化也, 爲如何哉!

成化十七年十二月上澣, 承訓郎弘文館修撰知製敎兼經筵檢討官春秋館記事官承文院校檢臣曹偉謹序.

2) 1632년 목판본 『중각두시언해(重刻杜詩諺解)』

〈중각두시언해서(重刻杜詩諺解序)〉 -장유(張維)[21], 1632년, 『계곡집』 권6

시(詩)는 반드시 마음으로 이해할 일이니 어찌 주석과 해설이 필요하겠는가? 해설도 필요가 없다면 하물며 방언(方言: 우리말)으로 번역할 필요가 있겠는가? 이는 식견이 뛰어난 사람으로 말하자면 참으로 맞는 말이다. 하지만 배우는 사람을 위해 말해보자면 마음으로 이해되지 않는 점에 대해 어찌 해설이 없을 수 있겠는가? 그리고 해설에 미진한 점이 있다면 번역을 하지 않을 수 없는 일이다. 『두시언해(杜詩諺解)』가 시인들에게 도움을 주었던 까닭이 바로 여기에 있다.

시는 두소릉(杜少陵)[22]에 이르러 고금(古今)의 시인들이 할 수 있는 모든 재주를 다하였다. 다루는 소재(素材)가 매우 넓고 표현한 의사도 지극히 심중하며 활용하는 시어 역시 끝없이 변화했다. 옛사람들이 "가슴 속에 국자감(國子監)이 들어 있지 않다면 두보의 시를 볼 수 없다."고 했던 말을 어떻게 믿지 않겠는가! 주해(註解)한 사람이 천여 명이나 된다고 하니 많다고는 하겠으나 두시의 정밀한 의미와 그윽한 말에 대해서는 환히 드러낸 경우가 드물어 독자들이 흠으로 여긴 지 오래였다.

성화(成化) 연간에 성종(成宗)께서 옥당(玉堂: 홍문관)의 문신(文臣)에게 명하여 여러 주해들을 참고하고 교정하여 한글로 그 뜻을 번역하도록 하였다. 무릇 옛 해설 가운데 미진했던 부분도 한 번 보면 분명히 이해되도록 하였고, 그때 학사(學士) 매계(梅溪) 조위(曺偉)가 가르침

---

21 장유(張維, 1587~1638): 본관은 덕수, 자는 지국(持國), 호는 계곡(谿谷), 시호는 문충(文忠)이다. 공신으로 봉해지고 예조 판서 등을 역임했다.
22 두소릉(杜少陵): 두보(杜甫, 712~770)를 말한다. 소릉은 그의 호이다.

을 받들어 서문을 지었다. 하지만 세간에 통행된 간행본이 매우 적었다. 내 소싯적 기억에도 남에게 한 번 빌려보았을 뿐이고 뒷날 다시 보고 싶었지만 결국 구하지 못해 늘 유감스럽게 여겨왔다. 올해 천파(天坡) 오숙(吳翿)[23] 공께서 경상도 관찰사로 있으면서 간행본 한 권을 구입해 다시 베껴 적으며 교정(校定)하여 여러 고을에서 분담해 간행토록 하였고, 대구 부사(大丘府使) 김상복(金尙宓)[24]이 사실상의 실무를 맡아 일을 마치자 나에게 편지를 보내 서문을 부탁하였다.

아! 시(詩)의 의리가 유학(儒學)에 관계되지 않는다면 시를 곧 그만 두어도 되겠지만, 시가 그만둘 수 없는 것이라면 두보의 시를 어찌 읽지 않을 수 있겠는가. 두보의 시를 읽으면서 언해도 갖추었다면 길을 잃어버렸더라도 나침반이 있는 것과 같지 않겠는가! 하물며 이 편찬은 성종께서 일찍이 신경을 쓰시어 후학들에게 아름다운 은혜를 베푸신 일이었다. 지금 이를 중간(重刊)하고 널리 배포해 시를 배우는 사람들이 집집마다 소장하고 사람마다 외우도록 하여 성조(聖朝)의 온유돈후(溫柔敦厚)[25]한 가르침을 돕는다면 이는 진실로 민간의 풍속을 살피는 사람들이

---

23 오숙(吳翿, 1592~1634) : 본관은 해주(海州), 자는 숙우(肅羽), 천파는 그의 호이다. 1610년(광해군 2) 진사시에 합격하고 1612년 증광 문과에 병과로 급제해 약관의 나이로 명성을 떨쳤다. 문장이 간결 명료했으며, 특히 기유시(紀遊詩)에 뛰어났다고 한다. 저서로는 『천파집』 4권이 있다. 오숙이 1631년 9월 경상도 관찰사에 부임한 바 이때의 일로 여겨진다.

24 김상복(金尙宓, ?~1652) : 본관은 안동(安東), 자는 중정(仲靜)이다. 부친은 도정(都正) 극효(克孝)이며, 우의정 상용(尙容)과 좌의정 상헌(尙憲)의 아우이다. 19세에 사마시에 합격하여 벼슬은 형조참의 · 돈녕부도정 등을 지냈으며, 배천현감 · 온양군수 · 대구부사 · 상주목사 · 경주부윤 등의 외직을 역임하며 선정을 베풀었다.

25 온유돈후(溫柔敦厚) : 퇴계 이황이 「도산십이곡(陶山十二曲)」에서 이전까지의 고전 시가에 대해 '음란하다(淫哇), 방탕 교만하다(矜豪放蕩), 세상에 대해 공손하지 않다(玩世不恭)'는 평가를 내리고 시가에서 지향해야 할 경지로 제시한 미학 용어인데, 자연

마땅히 우선 시행할 일이다.

오공(吳公)은 학문을 즐기며 문사(文詞)에도 능하였고 또한 관리의 직책까지도 민첩하였는데, 지금 관찰사의 번다한 공무를 관장하던 여가에 문학에 마음을 두어 백 년 사이에 사라지려던 책을 다시 환히 빛나도록 새로 간행하였으니 너무나도 성대한 거사라고 하겠다. 나는 이미 오공의 부탁을 중요하게 여기는 데다 아직 늙지 않은 나이에 예전부터 보고 싶었지만 그러지 못했던 책을 다시 보게 됨을 기뻐하며 마침내 사양하지 않고 서문을 쓴다.

[원문] 重刻杜詩諺解序
詩須心會, 何事箋解? 解猶無所事, 況譯之以方言乎? 自達識論之, 是固然矣. 爲學者謀之, 心有所未會, 烏可無解? 解有所未暢, 譯亦何可已也! 此『杜詩諺解』之所以有功於詩家也.

詩至杜少陵, 古今之能事畢矣. 厖材也, 極其博; 用意也, 極其深; 造語也, 極其變. 古人謂: "胸中無國子監, 不可看杜詩." 詎不信歟! 註解者稱千家, 謂其多也, 至其密義粵語, 鮮有發明, 讀者病之久矣.

成化年間, 成廟命玉堂詞臣參訂諸註, 以諺語譯其義. 凡舊說之所未達, 一覽曉然, 梅溪曺學士偉奉教序之. 然其印本之行於世者甚鮮. 記余少時, 嘗從人一倩讀之, 旣而欲再觀, 而終不可得, 常以爲恨. 今年天坡吳公翻按節嶺南, 購得一本, 繕寫校定, 分刊於列邑, 而大丘府使金侯尙宓實相其役, 旣成, 走書屬序於余.

嗚呼! 比興之義, 謂無與於斯文, 詩直可廢也, 詩有未可廢者, 則杜詩何

계로부터 천지의 근원적 조화와 만나 체득해야 할 부드럽고 따스하며 도타운 정감을 의미한다.

可不讀. 讀杜而有諺解, 其不猶迷塗之指南乎! 況是編也, 成廟所嘗留神, 以嘉惠後學者也. 重刊而廣布, 使學詩者, 戶藏而人誦之, 以神聖朝溫柔敦厚之教, 此誠觀民風者所宜先也.

吳公嗜學工文詞, 又敏於吏職, 乃能於蕃宣鞅掌之餘, 加意斯文, 百年垂廢之書, 煥然復新, 甚盛擧也. 余旣重吳公之請, 又自喜及其未老, 將復睹舊所欲觀而未得者, 遂不辭爲之序.

도산십이곡(陶山十二曲)

1) 1565년 목판본 『도산십이곡』

〈도산십이곡발(陶山十二曲跋)〉 ―이황(李滉), 1565년, 『퇴계집』 권43

「도산십이곡」은 도산 노인(陶山老人: 퇴계 이황)이 지은 것이다. 노인이 이 노래를 지은 것은 어째서인가? 우리 동방의 가곡(歌曲)은 대체로 음란하여 말할 만한 것이 못된다. 「한림별곡(翰林別曲)」의 부류는 문인(文人)의 입에서 나왔지만, 교만하고 방탕한데다 무례하고 장난스러워 더욱이 군자(君子)가 숭상할 만한 것이 아니다. 오직 근래 이별(李鼈)[26]의 6가(歌)[27]라는 것이 있어 세상에 성대하게 전하는데 오히려 「한림별곡」 보다야 좋다지만, 역시 세상을 조롱하며 공손치 못한 뜻이 있고, 온유돈후(溫柔敦厚)한 내용이 적어 애석하다.

　노인은 평소 음률(音律)에 대해 알지는 못하지만 세속의 음악이 듣기 싫다는 것은 알았다. 한가히 지내며 병을 돌보는 여가에 무릇 성정(性

26　이별(李鼈, 생몰년 미상) : 본관은 경주, 자는 낭선(浪仙), 호는 장륙당(藏六堂)이다. 부친은 현령 이공린(李公麟)이며, 모친은 박팽년(朴彭年)의 딸이다. 그 형인 이원(李黿, ?~1504)은 김종직(金宗直)의 문인으로 호조 좌랑 등을 역임하였으나 무오사화(1498) 때 곽산에 장류(杖流)되고, 갑자사화(1504)에 참형을 당했으며, 이별도 사마시에 합격하였으나 형제로 연좌되어 평생 은거하며 지냈다.

27　6가(歌) : 15세기 후반에 이별이 지은 연시조로 6수로 이루어져있다. 원문은 전하지 않고 종손(從孫)인 이광윤이 한문으로 번역한 4수만 전하고 있다.

情)에 느낀 바가 있을 때마다 시를 지었다. 하지만 지금의 시는 옛적의 시와 달라 읊조릴 수는 있어도 노래로 부를 수는 없다. 노래로 부르고자 한다면 반드시 세속의 우리말로 엮어야 하니, 대체로 나라 풍속의 음절이 그렇게 할 수 밖에 없다. 이런 까닭으로 일찍이 이별의 6가를 대략 본받아 「도산육곡」 두 편을 지었는데, 하나는 뜻을 말하였고, 하나는 학문을 말하였다. 아이들에게 아침저녁으로 익혀 노래 부르도록 시키고 안석에 기대서 들었다. 또한 아이들 스스로 노래 부르며 춤추고 뛰도록 하면 아마도 비루하고 인색한 마음을 씻어내며, 감화되어 분발하고 마음에 저절로 깨달아 노래하고 듣는 사람 서로에게 유익함이 있을 것이다.

내 자신을 돌아보건대 행적이 세상과 너무도 어그러져 이처럼 한가한 일로도 시끄러운 빌미를 일으킬지 알 수 없고, 더구나 이 노래가 곡조에 들어가 음악 절조에 맞을지도 자신할 수 없다. 우선 한 부를 적어 상자에 넣어 두고 때때로 꺼내 즐기고 스스로 반성해 보며 다시 훗날 보는 사람들의 선택을 기다릴 뿐이다.

가정(嘉靖) 을축년(1565, 명종 20) 늦봄(음력 3월) 16일에 도산 노인은 쓴다.

[원문] 陶山十二曲跋

右「陶山十二曲」者, 陶山老人之所作也. 老人之作此, 何爲也哉? 吾東方歌曲, 大抵多淫哇不足言. 如「翰林別曲」之類, 出於文人之口, 而矜豪放蕩, 兼以褻慢戲狎, 尤非君子所宜尙. 惟近世有李鼈六歌者, 世所盛傳, 猶爲彼善於此, 亦惜乎其有玩世不恭之意, 而少溫柔敦厚之實也.

老人素不解音律, 而猶知厭聞世俗之樂. 閒居養疾之餘, 凡有感於情性者, 每發於詩. 然今之詩異於古之詩, 可詠而不可歌也. 如欲歌之, 必綴以俚俗之語, 蓋國俗音節, 所不得不然也. 故嘗略倣李歌, 而作爲「陶山六曲」

者二焉, 其一言志, 其二言學. 欲使兒輩朝夕習而歌之, 憑几而聽之. 亦令兒輩自歌而自舞蹈之, 庶幾可以蕩滌鄙吝, 感發融通, 而歌者與聽者, 不能無交有益焉.

顧自以蹤跡頗乖, 若此等閒事, 或因以惹起鬧端, 未可知也. 又未信其可以入腔調諧音節與未也. 姑寫一件, 藏之篋筍, 時取玩以自省, 又以待他日覽者之去取云爾.

嘉靖四十四年歲乙丑暮春旣望, 山老書.

2) 1747년 목판본 『도산십이곡』

〈답권태중[28](答權台仲)〉 -이익(李瀷), 1747년, 『성호전집』 권14

(전략) 우연히 묵은 상자를 뒤적이다가 「번역도산십이곡(翻譯陶山十二曲)」을 찾았습니다. 이것은 제가 30년 전에 망령되이 적었던 것입니다. 방언이나 언문으로는 존각(尊閣)께 올리는 데 방해될까 싶어 번역하지 않을 수 없었습니다. 저 자신이 잘못인 줄 알면서도 문자로 이미 만들고 나서는 가숙(家塾)에 전달해주고 싶었지만 어세(語勢)가 너무도 어색하니 본뜻을 잃었을지도 모르겠습니다. 바라옵건대 서너 차례 세세하게 번역하여 글자와 구절을 바꾸어 다시 가르침을 주셨으면 합니다. 그리하여 신발을 끌고 다니며 노래하고, 악기로 연주하며 한껏 즐기다가 제

---

28 권태중(權台仲) : 권상일(權相一, 1679~1759)을 말한다. 태중은 그의 자이다. 본관은 안동, 시호는 희정(僖靖)이다. 대사간, 대사헌 등을 역임했다. 『퇴계언행록(退溪言行錄)』을 교열해 간행하고 저술로 『청대집(淸臺集)』 등이 있다.

인생을 마치고자 할 뿐입니다. 만약 '이러한 말은 한마디라도 모두 참람한 것이다'라고 말씀하신다면 꾸짖으며 종이를 찢어버리시더라도 달리 변명하지는 않겠습니다. 바라옵건대 어르신께서 굽어 살피시어 잘못을 고쳐주시고 함부로 다른 사람에게 보이지는 말아 주십시오. (후략)

[원문] 答權台仲
(전략) 偶閱陳箱, 得「翻譯陶山十二曲」者. 此澯三十年前妄筆. 方言諺字, 恐防於丌上尊閣, 不免換轉爲之. 澯自知罪也, 然文字旣成, 欲傳與家塾, 語勢甚覺齟齬, 或失本旨. 惟乞三四細譯, 改字易句, 還以見敎焉. 逝將曳履歌詠, 金石八律, 嘐嘐然終吾生爾. 若曰:'見成底說, 一毫皆僭', 則亦必喑指毁箋, 不復敢遁辭. 惟吾丈曲爲之護短, 無輕出手也. (후략)

2

사전

홍무정운역훈(洪武正韻譯訓)

1) 1455년 목활자본 『홍무정운역훈』

〈홍무정운역훈서(洪武正韻譯訓序)〉 -신숙주(申叔舟), 1455년, 『보한재집』 권15

성운학(聲韻學)은 정밀하기가 가장 어렵다. 대개 사방의 풍토가 다르고 기운 역시 이를 따라가는데 소리는 기운에서 생겨나는 것이기에 이른바 사성(四聲)과 칠음(七音)이 지역에 따라 다름이 마땅하다. 심약(沈約)[1] 이 『사성보(四聲譜)』를 저술하고부터 남방의 소리가 섞이게 되었음을 식자들이 병통으로 여겼지만 역대로 바로잡은 사람이 없었다. 삼가 생각 건대 황명(皇明) 태조 고황제(太祖高皇帝)가 그 어긋나고 잘못되어 차례를 잃음을 근심하여 유신(儒臣)에게 명해 중원(中原)의 아음(雅音: 표준적 소리)으로 통일해 『홍무정운(洪武正韻)』을 만들었으니 실로 천하만국의 근본이 되는 것이다. 우리 세종(世宗) 장헌대왕(莊憲大王)께서 운학(韻學)에 뜻을 두셔서 온축한 것을 궁구하여 훈민정음 글자를 창제하니 사방만물의 소리를 표현하지 못함이 없게 되었다. 우리 동방의 선비들이 비로소 사성과 칠음에 절로 구비되지 않은 것이 없음을 알게

---

1 심약(沈約, 441~513) : 남북조시대 양(梁)나라 학자로, 자는 휴문(休文), 시호는 은 (隱)이다. 박식하고 시문을 잘하여 무제(武帝) 때 상서령(尙書令)에 이르렀지만 노여 움을 산 일로 파직되어 벼슬 없이 죽었다. 명(明)나라 때 그의 시문을 모은 『심은후집 (沈隱侯集)』이 나왔고, 『사성보(四聲譜)』를 지어 성조를 평성(平聲)・상성(上聲)・거성(去聲)・입성(入聲)으로 나누었다.

되었으니 단지 운자(韻字)에만 해당되지 않는다.

이에 우리나라는 대대로 중국을 섬기면서도 말이 통하지 않아 반드시 역관(譯官)의 도움을 받아야만 하기에 먼저 『홍무정운』을 번역하도록 명하시고, 지금 예조 참의(禮曹參議) 신(臣) 성삼문(成三問)[2], 전농소윤(典農少尹) 신 조변안(曹變安), 지 금산군사(知金山郡事) 신 김증(金曾), 전행통례문 봉례랑(前行通禮門奉禮郎) 신 손수산(孫壽山)과 신 신숙주(申叔舟) 등에게 명하여 옛일을 살펴 전적에서 증거를 삼도록 하고, 수양대군(首陽大君) 신 유(瑈), 계양군(桂陽君) 신 증(璔)[3]에게 출납을 관장토록 하여 모든 일을 친히 자리에 임해 분류하고 정하였다.

칠음으로 맞추고 사성으로 조율하며 청탁(淸濁)으로 고르게 만들어 종횡과 경위가 비로소 바르게 되어 빠진 것이 없게 되었다. 하지만 말소리가 이미 달라 와전된 것이 또한 심하여 곧 신 등에게 명해 중국의 선생과 학자들에게 질정토록 하시니 일고여덟 차례를 왕래하며 질문한 사람이 여러 명이었다. 북경은 만국이 회동하는 지역이고 왕래하는 노정이 멀어 일찍이 도중에 만난 사람들과 주선하여 강론하고 밝힌 것이 적지 않고, 외방 이역의 사신과 승려·군졸 등의 미천한 사람까지도 만나보아 정속(正俗)과 동이(同異)의 변화를 다하였다. 또한 천자의 사신이 우리나라에 이를 때 유자(儒者)가 오면 다시 바로잡았다. 십여 권의 원고를 베껴 고생스럽게 반복하여 마침내 8년이란 오랜 시간이 지나 예전의 빠진 것을 바로잡은 부분에 더는 의심스러운 점이 없는 듯하였다.

---

2 성삼문(成三問, 1418~1456) : 본관은 창녕, 시호는 충문(忠文)이다. 사육신의 한 사람이다.

3 증(璔, 1427~1464) : 세종의 아들로 수양대군을 도와 세조가 즉위하자 공신에 책봉되었다. 시호는 충소(忠昭)이다.

문종(文宗) 공순대왕(恭順大王)이 세자로 있을 때부터 성명(聖明)으로써 도와 성운(聲韻)을 정하는 일에 참여하였다. 보위에 오르자 신들과 전판관(前判官) 신 노삼(魯參), 현 감찰(監察) 신 권인(權引), 부사직(副司直) 신 임원준(任元濬)에게 명하여 다시 교정을 더하게 하였다. 무릇 『홍무정운』에 사용한 운자 가운데 운의 쓰임을 합하고 나누는 일을 모두 바로잡았는데 유독 칠음(七音)의 선후는 차례를 따르지 않았다. 하지만 감히 경솔하게 변경하지 않고 단지 옛 방식에 따라 자모를 여러 운자의 각 글자의 첫머리에 나누어 넣고 훈민정음으로 반절을 대신하였다. 속음과 두 가지로 쓰는 음도 몰라서는 아니 되기에 본 글자의 아래에 나누어 주해하였다. 또 이해하기 어려운 경우가 있으면 대략 주석을 더해 그 사례를 보였다. 그리고 세종께서 정한 『사성통고(四聲通攷)』를 별도로 머리 부분에 붙여두고, 다시 범례를 만들어 지남(指南)으로 삼게 하였다. 삼가 생각건대 성상(문종)께서 즉위하자 곧바로 인간(印刊)해 반포하여 널리 전파하도록 하고, 신이 일찍이 선왕(先王: 세종)께 명을 받들었으니 서문을 지어 일의 전말을 기록하도록 명하였다.

살펴보면 음운에는 칠음이 횡이 되고, 사성이 종이 된다. 사성은 강좌(江左: 양자강 하류 지역)에서 시작되었고, 칠음은 서역(西域)에서 기원하였지만 송나라 유자(儒者)가 운서를 저술하자 종횡으로 나뉜 것이 비로소 하나로 합해졌다. 칠음은 36개의 자모(字母)로 되어있는데 설상음(舌上音)의 4모(母)와 순경음(脣輕音)의 차청(次淸) 1모는 세상에서 사용하지 않은 지 이미 오래 되었다. 또한 선배들이 이미 변경한 경우라도 지금 억지로 두어 옛 법식에 얽매일 필요는 없다. 사성은 평성·상성·거성·입성인데 전탁음(全濁音)의 글자는 평성으로 차청(次淸)에 가깝고, 상성·거성·입성은 전청(全淸)에 가까운데 세상에서 사용함이 이와 같지만 역시 그렇게 된 이유는 모르겠다.

또한 초성과 종성이 있어 글자의 음을 이룸은 당연한 이치인데 유독 입성의 경우 세속에서는 대부분 종성을 쓰지 않으니 너무나 말할 것이 없다. 몽고의 음운과 황공소(黃公紹)[4]의 『운회(韻會)』에도 입성에 종성을 쓰지 않으니 무슨 까닭인가? 이 같은 점이 한둘이 아닌데 이 또한 의심스러운 것이다. 중국을 왕래하며 바로잡은 것이 이미 많았지만 결국 음운학(音韻學)에 정통한 사람을 한 번이라도 만나 조화를 이뤄 엮어지는 묘법을 분별할 수는 없었다. 다만 그 언어와 독송(讀誦)에 남은 증거로 청음과 탁음, 열림과 닫힘의 근원을 거슬러 찾아나가 가장 어렵다고 이르는 것을 정밀하게 만들고자 했으니 이것이 고생스럽게 부지런히 하여 오랜 시간에 걸쳐 겨우 알아 낸 것이다.

신 등은 학식이 일천하고 용렬해 일찍이 지극하고 심오한 내용을 찾아내어 성왕(聖王)의 계획을 현양할 수는 없었다. 오히려 우리 세종대왕의 하늘이 내린 그 고명하고도 박통함이 이르지 않는 곳이 없는 성명(聖明)에 의지해 성운학의 원천을 모두 연구하고 알맞게 제정하여 칠음과 사성의 씨줄과 날줄이 마침내 정당함을 얻도록 하였으니 우리 동방에서 천백 년이 지나도록 몰랐던 것을 열흘도 지나지 않아 배울 수 있게 되었다. 진실로 마음 깊이 반복하여 이를 깨닫는다면 성운의 학문이 어찌 정밀하게 만들어지기 어렵겠는가? 옛사람들이 '중국에 범음(梵音)이 유행하였지만, 우리 공자의 경전이 발제하(跋提河)[5]로 전해지지 못했던 이유는

---

4 황공소(黃公紹) : 남송과 원나라의 인사로 복건성 출신이다. 자는 직옹(直翁)으로 남송 함순(咸淳) 연간에 진사가 되었으나 원나라에는 벼슬하지 않았다. 『설문(說文)』에 근거해 『고금운회(古今韻會)』를 저술했는데 본문의 『운회』가 이것이다.
5 발제하(跋提河) : 인도에 있는 강물 이름이다. 여기서는 인도를 뜻한다. 석가모니가 인도의 구시나갈라성(拘尸那揭羅城) 밖에 흐르는 발제하(跋堤河) 가의 사라수(沙羅樹, Sala)의 숲 속에서 열반했다.

한문 때문이지 소리 때문이 아니다.'라고 말하였는데, 무릇 소리가 있고 나서 글자가 생겨난 것이니 어찌 소리 없는 글자가 있겠는가? 지금 훈민정음으로 번역하여 소리와 운자가 조화를 이뤄 음화(音和)·유격(類隔)·정절(正切)·회절(回切)⁶의 번잡하고도 고생스러운 일을 거치지 않더라도 입만 열어 소리를 내면 음을 알아 조금도 틀리지 않게 되었으니 또한 풍토가 다르다 한들 무엇을 걱정하겠는가! 우리 역대 임금들께서 제작하신 묘법이 아름다움과 선함을 다하여 고금을 뛰어넘고, 전하께서 이어 저술하신 아름다움이 또 전대의 업적에 빛나는구나.

경태(景泰) 6년(1455, 단종 3) 중춘(仲春) 기망(旣望)에 수충협책 정난공신(輸忠協策靖難功臣) 통정대부(通政大夫) 승정원 도승지(承政院都承旨) 경연참찬관(經筵參贊官) 겸 상서 윤(尚瑞尹) 수문전 직제학(修文殿直提學) 지제교(知製教) 춘추관(春秋館) 겸 판봉상시사(判奉常寺事) 지이조사 내직 사준원사(知吏曹事內直司樽院事) 신 신숙주(申叔舟)는 절하며 고개 숙여 삼가 서문을 쓴다.

[원문] 洪武正韻譯訓序
聲韻之學, 最爲難精. 蓋四方風土不同而氣亦從之, 聲生於氣者也, 故所謂四聲七音, 隨方而異宜. 自沈約著『譜』, 雜以南音, 有識病之, 而歷代未有

---

6 음화(音和)·유격(類隔)·정절(正切)·회절(回切) : 글자의 음을 표시할 때 반절상자(反切上字)와 귀자(歸字)의 성모(聲母)가 같고 반절하자(反切下字)와 귀자의 운이 같은 것을 음화(音和)라 하고, 반절하자와 귀자의 운이 같으면 반절상자와 귀자의 성모가 순중음(脣重音)과 순경음(脣輕音), 설두음(舌頭音)과 설상음(舌上音), 치두(齒頭)와 정치음(正齒音)과 같이 다르더라도 서로 반절로 쓸 수 있는 것을 유격(類隔)이라 한다. 정절(正切)은 반절법 사용시 순서대로 분절하는 것이고, 회절(回切)은 돌려서 분절하는 것이라고 하나 정확한 내용은 미상이다.

釐正之者. 洪惟皇明太祖高皇帝, 愍其乖舛失倫, 命儒臣一以中原雅音, 定爲『洪武正韻』, 實是天下萬國所宗. 我世宗莊憲大王, 留意韻學, 窮研底蘊, 創制訓民正音若干字, 四方萬物之聲, 無不可傳. 吾東邦之士, 始知四聲七音自無所不具, 非特字韻而已也.

於是, 以吾東國世事中華, 而語音不通, 必賴傳譯, 首命譯『洪武正韻』, 令今禮曹參議臣成三問·典農少尹臣曹變安·知金山郡事臣金曾·前行通禮門奉禮郎臣孫壽山及臣叔舟等, 稽古證閱; 首陽大君臣 諱·桂陽君臣璔, 監掌出納, 而悉親臨課定.

叶以七音, 調以四聲, 諧之以清濁, 縱衡經緯, 始正罔缺. 然語音旣異, 傳訛亦甚, 乃命臣等, 就正中國之先生學士, 往來至于七八, 所與質之者若干人. 燕都爲萬國會同之地, 而其往返道途之遠, 所嘗與周旋講明者, 又爲不少, 以至殊方異域之使, 釋老卒伍之微, 莫不與之相接, 以盡正俗異同之變. 且天子之使至國, 而儒者則又取正焉. 凡謄十餘稿, 辛勤反復, 竟八載之久, 而向之正罔缺者, 似益無疑.

文宗恭順大王, 自在東邸, 以聖輔聖, 參定聲韻. 及嗣寶位, 命臣等及前判官臣魯參·今監察臣權引·副司直臣任元濬, 重加讎校. 夫『洪武』韻用韻倂析, 悉就於正, 而獨七音先後, 不由其序. 然不敢輕有變更, 但因其舊, 而分入字母於諸韻各字之首, 用訓民正音, 以代反切. 其俗音及兩用之音, 又不可以不知, 則分注本字之下. 若又有難通者, 則略加注釋, 以示其例. 且以世宗所定『四聲通攷』, 別附之頭面, 復著凡例, 爲之指南. 恭惟聖上卽位, 亟命印頒, 以廣其傳, 以臣嘗受命於先王, 命作序以識顚末.

切惟音韻, 衡有七音, 縱有四聲. 四聲肇於江左, 七音起於西域, 至于宋儒作譜, 而經緯始合爲一. 七音爲三十六字母, 而舌上四母, 唇輕次清一母, 世之不用已久. 且先輩已有變之者, 此不可强存而泥古也. 四聲爲平·上·去·入, 而全濁之字平聲, 近於次清, 上·去·入, 近於全清, 世之所用如此, 然亦不知其所以至此也.

且有始有終, 以成一字之音, 理之必然, 而獨於入聲, 世俗率不用終聲, 甚無謂也. 蒙古韻與黃公紹『韻會』, 入聲亦不用終聲, 何耶? 如是者不一, 此又可疑者也. 往復就正旣多, 而竟未得一遇精通韻學者, 以辨調諧紐攝之妙. 特因其言語讀誦之餘, 遡求淸濁開闔之源, 而欲精夫所謂最難者, 此所以辛勤歷久而僅得者也.

臣等學淺識庸, 曾不能鉤探至賾, 顯揚聖謩. 尙賴我世宗大王天縱之聖, 高明博達, 無所不至, 悉究聲韻源委, 而斟酌裁定之, 使七音四聲, 一經一緯, 竟歸于正, 吾東方千百載所未知者, 可不浹旬而學. 苟能沈潛反復, 有得乎是, 則聲韻之學, 豈難精哉? 古人謂'梵音行於中國, 而吾夫子之經, 不能過跋提河者, 以字不以聲也', 夫有聲乃有字, 寧有無聲之字耶? 今以訓民正音譯之, 聲與韻諧, 不待音和・類隔・正切・回切之繁且勞, 而擧口得音, 不差毫釐, 亦何患乎風土之不同哉! 我列聖製作之妙, 盡美盡善, 超出古今, 而殿下繼述之懿, 又有光於前烈矣.

景泰六年仲春旣望, 輸忠協策靖難功臣, 通政大夫, 承政院都承旨・經筵參贊官兼尙瑞尹・修文殿直提學・知製敎, 充春秋館・兼判奉常寺事・知吏曹事・內直司樽院事臣申叔舟, 拜手稽首敬序.

규장전운(奎章全韻)

1) 1796년 목판본 『규장전운』

〈규장전운범례(奎章全韻凡例)〉 -이덕무(李德懋)[7], 1796년, 『청장관전서』 권24
「편서잡고 4」

『삼운통고(三韻通考)』[8]의 연원은 알 수 없지만 세종(世宗) 시절에 유신(儒臣)에게 명하여 편정(編定)한 듯한데, 지금까지 문단(文壇)에서 본보기로 삼는다. 그리고 3줄 가로로 보게 한 것은 옛 표보(表譜)의 사례를 모방하였는데 지극히 간단하고 요령이 있다. 하지만 사성(四聲)이 심약(沈約)으로부터 시작되었기에 삼운(三韻)으로 굳이 정하자면 명실(名實)이 맞지 않기에 지금 4줄로 정하면서 입성(入聲)을 아울러 편집하였다.

금운(今韻)은 평성(平聲)이 30부(部), 입성(入聲)이 17부인데 장보(章黼)의 『운학집성(韻學集成)』에서 처음으로 17부의 입성을 30부의 평성에 나누어 넣었다. 대개 입성이 윤성(潤聲)이긴 하지만 중성(中聲)을 살펴보면 자연스레 가락이 맞는다. 다만 지(支)·미(微)·제(齊)·

---

7 이덕무(李德懋, 1741~1793) : 본관은 전주, 호는 청장관(靑莊館)이다. 규장각 검서관을 지냈으며 『청장관전서(靑莊館全書)』, 『사소절(士小節)』 등을 저술했다.

8 『삼운통고(三韻通考)』 : 편자와 연대를 알 수 없는데, 중국의 106운(韻) 체제인 『예부운략(禮部韻略)』을 기반으로 우리나라 사람이 이용하기 편하게 개편한 1책의 운서(韻書)이다.

가(佳)·회(灰)·어(魚)·우(虞)·소(蕭)·효(肴)·호(豪)·가(歌)·
마(麻)·우(尤)의 13운(韻)에 입성이 없지만 지금 정한 사성은 대개 장
보를 따랐고 각신(閣臣) 서명응(徐明膺)이 편찬한 『규장운서(奎章韻
瑞)』[9]에도 이미 이런 사례가 있다.

『삼운통고』는 대개 『예부운략(禮部韻略)』[10]·『운부군옥(韻府群玉)』[11]
·『홍무정운(洪武正韻)』[12]의 여러 책에서 나온 것으로 수록 내용이 지극
히 간략해 주해(註解)는 두세 글자에 불과한데도 문장 짓는 사람들이
받들어 규범으로 삼았던 것을 보면 선비들의 박식하지 못함이 참으로
특이한 일이 아니다. 김제겸(金濟謙)[13]과 성효기(成孝基)가 함께 증보

---

9 『규장운서(奎章韻瑞)』: 정조(正祖) 3년(1779)에 서명응 등에게 명하여 중국의 『예부
운략(禮部韻略)』과 같은 여러 운서(韻書)들을 비교하고 장점만을 취해 우리나라 운서
의 미진한 점을 바로잡아 사성보(四聲譜)·음보(音譜)·악운(樂韻)·고운(古韻)의
네 부분 전8권으로 구성된 책이다. 1796년에 『어정규장운서(御定奎章全韻)』로 이름을
바꾸었다.

10 『예부운략(禮部韻略)』: 송(宋)나라의 정도(丁度, 990~1053) 등이 예부의 과시(科試)
에 응하는 자들을 위해서 운자를 사성의 차례로 분류한 전5권으로 구성한 책이다. 원래
의 서명은 『배자예부운략(排字禮部韻略)』으로 고려시대 우리나라에서 과거가 시행되
면서 중요시되어, 이후 운서의 성립에 많은 영향을 주었다.

11 『운부군옥(韻府群玉)』: 원(元)나라의 음시부(陰時夫)가 편찬하고 그의 형인 음중부
(陰中夫)가 주석을 붙인 책이다. 글자마다 반절음(反切音)을 표기하고 운자별(韻字別)
로 배열하여 참고가 되는 고사(故事)까지 설명한 일종의 백과전서로 전20권이다. 1589
년(선조 22)에는 권문해(權文海)가 이를 본떠 우리나라의 전고와 사례를 포함하여 『대
동운부군옥(大東韻府群玉)』을 편찬하기도 하였다.

12 『홍무정운(洪武正韻)』: 명(明)나라 태조 홍무(洪武) 7년(1374)에 한림시강학사 악소
봉(樂韶鳳) 등이 심약(沈約)의 『사성보(四聲譜)』가 남방의 음운을 근거로 했으니 이를
수정하여 중원(中原)의 음운을 정리하라는 명을 받들어 편찬한 운서(韻書)이다.

13 김제겸(金濟謙, 1680~1722): 본관은 안동(安東). 자는 필형(必亨), 호는 죽취(竹醉),
시호는 충민(忠愍)으로 영의정 김창집(金昌集)의 아들이다. 1722년 부친이 노론4대신
의 한 사람으로서 소론에 의해 사사되자 울산에 유배된 뒤 부령(富寧)으로 이배되어
사형당했다. 1725년(영조 1) 신원받아 좌찬성에 추증되었다. 저서로 『죽취고』와 편서

(增補)하여 편찬했는데 실로 거의 바르게 되었다. 원운(原韻)과 증운(增韻)은 물론 간간이 희귀하고 궁벽한 글자가 있지만 하나도 산삭(刪削)하지 않은 이유는 세상에 유행한 지 이미 오래되어 사람들이 모두 익숙하기 때문이다. 그래서 지금 또 이를 이어 증보함에 예전의 증휘(增彙)와 함께 각 운(韻)의 아래에 두었지만, 현재 중국에서 쓰는 『고금운략(古今韻略)』·『강희시운(康熙詩韻)』[14]과 비교해 보아도 그다지 소략하지 않고 오히려 낫다. 주해(註解)의 경우에는 널리 여러 서적에서 증명하여 예전과 비교해도 꽤나 자세하다. 옛 주해는 나무·풀·강물·지역의 명칭 등 종류만으로도 이미 매우 소홀할 뿐 아니라, 대체로 여타 사물의 명의(名義)에 빠진 것이 많아 글자마다 주해를 첨가하여 대략의 경개를 갖추었다. 자체(字體)는 모두 『정운자전(正韻字典)』을 따르되 점획(點畫)·편방(偏旁)의 경우 종종 바로잡아 엄중하도록 힘을 다하여 조야(朝野)의 모범으로 만들었다.

　몽고(蒙古)가 중국을 어지럽혀 음운(音韻)이 어긋났는데 태조(太朝) 고황제(高皇帝: 명 태조)가 이미 천하를 평정하고 송염(宋濂)[15] 등에게 명해 중원(中原)의 아음(雅音)으로 모두 바로잡게 하였다. 지금 편찬하는 운서는 『홍무정운』의 자모(字母)를 따랐고, 『사성통해(四聲通解)』[16]

로 『증보삼운통고(增補三韻通考)』가 있다.

14 『고금운략(古今韻略)』·『강희시운(康熙詩韻)』: 『고금운략』은 청(淸)나라 소장형(邵長衡)이 편찬한 운서이다. 『강희시운』은 1711년 청나라 강희제(康熙帝)의 칙명으로 장옥서(張玉書) 등 76인이 『운부군옥』과 『오거운서(五車韻書)』 등을 대대적으로 증보하여 정집(正集)·습유(拾遺) 각각 106권인 운서이다. 『패문재시운(佩文齋詩韻)』이라고도 하는데, 패문재는 황제의 서재(書齋) 이름이다.

15 송염(宋濂, 1310~1380): 명나라 태조 때의 학자로 자는 경렴(景濂), 호는 잠계(潛溪)이다. 『원사(元史)』를 편찬하였으며, 저서에 『용문자(龍門子)』 등이 있다.

16 『사성통해(四聲通解)』: 이 책은 『홍무정운역훈(洪武正韻譯訓)』(1455)의 음계를 보충

의 언문으로 번역한 음을 따랐다. 우리나라의 음은 자모의 법을 따라
분류해 각 글자의 주해 아래에 한글로 적었다. 중국의 음은 검은 동그라
미〔圜匡〕, 우리나라 음은 검은 사각〔方匡〕 안에 흰 글자로 새겨 넣어
견(見)·계(溪) 등의 자모(字母)[17]와 덕(德)·홍(紅) 등의 반절(半切)
을 다시 쓰기에 번거롭지 않으며, 또한 하나의 한글 글자로 포괄할 수
있어 매우 간편하다. 근세의 운서들은 한글로 우리나라 음을 크게 쓰고,
그 아래에 작은 글씨로 중국 음을 적느라 차례가 뒤바뀌어 명분에 흠이
있기 때문에 모두 개정하여 따르지 않았다.

근래 박성원(朴性源)의 『정음통석(正音通釋)』[18]은 중국음의 경우 속
음(俗音)을 삭제하지 않고, 우리나라 음의 경우에도 속음을 특별히 기록
하였으니 이야말로 적합하게 사용할 만한 책이다. 지금 운서를 편찬함에
전아(典雅)하게 만들고자 힘써 중국음 가운데 아(兒)는 '올'로, 이(二)
는 '을'로 음을 표기하는 등과 같은 경우에는 몽고의 영향이 남은 음이
분명하기에 함께 삭제하였다. 우리나라의 속음은 사람들이 모두 알고
있어 다시 말할 필요가 없겠으나 지금 편집한 운서는 문장가들의 표준이
되고, 『정음통석』은 역관들의 지남철(指南鐵)이 되기에 아울러 병행하
더라도 어긋나지 않을 것이다.

『홍무정운』은 운자의 배치에 모두 자모의 차례를 이용해 서로 통섭하

하고, 자해(字解)가 없는 신숙주(申叔舟)의 『사성통고』를 보완하고자 1517년 최세진
(崔世珍)이 편찬한 2권 2책의 중국본토자음용(中國本土字音用) 운서이다.

17 견(見)·계(溪)……자모(字母) : 견·계 등은 각 운부(韻部)의 사성(四聲)의 청탁음
(淸濁音)을 구분하기 위하여 견·계로부터 횡으로 내(來)·일(日)까지 23자로 되어
있는 도표를 말하며, 자모(字母)는 동(東) 운부의 견(見)에는 공(公) 자가 해당되는
것과 같다.

18 『정음통석(正音通釋)』 : 우리나라 한자음의 혼란을 바로잡고자 1747년(영조 23) 박성
원이 2권 1책으로 편찬한 운서이다.

도록 하였는데, 지금 그 사례를 따라 세속에서 말하는 반절의 다음에 한글로 쓰도록 정하였다. 한 글자가 상성·평성·거성·입성에 모두 보이는 것은 글자 옆에 평성은 ○, 상성은 ●, 거성은 ◐, 입성은 ◑로 표시하였다. 다른 운(韻)에 서로 보이는 것은 부(部)의 첫 글자에 주(註)를 붙이고 검은 동그라미를 더하였다. 같은 운통(韻統)에서 한 글자의 음과 뜻이 다른 것은 한글 음으로 주를 붙이고 아광(亞匡)을 더하였다. 동자이형(同字異形)의 경우 '동(仝)'이라 주를 붙였고, 혹 전서(篆書)·고자(古字)·속자로서 같은 글자가 아니면서 다른 뜻이 있는 글자는 '동(仝)'자(字) 아래 '별의(別義)'라고 주를 붙였다. 글자는 다른데 통용하는 경우는 본의(本義) 아래 '동(仝)'이라 주를 붙였다. 한 글자가 두 가지 글자로 통용되는 경우에는 두 글자 사이에 '동상(仝上)'·'동하(仝下)'라 주를 붙였다.

한글은 모두 『사성통해』를 따라 세속에서 말하는 반절(反切)을 사람들이 모두 쉽게 이해지만 그 중에 유달리 자모로 사용하여 이해하기 힘든 경우에는 전청음(全淸音)인 '정(精)'자(字)는 'ㅈ'을, '조(照)'자는 'ㅈ'을 사용하였고, 차청음(次淸音)인 '청(淸)'자는 'ㅊ'을, '천(穿)'자는 'ㅊ'을 사용하였다. 전탁음(全濁音)인 '종(從)'자는 'ㅉ'을, '장(狀)'자는 'ㅉ'을 사용해 좌우의 획에 길고 짧은 구별을 두었다. 자모에 따라 다른 경우는 비록 『사성통해』의 자모도(字母圖)에 있더라도 사람들이 의심하거나 혼동되기에 우선 두 가지를 붙여 대략을 보인다. 침(侵)·담(覃)·염(鹽)·함(咸)의 4운(韻)은 종성(終聲)이 중국과 우리나라 모두 'ㄴ'으로 발음해 『정음통석』도 이를 따랐지만, 『사성통고통해(四聲通攷通解)』만은 모두 'ㅁ'으로 사용하였기에 지금은 그것을 따랐다.

오랜 옛날 운(韻)이 생긴 것은 육경(六經)에서 시작되어 굴원(屈原)의 『이소경(離騷經)』, 양웅(揚雄)의 『태현경(太玄經)』, 초공(焦贛)의

『역림(易林)』[19] 등이 모두 운(韻)이 있어 한(漢)나라 유자(儒者)들이 전부 통달해 이해할 수 있었지만 심약(沈約)이 사성(四聲)으로 한정하면서 고운(古韻)이 전하지 않게 되었다. 고운에 정통한 당(唐)나라 사람으로는 오직 두보(杜甫)·한유(韓愈)·백거이(白居易)·유종원(柳宗元)이 있고, 송(宋)나라에 이르러 오역(吳棫)[20]이 『운보(韻補)』를 지어 비로소 운서(韻書)가 완성되었고, 주자(朱子)가 일찍이 이 책에서 취하여 『시경』과 『이소경』을 해석하였다.

소장형(邵長蘅)[21]의 『고금운략(古今韻略)』이 근세에 통행하는 책이 되었는데, 이 책은 각 운자의 아래 오씨(吳氏)의 『운보』, 양신(楊愼)[22]의 『전주고음(轉註古晉)』과 함께 자신이 보충한 몇 조목을 편차하였다. 지금 그 대략을 초록해 덧붙여 문단의 시인들이 간략하지만 전체 내용의 일부라도 알 수 있도록 하였다. 통행되는 책을 살펴보면 고염무(顧炎武)[23]의 『음학오서(晉學五書)』가 있는데 이는 간략한 대신 자세하지 않

---

19 초공(焦贛)의 『역림(易林)』: 초공(焦贛)은 중국 서한(西漢)시대 사람으로 『주역』에 기초해 대폭 확장한 16권의 『역림(易林)』을 저술하였는데, 계사(繫辭)마다 사언(四言)의 운자를 사용하였다. 흔히 『초씨역림(焦氏易林)』으로 부르기도 한다.

20 오역(吳棫, ?~1154): 중국 남송(南宋)의 유학자로 자는 재로(才老), 건안(建安) 사람이며, 『운보』는 주로 『고운통전(古韻通轉)』의 설을 위주로 삼은 운서이다. 저서로 『논어속해(論語續解)』 10권, 『설례(說例)』 1권 등이 있다.

21 소장형(邵長蘅, 1637~1704): 중국 청(淸) 때의 인물로 자는 자상(子湘), 호는 청문산인(靑門山人)으로 강소(江蘇) 무진(武進) 사람이다.

22 양신(楊愼, 1488~1559): 중국 명(明) 때의 문학가이자 학자로 호는 승암(升庵), 사천(四川) 신도(新都) 사람이다. 학문이 깊어 사학·금석학·민간문학·사곡 등에 해박하였다. 저서에 『승암전집(升庵全集)』과 『도정악부(陶情樂府)』가 있다.

23 고염무(顧炎武, 1613~1682): 중국 명말청초(明末淸初)의 사상가로 본명은 강(絳), 자(字)는 충청(忠淸)인데, 왕조가 바뀌자 이름을 염무(炎武), 자를 영인(寧人)으로 고쳤다. 그는 학문의 사회적 역할을 강조하며 경세치용(經世致用)을 주장하여 조선조 학자들과의 교유도 활발하였다. 호는 정림(亭林)으로 흔히 정림선생으로 불린다. 『음

기에 또한 반은(潘恩)[24]의『시운집략(詩韻輯略)』의 사례를 따라 우선은 주인(註引)을 삭제한 채 서명만 표시하였다. 특별히 반절을 기록하면서 한글을 표시하지 않은 것은 반절을 따르면 중국음을 풀이할 수 있기 때문이다. 하지만 감히 한글로 우리나라 음을 굳이 정하지 않은 것은 신중을 기하기 위함이다.

『고운통전(古韻通轉)』은 학자들의 시비가 많다. 예컨대 평성의 경(庚)·청(靑)·증(蒸)·침(侵)은 모두 진(眞)에 통할 수 있지만 진(眞)과 선(先)은 상통하지 않으며, 입성의 맥(陌)·석(錫)은 모두 월(月)과 통할 수 있고, 집(戢)과 집(緝)은 모두 질(質)과 통할 수 있지만 질(質)과 월(月)은 상통하지 않는데, 이는 오역의『운보』를 따른 사례이다. 근세에 시인 오위업(吳偉業)[25]이 소장형의『운략』을 매우 좋아하여 모든 고악부(古樂府)와 두보(杜甫)·한유(韓愈)의 시에서 증거를 삼고, 또 이인독(李因篤)[26]·고염무에게 문의해 동(東)·동(冬)·강(江)이 상통하고 진(眞)·문(文)·원(元)·한(寒)·산(刪)·선(先)이 상통하며, 소(蕭)·효(肴)·호(豪)가 상통하고 가(歌)·마(麻)가 상통하며, 양(陽)은 통(通)이 없고 경(庚)·청(靑)·증(蒸)이 상통하며, 우(尤)는

학오서』는 38권의 고음학(古音學) 저술로『시경』을 통해 입성(入聲)에 대한 학설을 제기하였다.

24 반은(潘恩, 1496~1582) : 중국 명(明) 때의 정치가로 자는 자인(子仁), 호는 담강(湛江)·입강(笠江)으로 상해(上海) 사람이다. 시호는 공정(恭定)이다.

25 오위업(吳偉業, 1609~1670) : 명나라의 시인이자 희곡작가로 자는 준공(駿公), 호는 매촌(梅村), 강소(江蘇) 태창(太倉) 사람이다. 청(淸)나라가 들어서자 벼슬을 버리고 은거하였다. 저술로는『매촌집(梅村集)』,『매촌가장고(梅村家藏稿)』등이 있다.

26 이인독(李因篤, 1631~?) : 섬서성 사람으로 자는 자덕(子德), 호는 천생(天生)이다. 청나라 때 박람강기로 이름을 얻었고 특히 시와 운학에 뛰어났다. 저술로『수기당시집(受祺堂詩集)』이 있다.

통이 없고 침(侵)・담(覃)・염(鹽)・함(咸)이 상통하는 것으로 정하였다. 상성・거성・입성은 이를 참고로 준거를 삼았는데 대체로 바꿀 수 없는 의론이기에 지금 각 운의 아래에 차례대로 붙여두었다.

오언・칠언의 율시와 절구를 근체(近體)라 일컫는데 근(近)이란 고(古)가 아니라는 말이다. 근체시는 통전(通轉)을 허용치 않고 격식이 매우 엄정하다. 세속에서 통용하는 한 번 들어가면 한 번 나오는 방식을 진퇴격(進退格)[27]이라 하고, 간혹 절구의 단통(單通)을 '평사낙안(平沙落雁)'이라 일컫는데, 원래 누습(陋習)에 매인 것이라 법식을 따르기에 마땅치 않다. 오언・칠언의 고시(古詩)에서야 비로소 통전할 수 있지만 또한 반드시 옛날의 협운(叶韻)[28]을 쓸 필요는 없다. 부(賦)・송(頌)・명(銘)・뇌(誄)・잠(箴)・찬(贊)의 경우에는 대략 옛날의 협운을 쓸 수 있는데, 비유하자면 이기(彝器)에 대뢰(大罍)를 진열하는 것[29]이나 아악(雅樂)에 편종(編鐘)과 편경(編磬)을 다는 것과 같아서 고색(古色)과 고향(古響)이 없어지지 않는 경우와 같다. 우리나라 사람들은 전혀 이런 차이를 살피지 않고 억지로 산운(散韻)에 맞추느라 오직 입에서 나오는 대로 맞춰 비록 부합한 작품이 있더라도 입선(入選)할 수는 없다.

칠언고시(七言古詩)의 압운을 할 때 기이함을 드러내고 험벽함을 추구해 기운이 센 것으로 극치를 삼는 경우 한 가지 운으로 일관해도 무방

---

27 진퇴격(進退格) : 시를 짓는 데 운자를 사용하는 격식의 하나이다. 예컨대 1구(句)와 3구에 우(虞)자 운을 쓰고, 2구와 4구에는 어(魚)자 운을 쓰는 식이다.

28 협운(叶韻) : 당시의 음(音)으로 고대의 운문을 읽을 때 운이 맞지 않는 글자의 음을 운에 맞도록 임시로 고쳐 읽는 것을 말한다. 예컨대 평성(平聲) 동운(東韻)과 동운(冬韻)에 속하는 글자들은 서로 운자로 통용될 수 있다.

29 이기(彝器)에 대뢰(大罍)를 진열하는 것 : 이기는 고대에 종묘 제사에서 사용하던 종정(鍾鼎) 등의 쇠그릇이고, 대뢰는 진흙으로 빚은 큰 술독을 말한다. 여기서는 서로 섞어 쓸 수 있다는 말이다.

하지만, 가(歌)·행(行)의 문체에 흥을 붙이는 경우 또한 반드시 사성(四聲)을 번갈아 쓰면서 매번 평성(平聲)으로 간격을 두어 구별한 다음에 음절(音節)이 갑자기 꺾이는데 옛날의 작가들이 대부분 이와 같이 하였다.

우리나라의 과시(科詩)는 대체로 그 음조(音調)가 고시(古詩)의 부류이지만 고시는 입성(入聲)으로 통압(通押)하였고 과시는 전혀 압운을 하지 않았으니 어찌 비루한 법식이 아니겠는가? 또한 과부(科賦)의 경우 사성에 관계없이 입에서 나오는 대로 통압하고 '취운(嘴韻)'이라 하면서 거리낌이 없다. 증운(增韻)의 경우에도 참으로 좋은 글자가 많은데 지운(支韻)의 '시(鰣)', '사(獅)' 자와 같은 종류이다. 경전에서 볼 수 있는 글자의 경우에도 본래는 벽자(僻字)가 아닌데 감히 통압하지 않으니 이 역시 너무도 말할 것이 없다. 지금부터 과거를 주관하는 사람은 시(詩)의 경우 입성(入聲)과 증운(增韻)을 압운하도록 하고, 부(賦)의 경우 『고운통전』의 사례를 따라 한계를 두도록 하여 대아(大雅)에 돌아가도록 기약해야 할 것이다.

[원문] 奎章全韻凡例[30]

『三韻通考』, 未知緣起, 似是世宗朝命儒臣編定者, 至今爲藝苑之懸法. 且其三格橫看, 倣古表譜之例, 至爲簡要. 然但四聲昉於沈約, 則硬定三韻,

---

30 제목의 원주에 다음과 같은 내용이 있다. "임자년(1794, 정조 16) 3월 과장(科場)에 반행(頒行)된 운서(韻書)에 잘못이 많아 고쳐 찬집하되 번다함과 간략함을 알맞도록 힘쓰라는 명이 있었다. 이에 사성(四聲)을 네 층위로 나누었고, 고운(古韻) 가운데 협운(叶韻)과 통운(通韻)은 『소씨운략(邵氏韻略)』에서 많이 취하였다.〔壬子三月, 以場屋頒行韻書多鹵莽, 命改撰, 務令繁簡適中. 乃以四聲分四層, 古叶古通, 多取『邵氏韻畧』.〕"

名實不協, 故今定四格, 倂編入聲.

今韻平聲三十部, 入聲十七部, 章黼『韻學集成』, 始以十七部, 分絲于三十部. 盖入聲雖是潤聲, 究其中聲, 犁然調叶. 但支·微·齊·佳·灰·魚·虞·蕭·肴·豪·歌·麻·尤十三韻, 無入聲, 今定四聲, 槩從章氏, 而閣臣徐命膺編『奎章韻瑞』, 已有此例.

『三韻通考』, 盖出於『禮部韻略』·『韻府群玉』·『洪武正韻』諸書, 而所收至約, 註解不過二三字, 操觚者奉爲甲令, 士不宏博, 諒非異事. 金濟謙與成孝基, 同編增補, 洵爲近正. 無論原韻增韻, 間有稀僻, 不刪一字者, 以其行世已久, 人皆貫串也. 故今又續補, 仍與舊增彙次于各韻之下, 較今中華所用『古今韻晷』·『康熙詩韻』, 不甚零星, 反復勝焉. 註解則博證羣書, 較舊頗詳. 如舊註, 只稱木名·草名·水名·地名之類, 已極疎忽, 其餘事物名義, 盖多脫漏, 逐字添註, 略悉梗槩. 字體則一從『正韻字典』, 點畫編旁, 往往釐正, 務盡謹嚴, 以爲朝野之模楷.

蒙古亂華, 音韻舛譌, 高皇帝旣定天下, 命宋謙等, 一以中原雅音更定之. 今編韻書, 就『洪武正韻』字母, 而從『四聲通解』諺翻之音. 東音則律之以字母之法, 各字註解之下, 以諺字書. 華音圜匡, 東音方匡, 俱鑲白文, 不煩更書, 見·溪等字母, 德·紅等翻切, 而一諺字足以該括, 亦甚簡便. 近世一種韻書, 以諺字, 大書東音, 其下小書華音, 位次倒置, 有欠正名, 故一切改正而不從.

近世朴性源『正音通釋』, 華音則不刪俚音, 東音則特揭俗音, 寔爲適用之書. 而今編韻書, 務從典雅, 故至若華音之兒音을·二音을之類, 明是蒙古遺音, 倂屬刪汰. 東音之俚俗者, 人皆自知, 何必更說, 然今編韻書, 爲詞林之木鐸, 『正音通釋』, 作鞮象之指南, 與之幷行, 固不相悖矣.

『洪武正韻』排韻, 俱用字母之次, 互相爲統, 今倣其例, 以諺書俗稱反切之次爲定. 一字互見於上·平·去·入者, 字傍平則標○, 上則標●, 去則標D, 入則標▶. 互見他韻者, 註部首字, 加圜匡. 一韻內字同而音義不同者, 註諺音, 加亞匡. 同字異形者註同, 或籀或古或俗, 非同字, 別義者, 仝字下註別義. 異字通用者, 本義下註仝字. 一字而通用二字者, 書於二字之間, 註全上・全下.

諺字一依『四聲通解』, 而俗所謂反切, 人皆易曉, 其中另有字母所用難曉者, 如全清精字用ᅎ, 照字用ᅐ, 次清清字, 用ᅔ, 穿字用ᅕ. 全濁從字, 用ᅏ, 狀字用ᅑ, 左右側畫, 互有長短, 隨字母而不同, 雖相見於『四聲通解』字母圖, 人或疑眩, 故姑拈數段, 以示榘彟. 侵・覃・塩・咸四韻終聲, 華俗皆呼爲ㄴ, 而『正音通釋』從之, 惟『四聲通攷通解』皆用ㅁ, 今從之.

古昔有韻, 自六經始, 而屈原『離騒』・楊雄『太玄』・焦贛『易林』, 莫不有韻, 漢儒皆能通曉, 沈約拘以四聲, 古韻失傳. 唐人精通古韻者, 惟杜甫・韓愈・白居易・柳宗元, 至宋吳棫作『韻補』, 始有成書, 朱子嘗取之, 以『毛詩』・『離騒』.

邵長蘅『韻略』, 爲近世通行之書, 而各韻之下, 編吳氏『韻補』及楊愼『轉註古音』與長蘅所自補若干條, 今約畧抄附, 俾藝苑墨客, 略識全鼎之一臠. 至若按而行之, 則顧炎武『音學五書』在耳, 玆故簡而不詳. 亦依潘恩『詩韻輯略』例, 姑削註引, 只著書名. 且特揭翻切, 不標諺字者, 若因翻切, 華音固可繹. 而不敢以諺字, 勒定東音, 愼重故也.

『古韻通轉』, 諸家聚訟, 平聲之庚・靑・蒸・侵, 皆可通眞, 而眞與先, 不相通, 入聲之陌・錫, 皆可通月, 職・緝皆可通質, 而質與月不相通, 此則吳棫『韻補』例也. 近世詩人吳偉業最喜邵長蘅『韻略』, 證諸古樂府及杜・韓詩, 又質諸李因篤・顧炎武, 定以東・冬・江相通, 眞・文・元・寒・刪・先相通, 蕭・肴・豪相通, 歌・麻相通, 陽無通, 庚・靑・蒸相通, 尤無通, 侵・覃・鹽・咸相通. 上・去・入視此爲例, 盖亦不易之論, 今以次附于各韻之下.

五七律絶, 謂之近體, 近者, 非古之謂也. 不許通轉, 格法截嚴. 俗用一入一出, 謂之進退格, 或絶句單通, 謂之平沙落鴈, 原系陋習, 不當效法. 五七古詩, 始可通轉, 而亦不必用古叶. 至於賦·頌·銘·誄·箴·贊之類, 可以略用古叶, 譬如彛器之陳敦罍, 雅樂之懸鍾磬, 不廢古色古響. 東人全不察此, 強稱散韻, 惟口是矢, 縱有合作, 不可入選. 至如七言古詩押韻, 耀奇騁險, 以俳臬爲致者, 不妨以一韻到底, 而歌行興托, 亦須迭用四聲, 每以平聲隔別, 然後音節頓挫, 古之作家大率如此.

我東科詩, 頗其音調, 盖亦古詩之流, 然古詩則通押入聲, 科詩則一切不押, 豈非陋規? 且科賦不拘四聲, 隨口通押, 命曰'嘴韻', 無所顧忌. 至於增韻, 固多好字, 如支韻之鱘字·獅字之類. 及其見於經傳之字, 本非迂僻, 而不敢通押, 亦甚無謂. 自今主試者, 詩則許押入聲及增韻, 賦則依例『通轉』, 俾存界限, 期還大雅.

초학자훈증집(初學字訓增輯)

1) 1639년 목판본 『초학자훈증집』

〈자훈서발(字訓書跋)〉 -이식(李植), 1639년, 『택당별집』권5

회암 선생(晦菴先生: 주자)의 문인 정사(正思) 정단몽(程端蒙)[31]이 처음 『자훈(字訓)』을 편집하자 선생이 '이 한 책이 『이아(爾雅)』보다 대단하다'라고 칭찬을 하였으니,[32] 이는 허여(許與)한 말이다. 나는 소싯적 그 책을 보았는데 수십 글자에 불과하였고, 글자마다 한 구절의 주해를 붙인 정도의 매우 간략한 것이었다. 그런데 소재공(蘇齋公)[33]이 언해(諺解)하자 간혹 판각(板刻)하여 전해졌지만 지금은 남아있지 않다.

---

31 정단몽(程端蒙, 1143~1191) : 남송 때의 학자로 주자가 묘표를 직접 찬해주었다. 정사가 자이고 호는 몽재(蒙齋)로 강서성 사람이다. 『성리자훈(性理字訓)』, 『육몽명훈(毓蒙明訓)』, 『학칙(學則)』 등의 저작이 있다.

32 선생이……하였으니 : 주자가 정단몽에게 1188년에 보낸 「답정정사(答程正思)」(『주자대전』권50)라는 편지에 "『소학자훈』은 매우 좋아 말이 비록 많지 않더라도 이 한 책이 『이아(爾雅)』보다 대단하다[『小學字訓』甚佳, 言語雖不多, 却是一部大爾雅也.]"라는 말이 있다. 이식이 언급한 『자훈』은 바로 이 『소학자훈』으로 정단몽의 저술인 『성리자훈(性理字訓)』을 말하는 것이다. 『이아』는 한(漢)나라 때 나온 명물(名物)에 대한 가장 오래된 훈고서(訓詁書)로 경전을 풀이한 내용이 많아 13경(經)의 하나가 된 책이다.

33 소재공(蘇齋公) : 노수신(盧守愼, 1515~1590)을 말한다. 본관은 광주(光州), 자는 과회(寡悔)로 소재는 호이다. 문집으로 『소재집(蘇齋集)』이 있고, 진백(陳柏)의 「숙흥야매잠(夙興夜寐箴)」, 『대학장구(大學章句)』, 『동몽수지(童蒙須知)』 등을 주석하였다. 시호는 문의(文懿)이며, 뒤에 문간(文簡)으로 고쳤다.

지난해 나는 재계(齋戒)하고 지내면서 벗들에게 경서를 설명하고는 하였는데 글자의 뜻을 잘못 알아 문장의 의미까지 실수할 때마다 근심거리로 여겼다. 이로 인해 이 책자를 편집하여 입으로 설명하는 일을 대신하였다. 돌아보면 전란을 겪은 데다 궁벽한 시골이라 서적이 갖춰지지 않아 소략하고 잘못된 것을 교정할 수 없었음이 걱정되지만 보는 사람들이 마땅히 용서할 수 있을 것이다.

대체로 모든 사물에는 그에 해당하는 글자가 있기 마련이다. 하지만 형체가 드러난 기물로 이름을 붙여 글자를 삼은 것은 글자를 가지고 형체를 가리켜 마음과 눈에 드러내기 편하지만, 성리(性理)에 관계된 글자는 형상과 위치를 가리킬 수가 없다. 그리고 본래 하나의 사물이지만 나뉘어 허다한 이름을 붙인 경우에는 이전 시대의 주석과 설명이 여럿인 데다 외국의 방언(方言)이 또한 다르기에, 글자의 뜻을 매우 분명하게 알아 항상 눈으로 가까이에서 본 사람이 아니라면 비록 종신토록 경서를 널리 외울지라도 담장을 마주하거나 장님이 지팡이로 더듬는 처지에 이르고는 한다. 회암 선생이 여동래(呂東萊)에게 준 글에서도 바로 이와 같은 이치를 말하였기에[34] 아울러 덧붙여 보인다.

기묘년(1639, 인조 17) 9월 초하루 덕수(德水) 이식(李植)은 삼가 쓴다.

---

34 회암 선생이……말하였기에 : 여동래(呂東萊)는 여조겸(呂祖謙, 1137~1181)으로 자는 백공(伯恭), 동래는 호이다. 주자의 절친한 벗으로 주자·장식(張栻)과 함께 동남삼현(東南三賢)이라 불렸다. 주자가 여조겸과 주고받은 편지가 많은데 『주자대전』 권35에 실린 「답여백공문구산중용(答呂伯恭問龜山中庸)」을 비롯한 「답여백공(答呂伯恭)」등의 편지에 실린 별지를 통해 글자 의미의 상동에 따른 본지(本志) 이해의 오류 등에 대해 논하고 있으며, "마음을 보존하고 함양하여 실천하는 데 힘을 기울여야지 그저 '같고 다름'이나 '상세와 소략'만 따져 오로지 장구(章句)의 학문으로 전락해서는 안 된다.〔存養踐履上著力, 不可只考同異, 校詳略, 專爲章句之學而已〕"는 언급이 보인다.

[원문] 字訓書跋

晦庵先生門人程正思端蒙, 初輯『字訓』, 先生稱以爲一部大『爾雅』, 許之之辭也. 少時見其書, 不過數十字, 一字註各一句, 甚簡略. 蘇齋公爲諺解, 或刻板而傳之, 今亦不存矣. 頃歲齋居, 間與友人說經書, 每患其嘗於字義而竝文義失之. 因輯是篇, 以代口講. 顧兵餘鄕僻, 載籍未備, 無以正其疏繆是懼, 觀者當有以恕之也.

大槩凡事物, 莫不有字. 然以形器而爲名字者, 擧字指形, 心目便了, 若性理等字, 無形狀方所之可指. 且本一物而分以爲許多名字, 前代之註說不一, 外國之方言亦異, 非深明字義常目在之, 則雖終身博誦經書, 或至於面墻摘埴者多矣. 先生與呂東萊書, 正說此理, 故竝附見焉. 己卯九月初吉, 德水李植謹書.

어록해(語錄解)

1) 1657년 목판본 『어록해』

〈어록해발(語錄解跋)〉 -정양(鄭瀁)[35], 1657년

이상 『어록해』는 본래 퇴계 이 선생의 문하에서 나온 것이다. 선생은 일찍이 "옛날에는 어록이 없다가 정자(程子)와 주자(朱子)에게 이르러 비로소 생겼다."라고 말씀하셨으니, 어록은 아마도 송나라 당시에 문인(門人)을 가르치던 속어이며 편지에서도 종종 이것을 사용하였으니 본디 사람을 쉽게 이해시키려고 한 것이나, 우리 동방에서는 다만 말소리가 같지 않아서 도리어 이해하기 어렵게 되었으니 개탄스럽다. 다행히 지금은 이 『어록해』가 있기에 이해하기 어려워하는 자를 다시 쉽게 이해시켜 영(郢)에 사는 사람의 글을 연(燕)나라 사람이 해설하는[36] 근심은 끝내 면할 수 있었으니, 선생의 공적이 크다고 이를만하다. 다만 그 중에 이른바 "溪訓"의 항목을 두어 뭇 설(說)과 구별하였고, 또 미암(眉巖)

---

35 정양(鄭瀁, 1600~1668) : 본관은 연일로, 정철(鄭澈)의 손자이다. 시호는 문절(文節). 의금부 도사, 간성 군수 등을 역임하고 장령에 이르렀다.

36 영(郢)에……해설하는 : 영서연설(郢書燕說). 천착(穿鑿)하고 견강부회(牽强附會)하여 원래 뜻을 왜곡하여 해석함. 중국 고대 초(楚)나라 수도인 영(郢)에 사는 사람이 연(燕)나라 재상에게 보낼 편지를 쓸 때 하인에게 "등불을 높이 들어라[擧燭]"라고 명하다가 실수로 "擧燭" 두 글자를 문맥에 맞지 않는 곳에 썼다. 연나라 재상은 이것을 보고 밝고 어진 사람을 숭상하여 등용하라는 충고로 이해하고 그대로 실행하여 연나라의 내정이 잘 다스려졌다고 한다. 『한비자(韓非子)』 「외저설편(外儲說篇)」에 나온다.

유희춘(柳希春)의 뜻 새김[37]도 섞어 넣었으니 이 『어록해』가 모두 선생에게서 나오지는 않은 줄을 알겠다. 그리고 또한 여러 해석본에서 각기 같고 다른 점을 서로 반씩 제출하였으니, 실로 안목을 갖춘 사람이 아니면 아마도 분별하여 알기가 어려울 것이다. 이제 삼가 그 긴요한 어휘를 취하여 뽑아내고, 아울러 『한어집람자해(漢語集覽字解)』[38]로 이어서 작은 편을 만들었고, 또한 여러 전기(傳紀)에서 얻은 약간의 조항을 부록하였다. 그리고는 비단 바른 상자에 보관해둘까 했더니 마침 어류(語類)를 나누어 간인(刊印)하는 공역(工役)이 있었고 다행히 남는 판목이 있었으므로 이어서 현(縣)의 용흥사(龍興寺)에서 간인하니, 어류를 보려고 하는 사람들은 더욱 이 책이 없어서는 아니 될 것이다.

황명(皇明) 기원(紀元) 정유년(1657, 효종 8) 3월 하순, 병산(屛山)[39]의 현재(縣齋)에서 기록한다.

[원문] 右『語錄解』者, 本出退溪李先生門. 先生嘗曰: "古無語錄, 至程朱始有之." 是蓋當時訓誨門人之俗語, 而至於書尺亦往往用此, 則本欲人之易曉, 而我東顧以語音之不同反成難曉, 可噎也已. 幸而今有此解, 復使難曉者易曉, 而郢書燕說之患終可以免焉, 則先生之功可謂大矣. 第其中有所謂"溪訓"之目, 以別衆說, 而又叅以柳眉巖希春之訓, 則知此解不盡出於先

---

37 미암(眉巖) 유희춘(柳希春)의 뜻 새김 : 주석에 "眉訓"이라고 되어 있는 것을 이른다. 개간본(改刊本)의 범례(凡例)에 설명되어 있다.

38 『한어집람자해(漢語集覽字解)』: 조선 중종 때 최세진이 중국어 학습서인 『번역노걸대』와 『번역박통사』 두 책의 어려운 어구와 고유명사를 뽑아 설명한 『노박집람(老朴集覽)』(1517)의 부분을 중간한 것이다.

39 병산(屛山): 경상도 비안현(比安縣)의 별칭이다. 현재 경상북도 의성(義城)에 편입되어 있다. 정양이 비안 현감을 지낸 바 있다.

生, 而又諸本各出異同相牟, 苟非具眼者, 殆難卜識矣. 今謹就其緊語而拈出之, 倂以「漢語解」聯爲小編, 旣又以其所得於傳紀諸家者若干條, 而附錄焉. 將以爲巾笥之藏, 適有語類分刊之役, 而幸有零板, 故仍刊于縣之龍興寺, 以爲欲看語類者, 尤不可以無此也.

皇明紀元之丁酉三月下澣, 志于屛山之縣齋.

2) 1669년 목판본 『어록해』

〈어록해발(語錄解跋)〉 -송준길(宋浚吉), 1669년

우리 전하께서 경연(經筵)에 납시어 바야흐로 『심경(心經)』을 강독하실 제 토론하시느라 피곤을 잊으셨는데, 하루는 전교(傳敎)하시기를 "어록(語錄)에는 분명하게 이해할 수 없는 곳이 실로 많으니, 옥당(玉堂: 홍문관) 관원은 이른바 『어록해』란 것을 가져다가 상세히 고찰하여 열람하기에 편리하도록 하라." 하셨습니다. 이 일을 할 때 응교(應敎) 남이성(南二星)[40]이 실로 주관하였고 신 또한 외람되이 한두 번 참여하였는데, 번잡한 것을 삭제하고 잘못된 것을 바로잡고 전후에 기록된 것들을 모두 모아 명백하고 간이(簡易)한 것을 뽑는 데 힘썼으니, 취사하여 차례를 정함에 대체로 근거를 갖고 하였습니다. 책이 완성되자 정서(淨書)하여 올리니, 주상께서 신 준길(浚吉)에게 발문(跋文)을 지어 올리라고 하시기에 신이 사양하였으나 허락을 받지 못하였습니다.

---

40 남이성(南二星, 1625~1683) : 본관은 의령. 시호는 장간(章簡)이다. 문과에 급제하여 대사간, 대사성, 예조 판서 등을 역임하였다.

신이 그래서 삼가 생각해보니, 어록(語錄)이라는 것은 바로 중국의 속어(俗語)입니다. 옛날 송나라의 제현(諸賢)이 후학을 가르치거나 편지를 주고받는 데 많이 사용한 것은 아마도 사람들이 이해하기 쉽도록 하려는 것이었습니다. 그러나 우리나라는 성음(聲音), 언어, 풍속이 중국과 달라서 도리어 이해하기 어려운 점이 있으니, 이것이 이『어록해』를 만들게 된 이유입니다.

구본(舊本)은 선정신(先正臣)[41] 이황(李滉)의 문인의 기록에서 처음 나온 것으로, 손 가는 대로 그때그때 기록하였으므로 실로 정밀함과 순수함이 모자랐습니다. 그러므로 전에 고(故) 장령 신 정양(鄭瀁)이『한어집람(漢語集覽)』중에서 약간의 어휘를 뽑아내어 구본의 미비점을 보완하였습니다. 그러나 그 책이 한 사람의 손에서 나온 것이 아니기 때문에 간혹 앞뒤로 중복되기도 하고 간혹 같고 다른 점이 서로 모순되기도 하였습니다. 우리 전하께서 다시 정리하여 바로잡도록 명하신 것은 이 때문입니다.

우러러 생각건대 전하께서는 학문이 고명하시어 글 뜻을 해석함이 실로 평범한 수준을 크게 뛰어난 점이 있어 어리석고 고루한 신하들로서는 감히 닿을 바가 아니니, 이 책의 잘되고 잘못된 점과 틀리고 올바른 점은 반드시 성상의 감식(鑑識)을 피할 수 없을 것입니다. 아! 그 잎을 따는 자는 반드시 그 뿌리를 찾고, 그 흐름을 거슬러 올라가는 자는 반드시 그 근원을 찾는 법입니다. 지금 전하께서는 경학(經學)에 전일하고 정밀하시어 날로 새롭게 하고 또 새롭게 하시되, 말이 의심스럽고 불분명한 곳이 있으면 더러 이 책으로 해석하시되, 그 말을 이해하신 뒤에는 또한 반드시 마음에 체득하고 일에 실행하시어 상달(上達)이 그치지 않으실

---

41 선정신(先正臣) : 유현(儒賢)으로서 학덕(學德)이 높았으나 현재는 작고한 신하.

것입니다. 이 『어록해』가 비록 변변치는 못하지만, 또한 잎을 따고서 뿌리를 찾아내며 흐름을 거슬러 가서 근원을 찾는 데 일조(一助)가 될 만할 것입니다. 이것이 실로 미천한 신이 바라는 마음입니다.

때는 기유년(1669, 현종 10) 4월 모일, 정헌대부(正憲大夫) 의정부 좌참찬(議政府左參贊) 겸 세자 찬선(世子贊善) 성균관 좨주(成均館祭酒) 신 송준길(宋浚吉)은 하교를 받들어 공경히 발문을 짓습니다.

[원문] 語錄解跋

我殿下臨筵, 方講『心經』, 討論忘倦, 一日教曰:"語錄實多未分曉處, 玉堂官可取所謂『語錄解』者, 詳加攷校, 以便繙閱." 玆役也, 應教臣南二星實尸之, 臣亦猥聞其一二, 刪其繁蕪, 訂其訛謬, 摠合前後所錄, 務在明白簡易, 去取次序, 略有權衡. 書成, 繕寫投進, 上令臣浚吉撰進跋文, 臣辭不獲命.

臣仍竊伏念, 語錄云者, 卽中國之俚語. 昔有宋諸賢, 訓誨後學與書尺往復, 率多用之, 蓋欲人之易曉, 而顧我東聲音言語謠俗不同, 反有難曉者, 此解之所以作也. 舊本初出於先正臣李滉門人所記, 而隨手箚錄, 實欠精粹. 向者, 故掌令臣鄭瀁就『漢語集覽』中, 拈出如干語, 以補前錄之未備者. 然其書不出一人之手, 故或前後重複, 或同異牴牾, 我殿下命之釐正者, 爲是也.

仰惟殿下, 聖學高明, 講解文義, 實有超出尋常萬萬者, 非蒙陋諸臣所敢及, 則此書之得失訛正, 必無所逃於聖鑑之中矣. 嗚呼! 摘其葉者必尋其根, 沿其流者必窮其源, 今殿下專精經學, 日新又新, 辭語疑晦之間, 或可以此書解之, 而旣解其言, 又必體之於心, 行之於事, 上達不已. 然則此解雖微, 亦可爲摘葉尋根沿流窮源之一助. 此, 實微臣區區祈望之意也.

時龍集己酉四月日, 正憲大夫·議政府左參贊兼世子贊善·成均館祭酒臣宋浚吉奉教敬跋.

〈어록해범례(語錄解凡例)〉 -찬자 미상, 1669년

1. 어록(語錄)은 글자 수의 많고 적음이 같지 않다. 그러므로 구본(舊本)은 그 글자 수에 따라 나누어 엮어 한 글자 두 글자에서부터 대여섯 글자에 이르러 그쳐서 고열(考閱)에 편리하도록 했으니, 지금 그 방식을 따른다.

1. 예전의 해석은 더러 미비한 점이나 또 충분히 이해하지 못한 점이 있으므로 새로운 주석을 참람히 붙임을 면하지 못하였으니, 그것은 권(圈)을 더하여 구별하였다.

1. 주석 아래에 이른바 "溪訓"이라고 한 것은 곧 퇴계(退溪)가 뜻을 새긴 바이니, 퇴계는 곧 선정신(先正臣) 이황(李滉)의 호이다. "眉訓"이라고 한 것은 곧 미암(眉巖)이 뜻을 새긴 바이니, 미암은 곧 고(故) 유신(儒臣) 유희춘(柳希春)의 호이다.

1. 어록 중에 간혹 자의(字義)와 자음(字音)을 참고할 만한 것이 있으면 또한 정정(訂定)을 더하였으니, 예컨대 "便"자나 "要"자 따위가 이것이다.

1. 구본에 실린 바로서 비록 어록에 속하지 않더라도 그 의의(意義)가 중요한 데 관계되거나 혹은 간심(艱深)하여 이해하기 어려운 것은 아울러 수록하여 주해(注解)를 하였으니, 예컨대 "形而上"·"形而下" 및 "色裁"·"目整" 따위가 이것이다.

[원문] 語錄解凡例

一. 語錄字數多寡不同, 故舊本從其字數分編之, 自一字・二字至五・六字而止, 以便考閱, 今從之.

一. 舊釋或有未備, 且未分曉處, 則未免僭附新注, 而加圈以別之.

一. 注下所謂"溪訓"者, 卽退溪所訓, 退溪卽先正臣李滉號也; "眉訓"者, 卽眉巖所訓, 眉巖卽故儒臣柳希春號也.

一. 語錄中或有字義・字音之可考者, 則亦加訂定, 如"便"字・"要"字之類, 是也.

一. 舊本所載, 雖不屬於語錄, 而其意義關重, 或艱深難曉者, 則幷收錄而注解之, 如"形而上"・"形而下"及"色裁"・"目整"之類, 是也.

방언집석(方言輯釋)

1) 1778년 필사본 『방언집석』

〈방언유석서(方言類釋序)〉 ─서명응(徐命膺)[42], 1778년, 『보만재집』 권7

공자(孔子)께서 "『시경』 삼백 편을 외우면서도 사방에 사신으로 나가 혼자서 처결하지 못한다면 비록 많이 외운다 한들 무엇을 하겠는가."[43] 라고 하였다. 대개 『시경』의 가르침은 온유돈후(溫柔敦厚)에 있어 시를 읽은 사람의 마음이 공평해지고 기운이 온화해져 말에 능할 수 있도록 하였다. 하지만 진(秦)・한(漢) 시대 이후로 사방의 말소리가 세상과 함께 바뀌어 남북이 판이하고 동서가 현격해져 이방 민족의 방언과 같은 경우에는 중국 사람들이 백에 하나도 이해할 수 없다. 때문에 지금 시대에 비록 자하(子夏)처럼 시를 잘 외우고, 자공(子貢)과 같이 말을 잘하는 사람[44]이라도 방언에 통달해 이해할 수 없다면 혼자서 일을 처리할 수 없다. 이것이 양자운(揚子雲)[45]이 『방언(方言)』 한 책을 편찬하자 유

---

42 서명응(徐命膺, 1716~1787) : 본관은 달성, 자는 군수(君受), 호는 보만재(保晩齋), 시호는 문정(文靖)이다. 대제학, 이조 판서 등을 역임하였다.

43 『시경』……하겠는가 : 『논어』 「자로(子路)」에 나오는 말이다.

44 자하(子夏)처럼……사람 : 자하와 자공은 모두 공자의 제자로 『논어』 선진편(先進篇) 에서 제자들을 덕행, 언어, 정치, 문학의 네 부류로 언급하며 자하를 문학에 자공을 언어에 꼽은 내용이 있다.

45 양자운(揚子雲) : 전한(前漢)의 사상가이며 정치가인 양웅(楊揚, B.C. 53~18)을 말하 며, 자운은 그의 호이다. 『태현경(太玄經)』과 『법언(法言)』 등을 지었고 왕망(王莽)의

흠(劉歆)[46]이 무릎을 치며 탄복하였고, 곽박(郭璞)[47]이 그것에 주석을 붙인 이유이다. 그러나 현재의 관점에서 보자면 책에 기록한 것은 관중(關中)[48] 지역의 언어로 비록 관중 사람에게 해석해보도록 하여도 멍하니 다른 나라의 말인 듯 입을 열지도 못할 것이니 다른 사람들은 다시 말할 것도 없다. 이 때문에 명(明)나라의 박식한 군자들이 종종 이 일에 뜻을 두었지만 대개 언어의 음절(音切)은 문자가 모두 표현할 수 없어 겨우 중국의 시골 언어를 채집하는 데 그치고 말았으니 그 형세가 그럴 수밖에 없다.

우리나라는 서쪽으로 중국과 통하고 북쪽으로는 청나라·몽고와 인접하며, 남으로 왜구와 이어져 사신의 왕래가 이어지지 않는 해가 없었다. 그래서 조정에서는 사역원(司譯院)을 설치하고 한어·만주어·몽고어·왜어의 방언을 익히도록 하였다. 또한 임진란에는 오리(梧里) 이원익(李元翼)[49]과 월사(月沙) 이정구(李廷龜)[50]가 한어를 잘하여 일을 처리하는 책임을 도맡았기에 다시 연소한 문신(文臣)들을 뽑아 과업으

신(新)나라에서 대부를 지냈기에 후대에 비판을 받았다. 『방언』은 그가 중국 각지의 방언 어휘를 27년간 모아 편찬했다는 책이다.

46 유흠(劉歆, B.C. 53~25) : 자는 자준(子駿)·영숙(穎叔). 유향(劉向)의 아들로 아버지와 함께 궁중의 비장서를 교열하고, 부친의 사후 유업을 계승하였으며, 중국 최초의 분류 도서 목록인 『칠략(七略)』을 완성하였다.

47 곽박(郭璞, 276~324) : 서진(西晉)시대에 태어나 동진(東晉)시대까지 생존한 저명한 문학가이자 훈고학자이다. 『주역』, 『산해경』, 『방언』 등을 주석하였다.

48 관중(關中) : 중국 섬서성(陝西省) 위수(渭水) 일대의 평야지역으로 동쪽의 함곡관(函谷關)과 남쪽의 무관(武關) 등 여러 관(關)에 둘러싸인 지역을 말한다.

49 이원익(李元翼, 1547~1634) : 본관은 전주, 오리는 그의 호, 시호는 문충(文忠)이다. 삼정승을 역임하고 공신에 책봉되었다.

50 이정구(李廷龜, 1564~1635) : 본관은 연안, 월사는 그의 호, 시호는 문충(文忠)이다. 좌의정을 역임하였고 한문학 사대가로 불린다.

로 강론하기를 상시적으로 하였다. 하지만 네 나라의 방언은 지금 옛말이 아닌데도 거의 양자운이 관중의 언어를 모은 것보다도 차이가 심하다. 이 때문에 평소 비록 부지런히 강습하더라도 네 나라 사람들과의 만남에 대부분 한 마디도 꺼내지 못하니 어째서인가? 익힌 것이 쓸모가 없기 때문이다.

정조(正祖) 2년 무술년(1778)에 이미 『규장운서(奎章韻瑞)』[51]를 찬술하고 다시 신(臣)에게 명하여 역관(譯官) 홍명복(洪命福) 등과 함께 오늘날 쓰이는 한·청·몽·왜어를 널리 채록하고 어휘별로 분류해 한글로 번역하였으며, 또한 중국의 시골말을 덧붙여 '방언유석'이라 명명하였다. 한글은 비록 풀벌레 소리와 새소리라도 형용할 수 있으니 다른 나라의 말도 마찬가지이다. 이후로 평소 네 나라의 언어를 익히지 않은 사람이 우리나라의 사신이 되더라도 책을 한 번 펼쳐보기만 하면 메아리가 울리듯 수작할 수 있으리니 비록 『시경』 삼백 편으로 혼자 처리한다고 말해도 안 될 일은 없을 것이다.

[원문] 方言類釋序

孔子曰:"誦詩三百, 使於四方, 不能專對, 雖多亦奚以爲." 蓋以詩之爲敎, 溫柔敦厚, 使讀之者, 心平氣和而能言也. 然自秦漢以後, 四方語音, 與世移易, 南北判異, 東西懸殊, 至若戎狄蠻貊之所侏離者, 中國之人, 百不一解. 故居今之世, 雖使誦詩如子夏, 能言如子貢, 苟不能通曉方言, 則無以善其專對. 此揚子雲所以撰成『方言』一書, 而劉歆擊節歎賞, 郭璞爲之註

---

51 『규장운서(奎章韻瑞)』: 『홍재전서』 183권의 「군서표기(群書標記)」에는 1779년 서명응에게 지시하여 만들었다고 기록되어 있다. 이후 정조는 이덕무에게 『규장전운(奎章全韻)』을 편찬하게 하여 1800년에 간행하였다.

釋者也. 然由今見之, 其所載關中言, 雖使關中人解釋, 茫然如異國之言而不能開口, 其餘又不足論也. 是以明朝博雅君子往往留意於此, 而其爲音切, 類非文字之所能盡者, 於是僅釆中州鄕語而止, 其勢然也.

我國西通中州, 北隣淸蒙, 南連倭蠻, 使盖來往, 幾乎無年不相接. 故朝廷設置司譯院, 肄習漢淸蒙倭之方言. 且以壬辰兵燹, 李梧里元翼·李月沙廷龜善漢語, 克稱專對之責, 故復選年少文臣, 課講以爲常. 然四國方言, 今已不古, 殆有甚於揚子雲之關中言. 故平時雖勤於講習, 及與四國人相接, 率不得措一辭, 夫何故? 所習非所用也.

上之二年戊戌, 旣撰『奎章韻瑞』, 復命臣率舌官洪命福等, 博採漢淸蒙倭之方言今時所用者, 分門彙類, 以我國諺文釋之, 且附以中州鄕語, 名曰 '方言類釋'. 我國諺文, 雖虫聲鳥語, 亦可以形容, 況於方言乎! 從今以往, 我國爲使者, 素不習四國之言, 一開卷可以酬酢如響, 雖曰專對之詩三百, 亦未爲不可也.

3
소설

오륜전전(五倫全傳)

1) 1531년 필사본 『오륜전전』

〈오륜전전서(五倫全傳序)〉 -이항(李沆), 1531년

무릇 오상(五常)의 도리는 하늘로부터 받지 않은 사람이 없지만 품부받은 기운에는 고르지 않은 점이 있어 그 본연의 성품(性品)을 회복할 수 있는 경우가 드물다. 그래서 성인(聖人)이 가르침을 마련해 학교를 만들어 그 이치를 강론하고 밝혀 사람들이 부자(父子) 간에는 친함을 알고, 군신(君臣) 간에는 의리를 알며, 부부 사이에는 분별을 알고 장유(長幼) 간에는 순서를 알며 친구 간에는 신의를 알도록 하였다. 불효와 불충(不忠)의 풍기와 음란하고 분수를 범하는 풍속, 속이며 믿지 않는 습관이 천하에 행해지지 않은 다음에 교화가 흥기하고 지극한 정치를 볼 수 있으니 삼대(三代)[1]가 융성하였던 까닭이 어찌 달리 있겠는가?

후세에 이르러 성인의 학문이 밝혀지지 않고 이단이 아울러 일어나 혹세무민(惑世誣民)하는 말과 술수가 인의(仁義)를 가로막고, 오상의 가르침이 단지 성현의 경전(經傳)에만 실려 있어 온 세상이 보고서 하찮은 일로 여긴다. 비록 사림(士林) 가운데 학문에 뜻을 둔 사람이 있을지라도 장구(章句)나 꾸미고 문장을 수식하는 일에만 치달리는 데 불과할

---

1 삼대(三代) : 고대 중국의 태평성세를 구가하였던 하(夏)·은(殷)·주(周)의 세 왕조를 말한다.

뿐 떳떳한 인륜에 마음을 둔 사람은 오히려 적거늘 하물며 평범한 보통 사람은 어떠하겠으며 부인과 여자들은 어떠하겠는가? 이 때문에 부자간에 친함을 잃기도 하고 군신 사이에 의리를 잃어버리며, 규방(閨房)의 예법이 엄하지 않아 부부 사이의 분별이 없어지고 존비(尊卑)의 구분이 명확치 않아 어른과 아이의 차례가 어지러우며, 정성스럽고 신의 있는 마음이 돈독치 않아 친구 사이의 도리가 쇠하였다. 실정이 이러한데도 풍속의 교화가 두터워지고 세상의 도리가 지극히 다스려지길 바라는 것은 또한 어렵지 않겠는가? 하지만 사람으로서 받은 본성은 진실로 고금에 다르지 않으니 명확한 것으로 깨우쳐 인도하고 좋아하는 바에 나아가 권유한다면 어찌 오상의 가르침이 다시 세상에 밝아지지 않겠는가?

내가 살펴 보건대 여항의 무식한 사람들이 한글을 배워 전하고 옛 노인들이 서로 전하던 말을 베껴 적어 밤낮으로 이야기하는 이석단(李石端), 취취(翠翠)²와 같은 경우는 음란하고 허황되어 참으로 가져다 볼만한 것이 못된다. 다만 오륜전(五倫全) 형제의 일은 자식이 되어 효도를 다하고 신하로서 충성을 바치며 부부 간에 예의를 갖추고 형제 사이에 매우 순종하는데다 또 친구 간에 신의와 은혜가 있도록 하니 읽어보면 사람이 경외하고 측은하도록 만드니 어찌 본연의 성품에 느끼는 바가 없겠는가? 이 책은 한창 다투어 전하며 익히고 집마다 갖추어 사람마다 외우니 만일 그 명확한 것으로 시작하여 좋아하는 것에 나아가게 한다면 깨우쳐 인도하고 권유하는 방법이 어찌 쉽지 않겠는가?

다만 이 책은 도리를 너무도 모르는 사람이 만든 데서 나왔기에 글이

---

2 이석단(李石端), 취취(翠翠) : 취취는 명나라 구우(瞿佑)의 『전등신화(剪燈新話)』가운데 한 작품인 「취취전」을 말하며, 이석단 역시 소설의 하나인 듯하나 자세한 사항은 미상이다.

거칠고 졸렬한데다 사건이 어지럽게 섞여있다. 나는 이에 반복해서 궁구하여 의미는 있지만 말로 펼쳐내지 못한 부분은 윤색하고 말이 속되어 도리에 합당하지 않는 부분은 바로잡았으니, 대체로 중복되거나 허황된 글과 음란하거나 천박한 이야기는 모두 깎아내 버리고 싣지 않았다. 정도(正道)에서 나온 말이 이 책을 보는 사람들로 하여금 감격하여 공경하는 마음을 불러일으켜 한가한 때의 장난치며 담소하는 도구가 되지 않도록 한다면 성인의 밝은 가르침을 진작시키는 일에 도움이 없지 않겠기에 또 언문으로 번역하여 비록 부인네들처럼 한문을 모르더라도 눈으로 보아 쉽게 알도록 하였다. 하지만 어찌 많은 이들에게 전하려는 것이겠는가. 다만 집안의 처자들과 보고자 할 따름이다.

가정(嘉靖) 신묘년(1531, 중종 26) 초겨울(음력 10월) 낙서거사(洛西居士)[3]는 쓴다.

[원문] 五倫全傳序

夫五常之道, 人莫不受之於天也, 氣稟有不齊, 鮮能復其本然之性. 故聖人設敎爲學校, 講明其理, 使斯人, 遇父子則知親, 遇君臣則知義, 遇夫婦則知別, 遇長幼則知序, 遇朋友則知信. 不孝不忠之風, 淫昵犯分之俗, 欺詐不信之習, 不行於天下然後, 敎化可興而至治可見, 三代之所以隆盛, 豈有他哉?

降及後世, 聖學不明, 異敎並興, 誣民之說, 惑世之術, 充塞仁義, 五常

3　낙서거사(洛西居士) : 이항(李沆, 1474~1533)을 말한다. 본관은 성주(星州)이다. 이조 참의(吏曹參議)를 지낸 이세인(李世仁)의 아들로 기묘사화(己卯士禍)를 주도하여 조광조(趙光祖) 등을 숙청했으며, 영천 군수(榮川郡守)·대사헌(大司憲)·좌찬성(左贊成) 등을 지냈다.

之敎, 只載於聖經賢傳, 而擧世視爲餘事. 雖士林中有志於學問者, 亦不過綺章繪句, 馳騖於華藻, 而存心於彛倫者尙少, 而況於凡庸士庶乎, 而況於婦人女子乎? 由是父子或失其親, 君臣或失其義, 閨門之禮不嚴, 而夫婦之別廢, 尊卑之分不明, 而長幼之序亂, 誠信之心不篤, 而朋友之道衰. 如此而欲望俗化之歸厚, 世道之至治, 不亦難乎? 然其所受之性, 則固未嘗有古今之異, 若因其所明而開導之, 就其所好而勸誘之, 則五常之敎, 豈不復明於世乎?

余觀閭巷無識之人, 習傳諺字, 謄書古老相傳之語, 日夜談論, 如李石端·翠翠之說, 淫藝荒誕, 固不足取觀. 獨五倫全兄弟事, 爲子而克孝, 爲臣而克忠, 夫與婦有禮, 兄與弟甚順, 又能與朋友信而有恩, 讀之, 令人凜然惻怛, 豈非本然之性有所感歟? 是書時方爭相傳習, 家藏而人誦, 若因其所明, 就其所好, 則其開導勸誘之方, 豈不易耶!

但此書出於不甚知道者所爲, 故措辭荒拙, 敍事舛錯. 余於是反覆窮究, 有意而不暢於語者潤色, 語俚而不合於道者釐正, 凡重複浮誕之辭, 淫戲俚野之說, 並斥削而不載. 其言出於正, 使觀是書者, 有感激起敬之心, 而不至於閑中戲談之具, 則其於扶植明敎, 不爲無助, 故又以諺字飜譯, 雖不識字如婦人輩, 寓目而無不洞曉. 然豈欲傳於衆也, 只與家中妻子輩觀之耳.

嘉靖辛卯孟冬, 洛西居士序.

2) 1721년 목판본 『오륜전비언해(伍倫全備諺解)』

〈오륜전전서(五倫全傳序)〉 -고시언(高時彦), 1721년

중화(中華)의 말은 천하의 정음(正音)이기에 나라의 안팎을 가릴 것 없이 의당 통하고 알아야 할 것이다. 하물며 우리나라는 대대로 제후국의 법도를 삼가 갖춰 외교문서가 끊이지 않기에 중국어의 중요성이 또 역관(譯官)에 비할 것이 없다. 그런 까닭에 역대 임금들로부터 매번 문사(文士)들을 중국 조정에 보내 어음(語音)에 대해 질정토록 하였고, 지금은 그 책무가 전적으로 사역원(司譯院)에 맡겨져 있다. 사역원의 학습 방식에 있어 자모(字母)의 청탁(淸濁)에 대한 변별, 치음(齒音)·설음(舌音)·입술의 여닫는 쓰임, 고금의 아음(雅音)과 속음(俗音)의 구별 등에 모두 묘한 이치가 있기에 이를 우리말로 번석(繙釋: 번역)하지 않으면 표현을 다하여 사람들이 쉽게 이해하도록 할 수 없으니 이것이 사역원에 언해가 반드시 필요한 이유이다.

사역원의 삼서(三書)로는 처음에 『노걸대(老乞大)』, 『박통사(朴通事)』, 『직해소학(直解小學)』[4]을 사용하였으나 중간에 『소학』이 중국어가 아니라는 이유로 이 책(『오륜전비』)으로 바꾸었다. 대개 이 책에는 고상한 말과 비속한 말이 어우러져 있고, 풍자와 비유가 모두 갖추어져 가장 역학(譯學)에 도움이 된다. 그러나 『노걸대』와 『박통사』는 선학(先學)들이 이미 모두 교서를 받들어 언해(諺解)를 편찬해 후학들의 지침서가 되었지만, 유독 이 책만은 구두로만 가르침이 전해져 선생마다

---

4 『노걸대(老乞大)』, 『박통사(朴通事)』, 『직해소학(直解小學)』 : 이들 책은 사역원에서 역관들의 외국어 학습과 시험용으로 사용한 것이다. 『노걸대』와 『박통사』는 이미 고려 말에 사용되었고, 『직해소학』은 역관들의 수준을 높이고자 설장수(偰長壽)가 『소학』을 중국어로 번역한 책이다.

설명이 서로 다르고 잘못된 부분이 그대로 전승되는데다, 사물의 명칭에도 이해하기 어려운 것이 많아 배우는 사람들이 고질병으로 여겼다.

처음에 병자년(1696, 숙종 22)부터 사역원에서 몇 사람에게 언해를 찬수(撰修)하도록 명하였지만 얼마 지나지 않아 일이 중단되었다. 시간이 지나 기축년(1709, 숙종 35)에 다시 교회청(敎誨廳)[5] 관원들에게 그 일을 이어 편수하도록 하였으나 몇 해 동안 논란만 할뿐 시작을 기약할 수 없었다. 몽와(夢窩) 김 상국(金相國)[6]이 사역원 제조(提調)를 맡자 각별히 독려하고 여러 차례 거듭 명하였으며, 바로잡기 매우 어려운 잘못과 질정하기 매우 어려운 의문점도 자세히 살펴 작업을 돕는 일이 많았다. 그리하여 마침내 일손을 멈추지 않아 경자년(1720, 숙종 46) 가을 끝마치니, 구두를 나눠풀고 의미를 해석함에 갖춰지지 않은 것이 없었다. 김 상국이 살펴보고 훌륭하다 치하하였고, 전임(前任) 유극신(劉克愼)[7] 등이 스스로 비용을 출연하여 간행하고 배포기를 자청하자 곧 나와 몇 사람들에게 다시 교정을 더해 인간(印刊)하도록 하였다.

이에 여러 사람들이 나에게 글을 지어 그 전말을 기록한 서문을 쓰라

---

5 교회청(敎誨廳) : 사역원에 소속된 관청이다.
6 김 상국(金相國) : 김창집(金昌集, 1648~1722)을 말한다. 본관은 안동(安東), 자는 여성(汝成), 몽와는 그의 호이다. 좌의정 상헌(尙憲)의 증손으로, 아버지는 기사환국(1689) 때 진도 유배지에서 사사된 영의정 수항(壽恒)이며, 조선후기 문인으로 유명한 창협(昌協)·창흡(昌翕)의 형이자 노론 4대신의 한 사람이다. 벼슬은 호조·이조·형조의 판서, 한성부판윤을 거쳐 영의정에 이르렀다. 소론의 김일경(金一鏡)·목호룡(睦虎龍) 등이 노론의 반역 도모를 무고해 신임사화가 일어나 거제도에 위리안치되었다가 성주에서 사사되었다. 저술로는 『국조자경편(國朝自警編)』, 『몽와집』 10권 5책 등이 있다. 시호는 충헌(忠獻)이다.
7 유극신(劉克愼, 1691~?) : 본관은 청주(淸州), 자는 과회(寡晦)이다. 『역과방목(譯科榜目)』에 따르면 1719년(숙종 45) 증광시(增廣試)에 2등에 올랐으며, 왜학역관이었다고 한다.

고 부탁하였다. 나는 속으로 훌륭한 찬술이 되자면 반드시 학식이 풍부하고 행실이 올바른 선비에게 맡겨야 한다고 여겼는데 지금 졸렬한 후학으로서 이 책을 풀이하고 해석하였으니 주제넘는다는 질책을 면할 수 없을 것이 분명하다. 하지만 사역원의 사업이 강구하여 밝혀지지 못함은 역관의 책임이니 이 또한 뒷사람들에게 미뤄둘 수는 없는 일이다. 다만 이 사업은 시작부터 끝까지 거의 십여 년이 걸려 그 전후로 교정과 편찬에 참여한 사람이 모두 십여 명이나 되고, 문장의 뜻을 살피고 교정하는 데는 수많은 서책을 참고하였으며, 자모를 확인하고 바로잡는 데는 글자의 점이나 획까지 세심하게 살폈지만 작업이 워낙 방대하고 사람은 게을러지기 쉬운 법인지라 상국께서 부지런히 진작시키지 않았다면 이 일이 결국 중도에 그만두어 멈추지 않으리라 누가 확신할 수 있었겠는가? 그러나 백 년으로도 여의치 않았을 사업이 다행스럽게도 이루어지고 판각되어 세상에 간행하게 되었으니 이후로는 배우는 사람들이 책을 펼치면 훤히 알 수 있어 애써 배우러 다니지 않더라도 집안에 많은 스승을 둔 셈인지라 상국의 은사를 받음이 어찌 크지 않겠는가? 아! 상국께서는 흥망성쇠의 시대에도 유독 중국말을 중히 여겨 부지런히 장려하고 다듬어 밝히는 일에 힘써 선왕들께서 중국어를 질정해 오던 뜻을 계승하여 후세에 드리워 보여주었다. 감히 이와 같은 말로써 서문을 삼는다.

새해 신축년(1721, 경종 1) 늦은 봄(음력 3월) 상순 고시언(高時彦)[8]

---

8 고시언(高時彦, 1671~1734) : 본관은 개성(開城), 자는 국미(國美), 호는 성재(省齋)이다. 1687년(숙종 13) 역과(譯科)에 급제하여 역관이 되었다. 여러 차례 청나라에 다녀와서 외교관으로서의 실력을 발휘하여, 그 공으로 2품의 관계에 올랐다. 1734년 다시 청나라에 가다가 도중에 병사하였다. 경전과 백가(百家)에 능하여 사역원의 후배들이 스승으로 모시고 학문을 물었다. 특히, 한시에 뛰어나 당대의 평민시인인 임원준(林元俊)·홍세태(洪世泰)·정내교(鄭來僑) 등과 함께 당풍(唐風)을 본받은 4대시인

은 삼가 쓴다.

[원문] 伍倫全備註釋諺解序

中華之語, 天地正音, 國無內外, 所當通曉. 況我東世謹侯度, 辭令繹續,
則華語爲重, 又非諸象鞮之比而已. 故自祖宗朝, 每令文士質語于中朝, 今
其責專在譯院. 有本業講肄之方, 而其字母淸濁之辨·齒舌闔闢之用·古
今雅俗之別, 皆有妙理, 非以方諺繙釋, 則莫得以盡其形容, 使人易曉, 此
本業之不可無諺解者也.

　本業三書, 初用『老』·『朴』及『直解小學』, 中古以『小學』非漢語, 易以
此書. 蓋其爲語, 雅俚幷陳, 風諭備至, 最長於譯學. 而『老』·『朴』則前人
皆已奉敎撰諺解, 爲後學南針, 獨此書口耳傳來, 師說互殊, 訛謬胥承, 物
名語類, 又多難曉處, 學者病之.

　始自丙子歲, 本院命若而人撰修諺解, 未幾廢輟. 越至己丑, 復令敎誨
廳官等賡修, 而累年聚訟, 就緖無期. 逮我夢窩金相國領院, 另加獎拔, 頻
復提命, 至其釐訛質疑之最難者, 多所稽考以相其役. 由是遂不住手, 以庚
子秋告訖, 凡句讀之解, 訓義之釋, 無不備矣. 相國覽而嘉之, 而前御劉克
愼等自請捐緡刊布, 仍令不佞等益加校正以印之.

　於是諸人屬不佞爲文, 序其顚末. 不佞竊謂, 撰述之能, 必待博雅之士,
今以區區末學爲此解釋, 僭猥之譏, 固知不免. 而本業之不能講明, 乃譯者
職責, 則此又不可推讓於後人而已. 第是役也, 首尾幾十餘年, 前後出入校
修者殆十數人, 考校文義, 則獺祭於充汗, 證訂字母, 則毫察於點畫, 役旣
汗漫, 人易玩愒, 不有相國振作之勤, 則安知其終不至於廢輟. 而百年未遑

으로 일컬어졌다. 저서로는 『성재집』과 민간의 시문을 모은 『소대풍요(昭代風謠)』가
있다.

之業, 幸而成就, 剞劂而行世, 使自今以往, 學者開卷瞭然, 不勞負笈, 而
家有餘師, 其受相國之賜, 豈不大哉? 噫! 相國當興廢之世, 獨以華語爲
重, 汲汲於勤獎修明, 以繼述祖宗質語之意者, 可以垂示於後世矣. 敢以是
說爲序.

歲舍辛丑季春上浣高時彦謹序.

사씨남정기(謝氏南征記)

1) 1709년 필사본 『번언남정기(翻諺南征記)』

〈번언남정기서(翻諺南征記序)〉 -김춘택(金春澤), 1709년, 『북헌집』 권16 「수
 해록 · 논시문」

소설은 『태평광기(太平廣記)』의 고아하고 아름다움과 『서유기(西遊記)』
· 『수호지(水湖志)』의 임기응변과 웅장함은 물론이고, 『평산냉연(平山
冷燕)』[9]과 같은 또 어떤 풍치(風致)가 있을지라도 결국에는 무익할 따름
이다. 서포(西浦) 김만중(金萬重)[10]은 세속의 언문으로 지은 소설이 꽤
나 많은데 그 가운데 이른바 『사씨남정기(謝氏南征記)』는 평범한 작품
과는 비교할 수 있는 것이 아니기에 내가 한문으로 번역하고 이렇게 서
문을 쓴다.

---

9   『평산냉연(平山冷燕)』 : 청나라 초기의 장편 소설로 저자는 미상이다. 재자가인의 이야
    기로 19세기에 불어로 번역되어 유럽에서도 유행하였다.
10 김만중(金萬重, 1637~1692) : 본관은 광산(光山), 서포는 그의 호이며, 시호는 문효
    (文孝)이다. 숙종(肅宗)의 정비 인경왕후(仁敬王后)의 아버지 김만기(金萬基)의 동
    생이다. 1665년(현종 6) 정시문과에 장원하였고, 벼슬은 예조 참의, 공조 판서, 대사헌
    을 거쳐 홍문관 대제학을 지냈다. 조사석(趙師錫)과 장희빈의 어머니 윤씨의 내연관계
    에 대한 발언으로 숙종의 진노를 얻어 유배당했다가 1688년 방환되었으나, 다음해 박
    진규(朴鎭圭) · 이윤수(李允修) 등의 탄핵으로 다시 남해(南海)에 유배되어 병사하였
    다. 저술로는 『구운몽(九雲夢)』, 『사씨남정기』, 『서포만필(西浦漫筆)』, 『서포집(西浦
    集)』이 있다.

"언어와 문자로 사람을 가르치는 것은 육경(六經)에서부터 그러하였다. 하지만 성인(聖人)은 진작 시대가 멀어졌고, 작가들이 간혹 나왔지만 순수함은 적고 흠이 많다. 패관소설의 경우에는 황탄하지 않으면 경박하기에 백성의 인륜을 돈독하게 하고 세상의 가르침에 도움이 되는 것은 오직 『사씨남정기』뿐이다.

『사씨남정기』는 본래 우리 서포 선생이 지은 것으로 그 내용은 부부와 처첩 사이의 일이다. 그러나 이를 읽은 사람들이 탄식하며 울지 않는 경우가 없으니 어찌 어려움에 처한 사씨의 절개와 잘못을 고친 한림(翰林)의 아름다움에 감동한 것이 아니겠는가? 이 모두가 하늘에 근본하여 본성에 갖춘 자연스러운 것이다. 그 분통해하고 한탄하며 마음 아파하는 이 모든 것이 또 어찌 교씨(喬氏)와 동청(董淸)의 악행 때문이 아니겠는가? 단지 이 뿐만 아니라 유추하여 의리를 이끌어본다면 하는 일마다 가르침 아닌 것이 없다. 이른바 쫓겨난 신하와 원망하는 부인이 하늘로 삼는 남편과 함께 천성과 인륜에 서로 감발함은 바로 『초사(楚辭)』와 같고, 이른바 사람의 선한 마음을 감동시키고 분발시켜 사람의 안일한 의지를 깨우침은 또한 『시경(詩經)』에 가깝다. 이 어찌 다른 소설과 함께 말할 수 있겠는가?

선생께서 언문으로 지으시어 대개 여항의 부녀자들이 모두 읊조리며 외우고 읽어보아 감동할 수 있도록 하신 것도 진실로 또한 우연이 아니거늘, 하지만 제자서의 반열에 끼지 못한 것을 나는 일찍이 흠이라 여겼다. 마침 귀양살이 하면서 일이 없을 적에 전체를 한문으로 번역하고, 또 스스로를 헤아리지 못한 채 자못 늘이거나 삭제하며 가다듬고 고쳤다. 그러나 선생은 특별히 그 성정과 생각의 오묘함으로 훌륭한 글을 지었다. 그래서 한글 작품 가운데에서도 오히려 문장의 광채를 볼 수 있었는데, 지금 내가 번역하면서 도리어 이에 미치지 못하게 되었다.

옛날에 태사공(太史公)이 「굴원전(屈原傳)」을 지었고 구양수(歐陽修)가 왕씨 부인의 사적[11]을 서술하였는데, 그 문장은 두 사람의 절의와 높음을 다투었다. 내가 진실로 이를 아름답게 여겼으나 스스로 사씨의 현숙함에 걸맞게 다듬지 못하였다. 그러나 선생이 글을 지어 사람들을 가르치려 하였던 것에 거의 가깝도록 우러러 서술하였다. 이러한 생각은 우연이 아니라 바로 나의 뜻이니 보는 사람들은 용서하기를.”

[원문] 翻諺南征記序

小說, 無論『廣記』之雅麗,『西遊』『水滸』之奇變宏博, 如『平山冷燕』, 又何等風致, 然終於無益而已. 西浦頗多以俗諺爲小說, 其中所謂『南征記』者, 有非等閒之比, 余故翻以文字, 而其引辭曰:

　　“言語文字以敎人, 自六經然爾. 聖人旣遠, 作者間出, 少醇多疵. 至稗官小說, 非荒誕則浮靡, 其可以敦民彝裨世敎者, 惟『南征記』乎!

　　『記』本我西浦先生所作, 而其事則以人夫婦妻妾之間. 然讀之者, 無不咨嗟沛泣, 豈非感於謝氏處難之節, 翰林改過之懿? 皆根於天, 具於性而然者. 其憤惋痛裂, 皆又豈不以喬董之惡哉? 不唯如是, 推類引義, 將無往而非敎者. 所謂放臣怨妻, 與所天者, 天性民彝, 交有所發, 則如『楚辭』; 所謂感發人善心, 懲創人之逸志, 則又庶幾乎『詩』. 是烏可與他小說, 同日道哉?

　　先生之作之以諺, 盖欲使閭巷婦女, 皆得以諷誦觀感, 固亦非偶然者, 而顧無以列於諸子, 余嘗病焉. 會謫居無事, 以文字翻出一通, 又不自揆,

---

11　태사공(太史公)이……사적 : 태사공은 중국 최고의 역사서 『사기(史記)』를 저술한 전한(前漢)시대의 역사가 사마천(司馬遷)이며, 「굴원전」은 『사기』 권84, 「열전(列傳)」 제24에 실린 「굴원가생열전(屈原賈生列傳)」을 말한다. 구양수의 작품은 미상이다.

頗增刪而整釐之. 然先生特以其性情思致之妙, 而有大書. 故於諺之中, 猶見詞采, 今余所翻, 反有不及焉者.

昔太史公作「屈原傳」, 歐陽子叙王氏婦事, 其文與兩人節義爭高. 余誠美之, 而自無以稱謝氏之賢. 然庶幾仰述先生所爲作書敎人, 其意非偶然者, 是余之志也. 覽者恕焉."

〈범례(凡例)〉 -찬자 미상, 1709년

一. 언문과 한문은 차이가 있기 때문에 번역한 자구(字句)와 문장 사이에 간혹 원본과 다른 것들이 많다.

一. 언문으로 인해 모두 동일하게 만들 수 없었던 것들 이외에 간혹 번잡하거나 반복된 것들은 삭제하고, 혹은 빠져 있는 부분들은 보태었으며, 또 바꾸거나 윤색한 경우도 있다.

一. 번역은 대체로 역사가의 문체로 만들고자 하였다. 예를 들어 원본의 '상령(湘靈)의 비파 소리는 잦아들었다.'거나, '낙포(洛浦)의 선녀 발걸음은 묘연하였다.'와 같은 표현 들은 소설의 말투라는 점이 불만스러워 삼가 삭제하였다.

一. 원본에는 사씨(謝氏)가 처음에 백빈주(白蘋洲)를 모른다고 하였는데 마땅히 이와 같지는 않았을 것이기에 이를 고쳤다. 또 사씨가 강을 건너게 해줄 사람이 누구인지를 몰라 배를 타고 기다린다면 스스로 경박스런 처신이 될 것이기에 묘희(妙喜)[12]의 꿈 한 대목을

---

12 묘희(妙喜) : 사씨가 쫓겨나 친정으로 돌아가지 않고 동정호(洞庭湖) 군산(君山)에 위치한 수월암(水月庵)에 의탁할 때 도와준 여승이다.

첨가하고 그 대략은 남겨 두었다.

一. 원본에는 단지 관음찬(觀音贊)과 사씨를 내쫓을 때의 고묘문(告廟
文)만이 있으나 지금 사씨가 두부인(杜夫人)에게 답한 편지와 두부
인이 유 한림(劉翰林)에게 보낸 편지, 유 한림이 엄숭(嚴嵩)을 배척
한 시, 돌아온 사씨를 맞아들인다는 고묘문, 사씨의 시비(侍婢) 춘
방(春芳)에 대한 제문(祭文) 등을 지어 책 뒤에 함께 덧붙인다.

一. 논찬하는 말을 대략 적어 책 앞머리에 기록해 두었고, 또 문장이
아름다운 곳에는 비점(批點)과 권점(圈點)을 두었다.

[원문] 凡例

一. 諺與文有異, 故所翻字句辭語之間, 或多不同於原本.

一. 諺故不能盡同者外, 或繁複者刪之, 或脫漏者添之, 又有或改易修潤
者.

一. 所翻粗欲爲史家文體, 如原本'湘靈之瑟聲微矣'·'洛浦之仙步杳然'者
等, 嫌於小說口氣, 故謹刪之.

一. 原本謝氏初不知白蘋洲, 不應如此, 故改之. 又謝氏不知當濟者何人,
乘舟以待, 或步自輕, 故添以妙喜夢一款, 此其大者有.

一. 原本只有觀音贊及黜謝氏告廟文, 今謝氏答杜夫人書, 杜夫人與劉翰
林書, 翰林譏嚴嵩詩, 及迎還謝氏告廟文, 謝氏祭春芳文等, 而并附于
篇末.

一. 略爲論贊之語, 輒識於書頭, 又其文詞佳處, 就點圈.

번설경전(翻薛卿傳)

1) 1724년경 필사본 『번설경전』

〈번설경전후기(翻薛卿傳後記)〉 -권섭(權燮), 1724년경, 『옥소고』「잡저」

무명옹이 말한다.

"황가(皇家)에 선택된 자질이 어찌 간사한 도적에게 더러움을 당하겠는가? 천도와 인심은 한낱 웃음거리일 뿐이다. 우직한 군자가 간교한 소인에게 횡액을 당한 것은 형세가 곧 그러하였던 것이니, 어찌 시랑(侍郞)이 지나치게 어수룩했기 때문이겠는가? 처음에 어려움에 처했다가 이후에 바르게 된 사실은 사람의 지모(智謀)에서 나왔다고 말할 수 있는 것이 아니다. 저 높은 하늘을 우러러 바라보며 작은 여자의 몸으로 당돌하게 이와 같은 위대한 남자의 사업을 감당하였으니, 나는 고금의 천만 사람 가운데에서 살펴보아도 이런 사람을 찾지 못하였다. 혁혁한 부마로 간택되어 결국에는 왕비의 존귀함으로 귀결되었으니, 또 얼마나 기이한 일인가? 이처럼 하늘이 원통한 인연을 낳은 것은 꾸며낸 사적이니, 이러한 이야기가 나온 것은 어떤 사람이 지어냈는가? 이 늙은이가 병중에 사람을 시켜 이 책을 읽게 하고는 누워서 들었는데, 가만히 나의 마음에 느낌이 있었으니, 어찌 모든 것을 터무니없다고 하겠는가? 나는 번잡하거나 자잘한 것을 싫어하여 간략하게 한문으로 번역하였는데, 이를 보는 분들은 나에 대해 가벼이 논하지 말라. 내가 마음에 둔 것이 있었던 것이다."

無名翁曰:"斯皇家妙選之姿, 何見汚於嬖賊也? 天道人心, 一宗胡盧. 愚君子之橫罹巧小人, 勢之卽然, 何侍郎之太踈也? 初窮阨而後貞, 非曰人謀也. 瞻仰於穹蒼, 以眇然之閨秀, 唐突辦此偉男子之事業, 千萬人中, 吾不見於今古. 赫赫儀賓之選, 畢竟歸於翟褘之尊貴, 又何異也? 卽是天生寃緣, 架虛之事, 若是說出來, 是何人? 斯老夫病中, 使伊吾而臥聽, 竊自感於吾心, 豈俚諺而爲詆? 我嫌煩瑣, 簡以文翻, 觀者勿易論我, 我自有心."

서주연의(西周演義)

1) 연대 미상 필사본 『서주연의』

〈언서서주연의발(諺書西周演義跋)〉 —조태억(趙泰億)[13], 시기 미상

나의 어머니가 진작 『서주연의(西周演義)』[14] 10여 편을 언문으로 필사하셨는데 원래의 책에 한 권이 빠져 완질을 갖추지 못했었다. 어머니가 늘 아쉬워하신 지 오래되었는데, 전본(全本)을 호고가(好古家)에게서 얻게 되어 이를 이어 적어 빠진 부분을 보충해 완질을 갖추었다. 얼마 지나지 않아 마을의 어떤 여인네가 어머니께 그 책을 보고 싶다 부탁하여 어머니는 바로 전질을 빌려주었다. 얼마 지나 그 여인네가 또 집으로 찾아와 이렇게 사죄하였다.

"빌린 책을 삼가 돌려드립니다. 다만 길에서 한 책을 잃어버렸는데 아무리 찾아도 찾을 수가 없습니다. 죽을죄를 지었습니다!"

어머니는 먼저 용서하시며 잃어버린 책을 물었는데 바로 예전에 이어 적어 빠진 부분을 보충한 책이었다. 완질을 갖추었던 것이 이제 다시 낙질이 되자 어머니는 속으로 매우 안타까워하셨다.

2년이 지난 겨울, 나는 아내를 데리고 남산(南山) 아래 집을 빌려 살

---

13 조태억(趙泰億, 1675~1728) : 본관은 양주, 시호는 문충(文忠)이다. 병조 판서, 좌의정 등을 역임했다.

14 『서주연의(西周演義)』 : 중국 명나라 때의 소설 『봉신연의(封神演義)』의 별칭으로, 은나라가 주나라로 교체되는 과정을 배경으로 전개되는 작품이다.

게 되었다. 아내가 마침 병이 들어 무료하게 지내기에 같은 집에 사는 친척 부인에게서 책을 빌렸다. 친척 부인이 이에 책 한 권을 보내주었는데 아내가 보니 바로 전에 잃어버렸던 어머니가 직접 적으신 책이었다. 내게도 보라고 하여 살펴봤더니 과연 그러하였다. 이에 아내가 바로 그 친척 부인을 찾아가 책자의 내력을 자세히 물어보았더니, 친척 부인은 이렇게 말해 주었다.

"나는 우리 친척 아무개에게서 얻었고, 나의 친척은 그 마을 사람 아무에게서 샀는데, 그 마을 사람은 길에서 주웠답니다."

아내는 곧 이전에 책을 잃어버린 정황을 갖춰 일러주고는 돌려주기를 부탁하자 그 친척 부인 또한 기이하다며 돌려주었다. 지난날 낙질이 되었던 것을 도로 이제 다시 완질을 갖추었으니 또한 기이한 일이 아닌가!

지난번에 이 책자를 길에서 잃어버리고도 오랫동안 누군가 주워가지 못했더라면, 분명히 말이나 가축의 발굽에 밟히고 진흙에 더럽혀져 한 글자나 한 조각도 다시 찾지 못했을 것이다. 설사 다행스럽게도 이런 근심을 면해 다른 사람이 주워갔더라도 가져간 사람이 어리석어 책을 아낄 줄 몰랐다면 그저 진귀하게 아끼며 감상하지도 않았을 것이고, 또 찢거나 훼손하여 집안의 벽을 바르는 용도로 마련하였다면 말발굽과 가축이 짓밟고 진흙에 더럽혀진 경우와 무슨 차이가 있겠는가?

그리고 요행히 이런 근심을 벗어나 호사가가 보관해 가져갔더라도 만일 보관해 가져간 사람이 하늘 끝이나 땅 끝에 있어 피차 서로 만날 수 없는 경우였다면, 이 책자가 비록 아무런 탈은 없을지라도 내가 잃어버린 것은 마찬가지이니 어찌 애석하지 않겠는가? 지금 길에서 잃어버려 말발굽과 가축이 짓밟지도 않고 진흙에 더럽혀지지도 않았으며, 다른 사람이 주웠지만 어리석어 책을 아낄 줄 모르는 사람에게 돌아가지도 않았고 마침내 호사가가 보관해 가져갔으면서도 하늘 끝 땅 끝에서 피차 만날 수 없는 사람의 차지가 되지 않은 채 내 아내의 친척 부인의 집안사람에게 갈무리되어 이리저리 전전하여 돌아다니다가 결국 내게로 돌아왔다. 이 어찌 하늘이 나의 어머니께서 손수 쓰신 책이 끝내 흩어지거나 땅속에 묻혀버리는 지경에 이르지 않도록 하셨던 것이 아니겠는가? 3년 동안 잃어버렸다가 하루아침에 찾았으니 그 사이에 운수가 달려있지 않았다고 말하겠는가? 기이하고도 기이한 일이다. 이를 기록하지 않을 수 없어 잃어버렸다가 되찾은 전말을 이와 같이 삼가 적는다.

[원문] 諺書西周演義跋

我慈闈旣諺寫『西周演義』十數編, 而其書闕一帙, 帙未克完. 慈闈常嫌之久, 而得一全本於好古家, 續書補亡, 完了其帙. 未幾有閭巷女, 從慈闈乞窺其書, 慈闈卽擧其帙而許之. 俄而女又踵門而謝曰:"借書謹還. 但於途道上逸一帙, 求之不得. 死罪死罪!"慈闈姑容之, 問其所逸, 卽向者續書而補亡者也. 帙之完了者, 今復不完, 慈闈意甚惜之.

越二年冬, 余挈婦僑居南山下. 婦適病且無聊, 求書于同舍族婦所. 族婦酒副以一卷子, 婦視之, 卽前所逸慈闈手書者也. 要余視之, 余視果然. 於是婦乃就其族婦, 細訊其卷子所迨來, 其族婦云:"吾得之於吾族人某, 吾族人買之於其里人某, 其里人於途道上拾得之"云. 婦乃以前者見逸狀, 具告之, 且請還之, 其族婦亦異而還之. 向之不完之帙, 又將自此而再完矣, 不亦奇歟!

囊使此卷, 逸於道途, 久而人不拾取, 則其必馬畜躙之, 泥土巇之, 一字片書, 不可復覓矣. 假使幸而免此患, 爲人之所拾取, 其拾取者, 若蒙不知愛書, 則不惟不珍護而翫賞之, 又從而滅裂之, 殘毁之, 以備屋壁間糊塗之用, 則其視馬畜躙而泥土巇, 亦奚間哉.

且幸而又免此患, 得爲好事者之所藏去, 其藏去者, 若在天之涯·地之

角, 而彼我不相及者, 則此卷雖或無恙, 吾之見失均也, 豈不惜哉? 今者逸
於道途, 而馬畜不蹂, 泥土不巇, 爲人所拾取, 而不歸於蒙不知愛書之人,
卒爲好事者之所藏去, 而又不爲天涯地角彼我不相及者所占, 爲吾婦族婦
之族人所獲, 轉展輪環, 卒歸於我. 此豈天不使我慈闈手筆, 終至於散逸埋
沒之地耶? 三年之所失, 一朝而得之, 謂非有數存於其間耶? 奇歟奇歟!
不可以無識, 謹錄其失得顚末如右云爾.

옥수기(玉樹記)

1) 1835~1840년 필사본 『옥수기』

〈옥수기발(玉樹記跋)〉 -남윤원, 1888년

『옥수기(玉樹記)』 14회(回)는 소남 선생(小楠先生) 심공(沈公)[15]이 지으신 책자이다. 공은 문장과 기절(氣節)이 탁월하여 율학(律學)과 병법(兵法)이며 명가 자제의 특별한 재주나 학식과 규방 재녀(才女)의 곡진한 정사(情事)를 세상을 피해 은둔한 선비와 깊숙한 궁궐의 여자들에게 소개해 인연을 맺어 충효(忠孝)와 열절(烈節)이 근본으로 돌아가게 하였는데, 작품의 계획과 배치가 여항소설(閭巷小說) 가운데 이전 사람들이 이루지 못한 이야기를 비로소 드러내었다. 그럼에도 구절을 매듭짓고 말을 구성함이 악착스럽거나 구차하지 않고 허황되거나 음란한 것이 없으니 참으로 세상에 경계가 되는 기이한 이야기가 될 뿐 아니라 선생이 평소 뜻하신 바를 알 수 있다.

정사년(1857, 철종 8) 가을에 상서(尙書) 민 우당(閔藕堂)[16] 합하(閤

---

15 심공(沈公) : 심능숙(沈能淑, 1782~1840)을 말한다. 소남은 그의 호이다. 시인으로 명성을 얻었으며, 특히 근체시에 뛰어났다는 평을 들었다. 한문 소설 『옥수기』는 1835~1840년 사이에 지은 가문소설(家門小說)로 1888년(고종 25) 9권의 국문본으로 번역되기도 하였다. 서유영(徐有英)의 『육미당기(六美堂記)』, 남영로(南永魯)의 『옥루몽(玉樓夢)』과 함께 19세기를 대표하는 작품이다. 저서로 문집 『후오지가(後吾知可)』 6권이 있다.

下)께서 여강(驪江) 은귀정(恩歸亭)[17]에서 진서(眞書: 한문) 4권의 초본(草本)을 정서하라고 부탁하면서 "우리 외왕고(外王考)[18]의 유적(遺籍)이라."고 말하였다. 이 초본을 작은 상자에 간직하였지만 30여 년 이리저리 흘러 다닌 세상일 때문에 겨를을 내지 못하였고, 정서한 한 본(本)을 7년 전(1881)에야 보내드렸다. 그 후에 구본(舊本) 책장을 검토해 살피며 용성 교사에서 5, 6년간 지내다가 선생의 문장에 다시 감동을 받아 언번(諺繙: 한글 번역)하였지만 다시 베껴 쓰지는 못하고 있었다. 지금 합하의 명을 받아 궁중에서의 직분에 써야 할 세 통의 붓과 벼루를 허비하였지만 본문의 대의를 잃지 않고자 하였으면서도 밝고 분명한 문장의 형세가 분명치 않을까 도리어 두려운데, 『옥수기』의 언문소설이 세상에 처음으로 행해지는 바이다.

아! 합하께서 집안 어른의 모습을 마음에 감격스러워하심이 수십 년의 세월이 바뀌었으니 선조의 사적을 떠올려 생각함에 실감이 나지 않으리라. 글을 적어 나감에 소생(小生)의 마음에도 아득하고 막막한 바이다. 대저 이 책의 내용으로 보건대 가(嘉)·화(花)·왕(汪)·진(晋) 네 집안의 후대로 소설을 잇는다면 『임화정연(林花鄭延)』과 『명행정의(明行正義)』[19]에 견주어도 뒤지지 않을 듯하다. 또한 혹여 소남공의 그윽하

---

16 민 우당(閔藕堂) : 민응식(閔應植, 1844~1903)을 말한다. 본관은 여흥(驪興), 자는 성문(性文), 우당은 그의 호이다. 1882년(고종 19) 증광문과에 합격해 임오군란에 명성황후를 피신시킨 일로 이후 요직에 기용되기 시작했다. 이조 판서·병조 판서 등을 지냈으며 김옥균을 비롯한 개화파를 탄압하였으나 1894년 개화파 정권이 들어서자 전라남도 고금도에 유배되었다. 시호는 충문(忠文)이다.

17 은귀정(恩歸亭) : 조선 숙종의 계비 인현왕후 민씨의 오빠인 민진원이 지금의 경기도 여주시 단현동 남한강변에 위치한 부라우나루터 근처에 지은 정자이다.

18 외왕고(外王考) : 돌아가신 외할아버지라는 의미로 민응식의 외조부가 바로 『옥수기』의 저자 심능숙이다.

고 은미(隱微)한 의취(意趣)를 후학이 본받고자 하지만 나의 학문과 박식이 만분지일을 감당하지 못할 뿐만 아니라 어느덧 나이가 육십에 가까워지니 여가가 없을 듯하다.

무자년(1888, 고종 25) 상원(上元) 소생 붕해 남윤원 삼가 쓰다.

[원문] 옥슈긔발

『옥슈긔』십ᄉᆞ회ᄂᆞᆫ 소남션ᄉᆡᆼ 심공의 지으신 칙ᄌᆞ라. 공이 문장과 긔졀이 탁낙ᄒᆞ오ᄉᆞ 률학과 병법이시며 명문공ᄌᆡ의 특별한 지학과 규방지녀의 곡진ᄒᆞᆫ 졍ᄉᆞ를 돈셰은ᄉᆞ와 심궁한 녀에게 소긔ᄒᆞ며 결년ᄒᆞ야 충효졀녈이 근본으로 도라ᄀᆞ게 ᄒᆞ실ᄉᆡ 경륜과 비치가 여항소셜에 젼ᄉᆞ람의 이르지 못ᄒᆞᆫ 셜화를 비로소 발ᄒᆞ시나 총졀과 구어가 악착구ᄎᆞ ᄒᆞ지 아니ᄒᆞ고 부허음난ᄒᆞ미 업ᄉᆞ니 진즛 경셰긔담이 될 뿐더러 션ᄉᆡᆼ 평일의 우의ᄒᆞ오심을 ᄀᆞ히 알니로다.

졍ᄉᆞ 츄간의 민샹셔 우당 합하계요셔 녀강 은귀졍 상의 딘셔 ᄉᆞ권 초본ᄒᆞᆫ 거슬 졍셔ᄒᆞ라 하탁ᄒᆞᄉᆞ 왈 "우리 외왕고의 유젹이시니라" ᄒᆞ오시기 협ᄉᆞ의 간슈ᄒᆞ야시나 삼십여년 동셔표박ᄒᆞᄂᆞᆫ 인사로 ᄡᅥ 겨를치 못ᄒᆞ고 일본졍셔를 칠년젼의 납상ᄒᆞ온 후 구본 칙장을 검열ᄒᆞ야 용셩 교ᄉᆞ 오뉵년 칩복ᄒᆞᆫ 즁 션ᄉᆡᆼ 문ᄶᆞ를 다시 감동ᄒᆞ야 일통을 언번ᄒᆞ야시나 즁쵸ᄒᆞ지 못ᄒᆞ다가 합하의 명ᄒᆞ오심을 밧ᄌᆞ와 금즁직소의 삼동필연을 허비ᄒᆞ오나 본문 디지를 일치 아니코자 ᄒᆞᄆᆞ로 총총문셰 찍ᄒᆞ오미 도로여

---

19 『임화정연(林花鄭延)』과 『명행정의(明行正義)』: 두 작품은 모두 명나라를 배경으로 삼은 작자와 연대 미상의 장편국문소설이다. 『임화정연』은 임생(林生)이 화소저(花小姐)・정소저(鄭小姐)・연소저(延小姐)와 인연을 맺고 어지러운 세상을 바로잡는다는 내용으로 주인공들의 성을 모아 작품의 제목으로 삼았다. 『명행정의』는 『보은기우록』의 후편에 해당하는 작품으로 가문소설에 속하는 작품이다.

송연ᄒᆞ오나 『옥슈긔』 언셜은 세상의 처음으로 힝ᄒᆞᄂᆞᆫ 비라.

ᄎᆞ홉다! 합하의 헌당풍슈를 늣거ᄒᆞ오시미 슈십년 셩상을 붓쏘이시니 션젹을 츄감ᄒᆞ오시믈 밋지 못ᄒᆞ시미여. 필셔홈을 당ᄒᆞ야 소싱의 마음의도 유유챵챵ᄒᆞ온 비라. 딕져 이 칙 하회로 볼진딕 가·화·왕·딘 ᄉᆞ가 후진의 소셜을 이어 일우면 『님화졍연』과 『명힝졍의』로 더부러 ᄉᆞ양치 아니ᄒᆞ올 듯. 쏘ᄒᆞᆫ 소남공의 혹시 유의미취ᄒᆞ오심을 후학이 본바드올신ᄒᆞ오나 비단 학문과 박식이 만분지일을 감당ᄒᆞ지 못ᄒᆞ온 밧 거연ᄒᆞᆫ 쳔치가 늑십이 갓ᄀᆞ오미 여가ᄀᆞ 업ᄉᆞ올 듯 ᄒᆞ오이다. 무ᄌᆞ 상원 소싱 붕희 남윤원 근셔.

제일기언(第一奇諺)

1) 1835~1848년 필사본 『제일기언』

〈제일기언서(第一奇諺序)〉 -홍희복(洪羲福)[20], 시기 미상

복희씨(伏羲氏)가 서계(書契: 최초의 글자)를 만든 뒤로 지금 수천백 년에 이르는 동안 경사자집(經史子集)과 구류백가(九流百家)에 무릇 서 책이라 부르는 것이 우주에 가득하고 천하에 유전(流轉)하여 해마다 더해지고 날마다 늘어나 그 수를 헤아릴 수 없을 것이다. 경서(經書)는 성인의 말씀을 본받은 것이고, 사서(史書)는 역대의 흥망을 기록한 것이며, 자집(子集)은 고금의 문장으로 지어서 쓴 것이요, 구류백가는 학술과 기술을 전하는 것이다.

그 가운데 소설(小說)이라는 부류가 있어 처음에는 사서에 빠진 말과 초야에 전하는 일을 거두어 모으니 혹자는 야사(野史)라고도 하였다. 그 후 문장을 알면서 일 없는 선비가 필묵을 놀려 문자를 허비해 헛된 말을 불리고 거짓된 일을 사실처럼 만들어 보는 사람들이 자연스레 믿으며 진정으로 맛을 들여 보고자 하여 이로부터 소설이 성행하니 근래에 더욱 심하다. 중국의 선비는 글을 읽어 과거(科擧)에 오르지 못하면 이로써 뜻을 두어 문학을 자랑하고 가계가 빈궁하면 이로써 생계를 삼아

---

20 홍희복(洪羲福, 1794~1859): 중국 청대 이여진(李汝珍, 1763~1830)의 소설인 『경화 연(鏡花緣)』을 번역하였다.

저자에 매매한다. 이 때문에 온갖 계책과 기담괴설이 미치지 않는 데가 없도다.

우리나라는 글과 말의 길이 달라 글을 풀이해 말을 만들어야 하기에 언문(諺文)이 따로 있어 진서(眞書: 한문)와 언문이 다르다. 대체로 언문이 말하기에 자세하고 배우기 쉬운 까닭에 부인과 여자는 언문만을 일삼아 문자〔한문〕를 배워 익히지 않으니 이 또한 잘못된 것이다. 성인의 경전과 현인의 주해(註解), 『예기(禮記)』·『소학(小學)』을 비록 언문으로 풀이해 언해(諺解)라 이름을 붙여 부디 사람마다 배워 본받게 하려고 하지만 보는 사람들은 재미가 없고 지루하다 하면서 다만 소설과 신화(新話)의 허탄하고 기괴함만을 다투어 즐겨본다. 할 일 없는 선비와 재주 있는 여자가 고금의 소설 가운데 이름난 것을 낱낱이 번역하고 그 외에도 헛된 말을 지어내거나 군소리를 길게 늘여 신기함과 재미를 위주로 한 것이 거의 수천 권을 넘는다.

내가 일찍이 배우지 못해 과거를 이루지 못하고 어머님을 모시며 한가한 때가 많아 세간에 전하는 언문소설을 거의 다 열람하였다. 대저 『삼국지(三國志)』·『수호지(水湖志)』·『열국지(列國誌)』·『서주연의(西周演義)』부터 역사연의의 부류는 이미 진서를 번역한 것이니 말을 고쳐 보기에 쉽도록 함을 취한 것이지 그 사실은 같은 것이다. 그 밖에 『유씨삼대록』·『미소명행』·『조씨삼대록』·『충효명감록』·『옥원재합』·『임화정연』·『구래공충렬기』·『곽장양문록』·『화산선계록』·『명행정의록』·『옥린몽』·『벽허담』·『완월회맹연』·『명주보월빙』의 모든 소설이 수삼십 종이나 되는데 권질이 매우 커서 간혹 백 권이 넘으며 적어도 십여 권 아래로는 없다. 그 나머지 십여 권이나 수삼 권씩 되는 소설은 사오십 종을 넘는다. 심지어 『숙향전』·『풍운전』 등의 부류는 여항의 천한 말과 하류의 나쁜 글씨로 판본에 개간(開刊)하여 시장에 매매하니 이루다 기록할 수가 없다. 대체로 그 지은 뜻과 늘어놓은 말을 보건대 대동소이해서 사람의 성명(姓名)을 고쳤지만 사실은 흡사하고, 선악이 드러나지만 기교는 매한가지라 오로지 부녀자와 무식한 하천배가 즐겨보도록 하는 까닭에 언사가 비루하고 계책이 단순해 자식을 낳는 이야기로부터 중간에 혼인하고 평생 공명과 부귀를 누리는 말에 불과하다. 그 가운데 일어나는 사단은 반드시 자녀를 잃어버리고 헤어져 오랜 뒤에 찾거나, 혼사에 장애가 생겨 간신히 연분을 이루거나, 처첩이 시기하고 질투해 가정이 어지러워져 온갖 이상한 일이 생기다 늦게야 화목하게 된다. 한편으로는 곤궁함이 점점 심하다가 중년에 부귀함이 극진해지거나, 벼슬길에 풍파를 만나 만 리에 귀양을 가고, 하루아침에 형벌을 당하다가 마침내 원한을 풀어 설욕한다. 환난과 고초를 말할 때면 반드시 죽음에 이르도록 하고, 신통하고 기이함을 말할 때면 반드시 부처와 귀신을 일컬을 뿐이다. 그 가운데 또한 충신, 효자와 열녀, 정부(貞婦)의 높은 절조와 아름다운 행실이 없지 않으니 감동하고 본받을만한 것이지만 그 사이에 난신(亂臣)·적자(賊子)와 투부(妬婦)·음녀(淫女)의 계획을 꾸며내 틈이 벌어지는 실마리를 지어내고, 참소를 올려 재난을 빚어냄은 그 뜻이 간교하고 심사가 악독해 차마 듣고 보지 못할 말이 많다. 진실로 이런 일이 있어도 마땅히 귀로 듣고 눈으로 볼 것이 아니거늘, 하물며 헛된 말로 지은 것을 가지고 부부의 혼인에 이르기까지 규방에서 일어나는 은밀한 수작과 남녀의 무례한 뜻을 자세히 문답하고 낱낱이 일컬어 자연스럽게 상대하고 자세히 듣고 본 것처럼 하니, 이 어찌 부녀자가 익숙하게 볼만한 것이겠는가. 그러나 보는 사람에게 한 사람의 어진 일을 본받고 즐겨 행하도록 한다면 그 유익함이 적지 않을 것이고, 만일 간악한 자의 교묘한 꾀를 기묘하고도 옳게 여긴다면 그 해로움이 장차 어디까지 미치겠는가. 그러므로 적잖이 탄식하고 깊이 염려하는 바이다.

우연히 근래에 중국 선비가 지은 소설을 보았더니 그 말이 족히 사람에게 유익하고 그 뜻이 진실로 세상을 깨닫게 할 만하여 세속 소설의 상투를 벗어나고 별도로 기이한 일을 펼쳐 경서와 사서를 인증하고, 기문벽서(奇文僻書)를 상고하여 신선(神仙)의 허무한 바를 말하되 곳곳에 근거가 있으며, 외국의 기괴한 일을 말하더라도 낱낱이 내력이 있었다. 경서를 의논하면 의리를 분석하고, 사서를 문답하면 시비를 질정하여 천문지리와 의약복서(醫藥卜筮)에서 잡기방술에 이르기까지 각각 그 오묘함을 말하고 법도를 밝히니 이는 진정 소설의 뛰어난 문장가요 박람의 으뜸이다. 이를 지은 사람의 뜻은 평생 배우고 아는 것이 이와 같이 넓고 깊었겠지만 마침내 뜻을 이루지 못해 쓰일 곳이 없었던 것이다. 이에 하릴없이 부인네와 여자의 이름을 빌리고 뜻을 부쳐 마침내 쓸 데 없다는 것을 밝힌 것이다. 이제 그 번잡한 것을 덜어내고 간략한 부분을 보충하며 풍속이 같지 않은 것과 언어가 다른 부분을 고치고 윤색하여 언문으로 번역해 '제일기언'이라 이름 붙이니 사람들이 그 뜻을 물으면 "한문 소설 가운데 『삼국지』를 제일기서(第一奇書)라 하니 나는 이를 본받아 언문소설 가운데 제일기담인 까닭에 특별히 '제일기언'이라 하노라."라고 답한다.

　혹자가 "문장을 지어냄에 할 일이 무궁하거늘 선생은 혼자 언문에 종사하여 종이와 붓을 허비하니 장차 무엇에 쓰겠는가."라고 조롱하여 나는 웃으며 대답하였다.

　"천고의 문장으로 이름을 전하는 자 그 몇인가. 다행히 사업을 이뤄 등용되는 자 또한 천만 인의 하나거니와 불행히 머리가 희도록 과거(科擧)의 뜻을 이루지 못하고 초야의 초가집에 헛되이 늙는다면 평생 마음을 썩이고 창자가 끊어질 듯 익히던 것을 마침내 창문을 바르고 항아리를 덮어 없앨 뿐이니 결국 쓸 데 없기는 당신의 언문과 마찬가지요. 내

몸이 이미 쓰이기를 바라지 않으니, 내 책이 또 어찌 쓰이기를 구하리오. 다만 긴 밤과 한가한 아침에 노친을 모시고 병든 아내와 며느리, 딸자식을 거느려 한 번 보고 두 번 읽어 그 강개하고 상쾌한 곳에 이르러는 서로 일컬으며 탄복하고 칭찬하며, 우스갯소리와 해학이 있는 부분에 이르러 또한 한바탕 기뻐 웃으면 족히 쓰인다 할 것이니 어찌 소용없다 하겠는가."

객(客)이 웃고는 헤어지거늘 그 문답을 적어 책머리에 쓰노라.

[원문] 제일기언서

복희시 셔계룰 지으므로부터 지금 누쳔빅년의 니르히 경ㅅ즈집과 구류빅가의 무릇 셔칙으로 일홈ㅎ는 지 우쥬에 ㄱ득하고 쳔하의 뉴젼ㅎ야 힌로 더ㅎ고 날노 느러 그 슈룰 측냥치 못ㅎ거니 경셔는 성인에 말슴을 법ㅂ들 비요 ㅅ긔는 녁대 흥망을 긔록ㅎ 비요 즈집은 고금 문쟝의 짓고 쓴 비요 구류빅가는 슐업과 방문을 젼ㅎ는 비니 그중 쇼셜이란 명식이 잇셔 처음은 ㅅ긔에 샌진 말과 초야의 젼ㅎ는 일을 거두어 모화ㄴ니 혹 닐으되 샤시라 하더라. 그 후 문쟝ㅎ고 닐 업는 션비 필묵을 희롱ㅎ고 문ㅆ룰 허비ㅎ야 헛말을 늘여 니고 거즛 닐을 실다히 ㅎ야 보는 사룸으로 ㅎ야곰 쳔연이 미드며 진졍으로 맛드려 보기룰 요구ㅎ니 일노죠ᄎ 쇼셜이 셩힝ㅎ야 근일에 우심ㅎ니 중국 션비는 글 닑어 과거룰 닐우지 못ㅎ면 일노써 뜻을 부쳐 문학을 즈랑ㅎ고 가계가 빈궁ㅎ면 일노써 싱이ㅎ야 져즈의 미미ㅎ니 이러므로 쳔방빅긔와 긔담괴셜이 아니 미츤 비 업는지라

우리 동국은 글과 말이 길이 달나 글을 삭여 말을 민들녀 흔즉 언문이 ㅆ로 잇셔 진셔와 언문이 다른지라. 대범 언문이 말ㅎ기 즈셰ㅎ고 비호기 쉬온 고로 부인녀즈는 언문을 위업ㅎ고 문ㅆ룰 비화 닉이지 아니ㅎ니

이 쏘흔 흠시라. 셩경 현젼과 『례긔』 『쇼학』을 비록 언문으로 삭여 언히
라 일홈흐야 부디 사롬마다 비화 본밧고져 흐나 보는 지 무미코 지리틴
흐야 다만 쇼셜신화의 허탄긔괴훈 ㅂ롤 다토아 즐겨보니 일 업슨 션비와
지조 잇는 녀지 고금쇼셜에 일홈는 ㅂ롤 낫낫치 번역흐고 그 밧 허언을
창셜흐고 긱담을 번연흐야 신긔코 즈미 잇기롤 위쥬흐야 거의 누쳔권에
지는지라.

　너 일즉 실학흐야 과업을 닐우지 못흐고 훤당을 뫼셔 한가훈 씩 만흐
므로 셰간의 젼파흐는 바 언문쇼셜을 거의 다 열남흐니 대져 『삼국지』
『슈호지』 『녈국지』 『셔쥬연의』로부터 녁대연의에 뉴는 임의 진셔로 번
역훈 ㅂ니 말숨을 고쳐 보기의 쉽기롤 취훌 쑨이요 그 스실은 훈ㄱ지여
니와 그 밧 『뉴시삼대록』 『미소명힝』 『조시삼대록』 『츙효명감녹』 『옥원
지합』 『님화졍연』 『구리공츙널긔』 『곽쟝냥문록』 『화산션계록』 『명힝졍
의록』 『옥닌몽』 『벽허담』 『완월회밍』 『명쥬보월빙』 모든 쇼셜이 슈삼십
죵의 권질이 호대흐야 혹 빅권이 넘으며 쇼불하 슈십권에 니르고 그 남
아 십여권 슈삼권식 되는 스오십죵의 지느니 심지어 『슉향젼』 『풍운젼』
의 뉘 가항의 쳔훈 말과 하류의 느즌 글시로 판본에 긔간흐야 시상에
미미흐니 이로 긔록지 못흐거니와 대체 그 지은 뜻과 베푼 말을 볼진디
대동쇼이 흐야 사롬의 셩명을 고쳐시나 스실은 흡스흐고 션악이 닉도흐
느 계교는 훈ㄱ지라 젼혀 부인녀즈와 무식쳔류의 즐겨보기롤 위훈 고로
말숨이 비루흐고 계칙이 경쳔흐야 불과 싱산흐든 말노부터 즁간 혼인흐
고 평싱 공명부귀흐든 말쑨이니 그 즁 스단인즉 부디 즈녀롤 실산흐야
오릔후 츠즛거느 혼인에 무쟝이 잇셔 간신이 연분을 닐우거느 쳐쳡이
싀투흐야 가졍이 어즈러워 변괴 빅츌흐다가 늣ㄱ야 화락흐거느 일즉 궁
곤이 즈심틴가 즁년부귀 극진흐거느 환로의 풍파롤 만느 만리의 귀향가
고 일죠의 형벌을 당흐다가 무춤닉 신원셜치흐거느 그 환란고쵸롤 말흐

미 부디 죽기에 니르도록ᄒ고 그 신통 긔이ᄒᆫ 바ᄅᆞᆯ 말ᄒ면 필경 부쳐와 귀신을 일커ᄅᆞᆯ ᄲᅮᆫ이니 그 가온ᄃᆡ ᄯᅩᄒᆞᆫ 츙신효ᄌᆞ와 녈녀졍부의 놉ᄒᆞᆫ 절조와 아롬다온 ᄒᆡᆼ실이 업지 아니ᄒ니 죡히 감동ᄒ고 효측ᄒᆞᆯ 비로ᄃᆡ 그 틈에 난신젹ᄌᆞ와 투부음녀의 계교ᄅᆞᆯ ᄭᅮ며 흔단을 지어니고 참소을 부려 화변을 비져니ᄆᆞᆫ ᄯᅳᆺ이 간교ᄒ고 심슐이 악독하ᄵᅡ아 듯고 보지 못ᄒᆞᆯ 말이 만ᄒ니 진실노 이런 닐이 잇셔도 맛당이 귀에 듯고 눈에 볼 비 아니어ᄂᆞᆯ ᄒᆞᆯᄆᆞ며 헛말노 지은 것 가지어 부부혼인에 다ᄃᆞ라ᄂᆞᆫ 규방에 은밀ᄒᆞᆫ 슈죽과 남녀의 셜만ᄒᆞᆫ ᄯᅳᆺ을 셰셰히 문답ᄒ고 낫낫치 칭도ᄒᆞᆞ 쳔연이 샹ᄃᆡᄒᆞᆫ듯 졍녕이 듯고 본듯ᄒᆞ게 ᄒᆞ니 이 엇지 부녀의 닉이 볼 비리요 그러ᄂᆞ 보ᄂᆞᆫ ᄌᆞ로 ᄒᆞᆞ곰 ᄒᆞᆫ 사ᄅᆞᆷ의 어진 닐을 본밧고 즐겨ᄒ면 그 유익ᄒᆞᆷ이 젹지 아니커니와 만일 간악ᄒᆞᆫ ᄌᆞ의 공교ᄒᆞᆫ ᄭᅬᄅᆞᆯ 긔묘히 올히 넉일진ᄃᆡ 그 ᄒᆡ로오미 장ᄎᆞᆺ 어ᄃᆡ 미츠리요 이러므로 그으기 탄식ᄒ고 깁히 념녀ᄒᆞᄂᆞᆫ 비라

　우연이 근셰 즁극 션비 지은 바 쇼셜을 보더니 그 말이 죡히 사ᄅᆞᆷ의게 유익ᄒ고 그 ᄯᅳᆺ이 부디 셰상을 ᄭᅢᄃᆞᆺ과져 ᄒᆞᆞ 시쇽쇼셜의 투ᄅᆞᆯ 버셔ᄂᆞ고 별노히 긔ᄉᆞᄅᆞᆯ 베퍼 경셔와 ᄉᆞᄀᆡᄅᆞᆯ 인증ᄒ고 긔문벽셔ᄅᆞᆯ 샹고ᄒᆞᆞ 신션의 허무ᄒᆞᆫ 바ᄅᆞᆯ 말ᄒ되 곳곳이 핑게잇고 외국에 긔괴ᄒᆞᆫ 바ᄅᆞᆯ 말ᄒ되 낫낫치 닉력이 잇셔 경셔ᄅᆞᆯ 의논ᄒ면 의리ᄅᆞᆯ 분셕ᄒ고 ᄉᆞᄀᆡᄅᆞᆯ 문답ᄒ면 시비ᄅᆞᆯ 질졍ᄒᆞᆞ 쳔문지리와 의약복셔로 잡기방슐에 이르히 각각 그 묘ᄅᆞᆯ 말ᄒ고 법을 붉히니 이 진짓 쇼셜에 대방가요 박남ᄒᆞ기의 읏듬이라. 그 지은 사ᄅᆞᆷ의 ᄯᅳᆺ인즉 평ᄉᆡᆼ에 비ᄒ고 아ᄂᆞᆫ 비 이ᄀᆞ치 너르고 깁것마ᄂᆞ 마ᄎᆞᆷ니 ᄯᅳᆺ을 닐우지 못ᄒᆞᆞ 쓰일 곳이 업ᄂᆞᆫ지라. 이에 ᄒᆞᆯ일업셔 부인녀ᄌᆞ의 일홈을 빌고 ᄯᅳᆺ을 부쳐 필경은 쓸ᄃᆡ 업스믈 붉히미라. 이에 그 번거ᄒᆞᆫ 바ᄅᆞᆯ 덜고 간략ᄒᆞᆫ 곳을 보티며 풍쇽에 갓지 아닌 곳과 언어의 다른 곳을 곤치고 윤식ᄒᆞᆞ 언문으로 번역ᄒᆞᆞ 일홈ᄒ되 졔일긔언이라 ᄒᆞ니

사룸이 그 뜻을 뭇거눌 디답ᄒ야 왈 "진셔쇼셜 중 삼국지롤 니르러 졔일 긔셔라 ᄒ미 나는 일노쎠 언문쇼셜 중 졔일긔담인 고로 특별이 졔일긔언 이라 ᄒ노라."

혹 긔롱ᄒ여 왈 "문묵을 희롱ᄒ미 홀 닐이 무궁ᄒ거눌 션싱은 홀노 언문을 종ᄉᄒ야 지필을 허비ᄒ니 쟝ᄎᆺ 무어시 쓰리요." 닉 웃고 대왈 "쳔고의 문쟝으로 일홈을 젼ᄒᄂ 지 그 몃몃치뇨. 다힝이 ᄉ업을 닐워 쓰이ᄂ 지 ᄯ오ᄒ 쳔만인에 ᄒᄂ히어니와 불힝이 빅슈동챵의 뜻을 닐우지 못ᄒ고 쵸야모옥에 헛도이 늙을진디 평싱에 ᄆ음을 썩이고 창ᄌ롤 거홀 너 짓고 닉이던 비 ᄆ춤닉 창을 브르고 항을 덥허 업시홀 ᄲ운이니 필경 쓸디 업기ᄂ 님의 언문과 일양이요. 닉 몸이 임의 쓰이기롤 구치 아니미 닉 칙이 ᄯ오 엇지 쓰이기롤 구ᄒ리요. 다만 긴 밤과 한가ᄒ 아촘에 노친을 뫼시고 병쳐와 ᄌ부녀ᄋ롤 거느려 ᄒ 번 보고 두 번 닑어 그 강개상쾌ᄒ 곳의 다ᄃ라ᄂ 셔로 일커러 탄샹ᄒ고 그 담쇼회해ᄒ 곳에 다ᄃ라ᄂ ᄯ오ᄒ 일쟝환쇼ᄒ면 이 죡히 쓰인다 홀거시니 그 엇지 무용이라 ᄒ리요." 긱이 웃고 허여지거눌 그 문답을 긔록ᄒ야 권슈에 쓰노라.

구운몽(九雲夢)

1) 1913년 동문서림(同文書林) 활자본 『신번구운몽(新飜九雲夢)』

〈신번구운몽서언(新飜九雲夢緒言)〉 –현억(玄檍), 1913년

이 책은 김춘택(金春澤)[21] 씨가 지은 것이다. 모든 소설에 비교해 보건대 그 문장이 기이하고 그 사적이 가장 기이한 까닭에 지금까지 전해지며 낭송되어 2백 년 사이에 땔나무하는 아동과 소 키우는 어린애라도 노래 부르지 않는 이가 없어 마침내 볼거리가 되었다. 원본은 3권인데 전주 감영에 판본이 남아 있었으나 이미 불타 사라졌고, 일찍이 청나라의 뛰어난 문장가가 탄복하고 칭찬하며 다시 늘리고 부연하여 6권으로 만들었으나 또한 전하는 것이 없다. 근래에는 문학의 기운이 융성해져 비록 대수롭지 않은 항간의 이야기라도 감흥이 될 만한 것을 수록하거늘 『구운몽(九雲夢)』은 즐길만하면서도 음탕하지 않고 또한 군선도(群仙圖)와도 같은 경치가 구비되어 있으니 다만 풍류의 뛰어난 사적으로만 인정하지 말고 한 덩어리 화기(和氣)를 함양하여 집안을 다스리는 절차에 그윽하고도 한적하며 정숙하고도 맑은 뜻과 취미를 붙이소서. 이에 언문으로 새롭게 번역하여 매 회(回)마다 보기에 매우 편하고 사람의 마음을

---

21 김춘택(金春澤, 1670~1717) : 본관은 광산, 자(字)는 백우(伯雨), 호는 북헌(北軒), 시호는 충문(忠文)이다. 『구운몽』의 저자 김만중의 종손자인데, 『구운몽』과 『사씨남정기』를 한문으로 번역했기에 잘못 기록한 것으로 보인다.

무한히 기쁘고 즐겁게 할 것입니다. 아! 덧없는 인생이 꿈과 같으니 쾌활한 사상이 아니면 볼만한 것이 얼마나 되겠는가?

대정(大正) 원년(1911) 8월일 편집자.

[원문] 緒言

是書는 金公春澤氏의 著意 바이라. 모든 小說에 比컨디 其文이 奇意고 其事 | 最히 奇意 故로 至今傳誦意야 二百年間에 樵童牧竪라도 歌謠 아니리 업셔 遂히 其觀이 됨이라. 原本은 三卷이니 完營에 板이 在意다가 임의 爇失意고 일즉이 淸大方家 | 歎賞意고 다시 增衍意야 六卷을 作意나 쪼한 傳意이 無意도다. 近來에 文運이 隆盛意야 비록 尋常意 俚諺이라도 可히 興感意 者를 收錄意거든 『九雲夢』은 樂而不淫意고 且群仙圖景致가 具備意則 다만 風流勝事로만 認치 말고 一団和氣를 涵養意야 齊家之節에 幽閒貞靜의 旨趣를 寓意 시 이에 諺文으로써 新飜意야 每回에 보기 極히 便意고 스람의 마암을 無限히 愉樂케 意노니 噫라 浮生이 夢과 如意니 快活的 思想이 아니면 爲觀이 幾何오 大正元年八月日編輯者

기타

『설공찬전(薛公瓚傳)』실록 기사 -『중종실록』중종 6년(1511) 9월 2일

대간(臺諫)이 이전의 일을 아뢰었다. 사헌부(司憲府)에서 다음과 같이 아뢰었다.

"채수(蔡壽)[22]가 지은 『설공찬전(薛公瓚傳)』[23]은 그 내용이 모두 윤회 (輪回)와 복선화음(福善禍淫)에 대한 이야기로 매우 요망한 것입니다. 조정과 민간에서 현혹되어 믿으며 한문으로 옮기거나 언문으로 번역하 기도 하여 전파해 백성들을 현혹시킵니다. 사헌부에서 의당 공문을 보내 거두어들이겠지만 혹여 거두어들이지 못하는 것도 있을 것이니 이후로 발견되는 경우가 있다면 죄로 다스려야 합니다."

임금께서 답하였다.

"『설공찬전』은 내용이 요망하고 황탄하니 금지함이 옳다. 그러나 반 드시 법을 세울 필요는 없다. 나머지는 윤허하지 않는다."

---

22 채수(蔡壽, 1449~1515) : 본관은 인천, 자는 기지(耆之), 호는 나재(懶齋)이다. 1469 년(예종 1) 식년 문과에 장원 급제하여 대사헌, 충청도 관찰사, 호조 참판 등을 역임하 였다. 1506년 중종반정에 가담하여 분의정국공신(奮義靖國功臣)에 녹훈되고 인천군 (仁川君)에 봉해졌다. 사람됨이 총명하여 산경(山經)·지지(地誌)·패관소설(稗官小 說)에까지 해박하였다. 저서로 『나재집』 2권이 있다. 시호는 양정(襄靖)이다.
23 「설공찬전(薛公瓚傳)」: 작품은 우리나라 최초의 국문번역본소설로 순천에 살던 설충란 의 아들 설공찬이 사촌동생 설공침의 육신을 빌어 저승세계의 일을 얘기해 준다는 내용이 다. 사후세계의 문제로 대중을 미혹하는 내용 때문에 금서로 지정되어 불태워졌다.

[원문] 臺諫啓前事. 憲府啓: "蔡壽作「薛公瓚傳」, 其事皆輪回禍福之說, 甚爲妖妄. 中外惑信, 或飜以文字, 或譯以諺語, 傳播惑衆. 府當行移收取, 然恐或有不收入者, 如有後見者治罪." 答曰: "「薛公瓚傳」, 事涉妖誕, 禁戢可也, 然不必立法. 餘不允."

언번전기(諺飜傳奇) −이덕무(李德懋), 『청장관전서』 권30 「사소절 하·부의 1」

언문으로 번역한 전기(傳奇: 이야기책)는 탐독해서는 안 된다. 집안일을 방치하거나 여자가 할 일을 게을리 버려두고, 심지어는 돈을 주고 빌려다가 깊이 빠져들어 그만두지 못한 채 가산을 탕진하는 경우가 있기 때문이다. 더구나 그 내용은 모두 시기하거나 음란한 일이기에 아녀자의 방탕과 방자함이 여기서 말미암기도 한다. 이것이 간교한 무리가 남녀간의 애정과 기이한 일을 펼쳐놓아 부러워하는 마음을 부추기는 것일지 어찌 알겠는가?

[원문] 諺飜傳奇, 不可耽看. 廢置家務, 怠棄女紅, 至於與錢而貰之, 沈惑不已, 傾家産者有之. 且其說皆妒忌淫媟之事, 流宕放散, 或由於此. 安知無奸巧之徒, 鋪張艶異之事, 挑動歆羨之情乎?

실
용

1

법률

증수무원록언해(增修無冤錄諺解)

1) 1796년 활자본 『증수무원록』

〈증수무원록발(增修無冤錄跋)〉 -구윤명(具允明), 1796년

금상 14년(1790)에 전 형조 판서 신 서유린(徐有隣)[1]에게 『증수무원록
(增修無冤錄)』을 언문(諺文)으로 번역하라 명하셨고, 2년 뒤에 다시 간
인(刊印)하여 올리도록 명하셨습니다. 이 책은 바로 신 윤명(允明)이
일찍이 선신(先臣)[2]이 찬술한 『증수무원록』을 가져다 첨가 윤색하고 옛
이름을 그대로 쓴 것입니다. 책이 이루어지자 권말에 기(記)를 써서 제
사가(私家)의 책 상자에 보관하였지만, 서유린은 "이제 공가(公家)의 글
이니 그 전말을 다시 상세히 써서 뒷사람들이 알 수 있게 해야 할 필요가
있을 것입니다."라고 하였습니다.

신은 이에 절하고 조아리며 다음과 같이 말합니다.

옥사(獄事) 처리의 어려움은 살인과 상해만한 것이 없습니다. 시신을
검안(檢案)하는 사이에 진실과 거짓이 많이 변하고, 매우 작은 차이에도
억울함과 그렇지 않음이 쉽게 어긋납니다. 만약 정밀한 생각과 신통한
방법을 진술 청취의 범위 밖에서 운용함이 없다면 비록 공정한 마음과

---

1 서유린(徐有隣, 1738~1802) : 본관은 달성, 자는 원덕(元德), 시호는 문헌(文獻)이다.
  대사헌, 전라도 관찰사, 병조 판서, 좌참찬 등을 역임했다.
2 선신(先臣) : 구윤명(具允明)의 아버지 구택규(具宅奎, 1693~1754)를 가리킨다.

곧은 도(道)를 가졌더라도 그 정실(情實)를 얻기 어려우니, 사람의 생사에 관련된 것이기에 이와 같은 점이 있습니다. 『무원록』이 아직 나오기 전에는 신명(神明)하다고 불렀던 이가 또한 손에 꼽을 만큼이었습니다. 그들이 어떤 방법과 기술로 감추어지고 미세한 증거를 찾아내 밝혀 죄를 저지른 자는 숨지 못하게 하고 억울한 자는 신원(伸寃)하게 할 수 있었는지 모릅니다. 하지만 아무리 장석지(張釋之)와 우정국(于定國)[3]처럼 백성들을 원통함이 없게 했을지라도 그 곡진(曲盡)하고 섬묘(纖妙)하기가 반드시 이 책보다 못했습니다. 백성의 목숨을 맡은 자가 마음을 다하지 않아서야 되겠습니까!

옛날 우리 영조대왕께서는 큰 덕(德)과 깊은 인(仁)이 순(舜)임금과 합치하시고 제정하신 법률제도가 환하게 빛나지 않는 것이 없으시되, 백성을 불쌍하게 여겨 슬퍼하시는 마음이 항상 흠휼(欽恤)[4]에 있었습니다. 여러 신하에게 『속대전(續大典)』을 찬수(纂修)하라 명하셨을 때에도 선신(先臣)이 참여하였고, 또 『무원록』에 현혹과 착오가 많이 생긴다 하여 특별히 선신에게 『무원록』을 편정(編定)하도록 명하셨습니다. 이리하여 쓸모없는 것은 깎이고 빠진 것은 더해져 강령(綱領)과 절목(節目)이 책을 펴면 분명히 보였으며, 의심스럽고 알 수 없는 자구(字句)의 경우에는 뜻을 한 번 새긴 뒤에 다시 조목을 따라 해석을 하였기에 또한 그

---

3 장석지(張釋之)와 우정국(于定國) : 모두 전한의 공정한 법관이다. 장석지(?~?)는 문제(文帝) 때 정위(廷尉)를 지내며 형벌의 집행이 공정하다는 평을 들었고, 우정국(?~B.C.41)은 선제(宣帝) 때 정위를 지내며 송사(訟事) 처리에 아주 신중해서 백성들 가운데 원망하거나 억울해 하는 사람이 없었다고 한다. 『한서(漢書)』 「우정국전(于定國傳)」에 "장석지가 정위를 지낼 때는 천하에 억울해하는 백성이 없었고, 우정국이 정위를 지낼 때는 백성들이 스스로 억울하지 않다고 여겼다."고 하였다.
4 흠휼(欽恤) : 사건의 전말을 면밀하게 조사하고 죄수를 신중하게 심문하여 처리함.

상세하고 곡진함을 지극히 하여 다시 바닥에 쌓여 있는 것이 없었습니다.

그러나 이것은 곧 중원에서 행회(行會)[5]하던 글로서 방언(方言)이 실로 많고 조어(造語) 또한 간략하여[6] 처음 본 사람은 오히려 빨리 이해하기 어렵습니다. 신이 일찍이 보주(補註)에 마음을 두었으나 성취해내지는 못하다가, 율학교수(律學敎授)[7] 김취하(金就夏)라는 이가 법조문에 이해가 깊어 기꺼이 함께 만들었습니다. 주(註)를 첨가한 것은 "增"자를 더하여 구별하였고, 본문을 증산(增刪)하고 수정한 것도 더러 있으나, 아마도 훈고(訓詁)와 의례(義例: 책의 체례)에서는 아마도 빠뜨려 누락된 것이 없을 것입니다. 이 책이 구성상 분류가 비록 나뉘어져 있지만 맥락은 서로 연결되어 있으니, 반드시 평상시에 강독하여 꿰뚫고 충분히 이해한 다음에 각각의 대목을 서로 참작하여 종합하면 활법(活法)이 있을 터입니다. 그렇지 않고서 느닷없이 급작스러운 때가 되어야 비로소 산만한 조목들을 참고하여 의심스럽고 어지러운 옥안(獄案)을 판결하려고 한다면, 다만 그 사려가 치밀하지 못하고 보고 들음이 자세하지 않음을 보이게 될 것이요, 평범한 보고용 공문(公文)을 작성하는 사이에도 스스로 주관할 수 없어 모두 서리배(胥吏輩)가 이를 핑계로 뇌물 받고 농간하는 밑천이 됨을 면치 못할 뿐입니다. 글이 상세하다고 해서 그것만 믿기에는 부족한 점이 있고 주석(註釋)이 명확하다고 해서 또한 그것만 의지할 바가 아니니, 걱정스럽지 않겠습니까!

생각건대 우리 전하께서는 선조의 헌장(憲章)을 계승하시고 옛 성인

---

5 행회(行會) : 정부의 지시, 명령에 대해 각 관아(官衙)의 수장이 부하에게 알리고 실행 방법을 논정(論定)하기 위한 모임.

6 방언(方言)이……간략하여 : 중국의 지방 방언이 많이 섞여 있고 단어나 구절에 생략이 많다는 의미이다.

7 율학교수(律學敎授) : 형조(刑曹)에서 법률학을 가르치던 종6품 관직이다.

을 뒤따르시어 예악(禮樂)과 형정(刑政)을 모두 다스려 다 갖추셨으며, 죄를 의논하여 정하는 일에는 더욱 의지를 나타내셨습니다. 이번에 언문(諺文)으로 번역하여 간인(刊印)하라고 하신 명령도 지극히 어질고 지극히 밝으신 덕이 천지(天地)와 같고 일월(日月)과 나란함을 우러러 볼 만하니, 누구인들 감탄하며 축원하지 않겠습니까!

이 공역(工役)은 서유린이 실로 주관을 하였고 전 형조 정랑 유한돈(兪漢敦)이 참조하고 고증하였으며, 율학별제(律學別提) 한종우(韓宗祐)가 힘들인 것이 많았고 별제 박재신(朴在新) 또한 참여하였으며, 처음부터 끝까지 상세히 살펴본 이는 김취하(金就夏)입니다. 그런 뒤에 훈석(訓釋)이 더욱 분명해지고 지의(旨義)가 그에 따라 드러났으니, 아무리 어리석은 사람들이라고 해도 집집마다 알려주고 이야기하여 마치 손바닥을 가리키는 것처럼 될 수 있을 것입니다. 만약 법을 맡은 자가 강론하고 궁리해 본다면 공력을 그다지 들이지 않고서도 꿰뚫어 알기가 별로 어렵지 않을 것이니, 법을 우롱하는 이는 설자리가 없고 거짓을 일삼는 이는 도망칠 곳이 없을 것입니다. 지금 이후로는 아마도 죄를 짓고 요행히 벌을 면하였다는 탄식과 법 적용이 함부로 미치는 근심이 없을 것입니다. 신원(伸冤)될 이가 몇 명이며 살아나게 될 자가 몇 명일지는 모르겠으나, 이는 오직 성명(聖明)께서 살리기를 좋아하고 백성을 윤택하게 하시는 덕이 한 세대에 공덕을 전해줄 뿐만 아니라 반드시 은택이 만대(萬代)에 다시 미칠 터이니 아름답고 성대합니다!

신하된 도리로 이 공역에 참여한 자라면 누구인들 영광스러움이 있지 않겠습니까마는, 저에게 있어서는 영광이 더 심합니다. 선신(先臣)이 법률을 맡아 옥송(獄訟)을 처리함에 법률 너머의 뜻을 얻었고 지방관을 여러 번 맡아서 온전히 살린 이가 많았으며, 일찍이 "사대부(士大夫)는 법률을 알지 않으면 안 된다." 하였습니다. 신처럼 불초한 자는 이 일을 할 수 없는데도 다행히 태평성대를 만나서 이 책의 완성을 볼 수 있었으니 어찌 함부로 만에 하나라도 도왔다고 할 수 있겠습니까. 하지만 일의 실제를 기록함에 있어서는 의리상 사양할 수 없어 이와 같이 대략 말씀을 하였습니다.

당저(當宁)[8] 20년 병진년(1796, 정조 20) 가을, 보국숭록대부(輔國崇祿大夫) 전행 판중추부사(前行判中樞府事) 능은군(綾恩君) 치사봉조하(致仕奉朝賀) 신 구윤명(具允明)[9]은 삼가 발문을 씁니다.

[원문] 跋

上之十四年, 命前刑曹判書臣徐有隣翻諺『增修無冤錄』, 越二年, 復命刊印以進, 蓋是書卽臣允明曾就先臣所纂『增修無冤錄』, 有所添潤, 仍以舊名者也. 書成, 記于卷後, 藏之私篋, 有隣以爲"今爲公家文字, 宜有以更詳其顚末, 俾後人知之".

臣逎拜稽而言曰: "夫聽獄之難莫如殺傷, 蓋檢驗之際眞僞多變, 毫釐之間枉直易錯, 苟無精思巧法, 運用於辭聽之外, 則雖有公心直道, 難以得其情實, 關於人之死生者, 有如是矣. 『無冤錄』未出之前, 號稱神明者, 亦可數也. 未知有何方術, 鉤深發微, 能令犯者不能遁, 枉者得以伸, 而雖如張・于之使民無冤, 其所以曲盡纖妙, 未必若此書者也. 司民命者, 其可不盡心乎哉!

昔我英宗大王, 大德深仁同符重華, 律度量衡無不燦然, 而惻怛之意恒

---

8 당저(當宁) : 지금의 임금을 일컫거나, 또는 예전의 어떤 사건을 거론하며 당시의 임금을 일컫는 말.
9 구윤명(具允明, 1711~1797) : 본관은 능성, 자는 사정(士貞), 호는 겸산(兼山)이다. 왕실의 훈척으로서 문과에 급제하여 판서 등의 요직을 거치고 봉조하가 되었다.

在欽恤, 旣命諸臣纂修『續大典』, 而先臣與焉, 又以『無寃錄』多有眩錯, 特命先臣編定之. 於是乎冗者刊, 闕者補, 綱領節目, 開卷瞭然, 而至於字句之疑晦者, 旣弁一通之訓, 又有逐條之釋, 亦已極其詳盡, 無復底蘊.

然此乃中原行會之文字, 方言固多而造語又簡, 創見者猶難遽曉. 臣嘗留意於補註, 而未果就也. 有律學敎授金就夏者, 深於律文, 樂與之成. 其所添註者加增字以別之, 而本文之增刪修正者, 間亦有之, 庶乎訓詁義例之間, 殆無所遺漏. 而顧此爲書, 倫類雖別, 而脈絡相連, 必於平時, 講貫融會而後, 方可以參互錯綜, 能有活法. 不然而倉卒急遽之頃, 始欲考散漫之條, 決疑亂之案, 則秪見其思慮未周, 視聽不審, 尋常應文之間, 亦無以自主張, 而率不免爲胥吏輩因緣賣弄之資而已. 文字之詳有不足恃, 註釋之明亦無所賴, 可不懼歟!

惟我殿下, 祖述憲章, 遹追前聖, 禮樂刑政, 咸修俱備, 而凡於議讞, 尤致意焉. 今此翻諺刊印之命, 亦有以仰夫至仁至明之德, 同天地而並日月, 孰不欽歎而攢祝也哉! 斯役也, 有隣實主之, 前刑曹正郎兪漢敦參證之, 而律學別提韓宗祐效力爲多, 別提朴在新亦與焉, 而終始看詳者, 就夏也. 夫然後訓釋愈明而旨義隨著, 雖愚婦愚夫亦可得以家喩戶說, 殆如指掌. 苟使司法者試加講究, 則功力不甚費, 貫通不甚難, 而舞弄無所容, 情僞無所逃. 今以後庶幾無倖逭之歎·濫及之患, 將不知得伸者幾何, 得活者幾何, 而惟聖明好生治民之德, 不啻功垂一世, 必復澤流萬代, 猗歟盛哉!

爲臣子而參是役者, 誰不與有榮焉, 而在臣則抑有甚焉. 先臣於典律獄訟, 得法外之意, 屢典州郡, 生全者多, 嘗曰: '士大夫不可不知律.' 如臣不肖無能爲役, 而幸逢盛際, 獲覩是書之成, 何敢曰'少補萬一', 而其於記事之實, 義不敢辭, 略爲之言如此云爾."

當宁二十年丙辰秋, 輔國崇祿大夫·前行判中樞府事·綾恩君·致仕奉朝賀臣具允明謹跋.

2

의학

구급간이방(救急簡易方)

1) 1489년 활자본 『구급간이방』

〈구급간이방서(救急簡易方序)〉 -허종(許琮), 1489년

신이 들으니 천지는 낳아서 기름을 덕(德)으로 삼기에 운행 조화하여 만물을 화육(化育)하여 음양(陰陽) 두 가지 기(氣) 가운데에서 낳아서 기르게 한다고 하지만, 죽은 이를 살리거나 요절할 이를 장수하게 할 수는 없습니다. 그런데 성인이 출현하여 하늘의 뜻을 이어 백성을 보호하되 농사를 가르쳐 낳아서 기르는 도리를 다하게 하시며 의약을 만들어 질병의 위험에서 건지시어 이 백성이 모두 하늘이 주신 오랜 수명을 누리도록 하셨습니다. 아! 천지가 아무리 이 이치와 이 만물을 가졌다고 한들 성인의 도움이 없었다면 이치와 만물은 아마도 거의 없어져 쓰이지 못하게 되지 않겠습니까? 이로써 논한다면 성인이 참여하여 화육하신 공은 도리어 천지보다 높은 점이 있습니다. 오! 성대합니다!

신농(神農)이 온갖 약초의 맛을 본 일로부터 본초학(本草學)이 일어났고 황제(黃帝)가 『내경(內經)』과 『외경(外經)』[1]을 지은 일로부터 의서(醫書)가 비롯되었습니다. 이 뒤로 명의가 대를 이어 나와 모두 조술

---

1 『내경(內經)』과 『외경(外經)』: 『황제내경』 18권과 『황제외경』 37권을 이른다. 중국 의학서의 고전이며, 중국 전설상의 제왕인 황제(黃帝)가 지었다고 전해진다. 『한서(漢書)』 「예문지(藝文志)」에 보인다.

(祖述)하고 입론하여 의서를 지어 각각 일가(一家)의 설을 이루니, 의술의 다양함은 모두 거론할 수 없을 정도입니다. 이렇게 하여 병을 치료하는 이들이 점검하여 사용하고서 남긴 것들이 마치 시장에 들어가 상품을 사는데 진귀한 물건이 눈에 가득한 것과 같아 무엇을 써야 할지 어지러울 정도입니다. 더군다나 병이 급하여 의서를 두루 열람할 수 없고 약이 많아 갑자기 증세에 맞추기 쉽지 않으니, 세상 사람들이 모두 이것을 병통으로 여김을 어찌하겠습니까.

우리 국가는 성신(聖神)이 서로 이으셔서 이 백성을 보호하고 기름에 그 최고의 방법을 쓰지 않은 바가 없으셨고 의술에 유의하여 찬정하신 바가 많았습니다. 『의방유취(醫方類聚)』[2]에서 이미 의술가들의 방술을 집대성하였고 요점을 든 것으로는 『향약제생방(鄕藥濟生方)』[3]과 『구급방(救急方)』[4]이 먼저 있었으나, 더러는 취사(取捨)가 정밀하지 못했거나 상략(詳略)이 적당함을 잃었으므로 모두 중정(中正)에 들어맞지 않았습니다.

금상(今上)께서 즉위하시고는 사람을 기르는 데 은혜가 깊으시어 널

2　『의방유취(醫方類聚)』: 세종의 명으로 한방 의학서를 종류에 따라 모아서 편찬한 책으로, 1445년에 완성되었다. 266권 264책이다. 모든 병증(病症)을 91종의 대강문(大綱門)으로 나눈 뒤, 각 문에는 먼저 그 문에 해당되는 병론(病論)을 들고, 모든 약방(藥方)들을 그 출전 연대순에 따라 기록하였다. 여기에는 이미 망실된 것 40여 부를 포함하여 중국 역대의 고전 의학서 164종이 수록되어 있다.

3　『향약제생방(鄕藥濟生方)』: 분명하지는 않으나 우리나라에서 생산되는 약재로써 병을 치료하는 법을 기록한 의학서를 지적한 것으로 보인다. 정종은 1399에 제생원(濟生院)에서 『향약제생집성방』 30권을 간행하였고, 세종은 이를 보완하여 『향약집성방』 85권 30책을 1433년에 간행한 바 있다.

4　『구급방(救急方)』: 여러 가지 질병이나 부상에 대한 응급치료법을 모아 편찬한 책. 1466년경에 간행된 『구급방언해(救急方諺解)』 2권2책을 가리키는 말일 수도 있지만, 언해 이전에 한문본이 존재했을 가능성도 있다.

리 선발하고 간략하게 뽑아서 민생이 병을 낫게 하는 데 편리하도록 하고자 생각하셨습니다. 그리하여 영돈녕부사 신 윤호(尹壕)[5], 서하군(西河君) 신 임원준(任元濬)[6], 공조 참판 신 박안성(朴安性)[7], 한성부 좌윤 신 권건(權健)[8] 및 신 허종(許琮)[9]에게 명을 내리시어 수하 관료를 이끌고서 옛 의술을 찾아 모으되, 병은 요점을 취하여 급한 것을 우선으로 하고 약은 적게 쓰는 편을 모아서 쉽게 쓰는 데 힘쓰게 하셨습니다. 그 판단하여 결정한 바는 실로 전하의 신규(神規)에 여쭈어서 가려 뽑음이 반드시 정밀하여 간결하지만 소략하지는 않으며, 또한 방언(方言)으로 번역해서 백성들이 쉽게 이해하도록 하였습니다. 책이 완성되자 모두 여덟 권이요 백스물일곱 부문이니, 명하시어 『구급간이방(救急簡易方)』이라 하셨습니다. 이어서 신에게 서문을 쓰도록 하셨는데 신은 의술을 모르니 어찌 할 말이 있겠습니까?

그러나 신이 가만히 생각건대 천지가 기를 합한 것을 '사람'이라고 이

---

5 윤호(尹壕, 1424~1496) : 본관은 파평. 시호는 평정(平靖)이다. 성종 비 정현왕후(貞顯王后)의 아버지이며 중종의 외할아버지이다. 병조 참판, 우의정 등을 역임하였고, 영원부원군(鈴原府院君)에 봉하여졌다.

6 임원준(任元濬, 1423~1500) : 본관은 풍천. 자는 자심(子深), 호는 사우당(四友堂), 시호는 호문(胡文)이다. 성종 즉위에 공이 있다하여 공신이 되고 서하군에 봉해졌으나, 중종반정 이후 아들 사홍(士洪)의 죄에 연좌되어 삭탈관직되고 추살되었다.

7 박안성(朴安性, 생몰년 미상) : 본관은 죽산, 시호는 정안(靖安)이다. 대사간, 호조 판서, 전라도 관찰사, 한성부 좌윤 등을 역임하고 갑자사화에 연루되어 유배되었으나 중종반정으로 방면된 뒤에 영중추부사까지 지냈다.

8 권건(權健, 1458~1501) : 본관은 안동으로, 권근(權近)의 증손이고 권람(權擥)의 아들이다. 자는 숙강(叔强), 시호는 충민(忠愍)이다. 도승지, 호조 참판, 지중추부사 등을 역임했다.

9 허종(許琮, 1434~1494) : 본관은 양천. 시호는 충정(忠貞)이다. 1467년 이시애의 난을 평정한 공으로 공신에 책록되고 양천군(陽川君)에 봉해졌고, 1491년 북정 도원수가 되어 여진족 우디거(兀狄哈)를 함길도에서 격파하고 이듬해 우의정에 올랐다.

름 붙이는데, 육욕(六欲)[10]이 내부를 손상하고 오사(五邪)[11]가 외부에서 침범하여 음양이 더러 어긋나면 진질(疢疾: 열병)이 이에 일어나니, 의약이 없다면 어떻게 구제할 수 있겠습니까? 전하의 도성에는 방약(方藥)이 모여 있으니 비록 급작스러운 병이 생기더라도 더러는 구제를 바랄 수도 있습니다. 하지만 변두리 주의 먼 읍이나 궁벽한 시골의 외딴 마을에는 소홀함에서 병이 일어나 허둥지둥하다 조치할 때를 놓쳐 구제하여 멈추게 할 줄 아는 이가 없어서 생명을 잃는 경우가 얼마나 되는지 모릅니다. 성상(聖上)의 불인지심(不忍之心)을 대하면 어찌 이것을 숨기게 되지 않겠습니까? 이것이 이 책이 지어진 까닭입니다.

담당관에게 명을 내리시어 책을 많이 인쇄하도록 하신 뒤에 다시 그것을 여러 도(道)에 반사하시어 판을 새겨 널리 배포하여, 집집마다 귀중한 비결을 소장하고 사람마다 완전무결한 공효를 가지게 하셨습니다. 한 번 고통이 있을 때마다 여기저기 뛰어다니며 널리 물을 필요가 없이 비록 부녀와 아동이라 해도 책을 열어서 처방을 조사하면 치료법이 심목(心目)에 훤할 것이며 찾기 쉬운 예사 물건으로도 거의 다 죽은 목숨을 이을 수 있으니, 성상께서 백성과 사물을 인애(仁愛)하시는 성대한 마음은 바로 상고의 성신(聖神)이 약을 맛보고 의경(醫經)을 지으신 것과 동일합니다. 오오! 지극합니다! 이리하여 신은 두 번 절하고 삼가 글을 씁니다.

홍치(弘治) 2년(1489, 성종 20) 기유년 9월 상순, 정충출기 포의적개순성좌리공신(精忠出氣布義敵愾純誠佐理功臣) 숭록대부(崇祿大夫) 행병조 판서(行兵曹判書) 양천군(陽川君) 신 허종(許琮)은 공경히 서문을

---

10 육욕(六欲) : 시각, 청각, 후각, 미각, 촉각, 생각으로 인하여 일어나는 욕구.
11 오사(五邪) : 풍(風)·한(寒)·습(濕)·음식·안개의 다섯 가지 사기(邪氣).

씁니다.

[원문] 救急簡易方序

臣聞天地以生成爲德, 運化亭毒, 流形品類, 使之生育於二氣之中, 然不能令死者生而夭者壽, 有聖人者出, 繼天保民, 敎之稼穡以盡生養之道, 制其醫藥以拯疾病之危, 俾斯民咸有樂於壽考之天. 噫! 天地雖有是理是物, 無聖人爲之輔相, 則理與物無乃或幾乎泯滅而無用乎? 以此而論之, 則聖人參贊化育之功, 反有浮於天地者矣. 吁! 其盛矣哉!

自神農嘗百藥之味而本草興焉, 黃帝作內外之經而方書始焉, 是後名醫繼出, 咸相祖述, 立論著方, 各成一家之言, 方之多殆未可以悉擧矣. 是以療病之家檢用之餘, 如入市貨物, 珍寶滿目, 有眩於去取矣. 況病遽不可偏閱, 藥多未易卒合, 世之人咸以此病焉. 我國家聖神相繼, 保養斯民, 無所不用其極, 留意醫術, 多所纂定: 『醫方類聚』, 旣集醫家之大成; 其删煩擧要者, 則先有曰『鄕藥濟生方』曰『救急方』, 而或取舍未精, 詳略失當, 皆不適於中.

今上御極, 恩深字人, 思欲廣選約取, 以便民生醫病之用, 乃命領敦寧府事臣尹壕·西河君臣任元濬·工曹參判臣朴安性·漢城府左尹臣權健暨臣琮, 率其僚屬, 搜括古方, 病取其要而以急爲先, 藥收其寡而以易爲務. 其所裁定, 實稟神規, 擇之必精, 簡而不略, 又飜以方言, 使人易曉. 書成, 凡爲卷八, 爲門一百二十七, 命曰『救急簡易方』. 仍令臣序之, 臣未知醫, 何能有言?

然臣竊惟天地合氣, 命之曰人, 六欲損其內, 五邪干其外, 陰陽或爽, 疢疾斯興, 不有醫藥, 何能有濟? 輦轂之下, 方藥所萃, 雖有倉卒, 猶或庶幾焉. 如偏州下邑·窮鄕僻村, 病起所忽, 蒼黃失措, 莫知救止, 以至於喪生者不知其幾, 於聖上不忍之心, 寧不於此而有隱乎? 此, 此書之所以作也.

旣命有司, 多所印出, 又頒諸諸道, 鏤板廣布, 使家家貯千金之訣, 人人有十全之功, 一有所苦, 不必旁走廣詢, 雖婦女兒童開卷檢方, 治療之術了然於心目, 而尋常容易之物, 可以續垂死之命, 其聖上仁民愛物之盛心, 直與上古聖神嘗藥[12]作經者同一揆也. 於乎! 至哉! 臣於是乎再拜而謹書.

弘治二年己酉九月上澣, 精忠出氣布義敵愾純誠佐理功臣・崇祿大夫・行兵曹判書・陽川君臣許琮敬序.

---

12 藥 : 원본에는 "樂"으로 되어 있으나 문맥 상 오자이므로 교정하였다.

언해두창집요(諺解痘瘡集要)

1) 1608년 목판본 『언해두창집요』

〈언해두창집요발(諺解痘瘡集要跋)〉 -허준(許浚), 1601년

신이 삼가 고인의 말을 살펴보니 "열 장부는 고칠 수 있어도 한 부녀를 고치기 어렵고, 열 부녀는 고칠 수 있어도 한 아이를 고치기 어렵다."고 하였습니다. 대개 아이의 병은 맥을 살피기 어렵고 증상을 묻기도 힘들어 약을 처방하기가 가장 어렵기 때문입니다. 아이의 질병 가운데 두창(痘瘡: 천연두)이 가장 독합니다. 그래서 우리나라의 옛 풍속에 약을 제일의 금기로 여겨 혹여 여기(癘氣: 전염병)가 유행하고 독역(毒疫: 열병)이 창궐하면 아이들이 남아나질 않았습니다. 우리 동방에서 인구가 번성하지 못함은 바로 이 때문이니 진실로 마음이 아픕니다.

선왕조에서 비록 『창진집(瘡疹集)』[13]을 세간에 간행하였으나 백성들이 좋아하지 않는 것은 대개 헛된 글이기 때문입니다. 옛적에 왕자께서 두창에 옮아 증세가 불순하였지만 세속의 금기에 얽매여 감히 약을 쓰지도 못한 채 의관(醫官)들은 수수방관하며 죽기를 기다렸고, 비명에 죽자 애통하게 여기며 약을 쓰지 않았던 것을 후회하였습니다.

경인년(1590, 선조 23) 겨울 왕자가 다시 이 병에 감염되자 성상께서

---

13 『창진집(瘡疹集)』: 세조 때 편찬하였을 것으로 추정되는 저자 미상의 의서로, 지금 허준이 이를 바탕으로 선조 말엽에 『언해두창집요(諺解痘瘡集要)』을 개편한 것이다.

지난 일을 추억하시어 특별히 신께 약을 써서 구완하도록 명을 내리셨습니다. 이에 한기가 엄숙하고 독한 열증이 번지며 험악한 증세가 자꾸 나타나 거듭 반복되자 안팎의 사람들이 약을 지목해 잘못되었다고 말하지 않는 사람이 없었습니다. 급기야 병세가 점차 위태해지자 뭇 언론이 흉흉하였지만 성상의 판단은 더욱 확고하였고 맡겨 쓰기를 더욱 급히 하였습니다. 신은 위로는 성상의 뜻을 받들고 아래로는 영약을 찾아 왕자가 거의 숨이 멎으려 할 때 세 번 투약하여 세 번 일어나니 어느덧 악증이 흩어지고 정신이 상쾌해져 오래지 않아 평상을 회복하였습니다. 지난날 약을 탓하던 사람들이 놀라 감복하며 혀를 내둘렀고, 백성 가운데 자식을 잃은 자들이 한탄하며 서제막급(噬臍莫及)으로 여겼습니다. 두창을 옮은 집안에서는 풍문을 듣고 다투어 달려와 자식들에게 처방을 하면 번번이 회생시키니 열에 열 사람을 살려내어 효험이 귀신같았습니다. 그 후로 두창을 앓는 왕자와 왕녀가 모두 약을 써서 평안을 얻었고, 여염에서 온전히 살아난 자도 그 수를 알 수 없을 정도입니다.

신축년(1601, 선조 34) 봄에 신에게 이렇게 하교하셨습니다.

"평안했던 시절에 『태산집(胎産集)』·『창진집(瘡疹集)』·『구급방(救急方)』을 세상에 간행하였지만 전란 후에 모두 없어졌다. 네가 의당 의방(醫方)을 찾아 살펴 이 세 책을 완성하거라. 내 친히 살피겠노라."

그리고 궁궐에 내장(內藏)했던 고금의 의서를 내주시며 검토하여 찬집(撰集)의 자료로 삼도록 하였습니다. 신은 명을 듣고 공경하면서도 두려워하여 아침저녁으로 쉬지 않아 겨우 한 해만에 세 책의 찬집을 마쳤습니다. 나아가 책을 올리는 날에 또 이렇게 하교하였습니다.

"근래에도 두역이 그치질 않아 『두창집요』가 가장 절실하니 너는 그 약 짓는 방법을 대략 기록하고 그 끝에 발문을 써라. 내가 간행하여 전파하고자 하노라."

신은 감히 사양치 못 하고 삼가 □…□

사람이 태중에 있을 때 더럽고 나쁜 독이 명문(命門: 명치)에 쌓여서 불의 기운〔火運〕이 천기(天氣)를 담당한 해를 만나면 안팎으로 감응하여 발병해 포창(疱瘡: 천연두 부스럼)이 되는데 대개 혈기를 지닌 부류로 그렇지 않은 경우가 없습니다. 아이부터 노인까지 반드시 한 차례 발생하기 때문에 또 다른 이름으로 '백세창(百歲瘡)'이라고도 합니다. 사람이 이 우환을 거치지 않으면 기예를 연마할 수 없고, 결혼도 치를 수 없으며 이웃과 친척 모두가 사람 취급을 하지 않습니다. 성인이 되어 혹여 옮기라도 하면 그 부모들이 기도만 일삼아 감히 한 가지 약이라도 써서 구완하지는 않은 채 길흉생사를 귀신에게 맡겨둡니다. 삼한(三韓) 이래로 명철한 임금과 재상이 어느 시대인들 없었으랴마는 또한 일찍이 의견을 내어 그 고질적인 폐단을 낫게 할 사람이 없었음은 어째서입니까?

대개 천하의 일은 성쇠의 때가 있어 시기가 이르러 운수가 형통하면 하늘이 장차 사람에게 손을 빌려주어 반드시 성인이 일어나 바로잡도록 합니다. 지금 성상께서 홀로 마음을 정해 백성을 구하기로 뜻을 결단하여 궁궐을 시작으로 먼저 애정을 쏟는 혈육에게 시험하셨습니다. 신묘한 방도가 한 번 전파되자 만백성이 모두 감화되어 온 나라의 어린 아이들이 요절함을 면해 모두 장수의 영역으로 건너갔으니 성인(聖人)이 아니시고 이같이 할 수 있겠습니까! 선대 의원들이 "1천 사람을 살리면 반드시 보응이 있다." 하였거늘, 하물며 나라 안 팔도의 백성이 약으로 다시 소생한 경우라면 어찌 다함이 있겠습니까! 이는 마땅히 당시에 쌓은 음덕이니 영원한 세대에 걸쳐 나라의 복을 이끌 것입니다.

다만 이 책은 거칠고 졸렬하여 진실로 옛사람들에게 부끄럽지만 신이 재주도 없는 몸으로 외람되이 성군의 명을 받들어 심간(心肝)을 다해 고금의 글을 모아 정수만을 엮었습니다. 형색(形色)의 선악을 판단하고 증상의 경중을 분별함에 책을 펼쳐 보기만하면 환하기가 거울과 같을 것이니 병환을 앓는 집안에서 이 책 한 권을 얻으면 급함을 구하는 작은 도움이나마 없지 않을 것입니다. 그 가운데 저미고(猪尾膏)와 용뇌고(龍腦膏)는 백발백중의 약으로 기사회생함이 그림자와 메아리보다 빨라 비록 목숨을 맡은 신령이라도 어찌할 수 없습니다.

그런데 임금께서 오히려 지극하지 못할까 염려하여 다시 신에게 처방약을 언해(諺解)하도록 명하시어 그 묘리를 곡진하게 해설해 깊은 규방의 부녀들도 모두 증세를 살펴 처방약을 점검할 수 있게 하였습니다. 이렇게 스스로 일을 도모함에 더욱 성상께서 아이들을 살리고 백성을 사랑하는 생각이 오랠수록 돈독해짐을 보건대 사람 살리기를 좋아하는 상제(上帝)의 덕과 부합하는 것입니다. 그 깊고 두터운 은택이 천만세에 드리워 끝이 없을 것이 분명하니 어찌 아름답고 성대하지 않겠습니까?

신축년(1601, 선조 34) 8월 어의 정헌대부 지중추부사 신 허준은 머리를 조아려 삼가 적습니다.

만력 36년(1608, 선조 41) 정월 내의원(內醫院)에서 개간함.

[원문] 諺解痘瘡集要跋

臣謹按古人有言曰: "寧醫十丈夫, 莫醫一婦人; 寧醫十婦人, 莫醫一小兒." 蓋嬰孩□病, 難察脉, 難問證, 最難於用藥故也. 小兒之疾, 痘瘡最酷, 然而箕封舊俗, 以藥爲第一禁忌, 或値癘氣流行, 毒疫盛發, 則連村閭境, 黃口無噍類. 我東方生齒不繁, 職由於此, 誠可痛心.

祖宗朝雖有『瘡疹集』刊行于世, 民不屑焉, 殆虛文耳. 昔歲, 王子染痘, 證勢不順, 而拘於俗忌, 未敢下藥, 醫官之輩, 袖手待盡, 自上痛念非命, 悔不用藥. 歲在庚寅之冬, 王子又染此疾, 聖上追憶往事, 特命臣施藥救療. 于時, 寒威正肅, 毒熱被鬱, 險惡之證, 疊見層出, 中外之人, 莫不指藥爲咎. 及其病勢漸危, 衆口洶洶, 而聖斷愈確, 責用益急. 臣仰稟聖旨, 俯索靈丹, 幾乎奄忽, 三投藥而三起之, 斯須之間, 惡證□散, 精神蘇爽, 不多日而平復焉. 向者之咎藥者, 驚服吐舌, 黎民之喪子者, 恨欲噬臍. 染痘之家, 聞風競走, 得刀圭些子, 則輒能廻生, 十用十活, 其效若神. 厥後, 王子・王女染痘, 俱用藥獲安, 閭閻之全活者, 莫知其數.

往在辛丑之春, 下教于臣曰: "平時, 有『胎産集』・『瘡疹集』・『救急方』, 刊行于世, 亂後皆無矣. 爾宜搜撫醫方以成三書. 予欲親覽焉." 且出內藏古今醫書, 令其檢討, 以資撰集. 臣聞命祗慄, 夙夜靡遑, 纔閱歲而三書告畢. 投進之日, 又爲下教曰: "近歲痘疫未熄, 『痘瘡集要』爲最切, 爾略記其創藥之由, 以跋其尾. 予欲開刊傳布焉." 臣不敢告辭, 謹陳□□于左□.

人之在於胚胎, 穢惡之毒, 蘊于命門, 遇火運司天之歲, 內外相感, 則發爲疱瘡, 凡有血氣之屬, 莫不皆然. 自少至老, 必生一次, 故又名曰‘百歲瘡’. 爲人而不經此患, 則技藝不治, 婚嫁不售, 隣里親戚皆不齒. 爲成人若或染著, 則其父母惟事祈禱, 未敢施一藥以救之, 吉凶生死付之神鬼. 三韓以後, 明君哲輔, 何代無之, 而亦未嘗出一言以革其沈痼之弊者, 何哉?

蓋天下之事, 否泰有時, 時至而運亨, 則天將假手於人, 必有聖人起而正之. 今聖上獨斷宸衷, 決意救民, 始自宮壼, 先試於鍾愛之血屬. 神方一播, 萬姓咸化, 使擧國赤子, 得免夭扎, 皆躋于壽域, 非聖人而能若是乎! 先醫云: "活千人, 必有報." 況一國之內, 八道之衆, 因藥而復甦者, 庸有極乎! 是宜積陰德於當時, 延國祚於永世矣. 但此書荒拙, 誠有愧於古人, 而臣以不才叨承聖命, 馨竭心肝, 蒐獵今古, 採掇精髓. 辨形色之善惡, 分證候之輕重, 披卷相對, 皎若水鏡. 患病之家, 得此一本, 恐不無救急涓埃之助矣. 其中猪尾膏龍腦膏子, 乃百發百中之藥, 起死廻生, 捷於影響, 雖司命莫之神也.

然而自上猶慮其未至, 且命臣諺解方藥, 曲盡其妙, 使深閨婦女, 咸得以看證檢方. 自在用工, 尤見聖上活幼愛民之念, 愈久而愈篤, 與上帝好生之德, 若合符契. 其深恩厚澤, 垂千萬世, 而無窮極也, 必矣. 豈不美哉, 豈不盛哉!

時辛丑八月日. 御醫正憲大夫知中樞府事臣許浚頓首稽首謹識.

萬曆三十六年正月日, 內醫院開刊.

구황촬요(救荒撮要)

1) 1639년 목판본 『구황촬요』

〈진휼청계목(賑恤廳啓目)〉 -진휼청, 1554년

진휼청(賑恤廳)이 계목(啓目)을 올리기를,

"지금 승전(承傳) 안에 '『구황촬요(救荒撮要)』를 다수 인출(印出)하여 널리 반사(頒賜)하라'고 하신 전교(傳敎)를 받들어 상고(相考)하여 보니, 곡식을 저장하여 기민(飢民)을 구휼함이 비록 구황의 근본이기는 하나, 곡식이 모자라 백성들이 굶주리고 있으니 그 죽음을 좌시하며 대책을 세우지 않아서는 아니 될 것입니다.

우리 세종대왕께서는 『구황벽곡방(救荒辟穀方)』을 저술하시고서 다시 흉년에 대비하는 물건들을 『경제대전(經濟大典)』에 실어 만세토록 창생의 목숨을 구제하게 하셨으니 '지극하시다'고 할 만합니다. 요사이 해를 이어 큰 흉년이 들었는데 영남과 호남 두 도가 더욱 심하여, 국가에서는 사신을 보내 진휼하여 구제하고, 또 구황에 가장 요긴한 것들을 뽑아 모아서 하나의 방문(方文)으로 만들어 언문으로 번역하여 『구황촬요(救荒撮要)』라 이름을 짓고 인출하여 경향(京鄕)에 반포하여 집집마다 알려주고 사람마다 깨우쳐 각기 스스로 목숨을 구제하게 하였습니다. 예컨대 느릅나무 껍질을 조리하여 맛을 내거나 솔잎으로 수명을 연장하는 법은 예경(禮經)[14]이나 본초서(本草書)에 실려 있는데 사람의 장(腸)과 위(胃)를 이롭게 하고 사람의 성명(性命)을 오래 살게 하는 데는 오곡(五穀)보다 낫습니다. 이것은 실로 민생들을 구제하는 좋은 방책으로서, 그 또한 천지의 도리를 마름질하여 이루고 천지의 마땅함을 돋우어 도와 백성을 이끌어주는[15] 일의 한 가지입니다.

근래에 관리는 게으르고 사람은 미련하여 구황에 관한 정책을 강구하지 않으니, 한 해만 곡식이 여물지 않아도 사람들은 입을 벌리고 먹여주기 바라다가 마침내는 죽어 도랑을 메우게 되오며, 경성(京城)의 백성은 풍습이 사치를 숭상하는데 특히 죽 끓이는 것을 수치로 여겨 아침에는 좋은 밥을 먹지만 저녁만 되어도 벌써 밥을 못 지으니 진실로 불쌍합니다.

이제 이 좋은 방문(方文)도 만약 엄하게 신칙하지 않으면 다시 버려져 행해지지 않을 것이므로 서울은 한성부(漢城府)의 오부(五部)에서, 지방은 관찰사(觀察使)와 수령(守令)이 판목에 새겨 기록을 전하여 민간에 널리 깨우쳐서 알지 못하는 백성이 없게 하소서. 그리고 관찰사, 경차관(敬差官), 도사(都事)는 사람을 만나는 대로 따져 물어서 알지 못하는 자가 있으면 담당 아전과 권농관(勸農官)을 논죄하고, 알지 못하는 자가 많으면 유향소(留鄕所)도 아울러 논죄하고 수령(守令)은 고과를 매길 때에 이것을 참고하게 하시며, 또한 향회(鄕會)에서 강론하여 시행에 태만하지 않게 하여, 부지런히 구휼하려는 성상의 지극한 뜻을 저버리지

---

14 예경(禮經) : 『예기(禮記)』 「내칙(內則)」을 이르는 듯하다. 여기에 느릅나무를 쌀뜨물이나 기름으로 조리하는 방법이 기록되어 있다.

15 천지의……이끌어주는 : 『주역(周易)』 「태괘(泰卦)」 상전(象傳)에 나오는 말로서, 임금이 천지의 도리와 마땅함을 체득하고 이에 따라 여러 가지 법제(法制)와 시행령(施行令) 등을 만들어 인문(人文)을 발전시키고 백성의 삶을 도와준다는 의미이다. 이 문맥에서는 구휼의 방법을 정리하여 백성들에게 알려주는 일이 대단히 중요한 일임을 강조하기 위해 인용하였다.

않게 하심이 어떻겠습니까?"라고 하였다.

가정(嘉靖) 33년(1554, 명종 9) 11월 24일, 우부승지(右副承旨) 신 이택(李澤)이 계품(啓稟)을 맡았고, "계(啓)를 올린대로 윤허한다."고 하셨다.

[원문] 賑恤廳啓目："節承傳內，『救荒撮要』多數印出，廣頒爲良如敎，承傳是白有亦，相考爲白乎矣，蓄穀賑飢，雖爲救荒之本，穀乏民飢，則不可坐視其死而不爲之所是白乎等用良.

我世宗大王旣著『救荒辟穀方』，又以備荒之物，載諸『經濟大典』，以救萬世蒼生之命，可謂至矣是白齊. 邇者連歲大侵，湖・嶺二南尤甚，國家遣使賑救，又抄救荒之最要者，集爲一方，飜以諺字，名曰『救荒撮要』，印布中外，使家喩而人曉，各自救命，如楡白之調味・松葉之延年，載於禮經及本草，益人腸胃，壽人性命，過於五穀. 斯實救民良方，其亦裁成輔相以左右民之一事是白置. 近來吏慢人頑，不究荒政，歲一失稔，人且喁喁望哺，終塡溝壑爲白乎旀，京城之民段習尙侈靡，尤以粥溢爲羞，朝餐美食，暮已絶炊，誠可矜唉.

今此良方，若不嚴飭，則復廢不行是白昆，京則漢城府五部，外則觀察使・守令，鏤板傳錄，廣諭民間，使人無不解. 觀察使・敬差官・都事，遇人講問，有不曉者，則色吏・勸農論罪，不曉多者，竝論留鄕所，守令殿最憑考，又令於鄕會講論，求行不怠，毋負勤恤之至意，何如？"嘉靖三十三年十一月二十四日，右副承旨臣李澤次知. 啓依允.

〈발문(跋文)〉 -김육(金堉), 1639년

이것은 명종(明宗) 시대에 진휼(賑恤)하던 유법(遺法)이다. 신이 성조
(聖祖)께서 백성을 구제하시던 뜻에 깊이 감동한 터에 마침 흉년을 만나
판목(板木)에 새겨 널리 퍼트리게 하고 이어서 뒤에 『벽온방(辟瘟方)』
을 덧붙이니, 이 백성들이 죽어 구렁을 메우게 되지 않고 성조께서 남기
신 은택을 입기를 바란다. 때는 기묘년(1639, 인조 17) 정월 아무 날,
수(守) 충청도 관찰사(忠淸道觀察使) 신 김육(金堉)[16]은 머리를 조아리
고 삼가 쓴다.

[원문] 此是明廟朝賑恤之遺法也. 臣深感聖祖救民之意, 適値年凶, 鏤板廣
布, 仍附『辟瘟方』于後, 冀斯民之不至於塡壑, 而被聖祖之餘澤也. 時己卯
正月日, 守忠淸道觀察使臣金堉稽首謹書.

2) 1660년 목판본 『신간구황촬요(新刊救荒撮要)』

〈신간구황촬요발(新刊救荒撮要跋)〉 -신숙(申洬), 1660년

옛날 우리 세종대왕은 언젠가 '백성들이 기근으로 끼니를 거르니 구제할
방법이 없다.'고 하시고, 마침내 『구황벽곡방(救荒辟穀方)』을 기록하여
백성에게 보여서 스스로 죽음에서 구제하도록 하셨다. 명종 조에도 기근

---

16 김육(金堉, 1580~1658) : 본관은 청풍. 시호는 문정(文貞)이다. 영의정 등을 역임했고
   대동법을 실시했다. 『구황촬요(救荒撮要)』, 『종덕신편(種德新編)』 등을 간행했다.

을 구휼하는 일 때문에 그 가장 요긴한 것을 뽑아서 이언(俚諺)으로 번역하여 백성들이 쉬이 이해하게 하고, 이름을 『구황촬요(救荒撮要)』라고 하고는 경향(京鄕)에 반포하여 보였으니, 이것은 실로 우(禹)와 직(稷)이 여러 간식(艱食)과 선식(鮮食)을 올린 뜻[17]이다. 지나온 때가 오래되었으나 인본(印本)은 많지 않아, 잠곡(潛谷) 김육(金堉) 상국(相國)이 누판(鏤板)을 중수하였으나 흩어져 거의 다 없어졌는데도 보고 아는 자는 거의 없다.

지금 나 속(洬)은 외람되이 이 고을의 수령이 되었는데 불행히도 해를 이어 큰 기근이 들어 공사(公私) 간에 텅텅 비었다. 그러나 또한 그대로 죽는 것을 두고 볼 수만은 없어 삼가 이 책을 거듭 간행하고, 또 서산(西山) 채원정(蔡元定)[18]이 게로기〔薺〕를 캐어 먹고 각조산(閣皂山)의 중이 토란〔芋〕을 심었던 방법[19]처럼 의방(醫方)에서 기록한 바와

---

17 우(禹)와 직(稷)이……올린 뜻 : 순(舜)임금 때에 홍수가 나서 기근이 들자 신하인 우(禹)가 직(稷)과 함께 홍수를 다스리며 백성들에게 간식(艱食)과 선식(鮮食)을 올려서 기근을 넘긴 일을 이른다. 간식은 홍수가 처음 다스려졌을 때 어렵게 농사지어 먹은 음식을 이르고, 선식은 피 묻은 날고기를 이른다. 『서경(書經)』 「우서(虞書) · 익직(益稷)」에 보인다.

18 채원정(蔡元定, 1135~1198) : 남송의 학자. 자는 계통(季通), 호는 서산(西山), 시호는 문절(文節)이다. 주희(朱熹)의 제자로서 그의 이학(理學)을 계승 발전시켰고, 악률(樂律)에 조예가 깊었다. 『황극경세지요(皇極經世指要)』, 『홍범해(洪範解)』, 『율려신서(律呂新書)』 등의 저술을 남겼다.

19 서산(西山) 채원정(蔡元定)이……방법 : 채원정(蔡元定)이 서산 꼭대기에 올라가 책을 읽을 때 식량이 떨어져 게로기를 캐 먹으면서 견뎠다고 한다. 게로기는 산나물인데 그 뿌리가 사삼(沙蔘: 더덕)과 비슷하다. 한편, 각조산(閣皂山)의 어느 사찰에 기이한 승려 하나가 살았다. 그는 토란을 심어서 해마다 수확이 많았는데, 그것을 절구로 찧어 벽돌처럼 만들어 담을 쌓았으나 누구도 그 영문을 몰랐다. 뒷날 큰 흉년이 들어 많은 백성들이 굶어죽었으나 같은 사찰의 승려들은 이 토란벽돌을 먹고 굶주림을 면하였다고 한다.

보고 들어 얻은 바를 모두 아래에 덧붙여 보이고 보유(補遺)라고 제목을 붙여 합하여 한 편을 삼아서 항간에 널리 퍼트리려 한다. 바라건대 성조(聖祖)께서 백성들에게 은혜를 베풀어 생기 있게 하려는 마음을 궁구(窮究)하여 우리 후대의 백성들은 모두 그 이로움을 이롭게 여길 수 있도록 하고, 성상께서 남의 몸을 자신처럼 아파하시는 어짊에 대해서도 만분의 일이라도 도움이 없지는 않을 것이다. 공역(工役)이 끝난 뒤에 참람하게도 스스로를 헤아리지 않고서 이상과 같이 일의 전말을 대략 서술한다.

경자년(1660, 현종 1) 9월 하순에 통정대부(通政大夫) 행(行)[20] 서원현감(西原縣監) 서원진 병마첨절제사(西原鎭兵馬僉節制使) 신 신속(申洬)[21]은 손을 들어 절하며 머리를 조아리고 삼가 발문을 쓴다.

[원문] 新刊救荒撮要跋

昔我世宗大王嘗以爲‘民飢闕食, 救之無術’, 遂錄『荒政中辟穀方』以示民, 使自救死. 明廟朝亦因賑饑抄其最要, 飜以俚諺, 俾民易曉, 名曰『救荒撮要』, 頒示中外, 此實禹·稷奏庶艱鮮之意也. 歷時滋久, 印本無多, 潛谷金相國重修鏤板, 而散逸殆盡, 見而知者蓋眇矣. 今洬叨守是邑, 不幸連歲大侵, 公私赤立, 然亦不敢立而視死, 謹將是書, 重行剞劂, 又考醫方所記及聞見所得如西山唉薺·閣皁種芋之法, 皆以附見下方, 目以補遺, 合爲一編, 將以廣布窮閭, 庶幾究聖祖惠鮮之心, 使我後民皆得以利其利, 而於

20 행(行) : 품계보다 낮은 서열의 관직을 맡았을 때 관직명 앞에 붙이는 용어.
21 신속(申洬, 1600~1661) : 본관은 고령, 자는 호중(浩中), 호는 이지(二知)이다. 김자점(金自點)의 인척이기 때문에 높은 관직을 역임하지 못하고, 주로 지방관을 역임했다. 『농가집성(農家集成)』을 편찬하였다.

聖上恫身猶己之仁, 亦不無萬一之補云爾. 工旣告訖, 僭不自揣, 略叙顚末如右.

時庚子九月下澣, 通政大夫行西原縣監西原鎭兵馬僉節制使臣申汲拜手稽首謹跋.

벽온신방(辟瘟新方)

1) 1653년 목판본 『벽온신방』

〈벽온신방서(辟瘟新方序)〉 -채유후(蔡裕後), 1653년, 『호주집』 권5

계사년(1653, 효종 4) 봄 해서(海西) 지역에 여역(癘疫)이 크게 창궐해 사망한 백성들이 많아 임금께서 이를 듣고 우려하며 내국(內局)의 약재를 나누어 보내 치료케 하였다. 연신(筵臣) 조복양(趙復陽)[22]이 약물로는 널리 구제할 수 없고 치료법과 약명을 갖춰 보이느니만 못하다 생각하였고, 이를 예조 판서(禮曹判書) 신 이후원(李厚源)[23]이 의관을 시켜 벽온구방(辟瘟舊方)[24]을 보완해 간행하고 중외에 인간(印刊)해 배포하자고 청하자 임금께서 따랐다. 드디어 어의 신 안경창(安景昌)[25] 등에게

---

22 조복양(趙復陽, 1609~1671) : 본관은 풍양(豊壤). 자는 중초(仲初), 호는 송곡(松谷), 저서로『송곡집』이 있으며, 시호는 문간(文簡)이다. 포저 조익(趙翼)의 아들로 현종이 즉위하자 진휼정책의 이행을 주장해 백성들의 구제에 힘썼다.

23 이후원(李厚源, 1598~1660) : 본관은 전주(全州), 자는 사심(士深), 호는 우재(迂齋)・남항거사(南港居士)이다. 광평대군의 7세손으로 김장생(金長生)의 문인이다. 인조반정 후 정사공신(靖社功臣) 3등으로 완남군(完南君)에 봉해졌다. 시호는 충정(忠貞)이다.

24 벽온구방(辟瘟舊方) : 전염병을 치료하기 위한 기존의 의서들을 말한다. 중종 20년(1525)에『간이벽온방(簡易辟瘟方)』, 광해군 4년(1612)에『신찬벽온방(新纂辟瘟方)』 등이 간행된 바 있다.

25 안경창(安景昌, 1604~?) : 본관은 순흥(順興), 자는 자흥(子興)이다. 1627년 식년시(式年試) 의과(醫科)에 급제해 의관으로 활동하였고, 전의감 정(典醫監正)을 거쳐 통

명해 더욱 연구하여 살피고 경험을 참조해 마련하기 어려운 재료는 헤아려 덜어내고 세속의 방도 가운데 시험하기 쉬운 방법은 힘써 더하도록 하였다. 이에 그 설을 언문으로 번역하고 '벽온신방(辟瘟新方)'이라 명명하고 교서관(校書館)에서 출간해 8도의 여러 고을에 반포하도록 시켜 변방과 벽촌의 어리석은 백성과 부녀자라도 모두 통달하고 이해하여 종류를 살펴 약방문을 마련해 변화에 따라 약을 투여해 푸닥거리와 보양하는 방도를 대신하도록 하였다.

아! 우리 백성이 이제 거의 치료될 것이다. 우리 성상께서 백성을 사랑하고 사람들을 구제하시는 뜻이 또한 지극하도다. 신이 가만히 『주례(周禮)』「의사편(醫師篇)」에 나오는 "사계절 모두 전염병이 있어 봄철에는 두통이 있다."[26]라는 구절의 주석에 "전염병은 기운이 조화롭지 못한 질병이다."라고 하였음을 살펴보건대 대개 육기(六氣)[27]가 조화로우면 백성에게 절로 이런 질병이 없다. 지금 우리 성상께서 백성을 사랑하고 사람들을 구제하는 뜻이 조화로운 기운을 만회시킬 만하니 진실로 그렇다면 또한 어찌 이 방도를 사용할 것이 있겠는가? 신은 공경하고 칭송하며 우러러 바라는 마음을 견디지 못하며 그 전말을 대략 서술하여 책머리에 붙인다. 이해 윤7월 기망(旣望)에 구관(具官)[28] 신 채유후(蔡裕後)[29]는 손을 맞잡고 머리를 조아리며 삼가 서문을 쓴다.

정대부(通政大夫) 첨지중추원사(僉知中樞院事)에 이르렀다.

26 『주례(周禮)』……있다 : 내용은 『주례(周禮)』의 「의사편」이 아닌 「질의편(疾醫篇)」에 나오는 말이다.

27 육기(六氣) : 보통 육기는 음(陰), 양(陽), 풍(風), 우(雨), 회(晦), 명(明)을 의미하는데, 한의학에서의 육기는 한(寒), 열(熱), 조(燥), 습(濕), 풍(風), 화(火)의 여섯 가지 증세를 말한다.

28 구관(具官) : 관직을 써야 할 곳에 생략하고 대신 쓰는 말이다.

29 채유후(蔡裕後, 1599~1660) : 본관은 평강(平康), 자는 백창(伯昌), 호는 호주(湖洲)

[원문] 辟瘟新方序

癸巳春, 海西癘疫大熾, 民多死亡者, 上聞而憂之, 分出內局藥材以濟之.
筵臣趙復陽以爲藥物不可以普濟, 莫如備示其治法藥名, 禮曹判書臣李厚
源請令醫官就攷辟瘟舊方而增減之, 印布中外, 上從之. 遂命御醫臣安景昌
等重加究閱, 參以經驗, 量減其材料之難辦者, 務增其俗方之易試者. 仍諺
釋其說, 名之曰'辟瘟新方'. 令校書館刊出, 班于八路諸邑, 使遐裔僻村蚩氓
婦子, 咸得通解, 按類而施方, 隨變而投劑, 繼之以辟禳之法·補攝之術.

嗚呼! 我民其庶乎有瘳矣. 我聖上仁民濟衆之意, 其亦至矣. 臣竊觀『周
禮』醫師篇云:"四時皆有癘疾, 而春有痟首疾." 其註曰:"癘者, 氣不和之
疾也." 蓋六氣和則民自無是疾. 今我聖上仁民濟衆之意, 足以斡回和氣,
苟然則亦安所用是方哉? 臣不勝欽頌顒望之懷, 略敍顚末而弁諸卷. 是歲
閏七月旣望, 具官臣某, 拜手稽首謹序.

이다. 1623년(인조 1) 개시문과(改試文科)에 장원으로 급제해 사가독서에 뽑혔다. 관
직은 대제학·예조 판서를 지냈으며, 『인조실록』과 『효종실록』을 편찬한 공으로 숭정
대부 좌찬성에 추증되었다. 저서로 『호주집』이 있으며, 시호는 문혜(文惠)이다.

3

병학

무경칠서주해(武經七書註解)

1) 1463년 판본 미상 『무경칠서주해』

〈무경발(武經跋)〉 -최항(崔恒), 1463년, 『태허정집』 권2

병법의 유래는 오래되었다. 헌원씨(軒轅氏)가 처음 병법을 창제하여 천자의 종묘에 조향(朝享)치 않는 이를 정벌하시니 이로부터 비록 천신과 같은 지략이 있을지라도 그 문호를 넘을 자가 없었다. 일찍이 「예문지(藝文志)」의 병가자류(兵家者流)를 보니 무려 수백에 달하였고 주나라 태공망(太公望)의 『육도(六韜)』, 한나라 황석공(黃石公)의 『삼략(三略)』, 제나라 사마양저(司馬穰苴)의 『사마법(司馬法)』, 주나라 손무(孫武)의 『손자(孫子)』, 전국시대 위나라 오기(吳起)의 『오자(吳子)』, 주나라 울요(尉繚)의 『울요자(尉繚子)』, 당나라 이정(李靖)의 『이위공문대(李衛公問對)』 등의 책이 그 첫머리에 놓였는데 세상에 전하는 '무경칠서(武經七書)'가 이것이다. 하지만 『손자』는 11가(家)의 주석서가 있고 나머지 여섯 책에는 주해(註解)가 없어 학자들이 병통으로 여겼는데 이것이 어찌 병도(兵道)가 본래 어그러진 때문이겠는가. 말이 은미하고 어려운데다 심오해 사람이 쉽게 발명해 떨칠 수 없어서이니 하늘이 사람을 인도함도 반드시 신성(神聖)을 기다려 내려주는 것인가?

공손히 생각건대 주상전하(세조)께서 등극하시기 전에 우아하고 고상한 큰 도량을 지녀 백가(百家)의 학문과 육예(六藝)의 묘리에 관통하였습니다. 일찍이 선왕조(先王朝)의 가르침을 받아 더욱 『육도』와 『옥검편(玉鈐篇)』 등의 병법에 대한 이해가 깊어 문종(文宗)의 명을 받듦에 미처 비로소 구결을 붙이고 주해의 사업을 시작해 급히 정리할 사람을 찾아 다듬어 정비함에 여유를 부리지 않았다. 이윽고 적병을 물리쳐해악(海嶽)이 맑아지며 묘책이 한 번 움직여 왕위에 오르니 또한 어찌하늘이 성스런 무운을 도와 신령한 자품과 영명한 판단이 여러 행사에드러나도록 한 것이 아니겠는가?

계미년(1463, 세조 9) 임금께서 정무를 보는 여가에 구결의 정함을이미 마치고 이에 신 최항과 신 아무 등에게 교정을 더하여 다시 주해를붙이라고 명하셨다. 이에 잘못은 바로잡고 오묘함은 밝혔으며, 어려운말은 통하게 하니 이 책을 배우는 자는 거의 길잡이를 얻게 될 것이다. 책을 올리자 신에게 명하여 발문을 짓도록 하심은 신의 오활함을 어찌알고도 그리하였겠는가. 그런데 듣자하니 고인의 말에 "나라가 비록 크더라도 전쟁을 좋아하면 반드시 망하고, 천하가 비록 평안하더라도 전쟁을 잊으면 반드시 위태롭다."[1]고 하였는데, 이를 유호(有扈)의 반란[2]에서 볼 수 있으니 나라에 어찌 하루라도 위험을 잊겠으며 병무에 어찌하루라도 방비를 잊을 수 있겠는가.

비록 그렇지만 병무(兵務)는 장수를 위주로 삼는다. 장수가 계획을세울 줄 모른다면 적병에 대해 말할 수 없고, 변통을 모른다면 또한 기이한 계책을 낼 수 없다. 이런 까닭에 장수가 지모가 없으면 삼군(三軍)이크게 의심하고, 장수가 밝지 못하면 삼군이 크게 기울며, 장수가 정미하

---

1 나라가……위태롭다 : 중국 제(齊)나라의 사마양저(司馬穰苴)가 지은 『사마법(司馬法)』에 나오는 말이다.
2 유호(有扈)의 반란 : 우(禹)임금이 세운 하(夏)나라의 태평성세를 2대왕인 계(啓)에게계승하자 유호가 불복해 반란을 일으켜 육군(六軍)을 거느리고 정벌한 사실이 있다. 태평성세에도 군비를 마련해야 한다는 전고로 쓰이곤 한다.

지 않으면 삼군이 기회를 잃게 되니 이로써 장수가 삼군의 목숨을 담당한 것임을 알게 된다. 그래서 장수가 지모 있고, 밝으며, 정미할 수 있도록 하자면 이 무경칠서를 두고 무엇을 배우겠는가! 병법은 비록 말로 전할 수는 없다지만 옛 병법을 배우는 데 있지 않다고 여기는 것 또한 사려 깊지 못한 것이다. 완급을 배우지 않으면 거문고가 어찌 북과 맞추겠으며, 규구(規矩: 콤파스와 자척)를 배우지 않으면 바퀴가 어찌 연장에 맞겠는가. 하물며 국가의 대사를 어찌 평소에 강명치 않겠는가?

지금 우리 성주(聖主)께서 이 책에 유념하시어 부지런히 편찬하심은 대를 이은 장수들이 항상 스스로가 마음에 새기도록 하여 흉문(凶門)[3]을 나감에 미쳐서는 칠자(七子: 무경칠서)의 기미(機微)에 의지하고 칠자의 계략을 기획하며, 저울을 달듯이 조짐에 응하고 묵묵히 따르다가 승기를 제압해 그윽한 하늘과 어둑한 땅이 우르릉쿠르릉거리듯 몸을 던져 가는 곳이 늘 패하지 않을 땅에 놓여야 적군의 목숨을 맡을 수 있게 된다. 만일 그렇지 않다면 책은 책대로 나는 나대로 남아 이른바 사기(四機)와 오사(五事)[4], 팔변(八變)과 구변(九變)[5]이 모두 헛된 말에 그칠

---

3 흉문(凶門) : 군대가 출정할 때 나라에 충성을 다해 필사의 결의를 다지겠다는 의미로 장례를 치르듯 나가는 북향의 문을 말한다.

4 사기(四機)와 오사(五事) : 사기는 병법에서 말하는 장군의 기세[氣機], 지형의 기세[地機], 간첩을 통한 일의 형세[事機], 수레·군선·병마 등 병력의 형세[力機]를 말하고, 오사는 『서경(書經)』 「주서(周書)·홍범(洪範)」에 기록된 우(禹) 임금이 정한 정치 도덕의 아홉 원칙 가운데 하나로 통치자의 5가지 수신 사항인 모(貌), 언(言), 시(視), 청(聽), 사(思)를 말한다.

5 팔변(八變)과 구변(九變) : 하나의 악무(樂舞)가 완주되면 새로 연주하는 것을 변이라 하여 팔변(八變)은 여덟 번, 구변(九變)은 아홉 번 연주하는 것이다. 『주례(周禮)』 「춘관종백(春官宗伯)·대사악(大司樂)」에 "악무가 여덟 번 완주되면 땅의 신이 모두 나와, 신들에게 옥을 바칠 수 있고, 악부가 아홉 번 완주되면 조상신에게 옥을 바칠 수 있다.〔若樂八變 則地示皆出 可得而禮矣; 若樂九變 則人鬼可得而禮矣.〕"라는 말이

것이니 필경 무슨 이득이 있겠는가? 장수된 자는 맹렬히 살피지 않을 수 있겠는가!

아! 우리 성상께서 맨몸으로 황하를 건너는 용맹과 환난에 방비하는 계책으로 병기(兵器)를 잘 다스리고 군대를 크게 갖추시려는 성대한 마음을 오히려 이 책에서 볼 수 있도다. 하늘의 지혜와 신령의 책략은 거의 헌원씨의 경지를 넘어서 멀리 지나쳤으니 어찌 후세의 끝없는 아름다움을 남기신 것이 아니겠는가? 아, 지극하도다!

[원문] 武經跋

兵之來尙矣. 軒轅氏始制兵法, 以征不享, 自是厥後, 雖有天智神略, 無能出闑閾者矣. 嘗觀『藝文志』兵家者流, 無慮數百, 而太公·黃石·司馬·孫·吳·尉·李之書, 爲其冠冕, 世所傳武經七書是已. 然孫子則有十一家註, 而僞舛尙多, 餘六書則未有註解, 學者病之, 豈其兵道本詭. 語多微奧艱深, 有非夫人之所易發揮者, 而天之牗人, 亦必待神聖而畀之耶?

恭惟主上殿下自在龍潛, 雅尙鴻度, 學洞百家, 妙貫六藝. 嘗受聖考之訓, 尤邃韜鈐, 迨承文宗之命, 始事訣解, 尋急削平, 靡暇裁定. 旣而攙槍掃, 海嶽淸, 妙算一運, 神器再造, 亦豈天佑聖武, 神姿英斷之見諸行事者歟!

歲至癸未, 萬機之暇, 定口訣旣訖, 迺命臣及臣某等就加讎校, 且著註解. 於是僞者以正, 奧者以明, 艱深者以通, 學是書者, 庶可得鄕導矣. 書進, 命臣跋之, 臣之迂, 何足知之. 然聞古人有言曰: "國雖大, 好戰必亡; 天下雖安, 忘戰必危." 跡桑·有扈之覆轍則可觀矣, 國豈可一日忘危, 兵豈可一日忘備也.

———

있다.

雖然, 兵以將爲主. 不知計畫, 未可以語敵; 不識變通, 亦未可以出奇. 是故, 將不知則三軍大疑, 將不明則三軍大傾, 將不精微則三軍失其機, 是知將者三軍之司命也. 而欲將之能知・能明・能精微, 則舍此七書而何學哉! 兵法, 縱不可言傳, 而以爲不在學古兵法者, 亦未之思耳. 不學燥縵, 琴安得鼓; 不學規矩, 輪安得斲. 況國之大事, 不素講明乎?

今我聖主留心是書, 拳拳纂定者, 欲使世將, 常自服膺, 及出凶門, 則聘七子之機, 畫七子之籌, 懸權應幾, 踐墨制勝, 祕天鑿地, 震震冥冥, 投之所往, 常在不敗之地, 而爲敵之司命也. 如其不爾, 則書自書我自我, 所謂四機五事八變九變, 無非空言, 竟何益哉? 爲將者, 可不猛省乎!

吁! 我聖上憑河徹桑, 詰爾張皇之盛心, 猶可卽此見之. 而天智神略, 則殆軼軒轅之閫閾而遠過之矣, 豈非貽燕後世無疆之休乎? 嗚呼至哉!

어제병장설(御製兵將說)

1) 1466년 활자본 『어제병장설』

〈발병서(跋兵書)〉 —이승소(李承召)[6], 시기 미상, 『삼탄집』 권11

세조(世祖)께서 일찍이 장수들이 병서를 읽고도 요점을 이해하지 못해 절목과 제도에 어두운 것을 염려하시고 「병장설(兵將說)」[7]을 지으셨다. 또 장수들이 승평한 시대에 익숙해지고 부귀에 뜻을 붙여 충절에 태만함을 염려하시어 「유장편(喩將篇)」[8]을 저술하셨다. 그 문장이 간략하면서도 의미가 갖추어졌으니 진실로 장수들의 귀감이 된다. 영의정부사(領議政府事) 신(臣) 신숙주(申叔舟) 등이 일찍이 주해(註解)를 더하고 아울러 관계된 의론을 지어 올렸으나 그 깊고 오묘한 뜻을 어찌 모두 발휘해 내었겠는가? 임금께서 한가한 여가에 다시 그 뜻에 대해 간략한 주소(註疏)를 더하시니 이에 예전에는 심오하여 이해하기 어려웠던 것

---

6 이승소(李承召, 1422~1484) : 본관은 양성, 자는 윤보(胤保), 호는 삼탄(三灘), 시호는 문간(文簡)이다. 집현전 직제학, 예문관 제학, 좌참찬 등을 역임했다. 성종 때 공신에 녹훈되고 양성군에 봉해졌다.

7 「병장설(兵將說)」 : 세조가 일찍이 문종을 도와 『병요(兵要)』, 『진설(陣說)』, 『병정(兵政)』 등을 편찬·주해하였었고, 이를 이어 1461년 「병설(兵說)」과 「장설(將說)」을 지어 『병경(兵鏡)』(1책)이라 하였다가 '병장설'로 이름을 바꾸었다. 세조가 신숙주(申叔舟)와 서거정(徐居正) 등에게 주해를 붙이도록 하여 1462년에 완성하였다.

8 「유장편(喩將篇)」 : 1464년 『병장설』에 최항(崔恒), 한계희(韓繼禧), 강희맹(姜希孟) 등이 『병법대지(兵法大旨)』를 더해 새로 교정·간행하였다.

이 이제는 명백해져 이해하기 쉽게 되었다. 신 등이 또 임금의 주해와 본래의 주해에 음과 뜻을 더해 넣어 올리자 빨리 인간(印刊)해 반포토록 명하셨다.

아! 우리 성상께서 병가(兵家)의 책략을 개발하여 깨우치시고 장수의 재질을 이루도록 독려하시는 뜻이 간절하도다. 군무에 종사하는 자들이 진실로 우러러 본받아 마음에 새길 수 있다면 군사를 움직여 적병을 제압하는 승산(勝算)과 자신을 검속하여 나라에 충성하는 요긴한 방법이 이 두 편에서 벗어나지 않아 절로 군사를 부리고도 남음이 있을 것이다. 그리고 무경칠서(武經七書)의 말과 장수들의 열전(列傳)이 또한 모두 하나의 방편이 될 것이다. 오직 장수들의 법도일 뿐 아니라 성명(性命)의 근원을 탐색하고 사물의 연고를 궁구함도 이 책에서 얻을 수 있을 것이다.

[원문] 跋兵書

上嘗念諸將讀兵書, 而未領機要, 昧於節制, 故作「兵將說」. 又念諸將狃昇平, 而肆志富貴, 怠於忠節, 故著「喩將篇」. 文約義該, 實將帥龜鑑也. 領議政府事臣申叔舟等嘗加註解, 幷著論議以進, 然淵妙之旨, 豈盡發揮? 上於淸燕之暇, 復略疏其義, 於是昔之邃奧難解者, 今乃明白易曉. 臣等又就御註及本註, 添入音訓, 旣進, 命亟印頒.

嗚呼! 我聖上所以開諭武略・責成將材之意, 切矣. 業武者苟能仰體而服膺焉, 則行師制敵之勝算・檢身忠國之要道, 不外二篇, 自有餘師. 而七書之說・百將之傳, 亦皆爲筌蹄也. 非惟爲將之道耳, 探頤性命之源・窮硏事物之故, 亦於此書乎得之矣.

무예제보(武藝諸譜)

1) 1598년경 목판본 『무예제보』

〈발문(跋文)〉 –한교(韓嶠), 1598년

신이 적이 엎드려 생각건대, 패(牌)·선(筅)·창(鎗)·파(鈀)·곤(棍)·검(劍) 및 조총(鳥銃)·궁시(弓矢)의 기예는 비록 멀고 가까운 다름이 있다 하더라도 적을 죽인다는 점은 매한가지입니다. 근거리 기예는 먼 곳에 베풀 수 없고 원거리 기예는 가까운 곳에 베풀 수 없으니, 이것은 모두 이치와 형세의 필연성에 따른 것입니다. 원거리 기예와 근거리 기예를 하나도 빠뜨릴 수 없는 것은 또한 분명하지 않습니까! 병기는 섞어서 쓰지 않으면 불리하다[9] 하니, 『사마법(司馬法)』이 어찌 나를 속이겠습니까? 그러나 궁시가 있으면 활쏘기를 익히는 법이 있고 조총이 있으면 총쏘기를 익히는 법이 있으며, 패·선·창·파·곤·검의 경우에도 모두 익혀 쓰는 법이 없는 것이 없습니다. 익힐 때 제 방법으로 하지 않고서도 기예를 잘할 수 있는, 천하에 이런 이치는 없습니다. 그러므로 항우(項羽)는 검을 배웠고 양씨(楊氏)는 이화창(梨花鎗)을 20년 동안 익혔습니다.[10] 기예를 잘하고자 하면서도 제 방법을 말미암지 않는다면 어찌

---

9 병기는 섞어서 쓰지 않으면 불리하다 : 『사마법(司馬法)』「천자지의(天子之義)」제2에 보인다. 『사마법』은 중국 고대의 중요한 병서인 무경칠서(武經七書) 중 하나이다.
10 양씨(楊氏)는……익혔습니다 : 양씨는 송나라의 유명한 도적 이전(李全)의 아내로, 이화창 쓰는 법을 처음으로 널리 퍼뜨렸다. 『송사(宋史)』「이전전(李全傳)」에 따르면

걸음을 물리면서 전진하기를 도모하는 것과 다르겠습니까?

우리나라는 바다 밖에 치우쳐 자리 잡아 예부터 전하는 것은 다만 궁시의 한 가지 기예뿐입니다. 검과 창의 경우에는 단지 무기만 있을 뿐 익혀 쓰는 법이 없고 마상 창술 하나는 시험장에서 사용하기는 하지만 그 사용법 또한 상세히 갖추어진 것이 없기에, 검과 창은 버린 무기가 된 지 오래입니다. 그러므로 왜적과 군진(軍陣)을 마주하면 왜적은 번번이 죽음을 무릅쓰고 돌진하는데 아군은 비록 창을 가지고 검을 찬 자가 있기는 하지만 검은 칼집에서 나올 겨를이 없고 창은 창날을 마주 댈 수가 없이 속수무책으로 흉악한 칼날에 목숨을 다하니, 모두 익히는 법이 전하지 않는 데서 연유합니다. 세상에서 이 법을 헐뜯는 자들은 "활과 총포는 반드시 쏘는 법을 익혀야 하지만, 검과 창의 경우에는 군진에 임하면 스스로 치고 찌를 수 있으니 어째서 연습한 뒤에 능숙하겠는가?"라고 하지만, 이것은 그렇지 않은 점이 있습니다.

우리나라 사람은 밥 먹을 때 숟가락을 사용하지만 중국 사람은 젓가락을 씁니다. 시험 삼아 중국 사람에게 숟가락을 쓰게 하고 우리나라 사람에게 젓가락을 쓰게 한다면 각기 생소할 걱정이 없지 않으니, 이것은 익히고 익히지 않는 차이 때문입니다. 수저를 사용함에도 오히려 그러한데 하물며 검과 창에 있어서이겠습니까? 궁시가 비록 우리나라의 장기이지만 어찌 그 한 가지만 익히고 나머지 여러 기예를 버려둘 수 있겠습니까? 이제 천조(天朝)의 장사가 우리나라에 머물러 주둔함을 말미암아 조총 및 패·선·창·파를 익혀 쓰는 법을 처음 보았고, 또 『기효신서(紀效新書)』[11]를 얻어서 그림을 살펴보고서 고증하여 바로잡았으니, 그런

양씨의 이화창은 20년 동안 천하에 적수가 없었다고 한다.
11 『기효신서(紀效新書)』: 명나라의 명장 척계광(戚繼光)의 병서. 보병 위주의 왜구를

뒤에 총수(銃手)가 격타(擊打)하는 법 및 무예의 여러 세(勢)로 적을 죽이는 법을 모두 추구할 수 있었습니다.

갑오년(1594, 선조 27) 봄에 훈련도감에 살수(殺手)에 관한 여러 보(譜)를 번역하라 특별히 명하셨습니다. 신은 그때 마침 훈련도감의 낭료로 참여하여 제조의 지휘를 받들어 이 일을 전담하였지만, 재주와 식견이 어둡고 못나서 그 실마리를 찾을 수가 없었기에 무예를 진작하고 요기(妖氣)를 신속히 쓸어버리라는 성대한 뜻이 이 세상에 빨리 효험을 보이도록 하지 못하였으니, 신의 죄가 큽니다.

언젠가 『기효신서』 「습파법(習鈀法)」 아래 글을 보니 "만약 지금 지은 파보(鈀譜)를 다른 곳에 넣으면 묘할 것이다."[12] 합니다. 이것으로 추측하건대 그 밖의 여러 기예 또한 반드시 모두 해당 보(譜)가 있었을 터이나, 이제는 볼 수가 없습니다. 『기효신서』 가운데 실린 것은 다만 여러 세(勢)의 도(圖)와 각 세를 밝히는 글에 그칠 뿐입니다. 여러 세를 이어서 익히는 보에 관해서는 고거할 것이 없으니 하는 수 없이 살수를 뽑아 거느리고서 천조의 장사에게 두루 질문한 것이 한두 가지가 아닙니다만, 바람과 벼락처럼 회전하고 예리하게 나아가고 재빨리 퇴각하는 사이에 어떤 세와 어떤 법도 파악하기 어려웠습니다. 하물며 천조의 장사들은 여러 세에 대해 또한 많이 익혔지만 따져보지 않았으니 어디로부터 살펴 묻겠습니까?

한편, 장창(長鎗)에는 24가지 세가 있는데 교사들이 전한 것은 단지 12가지 세만 있으니 절반이 없어졌습니다. 을미년(1595, 선조 28)에 『살

상대하기 위한 전술을 담고 있어 임진왜란 당시 조선군도 이 병서를 도입하였다.
12 만약……것이다 : 이 대목은 『기효신서(紀效新書)』 권4 「당파습법(鏜鈀習法)」에 보인다.

수보(殺手譜)』를 번역할 때 신이 없어진 12가지 세를 가지고 별도의 보를 만들어서 그 아래에 덧붙이고 사졸들에게 익히게 했더니, 뭇 의혹들이 팽배하여 아직도 하나로 귀결되지 못하였습니다. 이 살수의 여러 기예에 끝내 보(譜)가 없게 한다면 배우는 자는 단지 제 손을 믿을 뿐이요 시험관은 단지 제 눈을 믿을 뿐이라서, 바른 법이 나날이 버려지고 화법(花法)[13]이 일어날 것입니다.

지난여름, 신은 다시 제조의 지휘에 말미암아 창세(鎗勢)에서 크게 의심나는 곳과 음수(陰手)와 양수(陽手), 대문(大門)과 소문(小門)을 가지고 허국위(許國威) 유격(遊擊)에게 가서 바로잡은 뒤에 다시 차례를 잡아 번역하였으니 그 문답한 것 또한 모두 상세히 기록하였고,[14] 또 『주해중편(籌海重編)』의 각 무예의 대착(對戳)하는 법을 권말에 덧붙여서[15] 무턱대고 바치니, 엎드려 원하건대 한 번 보아주십시오. 지금부터 무예를 시험하는 것을 한결같이 이 보에 의지한다면 비록 더러는 맞지 않더라도 또한 반드시 법에서 멀지는 않을 것이요 화법과 정법이 이책을 말미암아 분별될 것이니, 허투(虛套)[16]에 속임을 당하지는 않을 것입니다. 신은 지극히 황공하고 떨림을 가누지 못하면서 삼가 죽음을 무

---

13 화법(花法) : 형식을 강조하여 겉보기는 화려하지만 위력은 없는 무술.

14 창세(鎗勢)에서……기록하였고 : 『무예제보』「기예질의(技藝質疑)」의 내용을 가리킨다. 무기를 잡을 때 손을 아래로 향하는 것을 음수(陰手), 위로 향하는 것을 양수(陽手)라고 한다. 또 인체를 부분별로 나눠 문(門)으로 표시하였는데, 양 팔과 가슴, 배를 대문(大門)이라 하여 앞부분에 해당시켰고 양 다리 사이를 소문(小門)이라 하여 뒷부분에 해당시켰다.

15 『주해중편(籌海重編)』의……덧붙여서 : 『무예제보』「무예교전법(武藝交戰法)」의 내용을 가리킨다. 『주해중편』은 명나라 등종(鄧鍾)이 지은 병서(兵書)로, 명나라 정약증(鄭若曾)의 『주해도편(籌海圖編)』을 재편집하여 만들었다.

16 허투(虛套) : 실용성이 적은 잘못된 투로(套路). 투로는 공격과 방어의 동작을 조합하여 연습할 수 있도록 한 연속동작을 이른다.

릅쓰고 아룁니다.

만력(萬曆) 26년(1598, 선조 31) 10월 일, 어모장군(禦侮將軍) 행(行) 용양위 사정(龍驤衛司正) 신 한교(韓嶠)[17]는 진실로 황공하여 삼가 차례를 잡아 번역한 뜻을 권말에 상세히 기록합니다.

[원문] 臣竊伏惟念牌·筅·鎗·鈀·棍·劍及鳥銃·弓矢之技, 雖有遠近之殊, 其所以殺敵, 一也. 近技之不可施於遠, 遠技之不得用於近, 是皆理勢之所必然者也. 遠技·近技之不可闕一也, 不亦較然矣乎! 兵不雜則不利, 『司馬法』豈欺我哉? 然有弓矢, 則有習射之法; 有鳥銃, 則有習放之法; 至於牌·筅·鎗·鈀·棍·劍, 亦莫不皆有習用之法. 習之不以其法, 而能善其技者, 天下無是理也. 故項羽學劍, 楊氏習梨花鎗二十年. 欲善其技, 而不由其法, 則何異却步而圖前乎?

惟我國家偏處海外, 從古所傳只有弓矢一技, 至於劍·鎗, 則徒有其器, 顧無習用之法, 馬上一鎗雖用於試場, 而其法亦未詳備, 故劍·鎗之爲棄器, 久矣. 故與倭對陣, 倭輒敢死突進, 我軍雖有持鎗而帶劍者, 劍不暇出鞘, 鎗不得交鋒, 束手而盡衂於兇刃, 皆由於習法之不傳故也. 世之訾簿是法者, 以爲"弓砲則必須習其射放, 至如劍·鎗, 臨陣自可擊刺, 何待肄習而後能之", 是則有不然者.

夫我國人則喫飯用匙, 而中國人則乃以箸, 試令中國以匙而我國以箸, 則各不無生疎之患, 由習與不習故也. 匙箸之用尙然, 況劍·鎗乎? 夫弓

---

17 한교(韓嶠, 1556~1627): 본관은 청주로, 한명회의 5대손이다. 율곡 이이와 우계 성혼의 문인이다. 임진왜란에 의병을 일으켜 공을 세우고 참봉, 현감 등을 역임했다. 인조반정에 참여하여 공신이 되고 서원군(西原君)에 봉해졌다. 성리학과 병학에 조예가 깊었다고 한다.

矢雖爲我國之長技，烏可習其一而廢諸技哉？今因天朝將士留駐我國，始見鳥銃及牌・筅・鎗・鈀習用之法，又得『紀效新書』，按圖而證正之，然後凡銃手擊打之法及武藝諸勢殺敵之法，皆可得以追究矣．歲在甲午春，特命訓鍊都監飜譯殺手諸譜．臣於其時，適忝郎僚，承提調指揮，專管是事，而第緣材識昏劣，莫能尋其端緒，乃使振作武藝迅掃妖氛之盛意，不能速見效於斯世，臣罪大矣．

嘗見『紀效新書』「習鈀法」下文云："如今所製鈀譜入他爲妙."以此推之，其他諸藝亦必皆有其譜，而今莫之見矣．『新書』中所載者，則只是諸勢之圖・贊明各勢之文而止耳．至於諸勢連習之譜，則無可考据，不得已抄率殺手，遍質於天朝將士，非止一二，而風回電轉進銳退速之間，某勢某法有難摸捉矣．況天朝將士其於諸勢，亦多習而不察，何從而考問乎？抑長鎗有二十四勢，教師之所傳只有十二勢，欠却一半．乙未年『殺手譜』飜譯之時，臣以其所欠十二勢，作爲別譜，附於其下，使士卒連習之，群疑滿腹，尚未歸一，以此殺手諸技迄無其譜，學之者徒信其手，試之者徒信其目，故正法日廢而花法作矣．

去夏，臣又因提調指揮，以鎗勢大段疑處及陰陽手・大小門，就正於許遊擊【國威】，然後更爲撰次飜譯，而其所答問者亦皆詳錄，又以『籌海重編』各藝對戡之法，附諸卷末，冒昧進獻，伏願一賜覽觀．繼自今其所試藝一依此譜，則雖或不中，亦必不遠，花・正由此而可辨，庶不爲虛套之所欺矣．臣無任惶恐戰慄之至，謹昧死以聞．

萬曆二十六年十月　日，禦侮將軍・行龍驤衛司正臣韓嶠誠惶誠恐，謹以撰次飜譯之意，詳錄于卷末云．

병학지남(兵學指南)

1) 1686년 남원(南原) 목판본 『병학지남』

〈발문(跋文)〉 −최숙(崔橚), 1684년

『병학지남(兵學指南)』이라는 책을 보니 그 원류가 아마도 척계광(戚繼光)[18] 장군의 『기효신서(紀效新書)』의 법에서 나온 것 같다. 그러나 그 문장은 간단하고 요약되었으며 그 지취는 깊고 오묘하다. 간단하고 요약되었으므로 비록 뛰어난 학자라 하더라도 더러 그 뜻을 이해할 수가 없었으며, 깊고 오묘하므로 비록 노련한 장수라 하더라도 그 은미한 뜻까지 분석하는 경우는 거의 없었다. 하물며 한가히 책을 읽을 수 없는 무사들이나 병법의 깊은 이치까지 들여다보지 못하는 초학자들은 어떠랴? 그 가운데 「영진정구(營陣正彀)」[19]는 문맥의 귀착점이 깨우쳐 이해하기 더욱 어렵고, 거기(車騎)의 영진(營陣)은 우리나라에서 행하지 않는 것이니 그저 책 분량만 더할 뿐이며, 오행진(五行陣)[20]은 지금 당장 행하여

---

18 척계광(戚繼光, 1528~1588) : 명나라 말기의 장수로서 왜구의 침입을 물리치는 큰 공을 세웠으며, 『기효신서』 등의 병서를 남겼다. 시호는 무의(武毅)이다.

19 「영진정구(營陣正彀)」 : 『병학지남』 권2의 편명. 군병의 수비, 공격, 활쏘기의 법식이 설명되어 있다.

20 오행진(五行陣) : 방진(方陣), 원진(圓陣), 곡진(曲陣), 직진(直陣), 예진(銳陣)의 다섯 가지 진법(陣法). 직진 대신에 절진(折陣)을 꼽기도 한다. 이것은 오행에서 의미를 취한 것으로, 각각의 진은 순서대로 백기(白旗), 황기(黃旗), 흑기(黑旗), 청기(靑旗), 홍기(紅旗)를 사용하며, 오행의 상생상극의 이치를 근거로 진을 운용하여 대처한다.

쓰는 것이지만 도식(圖式)에 나오지 않고, 표지를 세우고 진(陣)을 벌이는 것은 대체로 그 근본을 잃어버렸다. 그러므로 이에 『기효신서』를 참고하고 다른 글도 원용하여 별도로 훈해(訓解)를 삼아 지두(紙頭)에 □…□ 하고 언문(諺文)으로 역해(譯解)하였다. 「영진정구」에서 이해하기 어려운 곳은 쌍항(雙行)으로 쓰고, 진도(陣圖) 중에서 네 개의 거기영진도(車騎營陣圖)를 뽑아내고 대신 원진(圓陣)·예진(銳陣)·곡진(曲陣)·직진(直陣)을 새겼는데, 근본은 표지를 세우는 법에서 나왔다. 만약 이제 무사들이 마음을 두어 평소 아무 일 없을 때에 강론하여 연마한다면, 보루를 대하여 혼란스럽고 어수선한 날에 헷갈리지 않을 것이다.

강희(康熙) 23년(1684, 숙종 10) 갑자년 봄, 절충장군(折衝將軍) 수(守) 공홍도 병마절도(公洪道兵馬節度) 최숙(崔橚)은 삼가 풀이한다.

[원문] 竊觀『兵學指南』之書, 其源蓋出於戚將軍『紀効新書』之法也. 然而其文簡而約, 其旨深而奧. 簡而約, 故雖宏儒碩士或未能解其義; 深而奧, 故雖老帥宿將鮮有以析其微, 而况介冑之士不閑文墨,初學之輩末窺閫域者乎? 其中「營陣正殼」, 文脈之歸尤難曉解; 車騎營陣, 我國之所不行, 而徒增篇秩; 五行陣, 當今之所行用, 而不出於圖式; 立表布陣, 多失其本. 故於是考諸『新書』, 且援他文, 別爲訓解, □於紙頭, 以諺譯解. 其「正殼」之難解處, 雙行書之. 陣圖中拔去車騎營陣四圖, 替刊圓·銳·曲·直之陣, 而本出立表之法. 若今武士留心, 講磨於平居無事之時, 則庶可不眩於對壘搶攘之日矣.

康熙二十三年甲子春, 折衝將軍·守公洪道兵馬節度崔橚謹解.

2) 1787년 장용영(壯勇營) 목판본 『병학지남』

〈병학지남범례(兵學指南凡例)〉 –이유경(李儒敬), 1787년

1. 이 책은 척계광(戚繼光)의 『기효신서(紀效新書)』에서 초절(抄節)하여 한 편을 만들어서 강습하는 데 편리하게 한 것이다. 훈련도감의 구본(舊本)은 대략 빠지거나 잘못된 곳이 있다. 예컨대 「영진정구편(營陣正毂篇)」 '행영장(行營章)'의 "前之右"를 "右之前"으로 잘못 쓴 것과 「영진총도상편(營陣總圖上篇)」〈양의진도(兩儀陣圖)〉에 대장(隊長)을 거론하지 않은 것, 「영진총도상편」〈이로행우경열진도(二路行遇警列陣圖)〉의 "俱在一路行"의 "一"자를 "二"자로 잘못 쓴 것, 「영진총도하편(營陣總圖下篇)」〈주사일채열영도(舟師一寨列營圖)〉의 "不可拘方"의 "方"자를 "妨"자로 잘못 쓴 것이니, 지금 아울러 교정(校正)하였다.

1. 서울과 지방 각 영(營)의 무사들이 병서(兵書)를 고강(考講)할 때 모두 이 책을 사용하니, 저 무식한 병졸들이 반생의 정력을 다 써서 겨우 『병학지남』 한 편을 외운다. 하지만 그럼에도 책 앞에서 입을 벌리고만 있게 될 터인데, 더군다나 첨보(添補)된 여러 조항을 보태는 것은 간략하고 타당하게 하는 방법이 전혀 아니다. 그러므로 「기고정법편(旗鼓定法篇)」의 '망기호(望旗號)' 두 조항과 「영진총도편(營陣總圖篇)」의 '오행진(五行陣)' 네 조목과 「성조정식편(城操程式篇)」의 새로 증가된 여러 조목은 단지 수어영본(守禦營本)에서만 사용되었고 본영(本營: 壯勇營)에서 새로 인쇄한 이본에서는 내버려 두고 논의하지 않았으니, 아마도 그 책을 손보아 고쳐서 완성하려 하여도 때를 놓치지 않는 셈이 될 것이다.

1. 두주(頭註)는 훈련도감본과 남한본(南漢本)을 좇아 함께 수록하고

해서본(海西本)은 단지 한 조목만 취하는데, 남한본의 것은 "南"자를 썼고 해서본은 "西"자를 썼고 새로 증보한 것은 "增"자를 써서 구분하였다.

1. 「기고정법편(旗鼓定法篇)」과 「기고총결편(旗鼓總訣篇)」의 언해는 쌍행주(雙行註)로 썼고, 「영진정구편(營陣正彀篇)」은 구본(舊本)에는 언해가 없었으므로 남한본을 좇아 첨보하였다.

1. 「기고정법편」과 「기고총결편」은 모두 척계광의 『기효신서』에서 나왔는데, 오직 「기고총결편」 한 편만 한 글자를 낮추어 썼었지만 전혀 의미가 없으므로 지금은 또한 다스려 바로잡았다.

1. 각 이본의 진도(陣圖)의 부기(附記) 중에는 거기영법(車騎營法) 다섯 조목 및 진법통변(陣法通變) 네 그림이 실려 있지 않았으므로 보태어 기록한다.

1. 각 진(陣)의 호령은 큰 글씨로 써서 두주와 혼동되지 않게 했다.

하교를 받들어 교정(校正)한 것은 별군직(別軍職) 절충장군(折衝將軍) 선전관(宣傳官) 겸 사복시 내승(司僕寺內乘) 신 이유경(李儒敬)[21]이다.

[원문] 兵學指南凡例

一. 此書, 卽戚氏『紀効新書』之抄節成篇, 以便講習者. 訓局舊本略有脫誤處, 如「營陣正彀篇」〈行營章〉"前之右", 誤作"右之前";「陣圖上篇」〈兩儀陣圖〉, 不擧隊長;〈二路行遇警列陣圖〉"俱在一路行"之"一"字, 誤作"二"字;「下篇」〈舟師一寨列營圖〉"不可拘方"之"方"字, 誤作"妨"字, 今幷校正.

---

21 이유경(李儒敬, 1747~?) : 본관은 함평, 자는 사홍(士弘)이다. 영조 때 무과에 급제하여 선전관으로 시작하여 삼도 수군통제사, 평안도 병마절도사 등을 역임했다.

一. 武士之中外各營考講, 皆用是書, 則彼無識卒伍竭半生之精力, 僅誦
　　一篇指南, 而尚患其臨卷口呿, 況益之以添補諸條, 殊非簡當之方. 故
　　「旗鼓定法篇」'望旗號'二條・「營陣總圖篇」'五行陣'四條・「城操程式
　　篇」新增諸條, 只用於守禦營本, 而本營新印本存而不論, 蓋欲繕完其
　　書, 而不妨於時措也.

一. 頭註則從訓局及南漢本通同合錄, 海西本只取一條, 而南漢本書'南'
　　字, 海西本書'西'字, 新增者書'增'字以別之.

一. 「旗鼓定法」・「總訣」諺解, 雙註書之;「營陣正㲄」, 舊無諺解, 故從南
　　漢本添補.

一. 「旗鼓定法」與「總訣」, 俱出於戚書, 獨「總訣」一篇之低一字書之, 殊
　　無意義, 今亦釐正.

一. 各本陣圖附識中不載車騎營法五條及陣法通變四圖, 故添錄之.

一. 各陣號令以大字書之, 與頭註毋混.

奉教校正, 別軍職・折衝將軍・宣傳官兼司僕寺內乘臣李儒敬.

삼략언해(三略諺解)

1) 1711년 홍주(洪州) 목판본 『신간삼략언해(新刊三略諺解)』

〈신간삼략언해서(新刊三略諺解序)〉 -이상징(李商徵), 1711년

『삼략(三略)』은 예부터 언해가 있었으나 독자들은 과강(科講)[22]에서 많이 떨어져 과거시험 때가 되어서 나에게 와서 묻는 사람이 많았기에 옛 언해를 얻어서 보니 과연 잘못된 곳이 많았다. 그것은 아마도 『삼략』이 유가서(儒家書)와 달라서 잘못하기 쉽고 이해하기 어렵기에 전후로 언해된 것이 하나가 아니로되 유가서처럼 언해하였으므로 그 오류가 고쳐지지 않는 것이다. 내가 무경(武經)에 마음을 두었는데, 과거시험 때면 응시하는 자들이 와서 질문하는 것이 괴로워서 옛 언해를 찾아 모으고 원래의 주를 참고하고 다른 병서(兵書)를 증거로 삼아 일일이 산개(刪改)하였으며 만약 병법을 아는 사람을 만나면 번번이 함께 논변하였다. 일을 한 지 수십 년 만에 비로소 이 언해를 이루고 세상 사람이 의심을 둔 곳은 두 가지 해설을 함께 두었다가, 계속해서 세상에서 병법을 안다고 하는 사람들에게 가서 바로잡았더니 모두들 "좋다."고 하였다. 그 사연을 대략 기록하고 목판에 새기어 독자들이 신구 언해에 의심이 없도록 하고, 또 과강에서 암송하는 데 편리하도록 한다.

---

22 과강(科講) : 과거시험에서 경서(經書)를 배송(背誦)하는 일. 무과(武科)에서는 병법서(兵法書)를 배송했다.

신묘년(1711년, 숙종 37)에 완산(完山) 후인 이상징(李商徵)은 서문을 쓴다.

[원문] 新刊三略諺解序

『三略』舊有諺解, 讀者多屈於科講, 臨科棄解, 來問於余者衆, 得見舊解, 果多誤處. 蓋『三略』異於儒家書, 易誤難曉, 前後諺以解者非一, 而解之如儒家書, 其誤固也. 余留意武經, 科時惱於應擧者來質, 搜取舊解, 參考元註, 證他兵書, 一一刪改, 若遇曉兵者, 輒與論卞, 經營數十年, 始就是解, 俗所致疑處, 兩存其說, 仍又就正於世號知兵者, 咸曰: "可." 略記厥由, 仍刊于板, 使讀者無疑於新舊解, 且便於應講云爾.

歲在辛卯, 完山後人李商徵序.

2) 1805년 광통방(廣通坊) 목판본 『신간증보삼략직해(新刊增補三略直解)』

〈증보범례(增補凡例)〉 -찬자 미상, 시기 미상

1. 전주본과 활자본과 현재 유통되는 이본들을 아울러 참고하니 장하주(章下註) 및 소주(小註)에 탈락되고 잘못된 곳이 많이 있다. 그러므로 구본(舊本)에 의거하여 교정한다.

1. 「상략(上略)」 군첨(軍讖)의 '능청장(能淸章)'[23]에는 원래 "將"자가 없

---

23 '능청장(能淸章)': 상권(上卷) 제23장의 "軍讖에 日 能淸能淨ᄒ며"로 시작되는 장이다. 두주에 "箕營本에, '日下有將'字"라고 되어 있다. 기영본에는 "將"자가 있었으나 바로잡았다는 말이다.

었다. 그러므로 구본에 의거하여 바로잡았다.

1. "危者安之"부터 아래로 "順擧挫之"까지는[24] 강보(講譜)[25]에서는 문맥을 이어서 현토하지만, 과강(科講)의 경우는 구두를 끊는다.

1. 언해가 더러 있기는 하지만 대단히 적고, 글의 뜻 또한 시원스럽지 못한 곳이 많다. 그러므로 다시 참고하고 증명하여 각 장(章) 아래에 언해를 추가로 덧붙이고 대문(大文)과 주(註)에 언문으로 토를 달았으며, 사이에 소주(小註)를 보충하고 더러는 두주를 쓰기도 했다.

[원문] 增補凡例

一. 全州本·活字本·時俗行用本竝參考，　則章下註及小註多有脫誤處，故依舊本校正.

一.「上略」軍識〈能淸章〉原無"將"字，故依舊本正之.

一. 自"危者安之"以下，至"順擧挫之"，講譜則連文脈懸吐，若科講則絶讀.

一. 諺解或有而絶少，文義亦多未暢處，故更加參證，增附諺解於各章下，諺吐於大文及註，間補小註，或書頭註.

---

24 "危者安之"부터 아래로 "順擧挫之"까지는 : "危者安之"는 상권 제8장의 "危者룰 安之ᄒᆞ고…"로 시작되는 문장이고, "順擧挫之"는 상권 제11장의 "順擧면 挫之ᄒᆞ고…"로 시작되는 문장이다.

25 강보(講譜) : 과거시험을 준비하는 사람이 강경(講經)을 돕기 위해 읽는 책으로, 경서에 여러 가지 표시를 해두어 기송(記誦)할 때 구두를 끊기 편리하도록 되어 있다.

진법언해(陣法諺解)

1) 1693년 목판본 『진법언해』

〈진법언해절목총론(陣法諺解節目總論)〉 -찬자 미상, 1693년

무릇 사람은 집에서는 나를 낳은 사람이 부모요 동생이 형제가 되며 밖에 나가서는 장수(將帥)가 부모요 같은 대오(隊伍)의 군사(軍士)가 형제이니, 장수에게 정성을 갖지 않는다면 나의 부모를 생각하지 않는 것이고 같은 대오를 서로 사랑하지 않는다면 내 형제를 버리는 짓이다. 장수도 군사를 나의 어린 자식과 같이 사랑하지 않으면 장수의 도리가 아니다.

군사가 어려운 때를 당하여 부모와 처자를 생각하면서도 한편으로는 싸움에 들어갔다가 죽을까 두려워 달아나는 군사가 있으니 가장 미욱한 군사의 일이다. 싸우던 군사일지라도 모두 죽는 것은 아니니 싸움을 이긴 후에는 돌아와 부모와 처자를 만나보고 나라에서 상주시고 일생을 영화롭게 지낼 것이지만, 달아났다가 잡혀 목을 베이면 부모와 처자도 보지 못하고 몹쓸 주검이 되리니 이해(利害)를 생각하면 달아남이 그르고 달아나지 않음이 옳은 줄을 알 것이다. 사람이 매양 살 수는 없어 한 번은 아마도 죽으리니 차라리 싸우다가 죽으면 나라의 충신이 되고 자손에게 음덕이 미치며 세상에 일컬어질 것이다. 도망하여 살기는 욕되고 전장에서 죽기는 영예로우며, 도망하여 살기는 몹쓸 놈의 일이요 전장에서 죽기는 장부의 일이니 이 말이 조금도 헛된 말이 아니다. 이 책을

읽으며 깊이 생각하면 알 것이다.

싸움에서 이기는 일은 장관(將官), 기총(旗摠)·대총(隊摠)[26]과 군병이 진법을 모두 알아 평상시에 익혀야 할 것인데, 글을 못하는 장관, 기총·대총과 군병 모두가 알기는 어렵기 때문에 온갖 호령과 싸움의 절차, 평소 습진(習陣)하는 방법을 언문으로 번역하여 육담(肉談)으로 만들었으니 기총·대총이나 언문을 아는 일반 군병들이 부디 힘써 읽는다면 너희에게 가장 의미가 있을 것이다. 춘추시대(春秋時代) 순덕제가 이 책을 군장 모두에게 점고(點考)하며 뜻을 강문(講問)하여 전혀 모르는 기총·대총이면 화병(火兵)[27]으로 내려오게 하고, 보통 군사 가운데 잘 외우는 사람이 있으면 기총·대총으로 올렸다. 죄 입을 일이 있어도 세 조목을 외우면 곤장을 하나씩 감하였다. 이 역시도 일체로 시행하리라.

[원문] 陣法諺解 節目總論

믈읫 사룸이 집의 드러셔는 날 나흔 사룸이 부뫼오 동셩이 형뎨여니와 나면 쟝쉬 부뫼오 ᄀᆞ튼 디오 군시 형뎨니 쟝슈의게 졍셩이 업스면 내 부모ᄅᆞᆯ 혜디 아니하는 쟉시오 ᄀᆞ튼 디오ᄅᆞᆯ 서ᄅᆞ ᄉᆞ랑티 아니ᄒᆞ면 내 형뎨ᄅᆞᆯ ᄇᆞ리는 쟉시라. 쟝슈도 군ᄉᆞᄅᆞᆯ 내 어린 ᄌᆞ식 갓티 ᄉᆞ랑티 아니ᄒᆞ면 쟝슈의 도리 아니라. 군시 어려온 ᄣᆡᄅᆞᆯ 당ᄒᆞ야 부모쳐ᄌᆞᄅᆞᆯ 싱각ᄒᆞ며 일 변으로 싸홈의 드릿짜가 죽을가 두려 ᄌᆞ러 ᄃᆞ라나는 군시이시니 ᄀᆞ장 미육흔 군ᄉᆞ의 일이라. 싸호던 군시일뎡 다 죽디 아니ᄒᆞᄂᆞ니 싸홈을 이

---

26 기총(旗摠)·대총(隊摠) : 군사 조직의 하부 단위인 기(旗)와 대(隊)의 장(長)을 말한다. 1개의 기는 대체로 5개, 혹은 3개의 대로 편성되었으며, 1개의 대는 10명으로 구성되었다.

27 화병(火兵) : 군대 안에서 밥 짓는 일을 맡아보던 병사를 이른다.

권 후의 도라와 부모쳐ᄌᆞ롤 만나보고 나라히셔 샹주시고 일셩을 영화로 디내려니와 ᄃᆞ라낫짜가 즈러 잡피여 버히면 부모쳐ᄌᆞ도 보디 못ᄒᆞ고 못 쓸 주검이 되리니 니해롤 ᄉᆡᆼ각ᄒᆞ면 ᄃᆞ라나기 그르고 아니ᄃᆞ라나기 올ᄒᆞᆫ 줄을 알리라. 사ᄅᆞᆷ이 미양 사지 못ᄒᆞ야 ᄒᆞᆫ번을 아마도 죽으니 츌하리 싸호다가 죽으면 나라히 튱신이 되고 ᄌᆞ손의게 음이 밋고 셰샹의 일ᄀᆞ롬 이 되리라. 도망ᄒᆞ야 살기ᄂᆞᆫ 욕이오 젼댱의 죽기ᄂᆞᆫ 영홰오 도망ᄒᆞ야 살 기ᄂᆞᆫ 못쓸 놈의 일이오 젼댱의 죽기ᄂᆞᆫ 댱부의 일이니 이 말이 죠곰도 헷말이 아니라. 이 칙을 닐ᄋᆞ며 미오 ᄉᆡᆼ각ᄒᆞ면 알리라.

싸홈이긔기ᄂᆞᆫ 쟝관이며 긔디총과 군병이 딘법을 다 아라 샹시예 니거야 홀 ᄭᅥ시로디 글 못ᄒᆞᄂᆞᆫ 쟝관이며 긔디총이며 군병이 다 알기 어려오매 온갖 호령과 싸홈 졀ᄎᆞ와 샹시 습딘ᄒᆞᄂᆞᆫ 법을 언문으로 번역ᄒᆞ야 육담으로 민ᄃᆞ라내여시니 긔디총이어나 언문ᄒᆞᄂᆞᆫ 범군들이 브디 힘쎠 닐ᄋᆞ면 너희게 ᄀᆞ장 유의ᄒᆞ리라. 츈츄 순덕제 이 칙을 군쟝일톄로 뎜고ᄒᆞ며 뜻을 강문ᄒᆞ야 젼혜 모르ᄂᆞᆫ 긔디총이면 화병의 ᄂᆞ리오고 범군ᄉ 등의 잘 외오리 이시면 긔디총의 오리리라. 죄닙을 일이셔도 셋됴건을 외오면 곤쟝 ᄒᆞ나식 감ᄒᆞ러라. 셔긔도 일톄로 시ᄒᆡᆼᄒᆞ리라.

무예도보통지언해(武藝圖譜通志諺解)

1) 1790년경 목판본 『무예도보통지(武藝圖譜通志)』

〈무예도보통지범례(武藝圖譜通志凡例)〉 -찬자 미상, 시기 미상

1. 언해본은 자체로 한 편이 되니 한문본에서 떼어놓아도 단행본이 될
   만하다. 이 이야기는 이미 원서[28]의 〈범례〉 가운데 해두었다. 이제
   다시 원서의 〈총보(總譜)〉와 〈총도(總圖)〉를 가지고 별도로 목판에
   새기게 하고 언해본과 합하여 상편과 하편을 이루니,[29] 간략한데다
   분명하기도 하여 아무리 문자를 모르는 졸병이라고 해도 입으로 가
   르쳐주고 눈으로 보아서 책 전부를 읽은 듯이 할 수 있다. 말 위에서
   부리는 여러 기예(技藝)[30]는 원서에도 총도와 총보가 없으므로 목록
   이 언해본과 다르다.

---

28 원서 : 4권4책 한문본을 이르는 것으로 보인다.

29 원서의 〈총보(總譜)〉와……이루니 : 『무예도보통지언해』107장본의 구성을 이른 것이
   다. 앞부분에는 〈총보〉와 〈총도〉를 한문으로 싣고 뒷부분에는 한글로 각 기예의 설명을
   실었으며, 전후에 별도로 목록을 넣었으므로 형태상 불분권 1책이지만 분권한 것처럼
   보인다.

30 말 위에서 부리는 여러 기예(技藝) : 『무예도보통지』에 실린 "마상육기(馬上六技)",
   즉 기창(騎槍)·마상쌍검(馬上雙劍)·마상월도(馬上月刀)·마상편곤(馬上鞭棍)·격
   구(擊毬)·마상재(馬上材) 여섯 가지 기예를 이른다. 『무예도보통지』한문본과 언해본
   의 목록과 본문에는 마상육기가 포함되어 있지만, 107장 언해본의 전반부에 붙은 〈총
   보〉·〈총도〉에는 실려 있지 않고 목록에도 없다.

1. 원서의 〈왜검총도(倭劍總圖)〉에는 인물을 늘어놓되 간격을 균등하게 하였으므로 먹선을 구부려서 묶어둔 것인데,[31] 그럼에도 이해하기 쉽지 않을 것으로 생각된다. 이 책에서는 그 나아가는 형세를 따라 한 줄로 곧게 가로로 전개하였으니 독자들은 상세히 알 것이다.

[원문] 武藝圖譜通志凡例

一. 諺解自爲一編, 離之亦足單行, 其說已具於原書〈凡例〉中. 今又取原書〈總譜〉·〈總圖〉, 另授剖劂, 與諺解合, 成上·下篇, 旣簡且明, 雖卒伍不識字者, 可以口授目擊如讀全書. 至如馬上諸技, 原書亦無總圖·總譜, 故目錄與諺解不同.

一. 原書〈倭劍總圖〉, 排比人物, 以均地勢, 故以墨線曲折牽綴者, 猶恐未易曉解. 此卷則隨其進勢, 一直橫展, 覽者詳之.

---

31 인물을……것인데 : 한문본의 〈왜검총도(倭劍總圖)〉에 그려진 인물이 일정한 간격을 두고 'ㄹ'자 모양으로 진행하는 것을 이른다. 본문의 "地勢"는 간격을 뜻하는 것으로 이해하였다. 107장 언해본의 〈왜검총도〉에는 인물의 간격이 일정하지 않으며 한 방향으로만 진행하는 것을 여러 층으로 그려놓았다.

4

수의학

마경초집언해(馬經抄集諺解)

1) 17세기경 목판본 『마경초집언해』

〈마경언해서(馬經諺解序)〉 -장유(張維), 시기 미상, 『계곡집』 권7

사람과 만물이 천지 사이에서 함께 길러지면서도 타고난 기운에 치우치거나 올바른 구분이 있고, 부여받은 모습에 크고 작은 다름이 있지만 생명을 지니고 있음은 마찬가지이다. 이 때문에 옛사람들은 백성에 대한 어진 마음을 미루어 만물에까지 미쳐 곤충이나 어류와 같은 미물에게도 모두 생명을 온전케 하고자 하였으니 하물며 사람에게 유용한 소·말·돼지·양·닭·개 등의 육축(六畜)은 어떠하였겠는가. 육축의 부류 가운데 말에 비할만한 것이 없어 그 쓰임이 크다고 하겠다. 그런 까닭에 위정자들이 마정(馬政)을 중요히 다루지 않는 경우는 없었다.

대체로 말을 번식시키기 위한 방법은 양육을 잘 돌보며 병을 방제하는 데 달려있다. 말의 품성은 오장육부와 경락(經絡)이며 혈맥(血脈)이 대략 사람과 같지만 추위와 더위, 건조함과 습함, 굶주림과 포만감, 피로와 안락함의 모든 것이 병을 일으킬 수 있기에 그 이치를 연구하지 않으면 완벽하게 치료할 수 없다. 이것이 말을 치료하는 방법을 담은 여러 책이 저술되는 이유이다.

국가에서 말을 관리하는 행정은 모두 사복시(司僕寺)에서 관할한다. 완풍부원군(完豐府院君) 이서(李曙)[1]는 사복시 제조(提調)를 맡았는데, 늘 마병(馬病)이 치료하기 어려운데다 마의(馬醫)들이 처방을 모른다는 사실을 염려하였다. 이미 『마경(馬經)』 4권을 간행하고, 다시 주요 내용을 간추려 모아 한글로 번역해 판에 새겨 널리 배포하여 장차 하인과 일꾼들 모두가 처방을 살펴 치료하는 데 마음과 눈에 일목요연하게 되었으니, 그 마음 씀씀이가 또한 근면하다 하겠다.

옛적 마정(馬政)에 관한 것으로는 『주례(周禮)』[2]만한 것이 없다. 이미 교인(校人)·목사(牧師)·유인(庾人)·어사(圉師) 등의 직책을 마련해 저마다의 일을 분담해 관리하고, 또한 무마(巫馬)가 병든 말을 맡아 기르며 마의(馬醫)를 도와 말의 병을 약으로 다스릴 수 있도록 하였다.[3] 대개 말을 치료하는 데 무의(巫醫)까지 겸해 썼으니 성인들의 세세하고 곡진함을 다한 것이 바로 이와 같을 정도였다. 그렇다면 완풍공(完豊公)이 편찬한 이 책 또한 경(經)의 뜻에 부합한다 말할 수 있을 것이다. 나는 다행스럽게도 같은 관서에 함께 있어 그 완성되는 과정을 즐겨 보았기에 서문을 짓는다.

[원문] 馬經諺解序

人與物並育天地間, 得氣有偏正, 賦形有鉅細, 然其含生則均也. 古之人推仁民之心, 以及於物, 雖昆蟲魚鼈之微, 皆欲遂其生, 況六畜之用於人者乎. 畜之類莫如馬, 其爲用, 可謂大矣. 故有國者莫不以馬政爲重.

---

1 이서(李曙, 1580~1637) : 자는 인숙(寅叔), 호는 월봉(月峰), 본관은 전주(全州)로 효령대군(孝寧大君)의 6대손인 완령부원군(完寧府院君) 이경록(李慶祿)의 아들이다. 인조반정의 정사공신(靖社功臣) 1등으로 완풍부원군에 봉해져 호조 판서를 지냈다.
2 『주례(周禮)』 : 중국 13경(經)의 하나로 천(天)·지(地)·춘(春)·하(夏)·추(秋)·동(冬)을 본떠 육관(六官)의 관제(官制)를 만들어 이상적인 국가 행정 조직에 관한 규정을 자세히 설명하였다.
3 교인(校人)……하였다 : 『주례(周禮)』 권8 「하관(夏官)」에 관련된 내용이 보인다.

夫欲馬之蕃, 在於善其養而除其疾而已. 馬之爲物, 其五藏六府經絡血脈, 略與人同, 而寒熱燥濕飢飽勞佚, 皆足以致疾, 不究其理, 無以盡其治. 此馬醫諸經之所以作也.

國家廄牧之政, 皆轄於閑寺. 完豊府院君李公曙, 實爲提調, 常念馬病之難治, 而馬醫之懵於術也. 旣鋟行『馬經』四卷, 又輯節其要義, 譯以諺語, 刳劂而廣布之. 將使興儓廝役, 皆得以按方施治, 瞭然於心目, 其用心亦勤矣.

古者馬政, 莫備於『周官』. 旣設校・牧・庾・圉之職, 分理其事, 而又有巫馬掌養疾馬, 相醫而藥攻馬疾焉. 夫治馬而至於兼用巫醫, 聖人之致其纖悉乃如此. 然則完豊公之纂是書, 亦可謂合於經義矣. 余幸忝寮寀, 樂觀厥成而爲之序云.

기타

1

한국사

정사기람(正史紀覽)

1) 1909년 필사본 『뎡사긔람』

〈정사기람서(正史紀覽序)〉 −윤용구(尹用求), 1909년

삼가 엎드려 생각하건대 우리 태황제 폐하(太皇帝陛下)[1]께서 임어(臨御)하신 지 사기(四紀)[2] 동안에 우문(右文)으로 다스리시어 정령(政令)과 전례(典禮)는 오직 경사(經史)로 준적(準的)을 삼으셨습니다. 일찍이 근신(近臣)에게 일러 말씀하시되 "예나 지금이나 국가의 흥망성쇠와 인사의 성공실패가 한갓 군신(君臣)만 감계(鑑戒)해야 할 것뿐만 아니라, 안으로 후비(后妃)와 여관(女官)도 또한 다 익혀 알면 거의 비익(裨益)할 것이 있다. 그러하되 다만 우리나라 문자는 한문과 언문의 두 갈래 길이 있고, 동국(東國)의 정사(正史)는 당초에 언서(諺書)로 기록한 것이 없고 다만 패잡(稗雜)한 소설(小說)만 있어 거짓으로 참을 어지럽혀 도리어 의리(義理)에 해로우니 짐이 항상 겸연쩍어 하노라." 하셨습니다. 그리고 계속하여 천신(賤臣)에게 명하시어 태고로부터 원(元)·명(明)에 이르기까지 오직 사승(史乘)을 좇아 국언(國諺)으로 번역하여

---

1 태황제 폐하(太皇帝陛下) : 대한제국 고종 황제를 가리킨다. 윤용구(尹用求)가 이 서문을 쓰기 전인 1907년에 순종에게 선양하고 퇴위하였으므로 태황제의 칭호를 쓴 것이다.
2 사기(四紀) : 기(紀)는 중국 고대의 천문(天文)에서 세성(歲星)이 궤도를 한 바퀴는 도는 시간으로, 대체로 12년을 헤아리니, 4기는 48년이다. 이 서문이 쓰인 1909년(융희3)은 고종이 즉위한 후로 46년째 되는 해이므로 햇수를 채워 4기라고 한 것이다.

풀어서 육궁(六宮)³에서 편리하게 볼 수 있는 책을 지으라 하셨습니다.

그윽이 생각하건대 신은 어리석고 볼품없고 식견이 미천하여 밝으신 성지(聖旨)에 우러러 대답하지 못할 것입니다. 그러나 제 자취가 근밀(近密)한 자리에 있어 이미 어렸을 적부터 강독하시는 데 가까이 모셔 은혜로이 돌보아 주심을 치우치게 입었고, 견마(犬馬)와 같은 저의 나이가 장차 황혼에 가까오니 이제 자질구레한 재주로써 외람되이 임무를 맡기심에 응하여 또한 겨우 근폭지침(芹曝之忱)⁴을 부칠 수는 있을 것입니다.

이에 강묵(江默)의 전(前)·정(正)·속(續) 세 편(編)⁵과 『춘추좌씨전(春秋左氏傳)』과 『사기(史記)』, 『한서(漢書)』 이하 모든 역사서에 나아가 그 현저한 것을 모아서 연조(年祚)를 헤아리고 일어난 일을 기록하여 모두 다섯 해를 넘겨 비로소 마쳤으니, 처음부터 끝까지 약간 편(篇)이 되었기에 이름을 『정사기람』이라 지어 삼가 어리석음을 무릅쓰고 폐하께 올립니다. 다만 그 취사(取捨)한 것이 정밀하지 못하옵고 말을 운용한 것이 막히고 껄끄러워서 줄이건대 성상(聖上)께서 근래 말씀하신 지극한 뜻에 부합해드리지 못하니 실상 부끄럽고 두려움을 이기지 못하겠습니다.

진실로 또한 한 말씀을 올릴 것이 있습니다. 더러 보니 최근에 이른바

---

3 육궁(六宮) : 후비(后妃)가 거처하는 곳. 곧 후비를 이른다.

4 근폭지침(芹曝之忱) : 춘추전국시대 송(宋)나라 사람이 봄철의 따스한 햇볕과 맛있는 미나리를 임금에게 바치려 했다는 고사에서 나온 말로, 정성스러운 마음 또는 임금을 향한 충성심을 뜻한다. 『열자(列子)』 「양주(楊朱)」에 나온다.

5 강묵(江默)의 전(前)·정(正)·속(續) 세 편(編) : 송나라 강지(江贄)가 지은 『통감절요(通鑑節要)』를 이르는 듯하다. 강지는 사마광(司馬光)의 『자치통감(自治通鑑)』이 방대하여 불편을 초래하므로 이를 간추려 『통감절요』를 만들었다. 그 후손 강묵이 주희(朱熹)의 문하에서 공부할 때 이 책을 가지고 질정하였으므로 책이 유명해졌다.

신학문(新學問)을 한다는 사람이 동국(東國)의 여러 서적을 파리 (Paris)에 보내어 이르기를 "본국의 문자(한글)가 아니라" 하였으며, 심한 자는 간혹 스스로 오점을 더하기도 하였습니다. 요(堯)·순(舜)·문왕(文王)·무왕(武王)·기자(箕子)·공자(孔子)의 도(道)는 문자가 아니면 인류 보편의 윤리가 펼쳐진 바를 밝히지 못할 것이요 한문이 아니면 능히 전하지 못할 것을 알지 못하며, 또 기자는 홀로 동국 사람이 아니겠습니까. 이 때문에 분변(分辨)하지 않을 수 없는 것이므로 분수에 지나친 줄을 헤아리지 아니하고서 감히 어리석은 말로 아뢰옵니다.

융희(隆熙) 3년(1909) 기유 10월 일, 숭록대부(崇祿大夫) 신 윤용구 (尹用求)[6]는 손 모아 절하고 머리를 조아리며 삼가 서문을 씁니다.

[원문] 뎡사긔람(正史紀覽) 서(序)

복유(伏惟) 아(我) 태황뎨폐하(太皇帝陛下)겨올샤 님어(臨御)ᄒᆞ올신 디 스긔(四紀)의 우문(右文)ᄒᆞ여 다스리샤 뎡녕(政令)과 뎐녜(典禮)를 ᄒᆞᆫ 갈노 경ᄉᆞ(經史)로 쥰젹(準的)을 삼으시고 일즉 건신(近臣)ᄃᆞ려 일너 ᄀᆞᆯᄋᆞᄉᆞ디 "고금(古今) 국가(國家)의 흥쳬(興替)와 인ᄉᆞ(人事)의 득실(得失)이 ᄒᆞᆫ갓 군신(君臣)만 맛당이 감계(鑑戒)ᄒᆞᆯ 바쑨이 아니라 안으로 후비(后妃)와 녀관(女官)이 ᄯᅩᄒᆞᆫ 다 익혀 알면 거의 비익(裨益)ᄒᆞᆯ 거시 잇스디, 다만 우리나라 문ᄶᆞ(文字)가 한문(漢文) 언문(諺文) 두 길이 잇고 동국(東國)의 뎡ᄉᆞ(正史)는 당초(當初)의 언셔(諺書)로 긔록 (記錄)ᄒᆞᆫ 거시 업고 다만 픠잡쇼셜(稗雜小說)만 잇셔 거즛으로 참을 어

6 윤용구(尹用求, 1853~1939) : 본관은 해평, 자는 주빈(周賓), 호는 석촌(石村), 장위
   산인(獐位山人) 등이다. 문과에 급제하여 이조 판서까지 역임하였으나, 1895년 을미사
   변 이후 벼슬하지 않고 서화에 주력하였다.

즈레여 도로혀 의리(義理)의 히(害)로오니 짐(朕)이 항상(恒常) 겸언(慊然)ᄒᆞ여 ᄒᆞ노라." ᄒᆞ시고 인(因)ᄒᆞ여 천신(賤臣)을 명(命)ᄒᆞ샤 태고(太古)로브터 원(元)·명(明)ᄭᅡ지 이르기 ᄒᆞᆫ 갈노 ᄉᆞ승(史乘)을 좃ᄎᆞ 국언(國諺)으로ᄡᅥ 번역(飜譯)ᄒᆞ여 푸러셔 ᄒᆞ여곰 눅궁(六宮)의 편남(便覽)을 지으라 ᄒᆞ올시니, 그윽히 싱각ᄒᆞ옵건디 신(臣)이 몽누식쳔(蒙陋識淺)ᄒᆞ와 죡(足)히 ᄡᅥ 발그신 셩지(聖旨)를 디앙(對仰)티 못ᄒᆞᆯ지라. 그러ᄒᆞ나 ᄌᆞ최가 건밀(近密)의 측ᄒᆞ여 이믜 동희(童孩)로브터 강독(講讀)ᄒᆞ시ᄂᆞᆫ 디 갓가이 모셔 편벽(偏僻)도이 은권(恩眷)을 믕(蒙)ᄒᆞ옵고 견마(犬馬)의 나이 장찻(將次) 일식(日塞)의 갓가오니 이졔 구〃(區區)ᄒᆞᆫ 미기(微技)로 외람(猥濫)이 임ᄉᆞ(任使)ᄒᆞ시믈 응(應)ᄒᆞ오니 ᄯᅩᄒᆞᆫ 가(可)이 ᄡᅥ 겨오 근폭지침(芹曝之忱)을 붓칠지라. 어시(於時)의 강묵(江默) 젼(前)·뎡(正)·속(續) 삼편(三編)과『좌젼(左傳)』과 반마(班馬) 이하(以下) 모든 ᄉᆞ긔(史記)의 나아가 그 표져(表著)ᄒᆞᆫ ᄌᆞ(者)를 촬(撮)ᄒᆞ여 년조(年祚)를 계(計)ᄒᆞ고 그 일을 긔(記)ᄒᆞ여 무릇 오렬셰(五閱歲)만의 비로쇼 쥰(竣)ᄒᆞ니 슈미(首尾)가 약간(若干) 편(篇)이 된지라 일홈ᄒᆞ여 왈(曰)『뎡ᄉᆞ긔람(正史紀覽)』이라 ᄒᆞ여 삼가 모미(冒昧)이 투진(投進)ᄒᆞ오나 다만 긔 취ᄉᆞ(取捨)ᄒᆞᆫ 거시 졍(精)ᄒᆞ지 못ᄒᆞ옵고 말 돌닌 거시 쳬(滯)ᄒᆞ고 삽(澁)ᄒᆞ여 주리건디 셩상(聖上) 근ᄌᆞ(近者) 하올신 지의(至意)를 부(符)ᄒᆞ옵디 못ᄒᆞ오니 실상 참구츅쳑(慚懼蹙惕)홈을 이긔지 못홈이라. 진실노 ᄯᅩᄒᆞᆫ 〃 말ᄉᆞᆷ을 긍우ᄒᆞᆯ ᄌᆞ(者)가 잇ᄉᆞ오니 혹 보건디 건셰(近世)의 이른바 신학문(新學問)ᄒᆞᆫ다는 사람이 동국(東國) 지젹(諸籍)을 ᄡᅥ 파리의 돌녀보ᄂᆞ여 이르디 본국(本國) 문ᄶᆞ(文字)가 아니라 ᄒᆞ여, 심ᄒᆞᆫ ᄌᆞ는 혹시 ᄌᆞ오(自汚)를 더ᄒᆞ니 극히 요슌(堯舜) 문무(文武) 긔셩(箕聖) 긍ᄌᆞ(孔子)의 도(道)가 문ᄶᆞ(文字)가 아니면 ᄡᅥ 이류(彝倫)의 유셔(攸敍)를 발키디 못ᄒᆞᆯ 거시오, 한문(漢文)이 아니면

능이 젼티 못홀 거술 아지 못ᄒ니, ᄯ 긔셩(箕聖)은 홀노 동국(東國) 사람이 아니시니잇가. 이거시 가이 뼈 분변(分辨)티 아니티 못홀 거신 고로 참월(僭越)ᄒ 거술 혜아리지 아니ᄒ옵고 감이 광고지셜(狂瞽之說) 노 미의급ᄒ노이다.

융희(隆熙) 삼년(三年) 긔유(己酉) 십월(十月) 일(日), 슝녹대부(崇祿大夫) 신(臣) 윤용구(尹用求) 비슈계슈(拜手稽首) 건셔(謹序).

〈정사기람해제(正史紀覽解題)〉 —윤백영(尹伯榮), 1970년

중국이 천지개벽한 뒤 천황씨(天皇氏)로부터 명(明)나라 말까지의 국문 역사서이다. 한문으로는 정사(正史)와 소설(小說)이며 각종 기사가 있으나, 국문으로는 패잡(悖雜)한 소설 밖에 없으니 고종 태황제(高宗太皇帝)께서 이조 판서 윤용구(尹用求) 공에게 말씀하시기를 "한문을 궁중 여인들이 알아볼 수 없으니 국문본이 없는 것이 유감이다." 하셨다. 그리하여 윤공이 국문으로 번역하여 정사 여든 권을 만들어 바친 것이니 보는 사람이 지식이 높아질 것이다.

서기 1970년 경술년 음력 8월 상순에 사후당(師侯堂) 윤백영(尹伯榮)[7]이 여든세 살에 해제(解題)를 짓는다.

[원문] 뎡사긔람

중국(中國) 텬지개벽(天地開闢) 후(後) 천황씨(天皇氏)브터 명(明)나

---

7 윤백영(尹伯榮, 1888~1986) : 윤용구의 딸이자 덕온공주의 손녀이다. 친정인 공주궁의 이름을 따서 '저동궁(苧洞宮) 할머니'라고 불렸다. 기억력이 좋고 박식하였으며, 여든 살까지도 창경궁 장서각(藏書閣)에 소장된 고서(古書)를 열람하였다.

라 말(末)가지 국문(國文) 사긔(史記)니, 한문(漢文)으로는 정직(正直)한 사긔(史記)와 소설(小說)이며 각종(各種) 긔사(記事)가 있으나 국문(國文)으로는 패잡(悖雜)한 소설(小說) 밧게 업스니 고종 태황뎨(高宗太皇帝)겨오사 니조 판서(吏曹判書) 윤공(尹公)게 말삼하시대 "한문(漢文)을 궁중(宮中) 녀인(女人)들이 아라볼 수 없으니 국문(國文) 업는 것이 유감(遺憾)이라." 하오시니 윤공(尹公)이 국문(國文)으로 번역(飜譯)하여 정직(正直)한 사긔(史記) 팔십(八十) 권(卷)을 하여 바친 것이니 보는 사람이 지식(知識)이 놉하지나이다.

서기(西紀) 일천구백칠십(一千九百七十) 년(年) 경술(庚戌) 중추(仲秋) 상완(上浣) 사후당(師侯堂) 윤백영(尹伯榮) 팔십삼(八十三) 세(歲) 해제(解題).

이태희(李泰熙)

부산대 점필재연구소 HK연구교수. 한국한문학 전공. 조선시대 유기(遊記) 및 근대의 한반도 기행문을 연구하고 있으며, 근래에는 조선 후기 선서(善書)의 수용과 번역에도 관심을 갖고 있다. 주요 논저로 「조선시대 사군(四郡) 산수유기 연구」, 「조선시대 사군 관련 산문 기록에 나타난 도교 문화적 공간인식의 양상과 의미」, 「조선 후기 선서(善書)의 수용과 유행의 요인」, 『역주 광릉지(光陵誌)』(공역) 등이 있다.

신상필(申相弼)

부산대 점필재연구소 HK교수. 한국한문학을 전공하였고, 현재 한국 서사문학의 동아시아 교류 양상과 근대 야담잡지의 출판에 관해 연구하고 있다. 주요 논저로 『서사문학의 시대와 그 여정: 17세기 소설사』(공저), 『한국 고전번역학의 구성과 모색』(공저), 『대한자강회월보 편역집』(공역) 등이 있다.

임상석(林相錫)

부산대 점필재연구소 HK교수. 한국근대문학을 전공하였고, 현재 한국을 중심으로 동아시아 한자권의 어문(語文) 전환 과정과 번역을 연구하고 있다. 주요 논저로 『20세기 국한문체의 형성 과정』, 『시문독본』(역서), "A Study of the Common Literary Language and Translation in Colonial Korea: Focusing on Textbooks Published by Government-General of Korea", 「1910년대 『열하일기』 번역의 한일 비교연구」 등이 있다.

손성준(孫成俊)

부산대 점필재연구소 HK연구교수. 동아시아 비교문학을 전공하였고, 현재 근대 동아시아의 번역문학, 번역과 창작의 상관관계 등을 연구하고 있다. 주요 논저로 『저수하의 시간, 염상섭을 읽다』(공저), 『투르게네프, 동아시아를 횡단하다』(공저), 「전기와 번역의 '종횡(縱橫)'-1900년대 소설 인식의 한국적 특수성」, 「근대 동아시아의 애국 담론과 『애국정신담』」 등이 있다.

고전번역학총서-번역편 4

한국 고전번역자료 편역집 1 - 조선시대

2017년 4월 25일 초판 1쇄 펴냄

편역자   이태희·신상필·임상석·손성준
발행인   김흥국
발행처   도서출판 점필재

등록   2013년 4월 12일 제2013-000111호
주소   경기도 파주시 회동길 337-15
전화   031-955-9797, 02-922-2246(영업)
팩스   02-922-6990
메일   jpjbook@naver.com

ISBN 979-11-85736-42-6 94810
        979-11-85736-41-9 (세트)
ⓒ 이태희·신상필·임상석·손성준, 2017

정가 25,000원